Retrouvez l'univers du polar sur le site
www.prixdumeilleurpolar.com

Écrivain britannique installé à New York, Lee Child, après avoir longtemps travaillé à la télévision, a décidé d'écrire des romans d'action. Il est l'auteur de plus de vingt romans. La série mettant en scène le héros Jack Reacher est sans doute la plus célèbre – elle comprend notamment *Sans douceur excessive* et *La Faute à pas de chance*.

Du fond de l'abîme
« Le Livre de poche Thrillers », n° 17059, 1999
et Ramsay, 2003

Des gages pour l'enfer
Ramsay, 2000

Les Caves de la Maison-Blanche
Ramsay, 2001

Un visiteur pour Ophélie
Ramsay, 2001

Pas droit à l'erreur
Fleuve noir, 2004

Carmen à mort
Ramsay, 2004

Ne pardonne jamais
Fleuve noir, 2005

Folie furieuse
Fleuve noir, 2006

Liste mortelle
Fleuve noir, 2007

La Faute à pas de chance
Seuil, 2010
et « Points Thriller », n° P2533

L'espoir fait vivre
Seuil, 2011
et « Points Thriller », n° P2750

Elle savait
Calmann-Lévy, 2012

Lee Child

SANS DOUCEUR EXCESSIVE

ROMAN

*Traduit de l'anglais
par Frédéric Abergel*

Éditions du Seuil

TEXTE INTÉGRAL

TITRE ORIGINAL
The Hard Way

ÉDITEUR ORIGINAL
Bantam Press
a division of Transworld Publishers, Londres
© original : Lee Child, 2006
ISBN original : 978-0-553-81587-0

ISBN 978-2-7578-1868-8
(ISBN 978-2-02-096818-8 1ʳᵉ publication)

© Éditions du Seuil, mars 2009, pour la traduction française

Pour Katie et Jess :
deux aimables sœurs

1

Jack Reacher commanda un express, un double, sans zeste, sans sucre, dans un gobelet en polystyrène, pas en porcelaine, et avant même que la boisson arrive à sa table il vit la destinée d'un homme se transformer à jamais. Non pas que le garçon eût été lent. Simplement, l'enchaînement était fluide. Si fluide que Reacher n'eut pas la moindre idée de ce qu'il observait. Ce n'était qu'une scène urbaine, de celles qui se reproduisent partout dans le monde un milliard de fois par jour : un type déverrouille la portière d'une voiture, monte dedans et s'en va. Rien de plus.

Mais ce fut suffisant.

*

L'express frôlant la perfection, Reacher revint au même café exactement vingt-quatre heures plus tard. Deux nuits au même endroit, voilà qui était inhabituel pour lui, mais il s'était dit qu'un café d'exception justifiait un changement de routine. L'établissement se trouvait sur le côté ouest de la 6e Avenue à New York, à égale distance de Bleeker Street et Houston Street. Il occupait le rez-de-chaussée d'un immeuble de quatre étages sans signe particulier. Ceux du haut donnaient l'impression d'un banal immeuble de rapport. Le café lui-même semblait sorti tout droit d'une ruelle romaine. À l'intérieur, un éclairage faible, des murs en lambris abîmés, une machine à café au chrome éraflé aussi chaude et aussi longue qu'une locomotive, et un comptoir. Dehors, une rangée de tables en métal sur le trottoir derrière un paravent en toile. Reacher s'installa à la même table de bout que la veille au soir et choisit la même chaise. Il s'étira, se mit à l'aise et bascula sa chaise en arrière. Et se retrouva adossé à la façade, à regarder vers l'est, par-delà le trottoir et la largeur de l'avenue. Il aimait rester assis dehors en été, à New York. Surtout la nuit. Il aimait l'obscurité électrique, l'air chaud et sale et les explosions de bruit et de circulation, les aboiements maniaques des sirènes et la cohue. Voilà qui aidait le solitaire qu'il était à se sentir tout à la fois connecté et isolé.

Il fut servi par le même garçon que la veille et commanda la même boisson, un double express dans un gobelet en polystyrène, sans sucre et sans cuillère. Il paya dès que sa commande arriva et laissa la monnaie sur la table. De cette façon, il pouvait s'en aller exactement quand il le voulait sans insulter le garçon, ni escroquer le propriétaire ou voler l'argenterie. Reacher organisait toujours les moindres détails de sa vie pour pouvoir partir sans préavis. C'était une habitude obsessionnelle. Il ne possédait rien et ne transportait rien. Physiquement, il était grand, mais son ombre était petite et il ne laissait presque rien dans son sillage.

Il but son café lentement, sentant la chaleur restituée par le trottoir. Il observa les voitures et les gens. Les taxis qui affluaient vers le nord et les camions-poubelle qui s'arrêtaient au bord du trottoir. Il vit des groupes de jeunes gens se diriger vers les discothèques. Observa des filles qui, jadis, avaient été des garçons tanguer vers le sud. Vit une berline bleue de marque allemande se garer dans la rue. Regarda un homme compact en costume gris en sortir et marcher vers le nord. Se glisser entre deux chaises sur le trottoir et entrer dans le café, et se diriger vers le personnel agglutiné au fond. Reacher l'observa tandis qu'il posait des questions.

Le type était de taille moyenne, ni jeune ni vieux, trop solide pour être qualifié de sec, trop mince pour être qualifié de lourd. Ses cheveux, grisonnants aux tempes, étaient coupés court et bien net. Il se tenait en équilibre sur l'avant des pieds. Ses lèvres ne remuaient pas beaucoup quand il parlait. Mais ses yeux, eux, bougeaient. Ils papillonnaient de gauche à droite, inlassablement. Le type devait avoir environ quarante ans, et les avoir atteints en restant sans cesse attentif à tout ce qui se passait autour de lui. Reacher avait vu cette même expression chez d'anciens fantassins d'élite ayant survécu à de longues missions dans la jungle.

Soudain le garçon se tourna et montra Reacher du doigt. L'homme compact en costume gris regarda fixement dans sa direction. Reacher en fit autant, par-dessus son épaule, à travers la vitrine. Leurs regards se rencontrèrent. Sans rompre le contact, l'homme en costume gris articula un « Merci » au garçon et ressortit en empruntant le chemin même qu'il avait pris pour entrer. Il passa la porte, tourna à droite dans l'espace délimité par le paravent en toile et se faufila jusqu'à la table de Reacher. Qui le laissa rester debout en silence un moment, le temps de se décider. Puis il lui dit « Oui », sur un ton affirmatif, pas interrogatif.

– « Oui » quoi ? lui renvoya le type.

– Oui ce que vous voulez. Oui je passe une soirée

agréable, oui vous pouvez vous joindre à moi, oui vous pouvez me demander tout ce que vous avez envie de me demander.

Le type tira une chaise et s'assit, dos à la circulation, bouchant la vue à Reacher.

— De fait, j'ai bien une question, dit-il.

— Je sais, dit Reacher. Sur ce qui s'est passé hier soir.

— Comment avez-vous deviné ?

Il avait la voix grave et posée, un accent neutre, séquencé et britannique.

— Le garçon m'a montré du doigt, dit Reacher. Et la seule chose qui me distingue des autres clients est que j'étais ici hier soir, et pas eux.

— Vous en êtes sûr ?

— Tournez la tête. Regardez la circulation.

Le type tourna la tête. Regarda la circulation.

— Et maintenant, dites-moi comment je suis habillé.

— Chemise verte, dit le Britannique. En coton, ample, bon marché, usagée, manches remontées jusqu'aux coudes, par-dessus un T-shirt vert, bon marché et usagé lui aussi, un peu serré, par-dessus un pantalon en toile kaki sans pinces, pas de chaussettes, des chaussures anglaises, cuir grainé, marron, pas neuves mais pas trop vieilles non plus, probablement chères. Des lacets effilochés, comme si vous tiriez trop fort dessus en les attachant. Peut-être le signe d'une obsession de l'autodiscipline.

— Bon, d'accord, dit Reacher.

— Quoi, « d'accord » ?

— Vous êtes observateur. Et moi aussi. On se ressemble. Comme deux gouttes d'eau. Je suis le seul client à avoir été ici hier soir. J'en suis certain. Et c'est ce que vous avez demandé au personnel. Forcément.

C'est la seule raison pour laquelle le garçon a pu me montrer du doigt.

Le type se retourna.

– Avez-vous vu une voiture hier soir ? demanda-t-il.

– J'en ai vu des tas. On est dans la 6e Avenue.

– Une Mercedes. Garée là-bas.

Le type se tordit de nouveau et indiqua, légèrement en diagonale, une portion de trottoir vide près d'une bouche d'incendie de l'autre côté de l'avenue.

– Gris métallisé, berline, dit Reacher. Une S420, plaques personnalisées de l'État de New York commençant par « OSC », l'air d'avoir beaucoup roulé en ville. Peinture sale, pneus lisses, jantes abîmées, des coups et des éraflures sur les deux pare-chocs.

Le type lui refit face.

– Vous l'avez bien vue, dit-il.

– J'étais juste ici. Évidemment que je l'ai vue.

– L'avez-vous vue partir ?

Reacher acquiesça :

– Juste avant onze heures quarante-cinq, un type est monté dedans et l'a emmenée.

– Vous ne portez pas de montre.

– Je sais toujours l'heure qu'il est.

– Il devait être plus près de minuit.

– Peut-être, dit Reacher. Comme vous voulez.

– Avez-vous vu le conducteur ?

– Je vous l'ai dit, je l'ai vu monter dans la voiture et s'en aller.

Le type se leva.

– J'ai besoin que vous veniez avec moi, dit-il en mettant une main à sa poche. Je vous paie le café.

– Je l'ai déjà payé.

– Bon, alors allons-y.

– Où ça ?

– Voir mon patron.

– Qui est votre patron ?

– Il s'appelle Lane.

– Vous n'êtes pas flic, dit Reacher. Voilà ce que je déduis. À partir de mes observations.

– Lesquelles ?

– Votre accent. Vous n'êtes pas américain. Vous êtes britannique. Le NYPD[1] n'est pas à ce point-là dans le besoin.

– Nous sommes presque tous américains, dit le Britannique. Mais vous avez raison, nous ne sommes pas flics. Nous sommes des particuliers.

– De quel genre ?

– Du genre à vous dédommager si vous nous donnez le signalement de l'individu qui a emmené cette voiture.

– Dédommager comment ?

– Financièrement. Il y aurait une autre manière ?

– Il y en a des tas, dit Reacher. Je crois que je vais rester ici.

– C'est très sérieux.

– À quel point ?

Le type en costume s'assit.

– Je ne peux pas vous parler de ça, dit-il.

– Salut, dit Reacher.

– Ce n'est pas de mon ressort, reprit le type. M. Lane dit qu'il est indispensable pour la mission que personne ne soit au courant. Il a de très bonnes raisons pour cela.

Reacher inclina sa tasse et en vérifia le contenu. Presque finie.

---

1. New York Police Department, la police de New York. *(Toutes les notes sont du traducteur.)*

– Vous avez un nom ? demanda-t-il.

– Et vous ?

– Vous d'abord.

En réponse, le type introduisit son pouce dans la poche de poitrine de son veston et en sortit un étui à cartes de visite en cuir noir. Il l'ouvrit et se servit du même pouce pour en faire glisser une seule carte. Qu'il fit passer par-dessus la table. De bonne qualité. Papier lin à fort grammage, lettrage en relief, une encre qui avait encore l'air humide. En haut, une inscription : « Operational Security Consultants. »

– OSC, dit Reacher. Comme la plaque d'immatriculation.

Le Britannique garda le silence.

Reacher sourit.

– Vous êtes dans la sécurité et vous vous faites voler votre voiture ? Je comprends que vous trouviez ça gênant.

– Ce n'est pas la voiture qui nous gêne.

Plus bas sur la carte de visite, il y avait un nom : « John Gregory. » Sous le nom, en plus petit : « Retraité de l'Armée britannique. » Et un titre : « Sous-directeur exécutif. »

– Depuis combien de temps l'avez-vous quittée ? demanda Reacher.

– Quoi ? L'armée britannique ? dit l'homme qui s'appelait Gregory. Sept ans.

– Unité ?

– SAS[1].

– Vous en avez toujours l'air.

– Vous aussi, dit Gregory. Depuis combien de temps en êtes-vous sorti ?

----

1. Special Air Service, forces spéciales de l'armée britannique.

– Sept ans aussi.

– Unité ?

– CID[1] de l'armée des États-Unis, principalement. Gregory leva les yeux. L'air intéressé.

– Enquêteur ?

– La plupart du temps.

– Grade ?

– Je ne me rappelle pas. Je suis civil depuis sept ans.

– Ne faites pas le timide, dit Gregory. Vous étiez au moins lieutenant-colonel.

– Major, dit Reacher. C'est ce que j'ai fait de mieux.

– Des problèmes de carrière ?

– J'ai eu ma dose.

– Vous avez un nom ?

– Comme presque tout le monde.

– Et c'est ?

– Reacher.

– Que faites-vous en ce moment ?

– J'essaie de boire mon café tranquille.

– Vous cherchez du boulot ?

– Non, dit Reacher. Je n'en cherche pas.

– J'étais sergent, dit Gregory.

Reacher acquiesça.

– Je m'en doutais. Comme la plupart des types du SAS. En plus, vous en avez l'air.

– Alors, vous venez avec moi parler avec M. Lane ?

– Je vous ai dit ce que j'ai vu. Vous pouvez transmettre.

– M. Lane voudra l'entendre en direct.

Reacher vérifia de nouveau sa tasse.

– Où est-il ?

1. Criminal Investigation Division, police criminelle de l'armée des États-Unis.

16

– Pas loin. À dix minutes d'ici.

– Je ne sais pas, dit Reacher. J'apprécie vraiment mon café.

– Emportez-le. Il est dans un gobelet.

– Je préfère le calme et la tranquillité.

– Tout ce que je vous demande, c'est dix minutes.

– Ça fait beaucoup d'excitation pour une voiture volée, même une Mercedes.

– Il ne s'agit pas de la voiture.

– Et de quoi s'agit-il, alors ?

– De vie et de mort, dit Gregory. Là tout de suite, plus vraisemblablement de mort que de vie.

Reacher vérifia de nouveau sa boisson. Il restait à peine trois millimètres de liquide tiède, épais, et couvert de l'écume boueuse de l'express. C'était tout. Il reposa le gobelet.

– D'accord, dit-il. Alors, allons-y.

2

La berline bleue de marque allemande s'avéra être une BMW série 7 neuve avec des plaques personnalisées OSC. Gregory la déverrouilla à trois mètres de distance avec la télécommande de son porte-clés. Reacher s'installa en biais du côté passager, trouva la manette et recula son siège pour faire de la place pour ses jambes. Gregory sortit un petit mobile argenté et composa un numéro.

– En approche avec témoin, dit-il dans son phrasé séquencé et britannique.

Puis il ferma le téléphone, fit vrombir le moteur et s'élança dans la circulation nocturne.

Les dix minutes se transformèrent en vingt. Gregory fit route au nord dans la 6e Avenue, traversa le Midtown jusqu'à la 57e Rue, puis se dirigea vers l'ouest sur deux pâtés de maisons. Il reprit au nord dans la 8e Avenue, traversa Columbus Circle et emprunta Central Park West jusqu'à la 72e Rue. S'arrêta devant l'immeuble Dakota.

– Belle baraque, dit Reacher.

– Rien que le meilleur pour M. Lane, dit Gregory sur un ton neutre.

Ils descendirent de voiture ensemble et restèrent debout sur le trottoir ; un autre homme compact en costume gris sortit de l'ombre, monta dans la voiture et l'emmena. Gregory fit entrer Reacher dans l'immeuble et dans l'ascenseur. Les halls et les couloirs étaient aussi sombres et imposants que l'extérieur.

– Vous avez déjà vu Yoko[1] ? demanda Reacher.

– Non, dit Gregory.

Ils s'arrêtèrent au quatrième et, Gregory ouvrant la voie, passèrent le coin du couloir et gagnèrent une porte déjà ouverte à leur intention. Le personnel du hall avait dû prévenir. La porte était en chêne massif couleur miel, la chaude lumière qui se répandait dans le couloir ayant elle aussi la couleur du miel. L'appartement était haut de plafond et spacieux. Petite entrée carrée donnant sur un grand salon carré. Salon climatisé, avec des murs jaunes et des lampes sur des tables basses, des chaises et des canapés confortables tous recouverts de tissu imprimé. Six hommes remplissaient la pièce. Aucun n'était assis. Tous se tenaient debout, en silence. Trois d'entre eux portaient un costume gris semblable à celui de Gregory, les trois autres se contentant d'un jean noir et d'un blouson d'échauffement noir en nylon. Reacher comprit instantanément qu'il s'agissait d'anciens militaires. Comme Gregory. Ils en avaient l'air. L'appartement, lui, avait l'atmosphère désespérément calme d'un bunker de l'état-major éloigné de l'endroit, lointain, où, au même moment, une bataille est en train de partir en couille.

Tous les hommes se tournèrent vers Reacher et l'examinèrent lorsqu'il entra. Aucun ne dit mot. Mais cinq d'entre eux regardèrent ensuite le sixième, ce qui, d'après Reacher, le désignait comme étant M. Lane. Le

---

1. Yoko Ono, veuve de John Lennon, résidente de l'immeuble Dakota, devant lequel fut assassiné son époux.

19

patron. Une demi-génération de plus que ses troupes. Costume gris. Cheveux gris, tondus à ras. Svelte, il faisait dans les deux centimètres de plus qu'un homme de taille moyenne. Visage pâle et anxieux. Il se tenait parfaitement droit, tendu jusqu'à la souffrance, les extrémités de ses doigts écartés plaquées sur le plateau d'une table sur laquelle étaient posés un téléphone à l'ancienne et la photographie encadrée d'une jolie femme.

– Voici le témoin, dit Gregory.

Pas de réponse.

– Il a vu le conducteur, ajouta Gregory.

L'homme à la table jeta un regard vers le téléphone, puis s'en éloigna et se dirigea vers Reacher. L'observa, le jaugea, l'évalua. S'arrêta à un mètre de lui et tendit la main.

– Edward Lane, dit-il. Très heureux de vous rencontrer, monsieur.

Il avait l'accent américain d'un endroit désolé bien loin de l'Upper West Side ou de Manhattan. L'Arkansas, peut-être, ou la campagne du Tennessee. Dans tous les cas masqué par une exposition prolongée aux intonations neutres de l'armée. Reacher lui donna son nom et lui serra la main. Sèche, cette dernière, ni chaude ni froide.

– Dites-moi ce que vous avez vu, dit Lane.

– J'ai vu un type monter dans une voiture, dit Reacher. Et partir avec.

– J'aimerais des détails.

– Reacher est un ancien enquêteur de l'armée des États-Unis, dit Gregory. Il a parfaitement décrit la Mercedes.

– Eh bien, décrivez le conducteur, dit Lane.

20

– J'ai mieux vu la voiture que le conducteur, dit Reacher.

– Où étiez-vous ?

– Dans un café. La voiture était un peu au nord et à l'est par rapport à moi, de l'autre côté de la 6e Avenue. À un angle d'environ vingt degrés et environ trente mètres.

– Pourquoi la regardiez-vous ?

– Elle était mal garée. Elle n'avait pas l'air à sa place. Je crois qu'elle était devant une bouche d'incendie.

– Exact, dit Lane. Et ensuite ?

– Ensuite, un type a traversé la rue dans sa direction. Pas sur le passage piétons. Entre les voitures, en biais. L'angle était plus ou moins le même que mon angle de vision, je dirais vingt degrés. Ce qui fait que j'ai surtout vu son dos, tout le temps.

– Et puis ?

– Il a mis la clé dans la serrure et il est monté dans la voiture. Et a filé.

– Vers le nord, forcément, puisqu'il était dans la 6e Avenue. A-t-il tourné ?

– Pas à ma connaissance.

– Pouvez-vous le décrire ?

– Jean bleu, chemise bleue, casquette de base-ball bleue, chaussures de sport blanches. Des vêtements vieux et confortables. Taille moyenne, poids moyen.

– Âge ?

– Je n'ai pas vu son visage. Essentiellement son dos. Mais il ne se déplaçait pas comme un jeune. Il avait au moins la trentaine. Peut-être quarante ans.

– Comment bougeait-il, exactement ?

– Il était concentré. Il se dirigeait tout droit vers la voiture. Pas vite, mais il ne laissait subsister aucun doute sur sa destination. D'après la position de sa tête, je dirais qu'il gardait les yeux fixés sur le véhicule. Comme sur un but bien précis. Une cible. Et d'après la position de son épaule je pense qu'il tenait la clé droit devant lui, à l'horizontale. Comme une petite lance. Concentré, intense. Dans l'urgence. Voilà comment il se déplaçait.

– D'où venait-il ?

– De derrière mon épaule, en gros. Il aurait pu avoir marché vers le nord avant de quitter le trottoir au niveau du café, direction nord-est à travers la circulation.

– Pourriez-vous le reconnaître ?

– Peut-être, dit Reacher. Mais seulement ses vêtements, sa démarche et sa façon de se tenir. Rien de très convaincant.

– S'il a traversé entre les voitures, il a dû regarder au sud pour voir ce qui arrivait. Au moins une fois. Donc, vous avez dû voir le côté droit de son visage. Et quand il était au volant, vous avez dû voir le gauche.

– Angles fermés, dit Reacher. Et la lumière n'était pas terrible.

– Il devait y avoir des phares qui l'éclairaient.

– Il était blanc. Visage glabre. C'est tout ce que j'ai vu.

– Un Blanc, dit Lane. Entre trente-cinq et quarante-cinq ans. Ça doit éliminer dans les quatre-vingts pour cent de la population. Un peu plus, peut-être, mais ce n'est pas assez.

– Vous n'êtes pas assuré ? demanda Reacher.

– Il ne s'agit pas de la voiture.

– Elle était vide.

– Non, elle ne l'était pas.

– Et qu'y avait-il à l'intérieur ?

– Merci, monsieur Reacher, dit Lane. Vous nous avez été très utile.

Il fit demi-tour et revint à son point de départ, près de la table avec le téléphone et la photographie. Il se tint droit devant elle, écarta de nouveau les doigts et en posa doucement les extrémités sur le bois poli, juste à côté du téléphone, comme si par ce contact il pouvait déceler un appel entrant avant même que l'impulsion électronique ne déclenche la sonnerie.

– Vous avez besoin d'aide, dit Reacher. N'est-ce pas ?

– Et pourquoi voudriez-vous vous en soucier ?

– L'habitude. Histoire de réflexes. Déformation professionnelle.

– De l'aide, j'en ai déjà, dit Lane en montrant la pièce autour de lui de sa main libre. Des SEALS[1] de la marine, des Force Delta[2], des Force Reconnaissance des Marines, des Bérets verts, des SAS de Grande-Bretagne. Les meilleurs du monde.

– Vous avez besoin d'une aide d'un autre genre. Le type qui a pris votre voiture, ces gars-là peuvent sans doute lui faire la guerre. Mais vous, vous devez commencer par le trouver.

Pas de réponse.

– Qu'y avait-il dans la voiture ? répéta Reacher.

– Parlez-moi de votre carrière, lui renvoya Lane.

– Finie depuis longtemps. C'est sa principale caractéristique.

– Grade de sortie ?

– Major.

– CID de l'infanterie ?

– Treize ans.

1. Nageurs de combat de la marine des États-Unis.
2. Unité antiterroriste de l'armée américaine.

– Enquêteur ?

– À la base, oui.

– Vous étiez bon ?

– Suffisamment.

– 110ᵉ unité spéciale ?

– Une partie du temps. Et vous ?

– Rangers [1] et Delta. Commencé au Vietnam, fini pendant la première guerre du Golfe. Commencé sous-lieutenant, terminé colonel.

– Qu'y avait-il dans la voiture ?

Lane détourna le regard. Resta longtemps calme et silencieux, très longtemps. Puis il regarda de nouveau Reacher, comme s'il avait pris une décision.

– Vous devez me promettre quelque chose, dit-il.

– À savoir ?

– Pas de flics. Le premier conseil que vous allez me donner sera d'aller voir les flics. Mais je refuserai, et je veux votre parole que vous n'irez pas les voir dans mon dos.

Reacher haussa les épaules.

– D'accord, dit-il.

– Dites-le.

– Pas de flics.

– Encore une fois.

– Pas de flics, répéta Reacher.

– Ça vous pose un problème de conscience ?

– Non.

– Pas de FBI, personne. Nous prenons tout en main nous-mêmes. Compris ? Si vous ne tenez pas votre promesse, je vous arracherai les yeux. Je vous rendrai aveugle.

– Drôle de façon de se faire des amis.

---

1. Bataillon d'infanterie d'élite de l'armée américaine.

– J'ai besoin d'aide, pas d'amis.

– Ma parole est fiable, dit Reacher.

– Dites-moi que vous comprenez ce que je ferai si vous ne la respectez pas.

Reacher parcourut la pièce du regard. La mémorisa. Atmosphère calme et désespérée, six anciens combattants des forces spéciales, tous discrètement menaçants, durs comme des rocs, et qui lui renvoyaient son regard, tous loyaux envers leur unité et pleins d'une hostilité soupçonneuse vis-à-vis de l'étranger.

– Vous m'arracherez les yeux, dit Reacher.

– Vous feriez bien de me croire, dit Lane.

– Qu'y avait-il dans la voiture ?

Lane écarta sa main du téléphone. Prit la photographie encadrée. La tint à deux mains, à plat contre sa poitrine, en hauteur, Reacher ayant alors l'impression qu'ils étaient deux à le regarder. Au-dessus, les traits pâles et soucieux de Lane. Plus bas, sous verre, une femme d'une beauté classique à couper le souffle. Cheveux noirs, yeux verts, pommettes saillantes, bouche en bouton de rose, photographie prise avec passion et savoir-faire, et développée par un maître.

– Ma femme, dit Lane.

Reacher hocha la tête. Ne dit rien.

– Elle s'appelle Kate, reprit Lane.

Personne ne parla.

– Elle a disparu hier en fin de matinée. J'ai reçu un appel dans l'après-midi. De ses ravisseurs. Ils voulaient de l'argent. Voilà ce qu'il y avait dans la voiture. Vous avez vu un des ravisseurs de ma femme récupérer la rançon.

Silence.

– Ils avaient promis de la libérer. Ça fait vingt-quatre heures. Et ils n'ont pas rappelé.

3

Edward Lane tendit la photographie comme une offrande et Reacher avança pour s'en saisir. L'inclina pour qu'elle prenne la lumière. Kate Lane était belle, sans aucun doute. Elle l'hypnotisait. Elle devait avoir vingt ans de moins que son mari, soit une petite trentaine. Assez âgée pour être totalement femme, assez jeune pour n'avoir aucun défaut. Sur la photographie, elle regardait quelque chose au-delà du bord du tirage. Ses yeux brillaient d'amour. Sa bouche semblait prête à exploser en un grand sourire. Le photographe en avait saisi le premier soupçon, la pose paraissait en mouvement. Image fixe, mais donnant l'impression d'être sur le point de bouger. Mise au point et piqué parfaits. Reacher n'y connaissait pas grand-chose en photographie, mais il sentit qu'il tenait là un produit de grande qualité. Le cadre seul devait coûter ce qu'il se faisait par mois du temps où il était dans l'armée.

– Ma Joconde, dit Lane. Voilà comment je considère cette photographie.

Reacher la lui rendit.

– Elle est récente ?

Lane la reposa debout, à côté du téléphone.

– Moins d'un an, dit-il.

– Pourquoi pas de flics ?

26

– J'ai mes raisons.

– Dans ce genre d'affaire, ils font généralement du bon boulot.

– Pas de flics, dit Lane.

Personne ne parla.

– Vous étiez flic, reprit Lane. Vous pouvez faire ce qu'ils font.

– Non, je ne peux pas.

– Vous étiez dans la police militaire. Par conséquent, toutes choses égales par ailleurs, vous pouvez faire mieux qu'eux.

– Toutes les choses ne sont pas égales. Je n'ai pas leurs ressources.

– Vous pouvez commencer.

La pièce devint très calme. Reacher jeta un coup d'œil au téléphone et à la photographie.

– Combien d'argent ont-ils exigé ? demanda-t-il.

– Un million de dollars en liquide.

– Et c'était ça qu'il y avait dans la voiture ? Un million de dollars ?

– Dans le coffre. Dans un sac en cuir.

– D'accord, dit Reacher. Asseyons-nous tous.

– Ça ne me dit rien de m'asseoir.

– Détendez-vous. Ils vont rappeler. Probablement très bientôt. Je peux quasiment vous l'assurer.

– Comment ça ?

– Asseyez-vous. Commencez par le commencement. Parlez- moi d'hier.

Lane s'assit dans le fauteuil près de la table du téléphone et commença à parler de la veille. Reacher s'installa à un bout du canapé. Gregory se plaça à côté de lui. Les cinq autres types se répartirent dans la pièce, deux assis, deux posés sur des bras de fauteuil, le dernier adossé à un mur.

– Kate est sortie à dix heures du matin, dit Lane. Elle allait chez Bloomingdale's... je crois.

– Vous croyez ?

– Je lui laisse une certaine liberté de mouvement. Elle ne me fournit pas nécessairement son itinéraire détaillé. Pas tous les jours.

– Était-elle seule ?

– Sa fille l'accompagnait.

– Sa fille ?

– Elle a une fille de huit ans d'un premier mariage. Elle s'appelle Jade.

– Elle habite ici, avec vous ?

Lane acquiesça.

– Où est Jade en ce moment ?

– Pas ici, c'est évident, dit Lane.

– Donc, c'est un double enlèvement ?

Lane acquiesça de nouveau :

– Triple, d'une certaine façon. Leur chauffeur n'est pas revenu, lui non plus.

– Et vous n'avez pas pensé à le dire plus tôt ?

– Qu'est-ce que ça change, une personne ou trois ?

– Qui était leur chauffeur ?

– Un certain Taylor. Britannique, ex-SAS. Un type bien. Un des nôtres.

– Qu'est-il arrivé à la voiture ?

– Elle a disparu.

– Kate va-t-elle souvent chez Bloomingdale's ?

Lane fit non de la tête.

– Seulement de temps en temps. Et jamais de manière prévisible. Nous ne faisons jamais rien de régulier ni de prévisible. Je change ses chauffeurs, ses itinéraires, parfois nous restons complètement en dehors de la ville.

– Pourquoi ? Vous avez beaucoup d'ennemis ?

– J'en ai ma dose. Mon activité professionnelle attire les ennemis.

– Vous allez devoir m'expliquer votre profession. Vous allez devoir me dire qui sont vos ennemis.

– Pourquoi êtes-vous si sûr qu'ils vont appeler ?

– J'y viendrai, dit Reacher. Rapportez-moi la première conversation. Mot pour mot.

– Ils ont appelé à quatre heures de l'après-midi. Cela s'est passé plus ou moins comme on pouvait s'y attendre. Du genre : nous avons votre femme, nous avons votre fille.

– La voix ?

– Modifiée. Une de ces boîtes à transformation électronique. Très métallique, comme un robot dans un film. Puissante et grave. Mais ça ne veut rien dire, ils peuvent changer la tessiture et le volume.

– Que leur avez-vous dit ?

– Je leur ai demandé ce qu'ils voulaient. Ils ont répondu : « Un million de dollars. » Je leur ai demandé de me passer Kate. Ils l'ont fait, après une légère pause. (Il ferma les yeux.) Elle disait… enfin, vous savez… « À l'aide, à l'aide ! » (Il rouvrit les yeux.) Et puis le type à la voix modifiée a repris la ligne et j'ai accepté de remettre l'argent. Sans hésitation. Le type a dit qu'il rappellerait une heure plus tard avec des instructions.

– Et il l'a fait ?

Lane acquiesça :

– À dix-sept heures. Ils m'ont dit d'attendre encore six heures, de mettre l'argent dans le coffre de la Mercedes que vous avez vue, de la faire conduire au Village, de la garer à la place indiquée à vingt-trois heures quarante pile. Le chauffeur devait verrouiller la voiture, s'en aller et déposer les clés dans la boîte

29

aux lettres de la porte d'entrée d'un immeuble bien précis, au coin sud-ouest de Spring Street et de West Broadway. Ensuite, il devait partir et continuer à marcher dans West Broadway, vers le sud. Quelqu'un viendrait après lui et ramasserait les clés. Si mon chauffeur s'arrêtait, se retournait ou simplement regardait derrière lui, Kate mourrait. Même chose s'il y avait un mouchard sur la voiture.

– C'est tout ? Mot pour mot ?

Lane acquiesça.

– Rien d'autre ?

Lane fit non de la tête.

– Qui a conduit la voiture au Village ?

– Gregory.

– J'ai suivi les instructions, dit celui-ci. À la lettre. Je ne pouvais rien tenter.

– Quelle distance deviez-vous parcourir à pied ?

– Six pâtés de maisons.

– Dans quel genre d'immeuble se trouvait la boîte aux lettres ?

– Abandonné, dit Gregory. Ou en attente de rénovation. L'un ou l'autre. En tout cas, il était vide. J'y suis retourné ce soir avant d'aller au café. Aucune trace de vie.

– Ce Taylor était-il vraiment bon ? Le connaissiez-vous, en Grande-Bretagne ?

Gregory acquiesça :

– Le SAS est une grande famille. Et Taylor était effectivement très bon.

– Bien, dit Reacher.

– Quoi, « bien » ? demanda Lane.

– Il y a quelques conclusions évidentes à tirer, dit Reacher.

4

– La première est que Taylor est déjà mort, enchaîna Reacher. Ces types vous connaissent probablement, jusqu'à un certain point, et nous devons donc supposer qu'ils savent qui était Taylor et ce qu'il faisait. Ils ne l'auraient pas laissé en vie. Aucune raison. Trop dangereux.

– Pourquoi pensez-vous qu'ils me connaissent ? demanda Lane.

– Ils ont exigé une voiture précise. Et ils se doutaient que vous pourriez avoir un million de dollars en liquide qui traînait dans le coin. Ils vous l'ont demandé après l'heure de fermeture des banques et ont exigé que vous le leur livriez avant leur réouverture. Tout le monde ne peut pas satisfaire de telles exigences. D'habitude, même les gens très riches ont besoin d'un peu de temps pour réunir un million de dollars en liquide. Ils font des emprunts à court terme et des virements électroniques, ils se servent de leurs titres comme collatéral, des trucs de ce genre. Mais eux semblaient savoir que vous pourriez les sortir sur-le-champ.

– D'où me connaissent-ils ?

– C'est à vous de me le dire.

Personne ne parla.

– Autre chose : ils sont trois, reprit Reacher. Un qui

31

garde Kate et Jade à l'endroit où ils les ont emmenées. Un autre qui surveille Gregory par-derrière dans West Broadway. Relié par un mobile au troisième qui attend que le danger soit écarté pour entrer prendre les clés.

Personne ne parla.

– Et ils sont basés à au moins trois cents kilomètres au nord. Supposons que l'action initiale ait eu lieu peu avant onze heures hier matin. Malgré tout, ils attendent plus de cinq heures avant d'appeler. Parce qu'ils sont sur la route. Ensuite ils donnent des instructions pour que la rançon soit déposée plus de six heures après. Pourquoi ? Parce qu'ils ont besoin de ces six heures pour que deux des leurs aient le temps de revenir. Cinq, six heures, ça fait dans les trois ou quatre cents kilomètres, peut-être plus.

– Pourquoi au nord ? Ils pourraient être n'importe où.

– Non. Ni au sud ni à l'ouest, dit Reacher. Sinon, ils auraient demandé que la voiture avec la rançon soit garée au sud de Canal Street, pour pouvoir repartir tout droit vers le Holland Tunnel. Pas à l'est, vers Long Island, sinon ils auraient demandé qu'elle soit près du Midtown Tunnel. Non, vers le nord dans la 6e, voilà ce qu'ils voulaient. Cela implique qu'ils avaient envie de se diriger vers le George Washington Bridge et le Saw Mill Parkway, ou vers le Triborough Bridge et Major Deegan. Au final, ils ont probablement pris le Thruway. Ils peuvent être dans les collines des Catskills ou n'importe où ailleurs. Dans une ferme, probablement. En tout cas, dans un endroit avec un grand garage ou une grange.

– Pourquoi ?

– Parce qu'ils viennent d'hériter d'une Mercedes. Juste après avoir détourné la voiture que Taylor conduisait chez Bloomingdale's hier. Ils ont donc besoin de place pour les dissimuler.

– Taylor conduisait une Jaguar.

– Nous y voilà ! À l'heure qu'il est, leur planque doit ressembler à un concessionnaire de voitures de luxe.

– Qu'est-ce qui vous permet d'affirmer qu'ils vont rappeler ?

– La nature humaine. Là tout de suite, ils sont furieux. Ils s'en veulent. Ils vous connaissent, mais peut-être pas si bien que ça. Ils ont pris un risque en vous demandant un million de dollars en liquide et vous avez réuni la somme sans hésitation. Vous n'auriez pas dû. Vous auriez dû négocier, faire traîner. Parce que maintenant, voilà ce qu'ils se disent : merde, on aurait dû demander plus. Ils se disent : on aurait dû le pousser dans les cordes. Ils vont reprendre le téléphone et vous balancer une autre demande. Ils vont se faire une idée précise de l'argent liquide que vous avez chez vous. Ils vont vous saigner à blanc.

– Pourquoi attendre si longtemps ?

– Parce qu'il s'agit d'un changement de stratégie significatif. Et donc, ils en discutent. Ils en ont discuté toute la journée. La nature humaine, encore une fois. Trois types ensemble discutent toujours, le pour et le contre, jouer la partition ou improviser, rester prudent ou tenter sa chance.

Personne ne dit rien.

– Vous avez combien exactement en liquide ?

– Je ne vous le dirai pas.

– Cinq millions, dit Reacher. Voilà ce qu'ils vont vous demander la prochaine fois. Le téléphone va sonner et ils vont vous demander cinq millions de dollars de plus.

Sept paires d'yeux se tournèrent vers le téléphone. Qui resta muet.

– Et dans une autre voiture, dit Reacher. Ils doivent avoir une énorme grange.

– Kate est-elle en sécurité ?

– Pour l'instant, oui, aussi sûrement que dans une forteresse, dit Reacher. C'est leur assurance. Et vous avez bien fait de demander à l'entendre la première fois. Vous avez créé un bon schéma. Ils devront s'y tenir. Le problème viendra quand ils auront reçu le dernier paiement. C'est le moment le plus dur dans tout enlèvement. Donner de l'argent, c'est facile. Récupérer la personne, ça l'est moins.

Le téléphone restait muet.

– Alors, je devrais gagner du temps ?

– Moi, c'est ce que je ferais. Au coup par coup. Sans arrêt. Gagner du temps.

Le téléphone ne sonnait pas. Aucun bruit dans la pièce, à part le sifflement de l'air conditionné et la respiration des hommes. Reacher regarda autour de lui. Tout le monde attendait patiemment. Les soldats des forces spéciales savent attendre. Pour un moment d'action spectaculaire, il y en a bien d'autres passés à attendre, à rester en veilleuse, à tuer le temps tout en se tenant prêt. Et en plus, neuf fois sur dix, on les rappelle – action annulée.

Le téléphone ne sonnait pas.

– Bonnes déductions, tout ça, dit Lane à personne en particulier. Trois types, loin, au nord. Dans une ferme.

*

Mais Reacher avait tout faux. À tout juste six kilomètres dans l'obscurité électrique de la ville, en plein Manhattan, un solitaire poussa une porte et entra dans une petite chambre étouffante. Puis recula. Kate Lane et sa fille Jade passèrent devant lui sans croiser son regard. Elles entrèrent dans la chambre et virent deux lits. Étroits et l'air durs. La chambre était humide et semblait inoccupée. Fenêtre tendue de tissu noir. Scotché le long des murs, en haut, en bas, sur les côtés.

L'homme solitaire referma la porte et s'éloigna.

5

Le téléphone sonna à exactement une heure du matin. Lane l'arracha de son socle.

– Oui ?

Reacher entendit une voix faible dans l'écouteur, déformée par un appareil et une mauvaise connexion.

– Quoi ? dit Lane.

On lui répondit.

– Passez-moi Kate. Avant toute chose.

Il y eut une pause, puis une autre voix. Une voix de femme, déformée, paniquée, essoufflée. Elle prononça un seul mot, peut-être le nom de Lane, avant d'exploser en un cri. Qui se transforma en silence. Lane ferma les yeux. La voix du robot électronique reprit la ligne et aboya six brèves syllabes. Lane dit « D'accord, d'accord, d'accord », puis Reacher entendit qu'on coupait la ligne.

Lane s'assit en silence, les yeux clos, la respiration rapide et saccadée. Puis ses yeux se rouvrirent, et son regard passa de visage en visage avant de s'arrêter sur Reacher.

– Cinq millions, dit-il. Vous aviez raison. Comment le saviez-vous ?

– C'était la prochaine étape, dit Reacher. Évidemment. Un, cinq, dix, vingt, c'est comme ça qu'on compte.

– Vous avez une boule de cristal. Vous prédisez l'avenir. Je vous engage. Vingt-cinq mille par mois, comme tous ces types.

– Ça ne durera pas un mois. Pas possible. Tout sera terminé d'ici deux jours.

– J'ai cédé à leurs exigences. Je ne pouvais pas les faire attendre. Ils lui faisaient mal.

Reacher acquiesça d'un signe de tête. Ne dit rien.

– D'autres instructions ? demanda Gregory.

– Dans une heure, dit Lane.

La pièce retomba dans le silence. Toujours l'attente. Tout autour de la pièce les hommes consultaient leur montre et se tassaient, imperceptiblement. Lane remit le combiné inerte sur son socle et regarda en l'air, dans le vide. Reacher se pencha vers l'avant et lui tapota le genou.

– Il faut qu'on parle, dit-il tranquillement.

– De quoi ?

– Du contexte. Il faut essayer de comprendre qui sont ces types.

– D'accord, dit Lane d'un air vague. Allons dans mon bureau.

Il se leva lentement, quitta le salon, traversa la cuisine et gagna une chambre de bonne à l'arrière de la bâtisse. Petite, simple et carrée, la pièce avait été transformée en espace de travail. Bureau, ordinateur, fax, plusieurs téléphones, placards, étagères.

– Parlez-moi d'Operational Security Consultants, dit Reacher.

Lane s'assit sur le fauteuil de bureau et lui fit face.

– Il n'y a pas grand-chose à raconter, dit-il. Juste une bande d'anciens militaires qui essaient de s'occuper.

– En faisant quoi ?

– Tout ce dont les gens ont besoin. Gardes du corps, principalement. Sécurité des entreprises. Des trucs comme ça.

Il y avait deux photographies encadrées sur le bureau. L'une était un petit format de la photo du salon. 13 × 18 au lieu de 30 × 40, dans le même genre de cadre doré et coûteux. L'autre montrait une autre femme, à peu près du même âge, blonde alors que Kate était brune, les yeux bleus et non verts. Mais tout aussi belle, et tout aussi bien photographiée.

– Gardes du corps ? répéta Reacher.

– Principalement.

– Vous ne m'avez pas convaincu, monsieur Lane. Les gardes du corps ne se font pas vingt-cinq mille dollars par mois. Ce sont des gros tas stupides bien contents de gagner le dixième de cette somme. Et si vous aviez des types entraînés à la protection rapprochée, vous en auriez envoyé un avec Kate et Jade hier matin. Taylor au volant, peut-être Gregory à côté. Mais vous n'en avez rien fait, ce qui laisse entendre que la protection rapprochée n'est pas exactement votre métier.

– Mon métier est confidentiel, dit Lane.

– Plus maintenant. Pas si vous voulez revoir votre femme et sa fille.

Pas de réponse.

– Une Jaguar, une Mercedes et une BMW, enchaîna Reacher. Et il y en a d'autres en réserve, j'en suis sûr. Plus un appartement au Dakota. Et de l'argent liquide un peu partout. Et une demi-douzaine de types à vingt-cinq mille dollars par mois. Ça en fait, du pognon.

– Tout est légal.

– Sauf que vous ne voulez pas voir les flics.

Involontairement, Lane regarda la photographie de la blonde.

– Aucun rapport. Ce n'est pas la raison.

Reacher suivit le regard de Lane.

– Qui est-ce ? demanda-t-il.

– Était.

– Quoi, « était » ?

– Anne, dit Lane. Ma première femme.

– Et ?

Long silence.

– Vous voyez, j'ai déjà connu ça, dit enfin Lane. Il y a cinq ans, Anne a été enlevée. Exactement de la même manière. Mais à l'époque j'ai suivi la procédure. J'ai prévenu les flics, même si les types m'avaient très clairement spécifié de ne pas le faire. Les flics ont appelé le FBI.

– Et que s'est-il passé ?

– Le FBI a merdé quelque part. Ils ont dû se faire repérer en déposant la rançon. Anne est morte. On a retrouvé son corps un mois plus tard, dans le New Jersey.

Reacher garda le silence.

– C'est pour ça qu'il n'y aura pas de flics cette fois-ci, reprit Lane.

6

Reacher et Lane restèrent assis sans rien dire un long moment.

– Cinquante-cinq minutes de passées, lança enfin Reacher. Vous devriez vous préparer pour le prochain appel.

– Vous ne portez pas de montre, dit Lane.

– Je sais toujours l'heure qu'il est.

Reacher le suivit au salon. Lane s'installa de nouveau debout près de la table et posa une main dessus, les doigts écartés. Reacher se dit qu'il voulait prendre l'appel en présence de tous ses hommes. Peut-être avait-il besoin de son confort. Ou de soutien.

Le téléphone sonna à exactement deux heures du matin. Lane décrocha et écouta. Reacher entendit de faibles cris robotiques dans l'écouteur.

– Passez-moi Kate, dit Lane.

Mais sa requête fut apparemment rejetée car il ajouta :

– Je vous en prie, ne lui faites pas de mal.

Il écouta encore une minute et conclut :

– D'accord.

Puis il raccrocha.

– Dans cinq heures, dit-il. Sept heures du matin.

Même endroit, même protocole. La BMW bleue. Une seule personne.

– Je m'en charge, dit Gregory.

Les autres types s'agitèrent – la frustration.

– On devrait tous en être, dit l'un d'eux. (Américain, petit et le teint mat, il avait tout l'air d'un comptable, mis à part ses yeux, plats et morts comme ceux d'un requin-marteau.) Dix minutes après, nous saurions où elle est, je vous le promets.

– Un seul homme, dit Lane. Ce sont les instructions.

– On est à New York, lui renvoya l'homme aux yeux de requin. Il y a toujours du monde partout. Ils ne peuvent pas s'attendre à ce que les rues soient vides.

– Apparemment, ils savent qui nous sommes, dit Lane. Ils vous reconnaîtraient.

– Je pourrais y aller, dit Reacher. Moi, ils ne me reconnaîtraient pas.

– Vous êtes entré avec Gregory. Il se peut qu'ils surveillent l'immeuble.

– C'est envisageable, oui, dit Reacher. Mais peu probable.

Lane garda le silence.

– C'est à vous de décider, reprit Reacher.

– Je vais y réfléchir.

– Réfléchissez vite. Il vaudrait mieux que je parte largement en avance.

– Décision dans une heure, dit Lane.

Il s'éloigna du téléphone et se dirigea vers le bureau. *Il est parti compter l'argent*, songea Reacher en se demandant brièvement à quoi pouvaient ressembler cinq millions de dollars. *À un million*, se dit-il. *Mais en billets de cent au lieu de vingt.*

– Combien d'argent a-t-il ? demanda-t-il.

– Beaucoup, répondit Gregory.

– Il vient de lâcher six millions en deux jours.

L'homme aux yeux de requin sourit.

– On récupérera tout, dit-il. Vous pouvez en être sûr. Dès que Kate sera en sécurité à la maison, on passera à l'attaque. Et on verra bien qui a le dessus et qui se retrouve dessous. Ce coup-ci, quelqu'un a bousculé le mauvais nid de guêpes ! Et ils ont éliminé Taylor. Un des nôtres. Ils vont regretter d'avoir vu le jour.

Reacher regarda les yeux vides du type et le crut sur parole. Puis l'homme tendit la main, brusquement. Avec un peu de méfiance.

– Je m'appelle Carter Groom, dit-il. Heureux de vous rencontrer. Enfin, je crois. Pour autant qu'on puisse l'être, vu les circonstances.

Les quatre autres se présentèrent dans une calme succession de noms et de poignées de main. Chacun poli, sans plus. On se tenait sur ses gardes en présence d'un étranger. Reacher essaya d'associer les noms aux visages. Gregory, il le connaissait déjà. Il y avait un type avec une grande cicatrice sur l'œil qui s'appelait Addison. Le plus petit d'entre eux était un Latino-Américain nommé Perez. Le plus grand s'appelait Kowalski. Et il y avait encore un Noir, qui s'appelait Burke.

– Lane m'a dit que vous travailliez dans la sécurité des personnes et des sociétés, reprit Reacher.

Soudain, ce fut le silence. Pas de réponse.

– Ne vous en faites pas. Il ne m'a pas convaincu, de toute façon. Ce que je crois, c'est que vous étiez tous sous-officiers. Des combattants. Et, du coup, je pense que votre M. Lane est dans une tout autre profession.

– Quel genre ? demanda Gregory.

– Trafic de mercenaires, à mon avis.

Le type qui s'appelait Groom secoua la tête.

– Mauvaise formulation, mec.

– Quelle serait la bonne ?

– Nous formons une entreprise militaire privée, dit Groom. Ça vous pose un problème ?

– Je n'ai pas vraiment d'avis.

– Eh bien, vous devriez vous en faire un, et il vaudrait mieux qu'il soit positif. On est dans la légalité. On travaille pour le Pentagone, comme on le faisait avant, et comme vous le faisiez aussi dans le temps.

– La privatisation, dit Burke. Le Pentagone adore ça. C'est plus efficace. L'ère des grandes institutions est révolue.

– Combien d'hommes avez-vous ? demanda Reacher. Uniquement ceux que je vois ?

Groom secoua de nouveau la tête.

– Nous sommes l'équipe A. Les sous-offs les plus gradés. Il y a un classeur plein de membres de l'équipe B. Nous en avons emmené une centaine en Irak.

– C'est là que vous étiez ? En Irak ?

– Et aussi en Colombie, à Panama et en Afghanistan. Nous allons partout où l'Oncle Sam a besoin de nous.

– Et quand il n'a pas besoin de vous ?

Pas de réponse.

– Je crois que le Pentagone paie par chèque, reprit Reacher. Mais il me semble qu'il y a aussi un sacré paquet en liquide dans le coin.

Pas de réponse.

– L'Afrique ?

Pas de réponse.

– Comme vous voulez. Les endroits où vous êtes allés ne me regardent pas. Tout ce que je veux savoir, ce sont les trajets de Mme Lane. Ces quinze derniers jours.

– Quelle importance ? demanda Kowalski.

– Elle était sous surveillance. Vous ne croyez pas ? Je n'imagine pas que les méchants stationnaient devant Bloomingdale's tous les jours, juste au cas où.

– Mme Lane était dans les Hamptons[1], dit Gregory. Avec Jade, la majeure partie de l'été. Elles ne sont revenues qu'il y a trois jours.

– Qui les a raccompagnées ?

– Taylor.

– Et ensuite, elles sont restées ici ?

– Exact.

– Il s'est passé quelque chose dans les Hamptons ?

– Du genre ? demanda Groom.

– Du genre inhabituel. N'importe quoi qui sorte de l'ordinaire.

– Pas vraiment, dit Groom.

– Un jour, une femme s'est présentée à la porte, dit Gregory.

– Quelle sorte ?

– Une femme. Grosse.

– Grosse ?

– Lourdement bâtie. Environ quarante ans. Cheveux longs, raie au milieu. Mme Lane l'a emmenée se promener sur la plage. Et la femme est repartie. Je me suis dit que c'était une amie qui lui rendait visite.

– Vous l'aviez déjà vue ?

Gregory secoua la tête.

– Peut-être une ancienne amie. D'un autre temps.

---

1. Southampton et East Hampton, deux stations balnéaires de Long Island, dans l'État de New York.

– Qu'ont fait Mme Lane et Jade une fois de retour en ville ?

– Je ne crois pas qu'elles aient fait quoi que ce soit.

– Si, elle est sortie une fois, dit Groom. Mme Lane, je veux dire, pas Jade. Toute seule, faire des courses. Je l'ai emmenée.

– Où ça ? demanda Reacher.

– Chez Staples.

– Les magasins de fournitures de bureau ?

Reacher en avait vu partout. Nombreuses enseignes au décor rouge et blanc, endroits immenses pleins de choses dont il n'avait que faire.

– Qu'a-t-elle acheté ?

– Rien, dit Groom. J'ai attendu vingt minutes garé le long du trottoir et elle n'a rien rapporté.

– Peut-être qu'elle avait prévu de se faire livrer, dit Gregory.

– Ça, elle aurait pu le faire par Internet. Pas besoin de me traîner là-bas en voiture.

– Alors, peut-être qu'elle n'a fait que regarder, dit encore Gregory.

– Drôle d'endroit pour regarder, dit Reacher. Qui aurait l'idée de faire un truc pareil ?

– L'école recommence bientôt, dit Groom. Peut-être que Jade avait besoin de matériel.

– Dans ce cas-là, elle serait venue, elle aussi, dit Reacher. Vous ne croyez pas ? Et Mme Lane aurait fait des achats.

– Avait-elle quelque chose avec elle ? demanda Gregory. Peut-être qu'elle rapportait un article.

– Elle avait un sac, dit Groom. C'est possible.

Et puis il regarda par-delà l'épaule de Reacher. Edward Lane était revenu dans la pièce. Il portait un gros sac de voyage en cuir et se débattait avec sa masse encombrante. *Cinq millions de dollars*, pensa Reacher. *Alors, voilà à quoi ça ressemble.* Lane laissa tomber le sac par terre au niveau de la porte qui donnait sur l'entrée. Il fit un bruit sourd sur le parquet et se tassa, tel le cadavre d'un petit animal grassouillet.

– Il faut que je voie une photo de Jade, dit Reacher.

– Pourquoi ? demanda Lane.

– Parce que vous voulez que je fasse comme les flics. Une photo, c'est la première chose qu'ils voudraient voir.

– Chambre à coucher, dit Lane.

Reacher lui emboîta le pas. Autre volume tout aussi haut et carré, peint d'un blanc cassé couleur craie, aussi serein qu'un monastère et aussi calme qu'un tombeau. Grand lit à colonnes en bois de cerisier. Deux tables de chevet assorties. Une armoire qui avait peut-être hébergé une télévision. Un secrétaire lui aussi assorti, avec une chaise devant et une photographie encadrée posée dessus. La photographie était au format 20 × 26, cadrée horizontalement, pas verticalement, ce que les photographes appellent un « paysage », et non un portrait. Mais c'en était bien un. Celui de deux personnes. À droite, Kate Lane. La même prise de vue que sur la photographie du salon. Même pose, mêmes yeux, même sourire naissant. Mais le tirage du salon avait été rogné pour exclure l'objet de son affection – sa fille Jade. Jade était à gauche sur la photo de la chambre. Elle imitait la pose de sa mère. Elles étaient sur le point d'échanger un regard, de l'amour plein les yeux, l'une comme l'autre le sourire prêt à éclater comme si elles partageaient une plaisanterie secrète. Sur la photo, Jade avait environ sept ans. Longs cheveux bruns, légèrement ondulés, fins comme de la soie. Yeux verts et teint de porcelaine. Belle enfant. Belle photographie.

– Je peux ? demanda Reacher.

Lane acquiesça. Garda le silence. Reacher prit la photo et la regarda de plus près. Le photographe avait parfaitement et complètement appréhendé le lien qui unit une mère et son enfant. Sans même parler de la similarité d'allure, leur relation ne faisait aucun doute. Mère et fille. Mais amies, aussi. On voyait qu'elles avaient beaucoup en commun. C'était une photo magnifique.

– Qui a pris ce cliché ? demanda Reacher.

– Un type en ville. Assez connu. Très cher.

Reacher approuva. Quel que soit ce type, il avait mérité ses honoraires. Même si le tirage n'était pas d'aussi bonne qualité que celui du salon. Les couleurs étaient un peu moins subtiles et les contours des visages légèrement artificiels. C'était peut-être un tirage numérique. Peut-être que le budget de Lane n'avait pas prévu d'épreuve d'artiste pour sa belle-fille.

– Très joli, reprit Reacher.

Il reposa la photographie sur le secrétaire, douce-ment. La pièce était totalement silencieuse. Reacher se rappela avoir lu quelque part que l'immeuble Dakota était le mieux insonorisé de tout New York. Il avait été construit au moment de l'aménagement de Central Park. Le promoteur avait entassé un mètre d'argile et de boue entre les plafonds et les planchers. Et les murs étaient épais. Toute cette masse donnait l'impression que le bâtiment était taillé directement dans la pierre. *Voilà qui devait être utile*, se dit Reacher, *du temps où John Lennon habitait ici*.

– D'accord ? dit Lane. Vous en avez assez vu ?

– Ça vous ennuie si je regarde dans le secrétaire ?

– Pourquoi ?

– C'est celui de Kate, non ?

– Oui, c'est le sien.

– Alors, c'est ce que ferait un flic.

Lane haussa les épaules et Reacher commença par les tiroirs du bas. Dans celui de gauche, du papier à lettres, du brouillon et des cartes de visite sur lesquelles figurait simplement le nom « Kate Lane ». Dans le tiroir de droite étaient suspendus des dossiers dont le contenu concernait exclusivement l'éducation de Jade. Celle-ci était inscrite dans une école privée, neuf rues au nord de l'appartement. L'école était chère, à en juger par les factures et les talons de chéquiers. Tous les chèques avaient été tirés sur le compte personnel de Kate Lane. Les deux tiroirs au-dessus renfermaient des stylos, des enveloppes, des timbres, des étiquettes autocollantes portant l'adresse de Kate et un chéquier. Et des facturettes de cartes de crédit. Mais rien de très révélateur. Rien de récent. Rien qui serait venu de chez Staples, par exemple.

Le grand tiroir du haut ne contenait que deux passeports – celui de Kate et celui de Jade.

– Qui est le père de Jade ? demanda Reacher.

– Quelle importance ?

– Cela peut en avoir. S'il s'agissait d'un enlèvement banal, nous devrions nous intéresser à lui. Les parents mis à l'écart sont généralement ceux qui enlèvent les enfants.

– Mais, là, il y a une demande de rançon. Et ils ne parlent que de Kate. Jade était là par hasard.

– Les enlèvements, ça se maquille. Son père doit bien l'habiller, la nourrir. L'envoyer à l'école. Il pourrait avoir besoin d'argent.

48

– Il est mort, dit Lane. D'un cancer à l'estomac, quand Jade avait trois ans.

– Il faisait quoi ?

– Il avait une bijouterie. Kate a tenu la boutique pendant un an après sa mort. Sans beaucoup de succès. Elle avait été mannequin, avant. Mais c'est là-bas que je l'ai rencontrée. Dans la bijouterie. J'allais y acheter une montre.

– De la famille, alors ? Des grands-parents possessifs ? Tantes ou oncles ?

– Personne que j'aurais rencontré. Donc, personne que Jade aurait pu voir ces dernières années. Personne qu'on pourrait vraiment qualifier de possessif.

Reacher referma le tiroir. Redressa la photographie et se retourna.

– Un placard ? demanda-t-il.

Lane lui montra une des deux portes étroites et blanches sur le mur. Derrière elle, un placard, grand pour un appartement new-yorkais, petit pour le reste du monde. La lumière s'allumait en tirant sur une chaînette. À l'intérieur, des étagères pleines de vêtements féminins et de chaussures. Un parfum dans l'air. Une veste soigneusement pliée sur le sol. *Prête pour le nettoyage à sec*, pensa Reacher. Il la ramassa. Dedans, une étiquette de chez Bloomingdale's. Il fouilla les poches. Rien.

– Qu'est-ce qu'elle portait en sortant ? demanda-t-il.

– Je ne sais pas exactement, dit Lane.

– Qui pourrait le savoir ?

– Nous sommes tous partis avant elle. Je ne pense pas qu'il restait quelqu'un ici. À part Taylor.

Reacher referma la porte du placard et s'en écarta pour gagner l'armoire. Doubles portes en haut, tiroirs en bas. Dans l'un des tiroirs, des bijoux. Le deuxième était plein de fatras : des sachets en papier avec des boutons de rechange pour des vêtements neufs, et de la petite monnaie dont on s'était débarrassé. Le troisième débordait de lingerie en dentelle. Soutiens-gorge, petites culottes, tous noirs ou blancs.

– Puis-je voir la chambre de Jade ? demanda Reacher.

Lane l'y conduisit par un petit couloir intérieur. La chambre était toute en teintes pastel et pleine de trucs de gosse. Des ours en peluche, des poupées en porcelaine, des jouets et des jeux. Un lit bas. Pyjama plié sur l'oreiller. Une veilleuse encore allumée. Un bureau bas couvert de dessins au pastel sur du papier boucher. Une petite chaise, soigneusement rangée.

Rien qui n'avait de sens pour un flic militaire.

– J'ai fini, dit Reacher. Je suis vraiment désolé de cette intrusion.

Il suivit Lane jusqu'au salon. Le sac en cuir était toujours par terre, près de la porte qui donnait dans l'entrée. Gregory et les cinq autres étaient toujours à leur place, toujours calmes et pensifs.

– L'heure de la décision, dit Lane. Pensons-nous que Reacher a été vu en train d'entrer dans l'immeuble ce soir ?

– Je n'ai vu personne, dit Gregory. Et je pense que c'est très improbable. Une surveillance vingt-quatre heures sur vingt-quatre exigerait de la main-d'œuvre. J'aurais tendance à dire non.

– Je suis d'accord, dit Lane. Je pense que Reacher est toujours M. Personne à leurs yeux. Qu'il soit dans la rue à sept heures. À notre tour de surveiller un peu.

Il n'y eut pas d'objection. Reacher acquiesça.

– Je surveillerai la façade de l'immeuble de Spring

Street, dit-il. Comme ça, j'en verrai au moins un. Peut-être deux.

– Ne vous faites pas voir. Vous comprenez ce qui m'inquiète, n'est-ce pas ?

– Absolument, dit Reacher. Ils ne m'identifieront pas.

– Uniquement de la surveillance. N'intervenez sous aucun prétexte.

– Ne vous en faites pas.

– Ils y seront en avance, dit Lane. Vous devez donc prendre votre poste encore plus tôt.

– Ne vous en faites pas, répéta Reacher. Je pars tout de suite.

– Vous ne voulez pas savoir quel immeuble vous êtes censé surveiller ?

– Pas besoin, dit Reacher. Je verrai Gregory déposer les clés.

Sur ce, il s'éclipsa de l'appartement et prit l'ascenseur pour descendre. Fit un signe de tête au portier et passa dans la rue. Se dirigea vers la station de métro au croisement de la 72ᵉ Rue et de Broadway.

*

La femme qui surveillait l'immeuble le vit partir. Elle l'avait vu arriver avec Gregory, et voilà qu'il repartait seul. Elle jeta un œil sur sa montre et nota l'heure. Étira le cou pour le suivre du regard vers l'ouest. Puis elle le perdit de vue et se fondit dans l'ombre.

7

Ce fut une rame de la ligne 9 qui arriva la première.
Reacher utilisa sa carte de transport achetée la veille et
parcourut onze stations vers le sud jusqu'à Houston
Street. Puis il émergea du sous-sol et marcha en direction du sud, dans Varick Street. Il était plus de trois
heures du matin, tout était calme. Son expérience lui
disait que la ville qui ne dort jamais dormait de temps
en temps, au moins une heure ou deux, certaines nuits
de la semaine. Il y avait parfois un bref entracte, après
que les noctambules étaient rentrés chez eux mais
avant que les lève-tôt ne soient debout. Alors, la ville
plongeait dans le silence et reprenait son souffle, et une
obscurité brillante s'emparait des rues. C'était l'heure
de Reacher. Il aimait s'imaginer les dormeurs empilés
sur douze, trente, cinquante étages, souvent en tête à
tête avec de parfaits inconnus de l'autre côté des fines
cloisons qui séparaient les appartements, profondément endormis, ignorant tout de l'homme grand et
calme qui cheminait sous eux, dans l'ombre.

Il prit à gauche dans Charlton Street, traversa la
6e Avenue, et Charlton Street devint Prince Street.
Trois pâtés de maisons plus loin il se retrouva dans
West Broadway, au cœur de Soho, à un pâté de maisons au nord de Spring Street, avec trois heures et

quarante minutes d'avance sur l'horaire. Il marcha vers le sud, du pas détendu de l'homme qui va quelque part mais n'est pas pressé d'arriver. West Broadway était plus large que les rues transversales et, tandis qu'il dépassait tranquillement Spring Street, il eut un bon point de vue sur le coin sud-ouest. Un immeuble étroit s'y trouvait, avec une façade métallique et une porte surélevée d'un rouge terne. Trois marches pour l'atteindre. Façade couverte de graffitis en bas, et ornée en hauteur d'une échelle de secours compliquée. Les fenêtres des étages supérieurs étaient sales et doublées d'une sorte de tissu noir. Au rez-de-chaussée, une seule fenêtre, couverte de certificats administratifs. Il y avait une boîte aux lettres dans la porte, un rectangle étroit avec un volet. Celui-ci avait peut-être été en laiton brillant à l'origine, mais il était tout terni et piqué de corrosion.

C'est là, pensa Reacher. *Ça ne peut être que là.*

Il prit à l'est au croisement suivant, dans Broome Street, et revint vers le nord, dans Green Street, en longeant des boutiques aux rideaux de fer baissés dans lesquelles on vendait des pulls plus chers que des billets d'avion et des meubles plus chers que des voitures américaines. Il tourna vers l'ouest dans Prince Street et acheva son tour du pâté de maisons. Marcha de nouveau vers l'ouest, dans West Broadway, et se trouva une entrée d'immeuble sur le trottoir côté est. Le perron avait cinquante centimètres de hauteur. Reacher écarta du pied quelques détritus et s'allongea en dessous, la tête posée sur ses bras croisés et penchée de côté comme celle d'un ivrogne qui somnole, mais les yeux à moitié ouverts et fixés sur la porte rouge vingt mètres plus loin.

*

Kate Lane avait reçu l'ordre de ne pas bouger et de ne faire absolument aucun bruit, mais elle décida de prendre un risque. Elle ne pouvait pas dormir, évidemment. Jade non plus. Comment trouver le sommeil dans de telles circonstances ? Kate se glissa donc hors du lit, se saisit de la barre métallique en pied de lit et déplaça tout le lit de quelques centimètres.

– Maman, arrête ! chuchota Jade. Tu fais du bruit.

Kate ne répondit pas. Elle gagna précautionneusement la tête du lit et le refit pivoter. Après trois allers-retours prudents, son matelas se retrouva bien calé contre celui de Jade. Alors, elle se remit sous les draps et prit sa fille dans ses bras. La serra fort. Quitte à être réveillées, autant qu'elles le soient ensemble.

*

La montre dans la tête de Reacher arrivait tout doucement à six heures du matin. En bas, dans les canyons de brique et de métal de Soho, il faisait encore sombre, mais le ciel au-dessus s'éclaircissait déjà. La nuit avait été douce. Reacher n'était pas trop mal installé. Il avait connu pire. De nombreuses fois. Et souvent pendant bien plus longtemps. Pour l'instant, aucune activité au niveau de la porte rouge. Mais les gens du matin étaient déjà de sortie et s'affairaient autour de lui. Des voitures et des camions circulaient dans les rues. Des piétons passaient à son niveau sur les deux trottoirs. Mais personne ne faisait attention à lui. Reacher n'était qu'un type de plus dans une entrée d'immeuble.

Il se mit sur le dos et regarda autour de lui. La porte qu'il bloquait était en métal gris, toute simple. Pas de poignée extérieure. Peut-être une issue de secours, peut-être un quai de déchargement. Avec un peu de chance, il ne serait pas dérangé avant sept heures. Il roula sur le côté et regarda de nouveau en direction du sud et de l'ouest. Cambra son dos comme pour se soulager d'une crampe, puis jeta un coup d'œil au nord. Pour lui, la personne qui devait venir serait bientôt à son poste. Ce n'était évidemment pas des imbéciles. Ils avaient prévu une surveillance soigneuse. Ils avaient dû vérifier les toits et les fenêtres, les voitures garées avec des flics potentiels dedans. Peut-être même les entrées d'immeuble. Mais personne n'avait jamais pris Reacher pour un flic. Il y a toujours quelque chose de bidon lorsqu'un flic se déguise. Reacher, lui, faisait vrai.

Des flics, pensa-t-il.

Le mot s'accrocha dans son esprit comme une branche charriée par le courant qui se coince sur la berge d'une rivière. Le mot s'arrêta quelques instants, se dégagea et repartit à la dérive. Et là, Reacher vit un vrai flic, dans sa voiture, approchant au nord, doucement. Reacher se redressa en se tortillant et appuya son dos contre la porte grise. Posa la tête contre le métal froid et dur. Dormir allongé en public semblait contrevenir aux arrêtés municipaux sur les sans-abri. Mais, apparemment, le droit de s'asseoir était plus ou moins garanti par la Constitution. Quand les flics de New York voient un type allongé devant une porte ou sur un banc, ils font hurler la sirène et gueulent dans leurs porte-voix. Mais si le type est assis, ils le regardent de travers et passent leur chemin.

La voiture de patrouille passa son chemin.

Reacher se rallongea. Croisa les bras derrière la tête et garda les yeux à moitié ouverts.

*

À six kilomètres au nord, Edward Lane et John Gregory étaient en train de descendre dans l'ascenseur du Dakota. Lane portait le sac de voyage en cuir bien rebondi. Dehors, dans la lumière grise de l'aube, la BMW bleue attendait le long du trottoir. L'homme qui l'avait ramenée du garage en sortit et tendit les clés à Gregory. Gregory ouvrit le coffre avec la télécommande et Lane y jeta le sac. Il le regarda une seconde puis referma violemment le couvercle.

– Pas d'héroïsme, dit-il. Tu laisses la voiture, tu déposes les clés et tu t'en vas.

– Compris, dit Gregory.

Il contourna le capot et se glissa au volant. Démarra le moteur et prit en direction de l'ouest. Puis il tourna vers le sud dans la 9e Avenue. À une heure aussi matinale, il se dit que la circulation serait fluide.

*

Au même moment, à six kilomètres au sud, un homme quittait Houston Street et entamait la descente de West Broadway. À pied. Quarante-deux ans, blanc, un mètre soixante-dix-huit, quatre-vingt-six kilos. Il portait une veste en jean par-dessus un sweat-shirt à capuche. Il traversa vers le trottoir ouest en direction de Prince Street. Ses yeux bougeaient tout le temps. À gauche, à droite, près, loin. *Reconnaissance*. Il était, à juste titre, fier de sa technique. Il ne ratait pas grand-chose. Il n'avait jamais raté grand-chose. Il s'imaginait son regard comme deux projecteurs en mouvement, fouillant l'obscurité, découvrant tout.

Découverte : à quarante-cinq degrés devant et à gauche, un type vautré dans une entrée d'immeuble. Grand, mais inerte. Les membres relâchés dans le sommeil. La tête calée sur les bras et inclinée sur le côté avec un angle caractéristique.

Ivre ? Dans les pommes ?

Qui est-ce ?

L'homme au sweat-shirt à capuche s'arrêta devant le passage piétons de Prince Street. Attendit le feu rouge malgré l'absence de circulation. Utilisa le temps d'attente à compléter son inspection. Les vêtements du costaud étaient pourris, mais ses chaussures de bonne qualité. En cuir, lourdes, résistantes, semelles cousues. Probablement anglaises. Probablement dans les trois cents dollars. Peut-être trois cent cinquante. Chaque chaussure prise séparément valait le double de tout ce que le type portait sur lui.

Donc, qui est-ce ?

Un clochard qui avait volé une paire de belles chaussures ? Non ?

Non, se dit l'homme au sweat-shirt à capuche.

Il tourna à angle droit et traversa West Broadway au feu vert. Se dirigea vers l'entrée d'immeuble.

*

Gregory dépassa rapidement un petit embouteillage dans la 42ᵉ Rue et se prit tous les feux verts jusqu'à l'arrière du bureau de poste de la 31ᵉ Rue. Ensuite, les feux et sa chance changèrent. Il arrêta la BMW derrière un camion-poubelle. Attendit. Consulta sa montre. Il avait tout le temps.

L'homme au sweat-shirt à capuche s'immobilisa à un petit pas au nord de l'entrée d'immeuble. Retint sa respiration. Le type à ses pieds dormait toujours. Il ne sentait pas mauvais. La peau était en bon état. Et les cheveux, propres. Il n'était pas mal nourri.

Ce n'est pas un clochard avec des chaussures volées.

L'homme au sweat-shirt à capuche se sourit à lui-même. Voilà un connard sorti tout droit d'un loft de Soho à un million de dollars : il était allé s'amuser, en avait fait un peu trop… incapable de rentrer chez lui.

Une proie de choix.

Il recula d'un demi-pas. Expira, inspira. Dirigea ses deux projecteurs sur les poches du pantalon. Les jaugea.

Là.

La poche de devant, celle de gauche. Le gonflement délicieusement familier. Six centimètres de large, un centimètre d'épaisseur, huit centimètres de long.

Des billets pliés.

L'homme au sweat-shirt à capuche avait une grande expérience. Il pouvait décrire les billets les yeux fermés. Il y aurait un paquet de billets de vingt dollars tout frais sortis du distributeur, des vieux billets tannés de cinq et de dix refourgués par des taxis, le tout emballé dans quelques billets d'un dollar froissés. Total : *Cent soixante-treize dollars.* Voilà ce qu'il prédisait. Il ne pensait pas être déçu. Mais se tenait prêt pour une bonne surprise.

Il pencha le buste et tendit le bras.

Se servit du bout de ses doigts pour soulever la couture supérieure de la poche. Pour faire un petit tunnel.

Puis il aplatit la main, paume vers le bas, et glissa son index et son majeur à l'intérieur, bien légers, de vraies plumes. Il les croisa, tels des ciseaux, comme pour mettre la chance de son côté. Son index passa sous l'argent, tout du long, jusqu'à la première phalange. Son majeur se plaça au-dessus. Par-dessus la pliure. Formant une pince. Il exerça une légère pression. Se servit de la pulpe de son majeur pour appuyer sur la liasse jusqu'à sentir l'ongle de son index. Rompit le contact de fibre à fibre entre l'argent et la poche d'une légère traction. Commença l'extraction, lentement, doucement.

Et son poignet cassa.

Deux mains géantes s'en étaient saisies et l'avaient brisé comme une branche pourrie. Geste explosif, soudain et fracassant. Grand flou. Au début, la douleur fut absente. Puis elle débarqua, comme la marée. Mais il était déjà trop tard pour crier. Une des mains géantes s'était plaquée sur sa bouche. Le gant de cuir d'un receveur de base-ball qui lui cognait le visage.

– J'ai trois questions, dit calmement le grand type. Tu me dis la vérité et je te laisse partir. Tu me mens et je te casse l'autre poignet. On est d'accord ?

Le grand type avait à peine bougé. Juste ses mains, une fois, deux fois, trois fois, rapides, efficaces, mortelles. Il n'était même pas essoufflé. L'homme au sweat-shirt à capuche ne pouvait plus respirer. Il fit oui de la tête, désespérément.

– D'accord. Première question : qu'est-ce que tu fais exactement ?

Il retira sa main pour le laisser répondre.

– Votre argent, dit l'homme au sweat-shirt à capuche.

Sa voix ne fonctionnait pas comme il fallait. Elle était étranglée de douleur et de panique.

– Ce n'est pas la première fois, dit le grand type.

Il avait les yeux à moitié ouverts, bleu clair, sans expression. Hypnotiques. L'homme au sweat-shirt ne pouvait pas mentir.

– Je les appelle « la patrouille de l'aube », dit-il. Des fois, il y a deux ou trois types comme vous.

– Non, pas tout à fait comme moi, dit le grand type.

– Non.

– Mauvaise pioche.

– Je suis désolé.

– Deuxième question : tu es seul ?

– Oui.

– Troisième question : tu veux t'en aller maintenant ?

– Oui, j'aimerais bien.

– Alors vas-y. Doucement et sans histoires. Dirige-toi au nord. Prends à droite dans Prince Street. Ne cours pas. Ne regarde pas derrière toi. Disparais, c'est tout. Immédiatement.

*

Gregory était à un pâté de maisons et demi de la bouche d'incendie, il avait environ huit minutes d'avance. Il décida de se garer le long du trottoir. Il fallait arriver à l'heure pile.

*

Le pouls de Reacher revint à la normale en quinze secondes. Il enfonça son argent dans sa poche et remit ses bras derrière sa tête. La laissa retomber sur le côté, et ses yeux se fermer à moitié. Il ne vit personne près de la porte rouge. Et personne ne la regardait.

*

L'homme au sweat-shirt à capuche soutint son poignet cassé et arriva à Prince Street. Là, il abandonna son pas lent et naturel et courut vers l'est aussi vite qu'il le pouvait. S'arrêta deux pâtés de maisons plus loin pour vomir dans le caniveau. Resta immobile quelques instants, plié en deux, haletant, sa main valide sur son genou, l'autre mise en écharpe dans la poche ventrale de son sweat-shirt.

*

Reacher n'avait pas de montre, mais il vit Gregory et se dit qu'il devait être sept heures huit ou neuf. Au sud de Houston Street, les pâtés de maisons dans la direction nord/sud sont étendus. Huit ou neuf minutes, c'était à peu près le temps qu'il fallait pour venir à pied depuis la bouche d'incendie de la 6e Avenue. Gregory était donc pile à l'heure. Il déboucha dans Spring Street par l'ouest. Il marchait d'un bon pas. Il avait la main dans la poche de son veston. Il s'arrêta sur le trottoir devant la porte rouge terne et monta les trois petites marches, léger et facile, bien équilibré sur l'avant des pieds. Puis sa main sortit de sa poche et Reacher vit l'éclair du métal et le plastique noir. Gregory souleva le volet de la boîte aux lettres de la main gauche et y fourra les clés de la droite. Reacher le vit refermer le volet, se retourner et s'en aller. Prendre à droite dans West Broadway. Sans regarder derrière lui. On marchait, on jouait son rôle, on essayait de garder Kate Lane en vie.

Reacher avait les yeux fixés sur la porte rouge. Attendait. *Trois minutes*, se dit-il. Cinq millions de dollars représentaient beaucoup d'argent. Il y aurait un peu d'impatience. Dès qu'un des types aurait confirmé que Gregory était à une distance suffisante, l'autre passerait la porte. Et ils estimeraient qu'un pâté de maisons plus un passage piétons représentaient une distance suffisante. Donc, dès que Gregory serait au sud de Broome Street, l'action démarrerait.

Une minute.

Deux.

Trois.

Rien.

Reacher était allongé, décontracté, à l'aise. Aucune manifestation d'intérêt. Ni d'inquiétude.

Quatre minutes. Rien.

Reacher avait les yeux mi-clos, mais regardait la porte avec une telle intensité que tous les détails s'en gravaient dans son esprit. Marques, coups, traînées de saleté et de rouille, solvant anti-graffitis. Il sentait que, cinquante ans plus tard, il serait capable d'en faire un dessin aussi précis qu'un Polaroid.

Six minutes. Huit. Neuf.

Rien ne se passait.

Toutes sortes de gens dans la rue maintenant, mais aucun qui s'approchait de la porte rouge. De la circulation, des camions qui déchargeaient, des *bodegas* et des boulangeries qui ouvraient. Des gens avec des journaux et des gobelets de café à la main se dirigeant vers le métro.

Personne ne gravit les marches jusqu'à la porte rouge.

Douze minutes. Quinze.

Reacher se demanda s'ils l'avaient vu. Et se répondit à lui-même : *Bien sûr qu'ils m'ont vu. Une quasi-certitude. Le braqueur m'a vu. Ça, c'est absolument sûr. Et les autres types sont plus malins que le premier braqueur venu. Ils sont du genre à tout voir. Assez forts pour se débarrasser d'un ancien du SAS devant un grand magasin, ils vont certainement inspecter la rue avec beaucoup d'attention.* Puis il se demanda s'ils étaient inquiets. Et se répondit que non. Le braqueur avait saisi sa chance. C'était tout. Pour les autres, quelqu'un dans une entrée d'immeuble, c'était comme une poubelle, une boîte aux lettres ou une bouche d'incendie, un taxi en maraude. De l'ameublement de rue. Le voir, c'était voir la ville. De plus, il était seul. Les flics ou le FBI auraient envoyé un groupe. Une armée. Tout un tas de gens qui auraient traîné sans raison valable, l'air fuyant et mal à l'aise, avec des talkies-walkies dans des sacs en papier marron censés contenir de l'alcool.

Donc, ils m'ont vu, mais ils n'ont pas eu peur.

Mais alors, que se passait-il ?

Dix-huit minutes.

La bouche d'incendie, pensa Reacher.

La BMW était garée devant une bouche d'incendie. L'heure de pointe arrivait. Les remorqueurs de la fourrière faisaient chauffer leur moteur pour commencer la journée. Ils avaient tous des quotas à remplir. Combien de temps une personne saine d'esprit laisserait-elle cinq millions de dollars dans une voiture en stationnement interdit à New York ?

Dix-neuf minutes.

Reacher laissa tomber après vingt minutes. S'écarta en roulant sur lui-même de l'entrée d'immeuble et se leva. S'étira une fois et se mit rapidement en route vers le nord, puis vers l'ouest dans Prince Street, vers la 6e Avenue, et encore au nord en traversant Houston Street, jusqu'à la portion de trottoir où se trouvait la bouche d'incendie.

Le trottoir était vide. Pas de BMW.

8

Reacher reprit vers le sud et revint sur ses pas, jusqu'à Spring Street. Six pâtés de maisons d'un pas vif,
sept minutes. Il trouva Gregory sur le trottoir devant la
porte rouge.

– Alors ? dit ce dernier.

Reacher secoua la tête.

– Rien. Rien du tout. Personne n'est venu. *Rat shit*,
de la merde en barre. C'est bien comme ça que vous
dites, les types du SAS ?

– Quand on est d'humeur polie, dit Gregory.

– La voiture n'est plus là.

– Comment est-ce possible ?

– Il y a une entrée de service, dit Reacher. C'est le
plus probable.

– Merde.

Reacher approuva.

– Comme je le disais. De la merde en barre.

– Il faut vérifier. M. Lane voudra tous les détails.

Ils trouvèrent un passage deux immeubles plus loin
à l'ouest. Fermé par une porte à deux battants mainte-
nus par des chaînes. Les chaînes étaient attachées par
un cadenas de la taille d'une poêle à frire. Incassable.
Raisonnablement récent. Graissé, et fréquemment
utilisé. Au-dessus de la porte, un panneau métallique

couvrait toute la largeur de l'allée et montait sur six mètres.

Pas moyen d'entrer.

Reacher recula, regarda à gauche et à droite. L'immeuble voisin abritait une chocolaterie. Le rideau de fer était baissé, mais Reacher y vit un étalage de bonbons de la taille d'un poing de bébé.

Factice, se dit-il. *Sinon, ils fondraient, ou blanchiraient.* Une lumière était allumée à l'arrière de la boutique. Il posa ses mains contre la vitre et regarda à l'intérieur. Vit une petite ombre se déplacer. Frappa à la porte, fort, du plat de la main. La petite silhouette s'arrêta et se retourna. Indiqua quelque chose à hauteur de la taille sur la droite de Reacher. Une carte joliment imprimée était scotchée sur la vitre de la porte : « Ouvert de dix heures à vingt-deux heures. » Reacher secoua la tête et intima l'ordre à la petite silhouette de s'approcher. Celle-ci haussa les épaules en un geste universel d'exaspération et se dirigea vers lui. C'était une femme. Petite, brune, jeune, fatiguée. Elle manipula plusieurs cadenas compliqués et entrouvrit la porte retenue par une épaisse chaîne métallique.

– Nous sommes fermés, dit-elle dans l'entrebâillement.

– Service de l'hygiène, dit Reacher.

– Vous n'en avez pas l'air, dit la femme.

Elle avait raison. Reacher passait facilement pour un clochard dans une entrée d'immeuble. Moins facilement pour un bureaucrate de la Ville. Il montra du menton Gregory et son beau costume gris.

– Il est de la Ville, dit-il. Moi, je l'accompagne.

– Je viens d'être inspectée.

– Il s'agit de l'immeuble d'à côté, dit Reacher.

– Quel est le problème ?

66

Reacher regarda derrière elle. *Une confiserie remplie de produits de luxe dont personne n'a vraiment besoin. Donc, une clientèle fragile. Et donc, une propriétaire inquiète.*

– Des rats, dit-il. Je suis le dératiseur. Nous avons eu des plaintes.

La femme ne dit mot.

– Vous avez une clé pour accéder à l'allée ? demanda Gregory.

La femme acquiesça.

– Passez par ma porte de derrière si vous voulez. Vous irez plus vite.

Elle enleva la chaîne. Les fit entrer dans une atmosphère riche en cacao. L'avant de la boutique était aménagé pour la vente au détail et il y avait un laboratoire au fond. Des fours, qui préchauffaient. Des douzaines de plateaux brillants. Du lait, du beurre, du sucre. Des cuves de chocolat en train de fondre. Des plans de travail en inox. Une porte, au bout d'un petit couloir carrelé. La femme les fit sortir par là et Reacher et Gregory se retrouvèrent dans une allée en brique suffisamment large pour le genre de chariots et de camions qui circulaient en 1900. L'allée était orientée est/ouest, avec une simple porte ouvrant dans Thompson Street d'un côté, et un coude à angle droit donnant sur la porte qu'ils avaient déjà vue dans Spring Street de l'autre côté. L'immeuble cible était aussi laid vu de l'arrière que de l'avant. Peut-être même pire. Moins de graffitis, plus de déchéance. De la brique abîmée par le gel, de la mousse dans les gouttières qui fuyaient.

Une fenêtre en rez-de-chaussée. Et une porte.

Elle était de la même couleur rouge triste que celle de devant, mais encore plus décrépite. Elle avait l'air d'être en bois recouvert d'acier, et d'avoir été peinte par un GI qui aurait cherché du boulot après la guerre de Corée. Ou après la Seconde Guerre mondiale. Voire la Première. Mais il y avait un cadenas moderne, un seul, et un bon verrou bien solide. La poignée était un bouton en laiton à l'ancienne, noir et piqué par le temps. Impossible de dire si quelqu'un l'avait touché dans l'heure qui précédait. Reacher le saisit et poussa. La porte recula de trois millimètres et se bloqua sur la barre métallique du verrou.

Pas moyen d'entrer.

Reacher fit demi-tour et se dirigea vers le laboratoire de la chocolatière. Celle-ci poussait du chocolat fondu dans une poche en lin épais munie d'une douille argentée et en déposait un tas sur une tôle à pâtisserie tous les cinq centimètres.

– Vous voulez lécher la cuillère ? demanda-t-elle, voyant qu'il la regardait.

– Vous avez déjà vu quelqu'un à côté ? lui renvoya-t-il.

– Jamais personne, dit-elle.

– Pas de passage ?

– Jamais. L'immeuble est vide.

– Vous êtes ici tous les jours ?

– J'arrive à sept heures et demie. Je commence par faire chauffer les fours et je les éteins à vingt-deux heures. Après, je nettoie et je m'en vais à vingt-trois heures trente. Des journées de seize heures. Réglées comme du papier à musique.

– Sept jours sur sept ?

– Le petit commerce. On ne se repose jamais.

– Ça doit être dur.

– Pour vous aussi.

– Pour moi ?

– À cause des rats… dans cette ville…

Reacher acquiesça.

– Qui est le propriétaire, à côté ?

– Vous ne savez pas ? demanda la femme. Mais…
vous travaillez pour la municipalité.

– Vous me feriez gagner du temps, dit Reacher. Les
registres sont à la ramasse.

– Je n'en ai aucune idée, dit la femme.

– D'accord. Passez une excellente journée.

– Vérifiez les permis de construire sur la fenêtre de
devant. Il y a toute une liste de numéros de téléphone.
Celui du propriétaire est probablement dessus. Vous
auriez dû voir la liste de conneries que j'ai dû fournir
quand j'ai fait refaire la boutique…

– Merci, dit Reacher.

– Un chocolat ?

– Pas pendant le service, répondit-il.

Il sortit derrière Gregory par la porte de devant et
ils tournèrent à droite pour vérifier les fenêtres de
l'immeuble cible. Elles étaient tendues de rideaux
noirs. Une douzaine de permis étaient collés sur les
vitres. Le verre était noir de suie et les permis étaient
tout secs et gondolés. Tous avaient expiré depuis
longtemps. Mais on lisait encore des numéros de téléphone écrits au marqueur noir, un numéro par partici-
pant au projet abandonné. Architecte, entrepreneur,
propriétaire. Gregory ne les écrivit pas. Il se contenta
de prendre son mobile argenté et de les photographier.
Puis il se servit de nouveau du mobile, cette fois pour
appeler le Dakota.

– En approche, dit-il.

Reacher et lui marchèrent vers l'ouest jusqu'à la
6e Avenue et prirent la ligne C, huit stations vers le
nord jusqu'à la 72e Rue. Ils sortirent à la lumière du

jour, juste à côté du mémorial de Strawberry Fields. Et entrèrent dans le hall du Dakota à huit heures et demie précises.

*

La femme qui surveillait l'immeuble les vit entrer et nota l'heure.

9

Les mauvaises nouvelles mirent Edward Lane sur des charbons ardents. Reacher l'observa attentivement et le vit lutter pour se contrôler. Lane faisait les cent pas dans le salon, se tordait les mains de manière compulsive et se griffait les paumes avec les ongles.

– Conclusion ? demanda-t-il.

Comme une exigence. Comme un dû.

– Je revois mes conclusions, dit Reacher. Peut-être qu'ils ne sont pas trois. Peut-être ne sont-ils que deux. L'un reste avec Kate et Jade, l'autre vient seul en ville. Il n'a pas vraiment besoin de vérifier que Gregory descend West Broadway parce qu'il a l'intention de passer par la porte de derrière de toute façon. Il est déjà dans l'allée, hors de vue.

– Risqué. Plus sûr d'être dans la rue, libre de ses mouvements.

Reacher secoua la tête.

– Ils ont bien fait leurs devoirs. La voisine est dans son immeuble de sept heures et demie du matin à onze heures et demie du soir. Ce qui explique leurs horaires. Sept heures du matin, avant qu'elle arrive. Onze heures quarante le premier soir, après son départ. Onze heures quarante, c'est une heure bizarrement précise, vous ne trouvez pas ? Il devait y avoir une raison.

Edward Lane garda le silence.

Reacher continua :

– Ou alors, il n'y a qu'un type. Tout seul. C'est possible. Si Kate et Jade sont détenues au nord de l'État, il aurait pu venir ici tout seul.

– « Détenues » ?

– Enfermées quelque part. Peut-être ligotées et bâillonnées.

– Douze heures d'affilée ? Le temps d'un aller-retour ?

– Il s'agit d'un enlèvement. Pas d'une séance de hammam.

– Un type tout seul ?

– C'est possible, répéta Reacher. Et peut-être qu'il n'était pas du tout dans l'allée. Peut-être qu'en fait il était dans l'immeuble, prêt, à attendre. Peut-être même juste derrière la porte d'entrée. Peut-être que Gregory a laissé tomber les clés directement dans sa main.

– Est-ce qu'ils vont rappeler ? demanda Lane. Est-ce qu'il va rappeler ?

– Dans quatre heures, on reprendra la même conversation.

– Et alors ?

– Que ferez-vous ?

Lane ne répondit pas directement.

– S'il est tout seul, avec qui peut-il discuter ?

– Avec lui-même, dit Reacher. C'est toujours la discussion la plus animée qui soit.

Lane marchait de long en large. Mais ses mains étaient immobiles. Comme s'il avait été frappé par une révélation. Reacher s'y attendait. *Nous y voilà*, pensa-t-il.

– Vous avez peut-être raison, dit Lane. Peut-être qu'ils ne sont pas trois.

Reacher attendit.

– Peut-être qu'en fait ils sont quatre. Et peut-être que vous êtes le quatrième. C'est peut-être la raison de votre présence dans le café le premier soir. Vous surveilliez les arrières de votre copain. Pour vous assurer qu'il s'en sortait.

Reacher ne dit rien.

– C'est vous qui avez choisi de surveiller la porte d'entrée ce matin, dit Lane. Parce que vous saviez que rien ne s'y produirait. Vous auriez dû surveiller la voiture. Vous auriez dû être dans la 6e Avenue, pas dans Spring Street. Et vous saviez qu'ils allaient demander cinq millions de dollars de plus. Vous êtes des leurs, n'est-ce pas ?

Silence dans la pièce.

– Deux questions, dit Reacher. Pourquoi serais-je retourné au café le lendemain soir ? Rien ne s'est passé ce soir-là. Et, si j'étais un des méchants, pourquoi aurais-je dit à Gregory que j'avais vu quelque chose ?

– Parce que vous vouliez nous infiltrer pour nous mener en bateau. Vous saviez que j'enverrais quelqu'un à la recherche de témoins. C'était évident. Et vous étiez pile là, telle une araignée qui attend la mouche.

Lane inspecta la pièce. Reacher suivit son regard. Atmosphère calme et désespérée, lourde de menaces contenues, six anciens des forces spéciales, tous à le regarder, de vrais durs à cuire, pleins d'hostilité envers l'étranger, et tous nourrissant la défiance du soldat combattant face à la police militaire. Reacher les regarda, du premier au sixième. Puis il baissa les yeux en direction de la photographie de Kate Lane.

– C'est dommage, dit-il. Votre femme est belle, monsieur Lane. Et votre fille est ravissante. Et si vous voulez les retrouver, vous n'avez que moi. Parce que, comme je vous l'ai déjà dit, les types que vous avez ici peuvent déclencher une guerre, mais ce ne sont pas des enquêteurs. Ils ne trouveront pas ce que vous cherchez. Je les connais, ces types-là. Ils ne seraient même pas capables de trouver leur trou du cul si on leur tendait une perche avec un miroir au bout.

Personne ne parla.

– Vous savez où j'habite ? reprit Reacher.

– Je pourrais trouver, dit Lane.

– Non, vous ne pourriez pas. Parce que je n'habite pas vraiment quelque part. Je bouge. Ici, là, un peu partout. Alors, si je décide de sortir d'ici aujourd'hui, vous ne me reverrez pas de toute votre vie. Vous pouvez en être sûr.

Lane ne répondit pas.

– Même chose pour Kate, reprit Reacher. Vous ne la reverrez pas non plus. Ça aussi, vous pouvez en être sûr.

– Vous ne sortirez pas d'ici vivant, dit Lane. Sauf si je le décide.

Reacher secoua la tête.

– Vous n'utiliserez pas d'arme à feu ici. Pas à l'intérieur de l'immeuble Dakota. Je suis certain que cela constituerait un motif de rupture de bail. Et je ne suis pas inquiet en cas de combat à mains nues. Pas contre des petits gabarits comme ceux-là. Vous vous rappelez comment c'était à l'armée dans le temps, n'est-ce pas ? Si vos gars faisaient un écart de conduite, qui appeliez-vous ? La 110e unité spéciale, précisément. Les durs ont besoin de flics encore plus durs. J'étais l'un de ces flics. Et je veux bien le redevenir. Contre vous tous ensemble, si vous voulez.

Personne ne parla.

– Je ne suis pas ici pour vous mener en bateau, enchaîna-t-il. Si j'avais voulu le faire, je vous aurais décrit ce matin deux types imaginaires. Petit, grand, gras, maigre, n'importe quoi. Des Inuits en chapeau de fourrure, des Africains en costume traditionnel. Je vous aurais envoyé sur de fausses pistes. Mais je ne l'ai pas fait. Je suis revenu vous dire que j'étais désolé de ne vous conduire nulle part pour le moment. Parce que j'en suis désolé. Vraiment. Je suis désolé de tout ce qui arrive.

Personne ne parla.

– Mais vous devez vous accrocher. Comme nous tous. Ce genre de choses n'est jamais facile.

La pièce resta silencieuse. Puis Lane soupira. Et acquiesça.

– Je vous prie de m'excuser, dit-il. Très sincèrement. Veuillez me pardonner. C'est le stress.

– Je ne le prends pas mal.

– Un million de dollars pour retrouver ma femme.

– Pour moi ? demanda Reacher.

– Vos honoraires.

– Vous parlez d'une augmentation ! Tout à l'heure, c'était vingt-cinq mille.

– La situation s'est aggravée.

Reacher garda le silence.

– Vous acceptez ?

– On parlera de mes honoraires plus tard, dit Reacher. Si je réussis.

– Comment ça, « si » ?

– Je suis largement au-dessous de la moyenne, pour l'instant. Le succès dépendra de notre capacité à faire durer.

– Vont-ils rappeler ?

– Oui, je pense que oui.

– Pourquoi avez-vous parlé d'Africains ?

– Quand ça ?

– À l'instant. Vous avez parlé d'« Africains en costume traditionnel ». Comme exemple de description imaginaire.

– Ce n'était qu'un exemple. Comme vous le dites.

– Que savez-vous de l'Afrique ?

– C'est un grand continent au sud de l'Europe. Je n'y suis jamais allé.

– Que faisons-nous maintenant ?

– Nous réfléchissons, dit Reacher.

*

Lane gagna son bureau et cinq de ses hommes sortirent prendre le petit déjeuner. Reacher resta dans le salon. Gregory avec lui. Ils s'assirent face à face, dans des canapés bas. Entre les canapés, il y avait une table, basse elle aussi. Plaquée acajou, finition façon ébéniste. Les canapés étaient tapissés de chintz à fleurs. Des coussins en velours posés dessus. La pièce entière était archi décorée, bien trop stylée et bien trop civilisée pour les problèmes du moment. Et totalement dominée par le portrait de Kate Lane. Ses yeux étaient partout.

– Pouvez-vous la faire revenir ? demanda Gregory.

– Je ne sais pas, dit Reacher. En général, ce genre d'affaire n'a pas une fin heureuse. Les enlèvements, c'est un métier de brutes. La plupart du temps, c'est exactement comme un homicide, avec un peu de retard.

– Vous êtes plutôt défaitiste.

– Non, réaliste.

– On a une chance ?

– Peut-être, si on n'en est qu'à la moitié. Probablement pas si on approche de la fin. Je n'ai aucune prise pour l'instant. Et, dans tout enlèvement, la fin du coup est toujours la partie la plus difficile.

– Vous pensez qu'ils étaient vraiment dans l'immeuble quand j'ai déposé les clés ?

– C'est possible. Et ça aurait un sens. Pourquoi attendre dehors lorsqu'on peut être à l'intérieur ?

– D'accord, dit Gregory. Alors, que pensez-vous de ça : c'est leur camp de base. C'est là qu'ils sont. Pas à la campagne.

– Où sont les voitures ?

– Dans des garages, un peu partout en ville.

– Pourquoi le décalage de cinq heures ?

– Pour qu'on se fasse des idées.

– Sacré double bluff, dit Reacher. Ils nous auraient mis le nez dessus. Nous auraient donné l'adresse exacte…

– Mais c'est envisageable.

Reacher haussa les épaules.

– Pas trop. Mais j'ai vu des choses plus étranges. Allons vérifier cette hypothèse. Trouvez ce que vous pouvez. Si possible, faites en sorte que quelqu'un nous retrouve devant avec une clé. Mais pas juste devant. Au coin de Thompson Street. Hors de vue. Au cas où.

– Quand ?

– Maintenant. Nous devons être de retour ici avant la prochaine demande de rançon.

*

Reacher laissa Gregory travailler avec son mobile et traversa la cuisine pour rejoindre le bureau de Lane. Celui-ci était assis, mais ne faisait rien de productif. Il

77

balançait légèrement sa chaise d'avant en arrière et regardait fixement les photographies devant lui. Ses deux femmes. La première avait disparu. La deuxième peut-être aussi.

– Est-ce que le FBI a trouvé les types ? demanda Reacher. La première fois… pour Anne ?

Lane fit non de la tête.

– Mais vous avez su de qui il s'agissait.

– Pas sur le moment, dit Lane.

– Vous avez trouvé après.

– Vraiment ?

– Racontez-moi comment.

– C'était un problème d'appréciation, dit Lane. Qui ferait une chose pareille ? Au début, je ne voyais personne qui en soit capable. Mais quelqu'un l'avait fait, alors j'ai révisé mes exigences à la baisse. Du coup, le monde entier représentait une possibilité. Ça dépassait mon entendement.

– Vous me surprenez. Vous évoluez dans un monde où la prise d'otages et l'enlèvement ne sont pas inconnus.

– Vraiment ?

– Les conflits à l'étranger, dit Reacher. Les armées irrégulières.

– Mais ça se passait ici, dit Lane. En plein New York. Et il s'agissait de ma femme, pas de moi ni d'un de mes hommes.

– Mais vous les avez trouvés.

– Ah bon ?

Reacher acquiesça.

– Vous ne me demandez pas si je pense qu'il pourrait s'agir des mêmes personnes. Vous n'envisagez pas cette possibilité. Comme si vous étiez sûr que c'est impossible.

Lane garda le silence.

– Comment les avez-vous trouvés ? demanda Reacher.

– Quelqu'un qui connaissait quelqu'un a entendu parler de quelque chose. Des marchands d'armes, sur leur réseau.

– Et… ?

– Une rumeur qui circulait, comme quoi quatre types avaient entendu parler d'une transaction que j'avais faite et en avaient conclu que j'avais de l'argent.

– Que leur est-il arrivé ?

– Qu'auriez-vous fait ?

– Je me serais assuré qu'ils ne puissent plus jamais recommencer.

Lane approuva.

– Disons que j'ai toute confiance dans le fait qu'il ne s'agit pas des mêmes personnes.

– Vous avez entendu quelque chose de nouveau ? demanda Reacher.

– Pas un mot.

– Un concurrent en affaires ?

– Je n'ai pas de concurrent en affaires. J'ai des collaborateurs et des associés minoritaires. Et, même si j'avais des concurrents, ils ne feraient pas un truc comme ça. Autant se suicider. Ils savent qu'un jour ou l'autre nos chemins se croiseront. Prendriez-vous le risque de vous mettre à dos une troupe d'hommes en armes qui ont toutes les chances de vous voir débouler dans leur radar quelque part au bout du monde ?

Reacher garda le silence.

– Vont-ils rappeler ? demanda Lane.

– Je pense que oui.

– Qu'est-ce qu'ils vont demander ?

– Dix. C'est l'étape suivante. Un, cinq, dix, vingt.

Lane soupira, l'air distrait.

– Il faudra deux sacs, dit-il. Pas moyen de faire rentrer dix millions de dollars dans un seul sac.

Lane ne montra aucune autre réaction.

Reacher pensa : *Un et cinq déjà partis, un qu'il m'a promis, et encore dix autres. Ça fait dix-sept millions de dollars. Ce type a reçu une facture intermédiaire de dix-sept millions de dollars et n'a toujours pas tiqué.*

– Quand appelleront-ils ? demanda Lane.

– Le temps de conduire et de discuter, dit Reacher. Fin d'après-midi, début de soirée. Pas avant.

Lane continua son petit balancement de chaise. Il se plongea dans le silence. Un léger coup à la porte, et Gregory passa la tête dans la pièce.

– J'ai ce qu'il nous faut, dit-il à Reacher, pas à Lane. Pour l'immeuble de Spring Street. Il appartient à un promoteur qui a fait faillite. Quelqu'un de chez son avocat nous a donné rendez-vous sur place dans une heure. J'ai dit que nous étions intéressés par un achat.

– Bien joué, dit Reacher.

– Alors, vous revenez sur ce que vous avez dit au sujet du miroir au bout d'une perche ?

– Peut-être que je devrais. Peut-être qu'un jour je le ferai.

– Alors, allons-y.

*

Dans la 72ᵉ Rue, une autre berline BMW série 7 neuve les attendait. Celle-ci était noire. Cette fois, le chauffeur resta au volant et Gregory et Reacher montèrent à l'arrière. La femme qui surveillait l'immeuble les vit partir et nota l'heure.

10

Le type du cabinet d'avocats qui représentait le promoteur en faillite était un frêle juriste d'environ trente ans. Les poches de son costume se déformaient sous le poids de toutes les clés qu'il transportait. Son cabinet semblait spécialisé dans les faillites immobilières. Gregory lui donna une carte de visite d'OSC et présenta Reacher comme un consultant dont l'opinion lui importait.

– L'immeuble est-il habitable ? demanda Gregory. Je veux dire, en l'état ?

– Vous vous inquiétez de savoir s'il y a des squatters ? lui rétorqua l'homme frêle.

– Ou même des locataires, dit Gregory. Qui que ce soit.

– Il n'y a personne là-dedans. Je peux vous l'assurer. Pas d'eau, pas d'électricité, pas de gaz, les évacuations d'eau condamnées. Et en plus, si c'est bien l'immeuble auquel je pense, il a une autre caractéristique qui rend toute occupation hautement improbable.

Il jongla avec ses clés et déverrouilla la porte de l'allée donnant dans Thompson Street. Les trois hommes marchèrent ensemble vers l'est, derrière la chocolaterie, jusqu'à la porte arrière de l'immeuble cible.

– Attendez, dit Gregory.

Puis il se tourna vers Reacher et chuchota :

– Si elles sont à l'intérieur, il faut réfléchir à la manière de procéder. On risque de les faire tuer toutes les deux.

– C'est peu probable qu'elles y soient, dit Reacher.

– Préparons-nous au pire, dit Gregory.

Reacher acquiesça. Recula et leva les yeux pour inspecter les fenêtres. Elles étaient elles aussi noires de crasse, et tendues à l'intérieur de rideaux noirs poussiéreux. Le bruit de la rue était présent, même dans l'allée. Leur approche avait donc dû passer inaperçue.

– Décision ? demanda Gregory.

Reacher regarda autour de lui, pensivement. Puis il s'approcha du type du cabinet d'avocats.

– Qu'est-ce qui vous rend si sûr qu'il n'y a personne ici ? demanda-t-il.

– Je vais vous montrer, répondit l'autre.

Il enfonça la clé dans le cadenas et ouvrit la porte. Puis il leva le bras pour empêcher Gregory et Reacher de se précipiter derrière lui. Parce que la caractéristique qui rendait l'occupation de l'immeuble improbable était qu'il n'avait pas de planchers.

La porte se retrouvait suspendue au-dessus d'une fosse béante de trois mètres de profondeur. Au fond de la fosse se trouvait le plancher d'origine du sous-sol. Des ordures s'y accumulaient à hauteur de genou. Au-dessus du plancher, il n'y avait plus rien du tout. Quinze mètres de vide obscur, de bas en haut jusque sous la dalle du toit. L'immeuble ressemblait à une boîte à chaussures géante posée à la verticale. Des bouts de solives se voyaient vaguement dans l'ombre. Coupées net en même temps que les murs. Les restes de certaines pièces d'habitation étaient encore clairement délimités par des traces de papiers peints divers et par les cicatrices verticales laissées par l'arrachage des cloisons. Bizarrement, toutes les fenêtres avaient encore leurs rideaux.

– Vous voyez ? dit le type du cabinet d'avocats. Pas vraiment habitable, n'est-ce pas ?

Une échelle était posée à côté de la porte. Une grande et vieille chose en bois. Quelqu'un d'agile aurait pu agripper l'encadrement de la porte, se balancer sur le côté, attraper l'échelle et descendre jusqu'aux ordures en sous-sol. Et ce quelqu'un aurait alors pu se frayer un chemin jusqu'à l'avant de l'immeuble et fouiller dans les détritus avec une lampe torche jusqu'à y retrouver ce qui aurait pu tomber de la boîte aux lettres, quatre mètres plus haut.

Encore mieux, ce même quelqu'un agile aurait pu être installé en bas et y attendre d'attraper tout ce qui tomberait de la boîte comme une balle en cloche sur un terrain de base-ball.

– L'échelle a-t-elle toujours été ici ? demanda Reacher.

– Je ne me souviens pas, dit le type.

– Qui d'autre a les clés de l'immeuble ?

– Tout le monde et son père, à tous les coups. L'immeuble est vide depuis près de vingt ans. Le dernier propriétaire a fait à lui tout seul une douzaine de tentatives de rénovation. Avec une demi-douzaine d'architectes, d'entrepreneurs et de Dieu sait quoi encore. Avant lui, qui sait ce qui s'est passé ? La première chose à faire sera de changer les serrures.

– Nous n'en voulons pas, dit Gregory. Nous cherchons quelque chose d'habitable. Un peu de peinture, un truc comme ça. Là, on est loin du compte.

– On pourrait s'entendre sur le prix.

– Un dollar, dit Gregory. Voilà ce que je suis prêt à payer pour cette ruine.

– Vous me faites perdre mon temps.

Il se pencha au-dessus du vide béant et tira la porte. Puis il la verrouilla et rebroussa chemin dans l'allée sans ajouter un mot. Reacher et Gregory le suivirent jusqu'à la rue. Le type cadenassa la porte et s'en alla vers le sud. Reacher et Gregory restèrent là où ils étaient, sur le trottoir.

– Pas leur camp de base, dit Gregory, d'un ton séquencé et britannique.

– Le miroir au bout de la perche, dit Reacher.

– Juste un point de chute pour les clés de la voiture. Ils doivent monter à l'échelle et en descendre comme des singes savants.

– J'imagine.

– Et la prochaine fois il faudra surveiller l'allée.

– J'imagine.

– S'il y a une prochaine fois.

– Bien sûr qu'il y en aura une, dit Reacher.

– Mais ils ont déjà six millions de dollars. Il va quand même arriver un moment où ils décideront qu'ils en ont assez…

Reacher se rappela la sensation de la main du voleur dans sa poche.

– Regardez vers le sud, dit-il. Là-bas, vers Wall Street. Ou alors, promenez-vous dans Greene Street et regardez les vitrines des magasins. Il n'y en a jamais assez.

– Moi, ça me suffirait.

– Moi aussi, dit Reacher.

– C'est ce que je veux dire. Ils pourraient nous ressembler.

– Pas vraiment. Je n'ai jamais enlevé personne. Et vous ?

Gregory ne répondit pas. Trente-six minutes plus tard, les deux hommes étaient de retour au Dakota, et la femme qui surveillait l'immeuble ajouta une ligne à son carnet.

11

Reacher s'était fait livrer un petit déjeuner tardif par un traiteur, aux frais d'Edward Lane, et le mangea seul dans la cuisine. Puis il s'étendit sur un canapé dans le salon et réfléchit jusqu'à ce qu'il soit trop fatigué pour le faire. Alors, il ferma les yeux et somnola en attendant que le téléphone sonne.

*

Kate et Jade dormaient elles aussi. Telles sont les lois de la nature. Elles avaient été incapables de dormir pendant la nuit et l'épuisement les avait gagnées à la mi-journée. Elles étaient sur leurs lits étroits, proches l'une de l'autre, profondément endormies. L'homme solitaire ouvrit doucement leur porte et les vit. Resta là un moment, à les regarder. Puis il quitta la chambre, les laissant tranquilles. *Pas de précipitation*, pensa-t-il. D'une certaine manière, il appréciait cette phase précise de l'opération. Il était accro au risque. Il l'avait toujours été. Inutile de nier. C'était ça qui avait fait de lui ce qu'il était.

*

Reacher se réveilla et se retrouva seul dans le salon, mis à part Carter Groom. L'homme aux yeux de requin. Il était assis dans un fauteuil et ne faisait rien.

— Vous êtes tombé sur la corvée de surveillance ? lui demanda Reacher.

— Vous n'êtes pas exactement prisonnier. Vous êtes sur la liste pour toucher un million.

— Ça vous dérange ?

— Pas vraiment. Si vous retrouvez Mme Lane, vous l'aurez mérité. « Toute peine mérite salaire », comme on dit dans la Bible.

— Vous la conduisiez souvent ?

— Je faisais ma part.

— Quand Jade l'accompagnait, comment s'installaient-elles ?

— Mme Lane s'asseyait toujours devant. Elle était profondément mal à l'aise avec tout le truc d'avoir un chauffeur. L'enfant à l'arrière, évidemment.

— Qu'est-ce que vous étiez, dans le temps ?

— Reconnaissance des Marines, dit Groom. Premier sergent.

— Comment auriez-vous géré l'enlèvement chez Bloomingdale's ?

— Je suis un bon ou un méchant ?

— Un méchant, dit Reacher.

— J'ai combien d'hommes avec moi ?

— Quelle importance ?

Groom réfléchit une fraction de seconde et hocha la tête.

— Le meneur est le seul qui compte. Un homme suffirait.

— Alors ? Comment ça se serait passé ?

— Une seule solution pour faire ça proprement, dit Groom. Tout doit se passer à l'intérieur de la voiture, avant même qu'elles sortent. Bloomie's est sur le côté est de Lexington Avenue. La circulation est nord/sud. Taylor a dû se ranger sur la gauche et s'arrêter devant l'entrée principale. En double file, temporairement. Sur ce, le type ouvre la portière arrière et se glisse près de la fille. Elle a sa ceinture attachée, derrière sa mère. Il pose son arme directement sur la tempe de la fille, lui attrape les cheveux de sa main libre et la tient bien. La partie est jouée tout de suite. Personne dans la rue ne s'inquiète. Pour les passants, il s'agit de quelqu'un qui monte en voiture, pas qui en descend. À partir de là, Taylor fera ce qu'on lui dit. Qu'est-ce qu'il a comme choix ? Mme Lane est en train de hurler sur le siège à côté de lui. Qu'est-ce qu'il peut bien faire ? Il ne peut pas tirer le levier et reculer le siège sur ses rails contre le type, parce que les sièges de la Jaguar sont électriques. Il ne peut pas se retourner et se battre à cause de l'arme braquée sur la tempe de la petite. Il ne peut pas tenter sa chance au volant avec des manœuvres violentes et soudaines parce que la circulation est dense et que le type tient la fille par les cheveux et ne se laissera pas déstabiliser de toute façon. C'est plié dès le départ.

– Et après ?

– Après, notre type force Taylor à les conduire dans un endroit calme. Peut-être en ville, plus vraisemblablement en dehors. Et il le descend, une balle dans la nuque à travers le siège pour ne pas exploser le pare-brise. Et il demande à Mme Lane de balancer le corps dehors. Puis il la fait conduire le reste du chemin. Il veut rester à l'arrière, avec la petite.

Reacher acquiesça :

– C'est aussi comme ça que je vois les choses.

– Dur pour Taylor, reprit Groom. Vous voyez le

moment, à la fin, où le type lui dit de se ranger, de mettre le frein à main et de rester assis… Taylor devait savoir ce qui allait lui tomber dessus.

Reacher garda le silence.

– On n'a toujours pas retrouvé son corps, dit Groom.

– Vous avez de l'espoir ?

Groom secoua la tête.

– Non. Ça veut juste dire que l'endroit n'est pas habité. Question d'équilibre. Vous voulez vous débarrasser du type, mais pas avant d'être dans un endroit sûr. Il est très vraisemblablement quelque part dans la campagne, bouffé par les coyotes. C'est une course contre la montre : va-t-on le trouver avant qu'il n'en reste plus rien ?

– Combien de temps avait-il passé avec vous ?

– Trois ans.

– Vous l'appréciiez ?

– Il était OK.

– Était-il bon ?

– Vous avez déjà demandé à Gregory.

– Gregory est peut-être partial. Ils venaient de la même unité. Tous les deux des Anglais à l'étranger. Qu'est-ce que vous en dites, vous ?

– Il était bon, dit Groom. Le SAS est un bon groupe. Peut-être meilleur que Delta. Les Anglais sont en général plus brutaux. C'est dans leurs gènes. Ils ont régné sur le monde pendant longtemps, et ce n'est pas en étant gentils. Un ancien du SAS ne cède le pas que devant un ancien Reconnaissance des Marines, voilà ce que j'en dis. Et donc, oui, Gregory a raison. Taylor était bon.

– Et en tant que personne ?

– En dehors du service il était gentil. Il s'y prenait

bien avec la petite. Mme Lane semblait l'apprécier. Il y a deux sortes de personnes ici. Celles du premier cercle, et celles du second. Taylor faisait partie du premier. Moi, je suis dans le second. Service-service. Je suis un peu limité, dans un contexte social. Je peux bien l'avouer. Je ne suis rien s'il n'y a pas d'action. Certains parmi les autres peuvent faire les deux.

– Vous étiez là il y a cinq ans ?

– Pour Anne ? Non, je suis arrivé juste après. Mais il ne peut pas y avoir de rapport.

– C'est ce qu'on m'a dit, dit Reacher.

*

La montre dans la tête de Reacher avança jusqu'à seize heures trente. Pour Kate et Jade, le troisième jour. Environ cinquante-quatre heures depuis leur disparition. Cinquante-quatre heures est extrêmement long pour un enlèvement. La plupart s'achèvent en moins de vingt-quatre heures, en bien ou en mal. Généralement, les membres des forces de police abandonnent au bout de trente-six heures. Chaque minute écoulée rendait l'issue probable de plus en plus cruelle.

À environ cinq heures moins le quart, Lane revint dans le salon, du monde dans son sillage. Gregory, Addison, Burke, Kowalski. Perez entra à son tour. La veille autour du téléphone reprit sans qu'on ait besoin d'en parler. Lane était debout à côté de la table. Les autres se répartirent dans la pièce, tous leurs regards dirigés vers le même point à l'intérieur. Il n'y avait aucun doute sur l'objet de leur attention.

Mais le téléphone ne sonnait pas.

– Ce machin a-t-il un haut-parleur ? demanda Reacher.

– Non, répondit Lane.

– Et dans le bureau ?

– Je ne peux pas, dit Lane. Pas de changement. Ça les déstabiliserait.

Le téléphone ne sonnait pas.

– Restez ici, dit Reacher.

*

Dans son appartement de l'autre côté de la rue, la femme qui surveillait l'immeuble prit son téléphone et composa un numéro.

12

La femme de l'autre côté de la rue s'appelait Patricia Joseph – Patti pour les quelques intimes qui lui restaient –, et elle était en train de téléphoner à un inspecteur du NYPD nommé Brewer. Elle avait son numéro personnel. Il décrocha à la deuxième sonnerie.

– J'aimerais signaler de l'activité, dit-elle.

Brewer n'eut pas à demander qui était au bout du fil. Pas besoin. Il reconnaissait la voix de Patti, comme celles d'à peu près tout le monde.

– Allez-y, dit-il.

– Un nouveau personnage est entré en scène.

– Qui ça ?

– Je ne connais pas encore son nom.

– Signalement ?

– Très grand, baraqué, l'air d'un vrai bagarreur. Fin de trentaine, début de quarantaine. Cheveux courts et blonds, yeux bleus. Il s'est pointé hier soir.

– L'un d'entre eux ?

– Il n'est pas habillé comme eux. Et il est beaucoup plus costaud que les autres. Mais il agit comme eux.

– « Agit » ? Qu'est-ce que vous l'avez vu faire ?

– Marcher. Bouger. La façon de se tenir.

– Et vous pensez que c'est un ancien militaire, lui aussi ?

– À tous les coups.

– D'accord, dit Brewer. Bien vu. Autre chose ?

– Oui, dit-elle. Je n'ai vu ni la femme ni la fille depuis deux jours.

*

Dans le salon du Dakota, le téléphone sonna à cinq heures précises, d'après Reacher. Lane arracha le combiné de son socle et le plaqua sur son oreille. Reacher entendit le bourdonnement et les crépitements de l'appareil électronique distant et étouffé. Lane dit « Passez-moi Kate », et il y eut une très longue pause. Puis une voix de femme, sonore et claire. Mais pas détendue. Lane ferma les yeux. Puis le crépitement électronique revint et Lane les rouvrit. Le crépitement continua pendant une minute pleine. Lane écoutait, le visage tiraillé, les yeux en mouvement. Puis l'appel s'arrêta. Déconnecté brutalement avant que Lane ait pu dire quoi que ce soit.

Il replaça le combiné sur son socle. L'air mi-confiant, mi-désespéré.

– Ils veulent encore de l'argent, dit-il. Instructions d'ici une heure.

– Peut-être que je devrais y aller dès maintenant, dit Reacher. Peut-être qu'ils veulent nous prendre à contre-pied en changeant l'intervalle de temps.

Mais Lane faisait déjà non de la tête.

– Ils nous ont déjà pris à contre-pied, d'une manière différente. Ils m'ont dit qu'ils changeaient toute la procédure. Ça ne se passera plus comme avant.

Silence dans la pièce.

– Mme Lane va-t-elle bien ? demanda enfin Gregory.

– Elle semblait très effrayée.

– Et la voix du type ? demanda Reacher. Rien de spécial ?

– Maquillée. Comme d'habitude.

– Bon, mais au-delà de la sonorité… Pensez à cette conversation et à toutes les autres. Le choix des mots, leur ordre, la cadence, le rythme, le débit… Est-il américain ou étranger ?

– Pourquoi serait-il étranger ?

– Dans votre profession, certains de vos ennemis peuvent l'être.

– Il est américain, dit Lane. Je crois. (Il ferma les yeux de nouveau et se concentra. Ses lèvres bougèrent comme s'il se repassait la conversation.) Oui, américain. Certainement sa langue maternelle. Pas d'accroc. Aucun mot étrange ou inhabituel. Tout à fait normal, ce qu'on entend tous les jours.

– Le même type chaque fois ?

– Je pense.

– Et cette fois-ci ? Des différences ? Humeur ? Tension ? Est-ce qu'il garde le contrôle, ou bien commence-t-il à perdre pied ?

– Il avait l'air bien, dit Lane. Soulagé, même. (Il fit une pause.) Comme si tout allait bientôt s'arrêter. Comme si c'était le dernier versement.

– Il est trop tôt, dit Reacher. Nous n'y sommes pas encore, loin de là.

– C'est à eux de jouer, dit Lane.

Personne ne dit mot.

– Bon, que faisons-nous ? demanda Gregory.

– Nous attendons, dit Reacher. Cinquante-six minutes.

– Je n'en peux plus d'attendre, dit Groom.

– Il n'y a rien d'autre à faire, dit Lane. Nous attendons les instructions et nous les suivrons.

– Combien ? demanda Reacher. Dix ?

Lane le regarda dans les yeux.

– Mauvaise réponse.

– Plus ?

– Quatre et demi, dit Lane. Voilà ce qu'ils veulent. Quatre millions cinq cent mille dollars. Dans un sac.

13

Reacher passa les cinquante-cinq minutes restantes à s'interroger sur le choix de la somme. Le chiffre était bizarre. Et la progression aussi. Un. Cinq. Quatre et demi. En tout, dix millions et demi. On aurait dit un objectif à atteindre. La fin du parcours. Mais ce total était bizarre. Pourquoi s'arrêter là ? Cela n'avait aucun sens. À moins que...

– Ils vous connaissent, dit-il à Lane. Mais peut-être pas si bien que ça. Vous pourriez dépenser plus, mais ils ne l'ont pas pleinement perçu. Y a-t-il eu un moment où vous avez possédé exactement dix millions et demi de dollars ?

Mais Lane répondit simplement :

– Non.

– Est-ce que quelqu'un d'extérieur aurait pu avoir cette impression ?

– Non, répéta Lane. J'ai eu parfois plus, et parfois moins.

– Mais jamais exactement dix et demi ?

– Non, dit Lane pour la troisième fois. Il n'y a absolument aucune raison pour qu'on pense me mettre à sec en me demandant dix millions et demi.

Reacher laissa tomber et recommença à attendre que le téléphone sonne.

*

Il le fit pile à l'heure, à dix-huit heures. Lane décrocha et écouta. Sans rien dire. Il ne demanda pas qu'on lui passe Kate. Reacher se dit qu'il avait compris que le privilège d'entendre la voix de sa femme était réservé au premier appel de chaque séquence. L'appel pour exiger. Pas celui pour donner les instructions.

Celui-là dura moins de deux minutes. Puis le craquement électronique fut brutalement interrompu et Lane reposa le combiné sur son socle, un petit sourire amer sur les lèvres, comme s'il admirait avec réticence l'habileté d'un adversaire détesté.

– C'est le dernier versement, dit-il. Ensuite, c'est fini. Ils m'ont promis que j'allais la revoir.

Trop tôt, pensa Reacher. *Ça ne se passera pas comme ça.*

– Qu'est-ce qu'on fait ? demanda Gregory.

– D'ici une heure, dit Lane. Un homme quitte l'appartement avec l'argent, prend la BMW noire et roule au hasard. Il aura mon téléphone mobile et recevra un appel entre la première et la vingtième minute de son parcours. On lui donnera une destination. Il devra rester en ligne à partir de ce moment-là, afin qu'ils sachent qu'il ne discute avec personne d'autre, que ce soit dans la voiture, avec un autre téléphone ou par liaison radio. Il conduira jusqu'à l'endroit qu'on lui aura indiqué. La Jaguar sera garée dans la rue. C'est la voiture dans laquelle Taylor promenait Kate le matin de l'enlèvement. L'homme mettra l'argent sur le siège arrière et repartira sans regarder derrière lui. S'il y a une poursuite, un signe de coordination, une embrouille quelconque, Kate meurt.

– Ils ont votre numéro de mobile ? demanda Reacher.

– Kate le leur aura donné.

– Je vais conduire, dit Gregory. Si vous voulez bien.

– Non, dit Lane. J'ai besoin de toi ici.

– J'irai, moi, dit Burke.

Burke était le Noir.

Lane hocha la tête.

– Merci.

– Et ensuite ? demanda Reacher. Comment fait-on pour la récupérer ?

– Quand ils auront compté l'argent, il y aura un autre appel, répondit Lane.

– Sur le mobile ou ici ?

– Ici. Ça leur prendra du temps. Il est fastidieux de compter une grosse somme d'argent. Pas pour moi, pas de mon côté. L'argent est déjà préparé, mis en liasses par type de coupures. Mais eux n'auront pas confiance. Ils déferont les liasses, vérifieront les billets et les compteront à la main.

Reacher acquiesça. C'était un problème qu'il n'avait jamais vraiment envisagé. Si la somme était en billets de cent, cela représenterait quarante-cinq mille billets. À supposer qu'ils comptent cent billets en soixante secondes, il leur faudrait quatre cent cinquante minutes, soit sept heures et demie. Environ six heures à conduire, et sept heures et demie à compter. *Une longue nuit en perspective*, pensa-t-il. *Pour eux et pour nous*.

– Pourquoi se servir de la Jaguar ? reprit Lane.

– C'est de la provocation, dit Reacher. Une piqûre de rappel.

Lane acquiesça.

– Au bureau, dit-il. Burke et Reacher.

Une fois là, Lane retira un petit téléphone mobile argenté de marque Samsung de son chargeur et le tendit à Burke. Puis il disparut, dans la chambre peut-être.

– Parti chercher l'argent, dit Burke.

Reacher acquiesça. S'attarda du regard sur les portraits jumeaux posés sur la table. Deux belles femmes, aussi éblouissantes l'une que l'autre, à peu près du même âge mais sans réelle similarité. Anne Lane était blonde aux yeux bleus, une enfant des années soixante même si elle était vraisemblablement née bien après la fin de cette décennie-là. Elle avait de longs cheveux raides avec la raie au milieu, comme une chanteuse, un mannequin ou une actrice. Des yeux clairs sans une once de malice et un sourire innocent. Une fille-fleur, même si elle avait dû écouter de la house, du hip-hop ou de l'acid jazz du temps de ses premiers disques. Kate Lane était une enfant des années quatre-vingt ou quatre-vingt-dix. Plus subtile, plus avertie, plus accomplie.

– Pas d'enfant avec Anne, n'est-ce pas ? demanda Reacher.

– Non, dit Burke. Dieu merci !

C'était peut-être la maternité qui faisait la différence. Kate avait un poids, une gravité, une densité, pas dans son aspect physique, mais au plus profond d'elle-même. Pour une nuit, on pouvait préférer Anne. Pour une semaine, on prendrait plutôt Kate.

Lane revint encombré d'un sac rebondi. Il le laissa tomber par terre et s'assit à son bureau.

– Combien de temps ? demanda-t-il.

– Quarante minutes, dit Reacher.

Burke vérifia sa montre.

– Exact, dit-il. Quarante minutes.

– Allez attendre à côté, dit Lane. Laissez-moi seul.

Burke allait se saisir du sac, mais Reacher le prit à sa place. Il était lourd et large, plus facile à trimballer pour un grand type. Reacher le transporta jusqu'à l'entrée et le largua près de la porte, là où son prédécesseur avait attendu douze heures auparavant. Le sac s'affala et se tassa comme le même petit cadavre d'animal. Reacher prit un siège et commença le compte à rebours. Burke faisait les cent pas. Carter Groom tambourinait sur le bras d'un fauteuil, de frustration. Le Reconnaissance des Marines échoué sur la plage. « Je suis cent pour cent service, avait-il dit. Je ne suis rien loin de l'action. » À côté de lui, calmement assis, Gregory, affichant une retenue toute britannique. À côté, Perez, l'Hispano-Américain, le petit. À côté encore, Addison, au visage couturé. *Un couteau, probablement*, pensa Reacher. Et puis Kowalski, plus grand que les autres mais petit par rapport à Reacher. Les types des forces spéciales étaient généralement petits. Généralement secs, rapides, élastiques. Tout d'endurance et d'énergie, bourrés d'intelligence et d'astuce. Des renards, pas des ours.

Personne ne parlait. Il n'y avait rien à dire, si ce n'est que la fin d'un enlèvement est toujours la période la plus risquée. Qu'est-ce qui peut bien contraindre les ravisseurs à tenir leur promesse ? L'honneur ? La morale professionnelle ? Pourquoi prendre le risque d'un échange complexe alors qu'une tombe vite creusée et une balle dans la tête de la victime sont bien plus sûres et plus simples ? L'humanité ? La décence ? Reacher jeta un coup d'œil à la photo de Kate Lane près du téléphone et se sentit refroidir un peu. Elle était plus proche de sa mort maintenant qu'elle ne l'avait jamais été au cours des trois derniers jours, et il le savait. Il se dit qu'eux tous le savaient.

– C'est l'heure, dit Burke. J'y vais.

– Je vais vous porter le sac, dit Reacher. Enfin… jusqu'à la voiture.

Ils descendirent par l'ascenseur. Dans le hall du rez-de-chaussée, une petite femme à la peau mate dans un long manteau noir les croisa, entourée de grands gaillards en costume, du personnel, des assistants, voire des gardes du corps.

– C'était Yoko ? demanda Reacher.

Burke ne répondit pas. Il passa devant le portier et se retrouva sur le trottoir. La BMW noire les y attendait. Burke ouvrit la portière arrière.

– Mettez le sac sur la banquette, dit-il. Ça me simplifiera la tâche, je ferai un transfert de siège à siège.

– Je viens avec vous, dit Reacher.

– C'est stupide, mec.

– Je vais m'allonger par terre derrière. C'est suffisamment sûr.

– Et ça servira à quoi ?

– Il faut faire quelque chose. Vous savez aussi bien que moi qu'il n'y aura pas de jolie petite scène d'échange façon Checkpoint Charlie[1] dans cette histoire. Elle ne va pas s'approcher de nous en vacillant dans l'humidité et le brouillard, un sourire courageux aux lèvres, et Jade qui lui donne la main. Non, ça ne se passera pas comme ça. Alors, autant prendre les devants.

– Qu'est-ce que vous comptez faire ?

– Après que vous aurez changé le sac de voiture, je descendrai au coin de la rue. Je reviendrai sur mes pas et verrai ce qu'il y aura à voir.

1. Poste frontière entre les secteurs américain et soviétique de Berlin à :' 'poque du Mur.

– Qui vous dit que vous verrez quelque chose ?

– Ils auront quatre millions et demi de dollars qui les attendent dans une voiture pas fermée à clé. J'ai dans l'idée qu'ils ne vont pas les y laisser trop longtemps. Et je verrai quelque chose.

– Est-ce que ça nous aidera ?

– Beaucoup plus que de rester assis là-haut à ne rien faire.

– Lane me tuera.

– Il n'a pas besoin de savoir. Je serai de retour bien après vous. Vous direz que vous n'avez aucune idée de ce qui a pu m'arriver. Je dirai que je suis allé marcher.

– Lane vous tuera si vous foirez le coup.

– Je me tuerai tout seul.

– Je ne plaisante pas. Il vous tuera.

– J'en prends le risque.

– Non, c'est Kate qui le prend.

– Vous pariez encore sur Checkpoint Charlie ?

Burke ne répondit pas. Dix secondes. Quinze.

– Montez, dit-il.

14

Burke posa le mobile de Lane dans son support sur le tableau de bord de la BMW et Reacher se glissa sur le plancher arrière en s'aidant des mains et des genoux. Il y avait des miettes sur le tapis. La voiture était une propulsion et la bosse de l'axe de transmission rendait la position inconfortable. Burke démarra et attendit une pause dans la circulation pour faire demi-tour et prendre vers le sud dans Central Park West. Reacher se tortilla jusqu'à ce que l'axe de transmission soit logé entre ses hanches et ses côtes.

– Évitez les grosses bosses, dit-il.

– Nous sommes censés nous taire, lui renvoya Burke.

– Quand ils auront appelé, pas avant.

– C'est sérieux. Vous voyez ce truc-là ?

Reacher se redressa un peu, difficilement, et vit Burke qui lui montrait un petit bouton noir sur le montant de l'Airbag côté passager, près du pare-soleil.

– C'est un micro, dit Burke. Pour le mobile. Super sensible. Vous reniflez, ils vous entendront.

– Est-ce que moi je les entendrai ? Dans un haut-parleur ?

– Dans dix. Le téléphone est branché sur le système audio. Il se connecte automatiquement.

Reacher s'allongea et Burke continua de conduire, lentement. Puis il prit un virage serré à droite.

– Où sommes-nous maintenant ? demanda Reacher.

– 57ᵉ Rue. La circulation est mortelle. Je vais prendre la voie express côté ouest et me diriger vers le sud. À mon avis, ils voudront qu'on aille vers le bas de la ville. Ils ne peuvent être que là. Garer la Jaguar dans une rue est impossible n'importe où ailleurs à cette heure-ci. Je pourrai toujours reprendre au nord sur la voie côté est s'ils n'ont pas encore appelé quand on arrivera à Battery Park.

Reacher sentait la voiture démarrer, s'arrêter, redémarrer, s'arrêter à nouveau. Au-dessus de lui, le sac contenant l'argent était ballotté dans tous les sens.

– Vous pensez sérieusement qu'il peut s'agir d'un seul type ? demanda Burke.

– Un au minimum, dit Reacher.

– Évidemment qu'il y en a au moins un !

– Donc, c'est possible.

– Et donc, nous devons nous emparer de lui. Le faire parler. Résoudre complètement le problème ici même.

– Mais imaginez qu'il ne soit pas seul.

– On devrait peut-être parier.

– Vous faisiez quoi ? demanda Reacher. Dans le temps ?

– Force Delta.

– Vous avez connu Lane à l'armée ?

– Je le connais depuis toujours.

– Comment auriez-vous mené l'action devant Bloomingdale's ?

– Vite fait bien fait, à l'intérieur de la voiture. Dès que Taylor se serait arrêté.

– C'est ce qu'a dit Groom.

– Groom est un type malin pour un Jarhead[1]. Vous n'êtes pas d'accord avec lui ?

– Si.

– Pas d'autre moyen. On n'est pas à Mexico, Bogota ou Rio. On est à New York. Pas moyen de survivre à une échauffourée sur le trottoir. On aurait tout de suite huit flics, deux à chaque coin de rue, armés et dangereux, inquiets à la pensée qu'il puisse s'agir de terroristes. Non, vite fait bien fait dans la voiture, c'est la seule solution devant Bloomingdale's.

– Mais pourquoi fallait-il que ce soit devant Bloomingdale's ?

– C'est l'endroit idéal. Le magasin préféré de Mme Lane. Elle y achète toutes ses affaires. Elle raffole de leurs gros sacs marron.

– Qui était au courant ?

Burke garda le silence quelque temps.

– Excellente question, dit-il enfin.

Et puis le téléphone sonna.

1. Ou « Tête en forme de bocal », surnom donné aux Marines.

15

La tonalité de la sonnerie leur sembla étrange, amplifiée qu'elle était par les dix haut-parleurs haute-fidélité de la voiture. Elle emplit tout le véhicule. Très sonore, riche, pleine et précise. Le côté dur, électronique, du réseau de téléphonie mobile avait disparu. On aurait dit un ronronnement.

– Fermez-la, tout de suite, dit Burke.

Il se pencha sur la droite et appuya sur un bouton du Samsung.

– Allô ?

– Bonsoir, répondit une voix si lentement, précisément et mécaniquement qu'elle en fit trois mots séparés : Bon-sou-ar.

Sacrée voix. Totalement surprenante. Tellement trafiquée qu'il n'y avait aucune chance de la reconnaître sans l'aide de la machine électronique. Le genre en était commercialisé dans des magasins d'articles de surveillance. Reacher en avait déjà vu. On les fixait sur le micro du téléphone. D'un côté, il y avait un microphone connecté à un circuit imprimé et un petit haut-parleur tout bête. À pile. Des cadrans rotatifs servaient à transformer le son. Gradués de zéro à dix, selon plusieurs paramètres. Les cadrans de cette machine-ci devaient tous être sur onze. Hautes fréquences supprimées. Basses isolées, retournées et reconstituées. Elles cognaient et tapaient comme un battement de cœur irrégulier. Il y avait un effet de déphasage qui faisait siffler et rugir chaque respiration et donnait l'impression que la voix traversait l'espace. Une pulsation métallique qui allait et venait. On aurait dit une plaque d'acier heurtée par un marteau. Volume à fond. Dans les dix enceintes de la BMW, c'était énorme, extraterrestre. En prise directe avec le cauchemar.

– Avec qui est-ce que je parle ? demanda-t-elle lentement.

– Le chauffeur, dit Burke. Le type avec l'argent.

– Je veux savoir votre nom, dit la voix.

– Je m'appelle Burke.

– Qui est avec vous dans la voiture ? demanda la voix de cauchemar.

– Personne. Je suis tout seul.

– Est-ce que vous mentez ?

– Non, je ne mens pas.

Reacher se dit qu'il devait y avoir un détecteur de mensonges à l'autre bout du fil. Probablement un appareil tout simple, vendu dans les mêmes boutiques que les transformateurs de voix. Un boîtier en plastique avec des voyants lumineux vert et rouge. Censé identifier le type d'inflexions de la voix qui accompagne un mensonge. Reacher se repassa les réponses de Burke et se dit qu'elles feraient l'affaire. Le détecteur devait être rudimentaire et les soldats de la Force Delta étaient soumis à des tests plus exigeants qu'un appareil acheté dans un magasin de Madison Avenue. D'ailleurs, une seconde plus tard, il devint évident que le voyant vert s'était allumé, car la voix de cauchemar continua tout tranquillement et demanda :

– Où êtes-vous maintenant, monsieur Burke ?

– 57e Rue. En direction de l'ouest. Je suis sur le point de m'engager sur la voie express ouest.

– Vous êtes très loin de là où je vous veux.

– Qui êtes-vous ?

– Vous le savez.

– Où voulez-vous que j'aille ?

– Prenez la voie express, si c'est ce que vous préférez. Allez vers le sud.

– Laissez-moi du temps. La circulation est très mauvaise.

– Soucieux ?

– Vous vous sentiriez comment ?

– Restez en ligne, dit la voix.

Le son de la respiration déformée emplissait la voiture. Lent et profond. *Décontracté*, pensa Reacher. *Individu patient, qui contrôle, aux commandes, bien tranquille quelque part.* Il sentit la voiture accélérer puis faire une embardée à gauche. *Il s'engage sur la voie express à l'orange*, pensa-t-il. *Attention, Burke. Ce n'est vraiment pas le moment d'être contrôlé par des flics.*

– Je suis sur la voie express, dit Burke. Je roule vers le sud.

– Continuez, dit la voix.

Et le bruit de respiration reprit.

Il devait y avoir un compresseur audio quelque part dans le système. Soit dans le changeur de voix lui-même, soit dans la stéréo de la BMW. La respiration commença doucement et monta graduellement en puissance jusqu'à rugir dans les oreilles de Reacher. La voiture en était pleine. On se serait cru à l'intérieur d'un poumon.

Et puis la respiration s'arrêta et la voix demanda :

– Comment est la circulation ?

– Plein de feux rouges, dit Burke.

– Continuez.

Reacher essaya de suivre la route dans sa tête. Il savait qu'il y avait de nombreux feux entre la 57e et la 34e.

Le port de voyageurs, l'*Intrepid*[1], le Lincoln Tunnel qui approchait.

– Je suis au niveau de la 42e, reprit Burke.

Reacher pensa : *C'est à moi que vous parlez ? Ou bien à la voix ?*

– Continuez, dit la voix.

– Mme Lane va-t-elle bien ? demanda Burke.

– Elle va bien.

– Est-ce que je peux lui parler ?

– Non.

– Et Jade va bien, elle aussi ?

– Ne vous en faites pour aucune des deux. Contentez-vous de conduire.

Un Américain, pensa Reacher. *À tous les coups.* Derrière le mur de distorsion, il percevait les intonations de quelqu'un qui parlait dans sa langue maternelle. Reacher avait entendu plus que son content d'accents étrangers, et celui-ci n'en faisait pas partie.

– Je suis au Javits Center, dit Burke.

– Contentez-vous de continuer.

Un jeune, pensa Reacher. *En tout cas, pas un vieux.* L'encrassement et les grésillements dans la voix venaient des circuits électroniques, pas de l'âge. *Pas un baraqué.* La basse qui résonnait était artificielle. Il y avait de la vitesse et de la légèreté, ici. Pas une grosse cage thoracique. *Ou alors il est gras.* Un de ces types gras à la voix aiguë.

1. Ancien navire de guerre transformé en musée.

– C'est encore loin ? demanda Burke.

– Besoin d'essence ? rétorqua la voix.

– Non.

– Alors qu'est-ce que ça peut vous faire ?

La respiration revint, lente et régulière. *On n'y est pas encore*, se dit Reacher.

– J'arrive à la 24ᵉ, dit Burke.

– Continuez.

Le Village, pensa Reacher. *On revient à Greenwich Village*. La voiture roulait plus vite. La plupart des rues à gauche qui donnent sur le Village étant en sens unique, il y avait moins de feux. Et l'essentiel de la circulation se fait vers le nord, pas vers le sud. La route était plus ou moins dégagée. Reacher s'étira le cou et trouva un angle de vue par la fenêtre arrière. Il aperçut des immeubles dont les fenêtres reflétaient le soleil couchant. Ces dernières défilaient tel un kaléidoscope étourdissant.

– Où êtes-vous maintenant ? demanda la voix.

– Perry Street, dit Burke.

– Continuez. Mais soyez prêt à agir.

On se rapproche, pensa Reacher. *Houston ? Est-ce qu'on va prendre Houston Street ?* Puis : « *Soyez prêt à agir.* » *Vocabulaire militaire. Mais… exclusivement militaire ? Ce type sort-il de l'armée, lui aussi ? Ou pas ? C'est un civil ? Un type qui fantasme sur l'armée ?*

– Morton Street, dit Burke.

– Virage à gauche à trois rues, dit la voix. Prenez Houston Street.

Il connaît New York. Il sait que Houston est trois rues au sud de Morton, et qu'on prononce « Haouss-Ton », pas comme la ville du Texas.

– D'accord, dit Burke.

Reacher sentit la voiture ralentir. S'arrêter. Patienter en se laissant glisser vers l'avant. Accélérer pour avoir le feu. Reacher roula lourdement contre le siège arrière.

– Vers l'est dans Houston Street, reprit Burke.

– Continuez, dit la voix.

La circulation était ralentie. Des pavés, des stops, des nids-de-poule, des feux. Reacher parcourut Houston Street dans sa tête. Washington Street, Greenwich Street, Hudson Street. Puis Varick Street, où il était sorti du métro après son infructueuse surveillance du matin. La voiture rebondissait sur des portions de chaussée éclatées par le gel et cognait dans des trous.

– La prochaine : 6ᵉ Avenue, dit Burke.

– Prenez-la.

Burke tourna à gauche. Reacher s'étira à nouveau le cou et vit les appartements au-dessus de son nouveau café préféré.

– Mettez-vous dans la file de droite. Tout de suite.

Burke écrasa le frein. Reacher fut balancé vers l'avant et se cogna contre le siège. Il entendit le clignotant. Puis la voiture bondit vers la droite. Et ralentit.

– Vous verrez l'objectif sur votre droite, reprit la voix. La Jaguar verte. Celle du premier matin. Exactement au milieu du pâté de maisons. Sur la droite.

– Je la vois, dit Burke.

Reacher pensa : *Au même endroit ? Pile devant la bouche d'incendie ?*

– Arrêtez-vous et faites le transfert.

Reacher entendit le cognement de la transmission qui passait en vitesse « parking » et le cliquetis des feux de détresse qu'on actionnait. Puis la portière de Burke s'ouvrit et le bruit se précipita à l'intérieur. Les amortisseurs jouèrent tandis que Burke sortait. Des klaxons dans la rue, derrière. Embouteillage instantané. Dix secondes plus tard, la portière près de la tête de Reacher s'ouvrait en grand. Burke ne regarda pas en bas. Se contenta de se pencher et d'attraper le sac. Reacher tendit le cou dans l'autre direction et regarda la Jaguar, la tête en bas. Vit un éclair de peinture vert foncé. Puis la portière se referma sur son visage. Il entendit celle de la Jaguar s'ouvrir. Puis se refermer. Léger «pfft» hydraulique quelque part à l'extérieur. Dix secondes plus tard Burke était de retour sur son siège. Légèrement essoufflé.

– Le transfert est fait, dit-il. L'argent est dans la Jaguar.

– Salut, lança la voix de cauchemar.

La communication fut coupée. La voiture s'emplit de silence. Profond et absolu.

– Allez-y, dit Reacher. À droite dans Bleeker Street.

Burke démarra en laissant ses feux de détresse allumés. Il passa au feu vert et déboula sur le passage piétons. Accéléra sur vingt mètres et pila brusquement. Reacher tâtonna au-dessus de sa tête et trouva la poignée. Il la tira et poussa la portière pour s'extraire de la voiture. Se leva et claqua la portière, s'arrêta une seconde pour arranger sa chemise. Puis il se dépêcha de revenir au coin de la rue.

16

Il s'arrêta alors qu'il était encore dans Bleeker Street, mit les mains dans ses poches, puis repartit à un pas plus convenable. Il tourna à gauche dans la 6ᵉ Avenue comme quelqu'un qui rentre chez lui. Peut-être à la fin d'une bonne journée de travail, peut-être avec l'intention de faire une pause dans un bar, peut-être en ayant la liste des courses à l'esprit. Il se mêla aux autres, ce qu'il faisait étonnamment bien compte tenu du fait qu'il avait une tête de plus que tout le monde. L'avantage que lui procurait sa taille pour une opération de surveillance n'en était un qu'à moitié. Cela lui permettait de voir plus loin qu'un individu de taille moyenne. Mais cela le rendait aussi théoriquement plus facile à remarquer. Simple trigonométrie. Il resta au milieu du trottoir, regarda droit devant et inscrivit fermement la Jaguar verte dans sa vision périphérique. Vérifia à gauche. Rien. Vérifia à droite, par-dessus le toit de la Jaguar.

Et vit un homme, à deux mètres de la portière côté conducteur.

Le même type qu'il avait vu la toute première nuit. Il en était absolument sûr. Même stature, même allure, mêmes mouvements, mêmes vêtements. Blanc, légèrement hâlé, mince, le visage buriné, rasé de près, la mâchoire serrée, dans les quarante ans. Calme, concentré, intense. Précis et vif, évitant les véhicules dans ses deux dernières foulées juste avant d'atteindre la voiture. Économie et fluidité des mouvements. Le type ouvrit la portière et se glissa sur le siège, démarra le moteur, attacha sa ceinture et jeta un long regard par-dessus son épaule en direction de la circulation. Puis il s'y inséra avec habileté et partit vers le nord. Reacher continua à marcher vers le sud, mais tourna sa tête pour le regarder s'en aller. Le type passa en trombe et disparut.

Six secondes du début jusqu'à la fin. Peut-être moins.

Et tout ça pour quoi ?

Un type, rien de plus. Blanc, taille moyenne, poids moyen, vêtu comme n'importe quel Blanc en ville en dehors des heures de bureau. Jean, chemise, chaussures de sport, casquette de base-ball. La quarantaine. Anodin sous tous les angles. Signalement ? Pas grand-chose à dire hormis : un type, rien de plus.

Reacher regarda vers le sud la circulation qui s'écoulait. Pas un taxi de libre. Absolument aucun. Il fit demi-tour et courut jusqu'au coin de Bleeker Street pour voir si Burke l'avait attendu. Mais Burke n'y était plus. Reacher se décida à marcher. Il était trop frustré pour prendre le métro. Il devait éliminer. Il chargea vers le nord dans la 6ᵉ Avenue, rapidement et furieusement, et les gens s'écartaient devant lui comme s'il était radioactif.

*

Vingt minutes et vingt pâtés de maisons plus tard, il vit un magasin Staples sur le trottoir d'en face. Pancartes rouge et blanc. Vitrines remplies de fournitures de bureau en promotion. Il évita les voitures et traversa pour inspecter l'endroit. C'était un magasin important. Il ne savait pas dans quelle succursale Carter Groom avait emmené Kate Lane, mais il se dit que les magasins de cette enseigne devaient offrir partout les mêmes produits. Il entra et passa un enclos fait de barres chromées de trois centimètres d'épaisseur et dans lequel les chariots étaient encastrés les uns dans les autres. Plus loin, sur la gauche, se trouvaient les caisses. Au-delà des chariots, sur la droite, un local d'imprimerie équipé de photocopieuses industrielles. Face à lui, une vingtaine d'allées étroites meublées d'étagères qui montaient jusqu'au plafond. Remplies d'un assortiment intimidant d'articles. Il démarra au coin avant gauche et parcourut toute la boutique en zigzag jusqu'au bout de l'allée située le plus à droite. Ce qu'il vit de plus gros était un bureau. De plus petit, soit une punaise, soit un trombone, selon que l'on considérait la taille ou le poids. Il vit du papier, des ordinateurs, des imprimantes, des rouleaux encreurs, des caisses en plastique, des rubans adhésifs d'emballage. Il vit des choses qu'il n'avait jamais vues auparavant. Des logiciels faits pour concevoir des maisons ou remplir sa déclaration d'impôts. Des étiqueteuses. Des téléphones mobiles qui prenaient des photos et envoyaient des courriers électroniques.

De retour à l'avant du magasin, il n'avait absolument aucune idée de ce que Kate Lane était venue y chercher.

Il resta debout, le cerveau embrumé, et regarda une photocopieuse en action. La machine était aussi grosse qu'un sèche-linge de laverie automatique et crachait ses copies si fort et si vite qu'elle se balançait d'avant en arrière sur ses pieds. Tout en coûtant une fortune à un client. C'était clair. Une pancarte en hauteur précisait qu'une photocopie coûtait entre quatre *cents* et deux dollars, en fonction de la qualité du papier et selon qu'elle était en noir et blanc ou en couleurs. Beaucoup d'argent, potentiellement. Face au local d'imprimerie se trouvait un présentoir avec des cartouches d'encre. Elles aussi coûtaient cher. Reacher n'avait pas la moindre idée de leur utilité. Ni de leur fonctionnement. Quant à savoir pourquoi elles coûtaient si cher… Il écarta des gens qui attendaient à une caisse et se dirigea vers la rue.

*

Vingt autres minutes et vingt autres pâtés de maisons plus tard, il se retrouva à Bryant Park en train de manger un hot dog acheté à un vendeur de rue. Vingt minutes et vingt pâtés de maisons encore après, ce fut Central Park, où il but une bouteille d'eau plate achetée à un autre vendeur de rue. Douze pâtés de maisons plus au nord, il était toujours dans Central Park, juste en face de l'immeuble Dakota, sous un arbre, et, pétrifié, se retrouva nez à nez avec Anne Lane, la première femme d'Edward Lane.

17

La première chose qu'elle lui dit fut qu'il se trompait.

– C'est la photo que Lane a prise d'elle que vous avez vue ? lui demanda-t-elle.

Il acquiesça.

– Nous nous ressemblions beaucoup.

Il acquiesça de nouveau.

– Anne était ma sœur.

– Je suis désolé, dit Reacher. Désolé de vous avoir dévisagée. Et désolé pour votre chagrin.

– Merci, dit la femme.

– Vous étiez jumelles ?

– J'ai six ans de moins. Ce qui fait que, maintenant, j'ai l'âge qu'avait Anne quand la photographie a été prise. Je suis sa jumelle virtuelle, en quelque sorte.

– Vous lui ressemblez énormément.

– J'essaie.

– C'est troublant.

– J'essaie très fort.

– Pourquoi ?

– Parce que ça me donne l'impression de la maintenir en vie. Ce que je n'ai pas su faire quand il le fallait.

– Comment auriez-vous pu la maintenir en vie ?

– Il faudrait qu'on parle, dit la femme. Je m'appelle Patti Joseph.

– Jack Reacher.

– Venez avec moi. Il faut rebrousser chemin. Nous ne devons pas nous approcher du Dakota.

Elle l'emmena vers le sud à travers le parc, jusqu'à la sortie de la 66e Rue. Sur le trottoir opposé. Et de nouveau vers le nord, jusqu'au hall d'un immeuble situé 115, Central Park West.

– Bienvenu au Majestic, dit-elle. Le plus bel endroit où j'aie jamais vécu. Et attendez de voir mon appartement.

Reacher le vit cinq minutes plus tard, après avoir marché dans un couloir, pris un ascenseur et marché dans un autre couloir. L'appartement de Patti Joseph était au septième étage du Majestic, orienté au nord. Les fenêtres du salon donnaient sur la 7e Avenue, directement sur l'entrée du Dakota. Une chaise de salle à manger était placée devant le rebord de la fenêtre, comme si celui-ci faisait bureau. Dessus, un carnet de notes. Un stylo. Un appareil photo Nikon avec un télé-objectif et une paire de jumelles Leica grossissement 10×42.

– Que faites-vous ici ? demanda Reacher.

– Dites-moi d'abord ce que *vous* vous faites ici, lui renvoya-t-elle.

– Je ne suis pas sûr de pouvoir.

– Vous travaillez pour Lane ?

– Non.

Elle sourit.

– J'en étais sûre, dit-elle. J'ai dit à Brewer que vous ne faisiez pas partie de la troupe. Vous ne leur ressemblez pas. Vous n'étiez pas dans les forces spéciales, n'est-ce pas ?

– Comment le savez-vous ?

– Vous êtes trop costaud. Vous n'auriez pas supporté les épreuves d'endurance. Les costauds n'y arrivent jamais.

– J'étais dans la police militaire.

– Vous avez connu Lane à l'armée ?

– Non.

Elle sourit de nouveau.

– J'en étais sûre, répéta-t-elle. Sinon, vous ne seriez pas ici.

– Qui est Brewer ?

– NYPD. (Elle lui montra le carnet, le stylo, l'appareil photo et les jumelles. Grand geste circulaire.) Je fais tout ça pour lui.

– Vous surveillez Lane et ses types ? Pour le compte des flics ?

– Pour mon compte, principalement. Mais je vais au rapport.

– Pourquoi ?

– Parce que l'espoir fait vivre.

– Quel espoir ?

– Qu'il fera un faux pas et que je trouverai quelque chose sur lui.

Reacher se rapprocha de la fenêtre et jeta un coup d'œil au carnet. L'écriture était précise. Sur la dernière ligne on pouvait lire : « 20 : 14. Burke revient seul, pas de sac, dans la BMW noire OSC 23, entre dans LAD. »

– « LAD » ? demanda Reacher.

– Les Appartements Dakota. Le nom officiel de l'immeuble.

– Avez-vous déjà vu Yoko ?

– Je la vois tout le temps.

– Vous connaissez le nom de « Burke » ?

– Burke était déjà présent du temps d'Anne.

À l'avant-dernière ligne on lisait : « 18 : 59. Burke et Venti quittent LAD dans BMW noire OSC 23, avec un sac, Venti caché à l'arrière. »

– « Venti » ? demanda Reacher.

– C'est le nom que je vous ai donné. Un nom de code.

– Pourquoi ?

– Venti, c'est le plus grand modèle de gobelet chez Starbuck. Plus grand que les autres.

– J'aime le café.

– Je pourrais vous en faire.

Reacher se détourna de la fenêtre. L'appartement était un petit deux-pièces. Simple, propre, bien peint. Probablement pas loin d'un million de dollars.

– Pourquoi me montrez-vous tout ça ?

– Décision récente, dit-elle. J'ai décidé de repérer les nouveaux arrivants, de les harponner et de les prévenir.

– De quoi ?

– De ce que Lane est en réalité. De ce qu'il a fait.

– Et qu'a-t-il fait ?

– Je vais préparer du café.

Pas moyen de l'arrêter. Elle se faufila dans une kitchenette et se mit à tripatouiller un appareil. Peu après, Reacher sentit l'odeur du café. Il n'avait pas soif. Il venait de boire une bouteille d'eau entière. Mais il aimait le café. Il se dit qu'il resterait bien en prendre une tasse.

– Pas de crème, pas de sucre, n'est-ce pas ? lui lança Patti.

– Comment le savez-vous ?

– Je fais confiance à mon instinct.

Et moi au mien, pensa Reacher, bien qu'il ne sût

pas exactement ce que ce dernier était en train de lui dire.

– J'ai besoin que vous alliez droit au but, dit-il.

– D'accord. J'y vais.

Elle ajouta :

– Anne n'a pas été enlevée, il y a cinq ans. C'est une histoire fabriquée de toutes pièces. Lane l'a assassinée.

18

Patti Joseph apporta son café noir à Reacher dans une énorme tasse en porcelaine blanche de Wedgwood. Six décilitres. Vingt onces. *Venti.* Elle la posa sur un dessous-de-verre surdimensionné, tourna le dos à Reacher et s'assit sur la chaise devant la fenêtre. De la main droite elle prit le stylo et de la gauche les jumelles. Elles avaient l'air lourdes. Elle les tenait comme un lanceur de poids tient sa boule de métal, en équilibre dans la paume de la main, près du cou.

– Edward Lane est un homme froid, dit-elle. Il exige loyauté, respect et obéissance. Il en a vraiment besoin, comme un camé a besoin de sa piquouze. De fait, c'est autour de ça que tourne toute son affaire de mercenaires. Il n'a pas supporté de perdre sa position de chef quand il a quitté l'armée. Alors il a décidé de se la recréer, encore et toujours. Il a besoin de donner des ordres et qu'on lui obéisse. De la même manière que vous ou moi avons besoin de respirer. Il est limite malade mental, je pense. Psychotique.

– Et… ? dit Reacher.

– Il ignore sa belle-fille. Vous avez remarqué ?

Reacher garda le silence. *Il n'a mentionné l'enlèvement de Jade que tardivement*, pensa-t-il. *Il l'a fait retirer de la photo du salon.*

– Ma sœur Anne n'était pas très obéissante, reprit Patti. Rien de scandaleux. Rien de déraisonnable. Mais Edward Lane dirigeait son couple comme une opération militaire. Anne n'a pas supporté. Et plus elle s'en irritait, plus Lane exigeait de la discipline. Jusqu'à l'obsession.

– Qu'est-ce qu'elle lui avait trouvé, au début ?

– Il peut avoir du charisme. Il est fort et silencieux. Et intelligent, à sa manière limitée.

– Que faisait-elle avant ?

– Elle était mannequin.

Reacher garda le silence.

– Eh oui, dit Patti. Comme la suivante.

– Que s'est-il passé ?

– Ensemble, ils ont fait exploser leur mariage. C'était inévitable, j'imagine. Un jour, elle m'a dit qu'elle voulait divorcer. J'étais pour cette solution, bien sûr. C'était ce qu'il y avait de mieux pour elle. Seulement, elle a voulu le mettre K-O et le laisser étendu, pour le compte. Pension alimentaire, division des actifs, la totale. C'était la pire chose à faire. Je savais qu'elle commettait une erreur. Je lui ai dit de se tirer de là tant qu'elle le pouvait. Mais elle avait investi tout son argent dans leur mariage. Lane l'avait utilisé pour une partie de sa mise de fonds. Anne voulait récupérer sa part. Et Lane n'était déjà pas capable de supporter l'insubordination de sa femme qui voulait divorcer. Qu'elle le force à lui rendre son argent en plus était hors de question. Cela aurait constitué une humiliation publique, car il aurait dû se mettre à la recherche d'un nouvel investisseur. Il a complètement pété les plombs. Il a simulé un enlèvement et l'a fait exécuter.

Un moment de silence.

– La police a été impliquée, dit Reacher. Le FBI aussi. Il a dû y avoir un certain niveau de surveillance.

Patti se retourna pour lui faire face. Elle avait un sourire triste.

– Et voilà, dit-elle. Nous sommes arrivés au point où la petite sœur passe pour un peu dérangée et obsédée. Évidemment, Lane avait tout préparé. Il a fait passer le faux enlèvement pour un vrai.

– Comment ça ?

– Ses hommes. Il emploie une bande de tueurs. Ils ont tous l'habitude d'obéir aux ordres. Et ils sont tous compétents. Ils savent tous comment faire ce genre de trucs. Et ce ne sont pas des puceaux. Tous ont été impliqués dans des opérations secrètes. Et il est probable que tous ont déjà tué quelqu'un les yeux dans les yeux.

Reacher acquiesça. *Aucun doute à ce sujet. Tous l'ont fait. Et pas qu'une fois.*

– Vous avez des suspects précis en tête ? demanda-t-il.

– Aucun de ceux que vous avez vus, dit Patti. Personne de l'équipe A. Je ne crois pas que la dynamique fonctionnerait. Pas avec le temps. Je ne crois pas que cela serait psychologiquement supportable. Mais je ne crois pas non plus qu'il ait fait appel à des membres de l'équipe B. Il avait besoin de gens en qui il avait toute confiance.

– Qui ça, alors ?

– Des joueurs de l'équipe A qui ne sont plus dans les parages.

– Qui pourrait être dans ce cas-là ?

– Il y en a deux, dit-elle. Un certain Hobart, et un autre qui s'appelait Knight.

– Pourquoi auraient-ils disparu ? Pourquoi deux

membres de confiance de l'équipe A disparaîtraient-ils comme ça ?

– Peu après la mort d'Anne, il y a eu une opération outre-mer. Apparemment, ça ne s'est pas passé comme prévu. Deux des hommes ne sont pas revenus. Les deux en question.

– Belle coïncidence, dit Reacher. Non ? Les deux coupables seraient les deux qui ne sont pas revenus ?

– Pour moi, Lane s'est assuré qu'ils ne reviendraient pas. Il voulait tout nettoyer.

Reacher garda le silence.

– Je sais, reprit Patti. La petite sœur est timbrée, c'est ça ?

Reacher l'observa. Elle n'avait pas l'air folle. Un peu dans la lune, peut-être. Façon années soixante, comme sa sœur. Rideau de longs cheveux blonds, raides, la raie au milieu, comme Anne sur la photo. Grands yeux bleus, petit nez, visage parsemé de taches de rousseur, peau claire. Elle portait une tunique blanche et un jean délavé. Pieds nus et sans soutien-gorge. On aurait pu la prendre en photo et la coller directement sur un CD de compilation. *L'Été de l'amour*[1]. The Mamas & The Papas, Jefferson Airplane, Big Brother and the Holding Company. Reacher aimait ce genre de musique. Il avait sept ans pendant « l'été de l'amour », et aurait bien aimé en avoir dix-sept.

– Comment pensez-vous que cela s'est passé ? demanda-t-il.

– Ce jour-là, c'était Knight qui conduisait Anne. C'est un fait avéré. Il l'a emmenée faire des courses. L'a attendue, garé contre le trottoir. Mais elle n'est jamais sortie du magasin. La suite ? Un appel, quatre

1. L'été 1967, l'année du *flower power* et des hippies à San Francisco.

heures plus tard. Le truc habituel. Pas de flics, une demande de rançon.

– La voix ?

– Modifiée.

– Comment ?

– Comme si le type parlait dans un mouchoir, ou quelque chose comme ça.

– À combien s'élevait la rançon ?

– Cent mille.

– Mais Lane a bien appelé les flics…

Elle acquiesça.

– Pour couvrir ses arrières, dit-elle. Comme s'il voulait des témoins impartiaux. Très important vis-à-vis des autres types qui n'étaient pas dans la confidence.

– Et ensuite ?

– Comme dans un film. Le FBI a mis les téléphones sur écoutes et ses hommes ont débarqué pour la remise de rançon. Lane dit qu'on les a vus. Mais tout le truc était bidon. Ils ont attendu, personne ne s'est montré parce que personne n'avait jamais eu l'intention de se montrer. Alors ils ont rapporté l'argent à la maison. Tout cela était du chiqué. De la comédie. Après avoir joué son rôle, Lane est rentré chez lui et a fait passer le message qu'il était tiré d'affaire, que les flics avaient gobé son histoire, que le FBI en était convaincu, et ensuite Anne a été abattue. J'en suis sûre.

– Où se trouvait l'autre gars, Hobart, pendant ce temps-là ?

– Personne n'en est sûr. Il n'était pas en service. Il a dit être allé à Philadelphie. Mais, évidemment, il devait attendre dans le magasin qu'Anne fasse son apparition. C'était le deuxième terme de l'équation.

– Êtes-vous allée trouver les flics, à l'époque ?

– Ils m'ont ignorée. Ne pas oublier que tout cela s'est passé il y a cinq ans, peu après le 11 Septembre. Tout le monde était inquiet. Et les militaires revenaient à la mode. Vous comprenez, chacun cherchait son père, et les types comme Lane étaient la coqueluche du jour. Les anciens des forces spéciales étaient vraiment classe, à cette époque. Je ramais à contre-courant.

– Et ce flic, ce Brewer… qu'en dit-il ? Maintenant ?

– Il me tolère. Qu'est-ce qu'il peut faire d'autre ? Je paie mes impôts. Mais je ne pense pas qu'il fasse quoi que ce soit. Je suis réaliste.

– Avez-vous la moindre preuve contre Lane ?

– Non, dit-elle. Aucune. Tout ce que j'ai, c'est le contexte, les sentiments et mon intuition. C'est tout ce que j'ai à partager.

– Le contexte ? répéta-t-il.

– Vous savez à quoi sert une milice privée ? Fondamentalement ?

– Fondamentalement, elle permet au ministère de la Défense d'échapper à la supervision du Parlement.

– Exactement. Ce ne sont pas nécessairement de meilleurs combattants que les soldats d'active. Souvent ils sont même moins bons, et certainement bien plus chers. Ils sont là pour enfreindre les lois. Tout simplement. À supposer que les conventions de Genève s'appliquent, cela ne les dérange pas, car personne ne peut les leur appliquer. Le gouvernement est protégé.

– Vous avez bien révisé, dit Reacher.

– Alors, quel genre d'homme doit être Lane pour participer à ce système ?

– À vous de me le dire.

– Un misérable furet égocentrique.

– Qu'auriez-vous pu faire pour aider Anne à rester en vie ?

– J'aurais dû la convaincre. J'aurais dû la tirer de là, fauchée mais vivante.

– Pas facile, dit Reacher. Vous étiez la petite sœur.

– Mais moi, je savais.

– Quand avez-vous emménagé ici ?

– À peu près un an après la mort d'Anne. Je ne pouvais pas laisser passer.

– Lane sait-il que vous habitez ici ?

Elle fit non de la tête.

– Je suis très prudente. Et cette ville permet un anonymat incroyable. On peut y passer des années sans jamais poser les yeux sur son voisin.

– Que voulez-vous que je fasse ?

– Pardon ?

– Vous m'avez amené ici dans un but précis. Et pour cela vous avez couru un risque énorme.

– Je crois qu'il est temps que j'en prenne.

– Que voulez-vous que je fasse ? répéta-t-il.

– Je veux simplement que vous vous éloigniez de lui. Pour votre bien. Ne vous salissez pas les mains avec ses affaires. Rien de bon ne peut en sortir.

Il y eut un moment de silence.

– En plus, il est dangereux, reprit-elle. Plus dangereux que vous ne l'imaginez. Il n'est pas prudent d'être dans ses parages.

– Je ferai attention.

– Ils sont tous dangereux.

– Je ferai attention, répéta Reacher. Comme toujours. Mais maintenant j'y retourne. Je m'en irai quand je l'aurai décidé.

Patti Joseph garda le silence.

– Cela dit, j'aimerais bien rencontrer ce Brewer, enchaîna Reacher.

– Pourquoi ? Pour échanger des blagues de mecs sur la petite sœur fofolle ?

– Non. Parce que, s'il est un tant soit peu flic, il aura consulté les inspecteurs chargés de l'affaire et le FBI. Il se pourrait qu'il ait une vision plus claire des choses.

– Plus claire dans quel sens ?

– Peu importe. J'aimerais bien le voir.

– Il passera peut-être plus tard.

– Ici ?

– En général, il vient après que je lui ai fait mon rapport au téléphone.

– Vous disiez qu'il ne faisait pas grand-chose.

– Je crois qu'il vient pour la compagnie. Je crois qu'il est seul. Il fait un saut après son service, en rentrant chez lui.

– Où habite-t-il ?

– À Staten Island.

– Où travaille-t-il ?

– En centre-ville.

– Ce n'est pas vraiment son chemin.

Elle se tut.

– Quand finit-il son service ? demanda Reacher.

– À minuit.

– Il vient vous voir à minuit ? En faisant un énorme détour ?

– Il n'y a rien entre nous, dit-elle. Il est seul. Je suis seule. C'est tout.

Reacher garda le silence.

– Trouvez-vous une raison de sortir et regardez ma fenêtre. Si Brewer est là, la lumière sera allumée. Sinon, elle sera éteinte.

19

Patti Joseph reprit sa garde solitaire à la fenêtre et Reacher la laissa. Il fit le tour du pâté de maisons dans le sens des aiguilles d'une montre, par sécurité, et arriva au Dakota par l'ouest. Il était dix heures moins le quart. Il faisait chaud. Il y avait de la musique dans le parc. De la musique et des gens, loin. C'était une parfaite nuit de fin d'été. Probablement un match de base-ball dans le Bronx ou au Shea Stadium, un millier de bars et de clubs où l'on s'échauffait, huit millions de gens ressassant leur journée ou attendant la prochaine.

Reacher entra dans l'immeuble.

Le portier sonna à l'appartement et le laissa prendre l'ascenseur. Il en sortit, passa le coin du couloir et trouva Gregory qui l'attendait sur le palier.

– Nous pensions que vous nous aviez abandonnés, dit celui-ci.

– J'ai fait un tour, dit Reacher. Des nouvelles ?

– Trop tôt.

Reacher le suivit dans l'appartement. L'air était aigre. Traiteur chinois, sueur, inquiétude. Edward Lane était dans le fauteuil à côté du téléphone. Il fixait le plafond des yeux. Son visage était calme. À côté de lui, au bout du canapé, il y avait une place libre. Un coussin enfoncé. *Précédemment occupé par Gregory,* se dit Reacher. Après, c'était Burke, assis calmement. Puis Addison, Perez, et Kowalski. Carter Groom était appuyé contre le mur, face à la porte, attentif. Comme une sentinelle. « Je suis cent pour cent service », avait-il dit.

– Quand vont-ils appeler ? demanda Lane.

Bonne question, pensa Reacher. *Vont-ils appeler ? Ou bien est-ce vous qui allez les appeler ? Et leur donner le feu vert pour appuyer sur la détente ?*

– Ils n'appelleront pas avant huit heures du matin, répondit-il seulement. Le temps de conduire et de compter, ils n'iront pas plus vite que ça.

Lane jeta un coup d'œil à sa montre.

– Dans dix heures, dit-il.

– Oui.

Quelqu'un appellera quelqu'un d'autre dans dix heures.

*

La première des dix heures s'écoula en silence. Le téléphone ne sonna pas. Personne ne disait rien. Reacher restait assis et voyait la probabilité d'une fin heureuse diminuer à toute vitesse. Il visualisait la photo dans la chambre et voyait Kate et Jade s'éloigner. Comme une comète qui se serait approchée suffisamment près de la Terre pour être perceptible à l'œil nu, mais qui aurait ensuite changé d'orbite pour être catapultée dans l'immensité glacée et diminuer jusqu'à n'être plus qu'une minuscule tache de lumière qui ne tarderait pas à disparaître à jamais.

– J'ai fait tout ce qu'ils ont demandé, dit Lane à personne en particulier.

Personne ne répondit.

*

Le solitaire surprit ses invitées temporaires en s'approchant de la fenêtre et non de la porte. Il les surprit encore plus en se servant de ses ongles pour détacher le ruban adhésif qui maintenait le tissu contre le verre. Il l'arracha du mur jusqu'à pouvoir replier un étroit rectangle de tissu et révéler une portion longue et étroite de New York la nuit. Le célèbre panorama. Cent mille fenêtres éclairées qui ressortaient dans l'obscurité comme autant de petits diamants sur un lit de velours noir. Unique au monde.

– Je sais que vous adorez, dit-il.

Puis il ajouta :

– Vous pouvez lui dire adieu.

Et précisa :

– Car vous ne verrez plus jamais ça.

*

À la moitié de la deuxième heure, Lane regarda Reacher et lui dit :

– Il y a de quoi manger dans la cuisine si vous voulez. (Il sourit d'un sourire sans joie.) En fait, techniquement, il y a de quoi manger dans la cuisine, que vous en vouliez ou non.

Reacher n'en voulait pas. Il n'avait pas faim. Il avait mangé un hot dog peu de temps auparavant. Mais il voulait absolument sortir du salon. Aucun doute là-dessus. L'ambiance était celle de huit hommes assistant à une veillée funèbre. Il se leva.

– Merci, dit-il.

Il gagna tranquillement la cuisine. Personne ne le

suivit. Il y trouva des assiettes sales et une douzaine de plats chinois ouverts sur le comptoir. Le contenu à moitié mangé, le reste froid, âcre et figé. Il les laissa de côté et s'assit sur un tabouret. Regarda sur sa droite vers la porte – ouverte – du bureau. Il pouvait voir les photographies sur la table. Anne Lane identique à sa sœur Patti. Kate Lane, regardant avec amour l'enfant qui avait été enlevée de la photo.

Il écouta attentivement. Aucun bruit en provenance du salon. Personne n'approchait. Il se leva du tabouret et entra dans le bureau. Resta immobile un instant. *Table, ordinateur, fax, plusieurs téléphones, armoires, étagères.*

Il commença par les étagères.

Il y en avait cinq mètres cinquante de long. Des annuaires, des manuels sur les armes à feu, une histoire de l'Argentine en un volume, un livre intitulé *Glock : la nouvelle tendance dans les pistolets de combat*, un réveille-matin, des gobelets pleins de stylos et de crayons, et un atlas. Un vieux : l'Union soviétique y figurait toujours. Ainsi que la Yougoslavie. Certains pays d'Afrique portaient encore leur nom du temps de la colonisation. À côté de l'atlas se trouvait un épais classeur contenant cinq cents cartes rangées par ordre alphabétique avec noms, numéros de téléphone et codes SOM. « Spécialisation opérationnelle militaire. » La plupart avec le code « 11-Bravo ». Infanterie. Unités combattantes. Au hasard, Reacher alla jusqu'à G et chercha Carter Groom. Absent. Puis à B pour Burke. Absent lui aussi. C'était, apparemment, le vivier de candidats de l'équipe B. Certains noms étaient barrés de noir, avec la mention « MAC » ou « DAC » portée sur un coin de la carte. « Mort au combat », « Disparu au combat ». Mais les autres noms étaient encore dans le coup. Presque cinq cents types, peut-être quelques femmes, prêts et disponibles et à la recherche d'un emploi.

Reacher reposa le classeur et toucha la souris de l'ordinateur. Le disque dur démarra et une boîte de dialogue demandant un mot de passe apparut à l'écran. Reacher regarda par la porte ouverte et essaya « Kate ». Accès refusé. Il essaya « O5LaneE », pour « Colonel Edward Lane ». Même résultat. Il haussa les épaules et laissa tomber. Le mot de passe était probablement la date d'anniversaire du type, son ancien numéro de matricule ou encore le nom de son équipe de football au lycée. Pas moyen de le trouver sans recherches supplémentaires.

Il passa aux armoires.

Il y en avait quatre, des articles standard en acier peint. Environ soixante-quinze centimètres de haut. Deux tiroirs par armoire. Huit en tout. Pas d'étiquettes. Pas de verrous. Il s'immobilisa, écouta de nouveau, puis ouvrit le premier tiroir. Celui-ci glissa tranquillement sur ses roulements à billes. À l'intérieur, deux rails parallèles suspendus auxquels étaient accrochées six pochettes en fin carton jaune. Toutes pleines de paperasses. Reacher les fit défiler avec son pouce. En regardant vers le bas, en biais. Des relevés de transactions. Des rentrées et des sorties d'argent. Aucune somme à plus de six chiffres ou moins de quatre. À part ça, incompréhensible. Il referma le tiroir.

Puis il ouvrit celui du bas sur sa gauche. Mêmes rails suspendus. Mêmes pochettes jaunes. Mais celles-ci étaient remplies de gros portefeuilles en plastique, de ceux qu'on trouve dans la boîte à gants d'une voiture neuve. Manuels d'utilisation, certificats de garantie, carnets d'entretien. Cartes grises. Attestations d'assurance. BMW, Mercedes, BMW, Jaguar, Mercedes, Land Rover. Certaines contenaient des clés de contact dans des enveloppes transparentes en plastique. D'autres, un double de clé et une télécommande sur le genre de porte-clés publicitaire que distribuent les concessionnaires. Il y avait des reçus de télépéage. Des fiches d'essence. Des cartes de visite de commerciaux et de responsables d'entretien.

Il referma le tiroir. Regarda vers la porte. Vit Burke debout, silencieux, qui l'observait.

20

Burke garda le silence un long moment.

Puis il dit :

– Je sors faire un tour.

– D'accord, dit Reacher.

Burke ne répondit pas.

– Vous voulez de la compagnie ? demanda Reacher.

Burke jeta un regard à l'écran de l'ordinateur. Et puis en bas, vers les tiroirs.

– Je vous accompagne, dit Reacher.

Burke haussa simplement les épaules. Reacher le suivit à travers la cuisine. L'entrée. Lane les regarda brièvement depuis le salon, perdu dans ses pensées. Et ne dit rien. Reacher suivit Burke dans le couloir. Ils prirent l'ascenseur en silence. Se retrouvèrent dans la rue et tournèrent vers l'est, en direction de Central Park. Reacher regarda la fenêtre de Patti Joseph. Obscure. La pièce était plongée dans le noir. Patti était donc seule. Il l'imagina assise sur sa chaise devant l'appui de fenêtre, dans l'obscurité. En train de griffonner dans son carnet avec son stylo. « 23 : 27. Burke et Venti quittent LAD à pied, se dirigent à l'est vers Central Park. » Ou bien « CP ». Quelqu'un capable d'écrire « LAD » pour le Dakota écrirait sûrement « CP » pour Central Park. Peut-être qu'elle avait aussi laissé tomber « Venti » et utilisait son vrai nom. Il lui avait dit comment il s'appelait. Peut-être avait-elle écrit : « Burke et Reacher quittent LAD. »

À moins qu'elle ne se soit endormie. Elle devait bien dormir par moments.

– La question que vous avez posée… dit Burke.

– Quelle question ? demanda Reacher.

– Qui savait que Mme Lane aimait aller chez Bloomingdale's ?

– Alors ?

– C'était une bonne question.

– Et quelle est la réponse ?

– Il y a une autre question.

– À savoir ?

– Qui savait qu'elle irait là-bas ce matin-là ?

– Vous tous, j'imagine, dit Reacher.

– Oui, je pense que nous le savions tous plus ou moins.

– Par conséquent, ce n'est pas une vraie question.

– Je crois qu'il y a eu infiltration, dit Burke. Quelqu'un a renseigné quelqu'un d'autre.

– Vous ?

– Non.

Reacher s'arrêta au passage piétons de Central Park West. Burke s'arrêta à côté de lui. Il était noir comme du charbon – petit gabarit, de la taille et de la carrure d'un joueur de seconde base en première division à la grande époque. Un joueur de légende. Comme Joe Morgan. Il dégageait le même type de confiance en son physique dans la façon qu'il avait de se tenir.

Le feu changea. La main rouge levée clignota et le bonhomme blanc penché vers l'avant apparut. Reacher avait toujours regretté la disparition des mots « *WALK* » et « *DONT WALK* ». À choisir, il préférait les mots aux pictogrammes. Enfant, il avait été scandalisé par la faute d'orthographe. Dix mille apostrophes qui manquaient dans chaque ville des États-Unis[1]. Et en avait été secrètement excité, se sachant plus malin que les autres.

Il descendit du trottoir.

– Que s'est-il passé après Anne ? demanda-t-il.

– Pour les quatre hommes qui l'ont enlevée ? dit Burke. Autant que vous l'ignoriez.

– J'imagine que vous étiez sur le coup.

– Sans commentaire.

– Ont-ils avoué ?

– Non, dit Burke. Ils ont prétendu que tout ça n'avait rien à voir avec eux.

Ils atteignirent l'autre côté de la rue. Le parc s'étendait devant eux, sombre et vide. La musique était terminée.

– Où allons-nous ? demanda Reacher.

– Aucune importance. Je voulais seulement discuter.

– De l'infiltration ?

– Oui.

Ils tournèrent ensemble vers le sud et Columbus Circle. Vers les lumières et la circulation. Les trottoirs bondés.

– De qui pensez-vous qu'il s'agissait ? demanda Reacher.

– Aucune idée.

– Alors la conversation sera plutôt brève, dit Reacher. Non ? Vous vouliez discuter, mais vous n'avez rien à dire.

---

1. *WALK* et *DON'T WALK*, soit, littéralement, « marchez » (allez-y) et « ne marchez pas » (attendez). Il doit effectivement y avoir une apostrophe entre le *n* et le *t* de « *don't* ».

Burke garda le silence.

– La vraie question est : qui a été renseigné ? dit Reacher. Pas : qui a donné le renseignement ? Je pense que cela constituerait l'information la plus importante. Et je pense que c'est ça que vous voulez me dire.

Burke continua à avancer en silence.

– Vous avez tout fait pour me traîner dehors, reprit Reacher. Ce n'est pas parce que vous trouvez que je manque de grand air ou d'exercice…

Burke restait silencieux.

– Vous allez m'obliger à jouer aux devinettes ?

– Ça serait peut-être la meilleure façon d'y arriver, dit Burke.

– Vous pensez qu'il s'agit d'argent ?

– Non.

– L'argent serait un écran de fumée ?

– La moitié de l'équation, pas plus. Peut-être un bénéfice secondaire.

– L'autre moitié étant la punition ?

– Vous y êtes.

– Vous pensez qu'il y a quelqu'un ici qui en veut à Lane ?

– Oui.

– Une seule personne ?

– Non.

– Combien ?

– En théorie, des centaines, dit Burke. Voire des milliers. Des nations entières, si ça se trouve. Nous nous sommes fait des tas d'ennemis ici et là.

– Et de manière réaliste ?

– Plus d'une personne, dit Burke.

– Deux ?

– Oui.

– Quelle sorte de rancœur ?

– Quelle est la pire chose qu'un homme puisse faire à un autre ?

– Ça dépend de ce qu'on est, dit Reacher.

– Exactement. Alors, qui sommes-nous ?

Reacher réfléchit : « *Des SEALS de la marine, des Force Delta, des Force Reconnaissance des Marines, des Bérets verts, des SAS de Grande-Bretagne. Les meilleurs du monde.* »

– Des soldats des forces spéciales, dit-il.

– Exactement, répéta Burke. Y a-t-il quelque chose que nous ne faisons jamais ?

– Abandonner des corps sur un champ de bataille.

Burke ne dit rien.

– Mais Lane l'a fait, dit Reacher. Il a abandonné deux corps.

Burke s'immobilisa sur l'arc nord de Columbus Circle. La circulation rugissait de tous les côtés. Les rayons lumineux des phares dessinaient des tangentes aberrantes. À droite, la haute masse argentée d'un immeuble tout neuf. Une large base qui bloquait la 59e Rue et deux tours qui s'en élevaient.

– Qu'est-ce que vous êtes en train de me dire ? demanda Reacher. Ils avaient des frères ou des fils ? Quelqu'un qui aurait laissé tomber la menuiserie pour faire justice ? Après tout ce temps ? De leur part ?

– Il ne faut pas nécessairement des frères ou des fils, dit Burke.

– Des potes ?

– Pas nécessairement des potes non plus.

– Qui ça, alors ?

Burke ne répondit pas. Reacher le fixa du regard.

– Mon Dieu, dit-il. Vous avez abandonné deux hommes en vie !

– Pas moi, dit Burke. Pas nous. Lane.

– Et vous pensez qu'ils en ont réchappé ?

– Je suis sûr qu'ils ont fait tout ce qu'ils pouvaient pour.

– Hobart et Knight, dit Reacher.

– Vous connaissez leurs noms ?

– Apparemment.

– Comment ? À qui avez-vous parlé ? Il n'y a rien sur eux dans les tiroirs que vous avez fouillés. Ni dans l'ordinateur. Tout a été effacé. Comme s'ils n'avaient jamais existé. Comme s'il ne s'agissait que de sales petits secrets. Ce qui est le cas.

– Que leur est-il arrivé ?

– Ils ont été blessés. D'après Lane. Nous ne les avons pas vus. Ils occupaient des postes d'observation avancés et nous avons entendu des tirs d'armes légères. Lane est allé voir sur le front et il est revenu en disant qu'ils étaient salement touchés et ne s'en sortiraient pas. Que nous ne pourrions pas les ramener. Que nous perdrions trop d'hommes à essayer. Et il nous a brusquement ordonné de nous replier. Et nous les avons laissés.

– Et qu'avez-vous pensé qu'il leur arriverait ?

– Qu'ils seraient faits prisonniers. D'où une espérance de vie d'une minute et demie.

Je pense que Lane s'est assuré qu'ils ne reviendraient pas.

– Où cela s'est-il passé ?

– Je ne peux pas le révéler, dit Burke. J'irais en prison.

– Pourquoi êtes-vous resté, ensuite ? Depuis tout ce temps ?

– Pourquoi pas ?

– Vous n'avez pas l'air heureux de ce qui s'est passé.

– J'obéis aux ordres. Et je laisse les officiers décider. Ça a toujours été comme ça et ça le sera toujours.

– Sait-il qu'ils sont de retour ? Lane, je veux dire ?

– Vous n'écoutez pas, dit Burke. Personne ne sait vraiment s'ils sont revenus. Personne ne sait même s'ils sont seulement en vie. Je ne fais que des hypothèses, c'est tout. Qui reposent sur l'importance du coup.

– Est-ce qu'ils en seraient capables ? Hobart et Knight ? Brutaliser une femme et une enfant pour terroriser Lane ?

– Vous vous demandez si c'est justifié ? Bien sûr que non. Mais… en seraient-ils capables ? Ça oui ! Les pragmatiques font ce qui marche. Surtout après ce que Lane leur a fait.

Reacher acquiesça.

– Qui pourrait les renseigner de l'intérieur ?

– Je ne sais pas.

– Ils étaient dans quoi ?

– Les Marines.

– Comme Carter Groom.

– Oui, dit Burke. Comme Carter Groom.

Reacher garda le silence.

– Les Marines ont horreur de ça, dit Burke. Surtout les Reconnaissance. Ils ont horreur qu'on abandonne des hommes. Plus que quiconque. C'est leur code.

– Mais pourquoi reste-t-il, alors ?

– Même raison que moi. Ce n'est pas à nous de réfléchir. Ça aussi, c'est un code.

– Peut-être dans l'armée, dit Reacher. Pas nécessairement dans une milice privée bidon.

– Je ne vois pas la différence.

– Eh bien, vous devriez, soldat.

– Gaffe à ce que vous dites, mec ! Je vous aide, là.

Je vous fais gagner un million de dollars. Si vous trouvez Hobart et Knight, vous trouverez aussi Kate et Jade.

– Vous en êtes sûr ?

– À dix contre un. À dix mille contre un. Alors, faites gaffe à ce que vous dites.

– Je n'ai pas à faire gaffe. Si vous suivez toujours votre code, je suis toujours un officier. Je peux dire ce que je veux et vous avez le droit de rester debout et de saluer.

Burke se détourna du flot ondoyant de la circulation devant lui et revint sur ses pas, vers le nord. Reacher le laissa prendre cinq mètres d'avance, puis le rattrapa et resta derrière lui. Ils n'échangèrent plus un mot. Dix minutes plus tard, ils tournèrent dans la 72e Rue. Reacher regarda en haut à gauche. La fenêtre de Patti Joseph resplendissait de lumière.

21

– Allez-y, dit Reacher. Je vais continuer à marcher.

– Pourquoi ?

– Vous m'avez donné à réfléchir.

– Vous ne pouvez pas réfléchir sans marcher ?

– Aucune raison de chercher Hobart et Knight à l'intérieur de l'appartement.

– Ça, c'est sûr. On les a effacés.

– Encore une chose, dit Reacher. Quand Lane et Kate se sont-ils mis ensemble ?

– Peu après la mort d'Anne. Lane n'aime pas rester seul.

– Est-ce qu'ils s'entendent bien ?

– Ils sont toujours mariés.

– Et ça veut dire quoi ?

– Ça veut dire qu'ils s'entendent bien.

– Bien comment ?

– Suffisamment.

– Aussi bien qu'avec Anne ?

Burke acquiesça :

– À peu près pareil.

– À tout à l'heure, dit Reacher.

*

144

Reacher regarda Burke disparaître à l'intérieur du Dakota et partit vers l'ouest, à l'opposé de l'immeuble de Patti Joseph. Cette précaution de routine lui rapporta gros, car en regardant derrière lui il vit Burke qui le suivait. Celui-ci avait fait demi-tour dans le hall du Dakota et s'était lancé dans une pâle imitation de filature clandestine. Il se dissimulait dans les zones d'ombre, le noir de sa peau et de ses vêtements le plus souvent invisible, mais il se trouvait éclairé comme une vedette de cinéma quand il passait sous un réverbère.

Il ne me fait pas confiance, pensa Reacher.

Un sous-officier Delta qui ne fait pas confiance à un PM.

Quelle surprise !

Reacher gagna le coin de la rue et descendit les escaliers du métro. Vers le quai, direction nord. Il valida son titre de transport au portillon. Se dit que Burke, lui, n'en aurait pas. Les hommes de Lane ne se déplaçaient qu'en voiture. Par conséquent, Burke serait bloqué au distributeur, à passer sa carte de crédit ou introduire des billets dans la fente. Par conséquent, la filature s'arrêterait au premier obstacle. Il suffisait qu'une rame arrive assez vite.

Ce ne fut pas le cas.

Il était minuit, largement en dehors des horaires de pointe. Attente moyenne de quinze à vingt minutes. Reacher se tenait prêt à avoir de la chance, mais il n'en eut pas. Il se retourna et vit Burke retirer un ticket tout neuf de la machine et rester en retrait, à attendre.

Il ne veut pas se trouver sur le quai en même temps que moi, pensa Reacher. *Il passera le portillon à la dernière minute.*

Reacher attendit.

Douze personnes attendaient avec lui. Un paquet de trois, un paquet de deux, sept personnes seules. La plupart bien habillées. Sortant du cinéma ou du restaurant, se dirigeant vers les loyers plus modestes des rues un peu plus au nord, ou carrément tout en haut, vers Hudson Heights.

Le tunnel était silencieux. L'air, tiède. Reacher s'adossa à un pilier et attendit. Puis il entendit les rails entamer leur étrange et métallique chant funéraire. Une rame – à environ huit cents mètres. Il vit une lueur dans l'obscurité et sentit un souffle d'air chaud. Puis le bruit s'amplifia et les douze personnes sur le quai avancèrent.

Reacher recula prestement.

Se cala dans une niche de service de la taille d'une cabine téléphonique. Resta immobile. Une rame arriva, rapide, longue, en sifflant et crissant. Ligne 1, desserte locale. Aluminium brillant, fenêtres éclairées. La rame s'arrêta. Des gens en descendirent, d'autres y montèrent. Burke franchit le portillon et parvint aux portières juste avant leur fermeture. Le métro s'éloigna, de gauche à droite, et Reacher vit Burke par les fenêtres. Il avançait, le regard vers l'avant, à la recherche de sa proie, wagon après wagon.

Il arriverait tout en haut du Bronx, 242e Rue, au parc Van Cortland, avant de s'apercevoir que sa proie n'était pas du tout dans la rame.

Reacher sortit de sa niche, épousseta les épaules de sa chemise. Se dirigea vers la sortie et monta jusqu'à la rue. Il avait perdu deux dollars, mais il était tout seul, comme il le souhaitait.

Le portier du Majestic appela l'appartement et indiqua l'ascenseur à Reacher. Trois minutes plus tard, ce dernier serrait la main de Brewer, le flic. Patti Joseph était à la cuisine, à faire du café. Elle avait changé de vêtements. Elle portait un tailleur sombre avec un pantalon, guindé et convenable. Et des chaussures. Elle sortit de la cuisine avec deux tasses, les mêmes Wedgwood géantes dont elle s'était servie précédemment. Elle en donna une à Brewer et une à Reacher, et dit :

– Je vais vous laisser discuter. Ça sera peut-être plus facile si je ne suis pas ici. Je vais aller me promener. La nuit, c'est à peu près le seul moment où je suis en sécurité dehors.

– Burke sortira du métro d'ici environ une heure, dit Reacher.

– Il ne me verra pas, dit Patti.

Puis elle les quitta en jetant un regard inquiet derrière elle, comme si son avenir était en jeu. Reacher regarda la porte se refermer sur elle, se retourna et prit le temps de détailler Brewer. Il était tout ce qu'on peut attendre d'un flic de New York, mais en un peu plus. Un peu plus grand, un peu plus lourd, les cheveux un peu plus longs, un peu moins soigné, un peu plus énergique. Il avait environ cinquante ans. Ou quarante et quelques. Et prématurément grisonnant.

– Qu'est-ce qui vous intéresse là-dedans ? demanda Brewer.

– J'ai croisé le chemin d'Edward Lane, dit Reacher. Et j'ai eu droit à l'histoire de Patti. Et donc je veux savoir dans quoi je me lance. C'est tout.

– Comment vos chemins se sont-ils croisés ?

– Il veut m'engager pour quelque chose.

– Vous êtes dans quelle branche ?

– J'étais dans l'armée, dit Reacher.

– C'est un pays libre, dit Brewer. Vous pouvez travailler pour qui vous voulez.

Puis il s'assit sur le canapé de Patti Joseph comme si c'était le sien. Reacher se tenait loin de la fenêtre. La lumière était allumée et on aurait pu le voir de l'extérieur. Il s'appuya contre le mur près de l'entrée et sirota son café.

– J'ai été flic moi aussi, dit-il. Police militaire.

– Et c'est censé m'impressionner ?

– Un tas de types de chez vous ont fait comme moi. Est-ce qu'ils vous impressionnent ?

Brewer haussa les épaules.

– Je dois bien avoir cinq minutes à vous consacrer.

– Venons-en au fait, dit Reacher. Que s'est-il passé il y a cinq ans ?

– Je ne peux pas vous le dire. Personne au NYPD ne le pourrait. S'il s'agit d'un enlèvement, ce sont les affaires du FBI, car l'enlèvement est un crime fédéral. S'il s'agit d'un banal homicide, alors ce sont les affaires du New Jersey, car le corps a été découvert de l'autre côté du pont George Washington et n'a pas été déplacé *post mortem*. Quoi qu'il en soit, ce ne sont pas vraiment nos affaires. Donc, nous ne nous sommes jamais vraiment fait d'opinion.

– Alors, que faites-vous ici ?

– Relations intracommunautaires. Cette gosse souffre, elle a besoin qu'on l'écoute. En plus, elle est mignonne et fait bien le café. Pourquoi ne viendrais-je pas la voir ?

– Les gens de chez vous doivent bien avoir une copie des documents.

Brewer acquiesça.

– Oui, il y a bien un dossier, dit-il.

– Qu'y a-t-il dedans ?

– Des toiles d'araignée et de la poussière, principalement. La seule chose avérée est qu'Anne Lane est morte il y a cinq ans dans le New Jersey. Elle se décomposait depuis un mois lorsqu'on l'a retrouvée. Ce n'était pas joli. Mais l'identification dentaire était formelle. C'était bien elle.

– Où l'a-t-on retrouvée ?

– Sur un terrain vide près de l'autoroute.

– Cause de la mort ?

– Blessure mortelle par balle à la nuque. Arme de poing de gros calibre, probablement un 9 mm, mais impossible d'être plus précis. Le corps était en pleine nature. Des rongeurs étaient entrés et sortis par la blessure. Et les rongeurs ne sont pas idiots. Ils savent qu'ils vont engraisser avec les bonnes choses à l'intérieur, alors ils élargissent le trou avant d'entrer. Cela dit, c'était probablement un 9 mm. Probablement à balles chemisées.

– J'espère que vous n'avez pas raconté tout ça à Patti.

– Vous êtes qui, vous ? Son grand frère ? Bien sûr que je ne lui ai pas raconté tout ça.

– Autre chose sur place ?

– Une carte à jouer. Le trois de trèfle. Fourrée dans le col de sa chemise, à l'arrière. Aucune analyse digne de ce nom, personne n'a compris ce que ça voulait dire.

– C'était comme une signature ?

– Ou une provocation. Vous voyez ce que je veux dire : un truc au hasard pour que tout le monde s'arrache les cheveux à essayer de comprendre.

– Alors, qu'en pensez-vous ? Enlèvement ou meurtre ?

Brewer bâilla.

– Pas besoin de se compliquer la vie. Quand on entend des sabots, on cherche des chevaux, pas des zèbres. Quand un type appelle en disant que sa femme a été enlevée, on le croit. On ne va pas imaginer qu'il s'agit d'un complot machiavélique pour se débarrasser d'elle. Et tout se tenait. Il y a eu de vrais coups de téléphone, un vrai sac avec de l'argent liquide.

– Mais… ?

Brewer se tint coi pendant un moment. Prit une longue gorgée de café, avala, soupira, appuya sa tête contre le canapé.

– Patti a le chic pour vous convaincre, dit-il. Vous savez, à un moment ou à un autre, vous finissez par admettre que les deux hypothèses sont également plausibles.

– L'instinct ?

– Je ne sais vraiment pas, dit Brewer. Ce qui en soi est étrange, pour moi. Je veux dire… il m'arrive de me tromper, mais j'ai toujours l'impression de savoir.

– Alors, que faites-vous ?

– Rien, dit Brewer. Il s'agit d'une affaire totalement froide et en dehors de ma juridiction. Les poules auront des dents avant que le NYPD ne s'approprie un nouvel homicide non résolu.

– Mais vous continuez à vous pointer ici.

– Comme je vous l'ai dit, la gosse a besoin qu'on l'écoute. Le deuil est un processus long et complexe.

– Vous faites la même chose pour chaque parent de victime ?

– Seulement pour celles qui ont l'air de sortir de *Playboy*.

Reacher se tut.

– Qu'est-ce qui vous intéresse là-dedans ? redemanda Brewer.

– Je vous l'ai dit.

– C'est des conneries. Lane était un combattant. Maintenant c'est un mercenaire. On se moque bien de savoir s'il a descendu il y a cinq ans quelqu'un qu'il n'aurait pas dû descendre. Trouvez-moi un type comme Lane qui ne l'a pas fait !

Reacher garda le silence.

– Vous avez quelque chose en tête, dit Brewer.

Un moment de silence.

– Il y a un truc dont Patti m'a parlé, reprit Brewer. Elle n'a pas vu la nouvelle Mme Lane depuis deux ou trois jours. Pas plus que la petite.

Reacher continua de se taire.

– Peut-être qu'elle a disparu et que vous êtes en train de faire un parallèle avec le passé.

Reacher resta silencieux.

– Vous étiez un flic, pas un combattant. Et je me demande bien pourquoi Edward Lane irait vous engager.

Reacher continua de se taire.

– Vous auriez quelque chose à me raconter ?

– Je demande, moi, dit Reacher. Je ne raconte pas.

Toujours le silence. Long regard dur, de flic à flic.

– Comme vous voulez, dit Brewer. Nous sommes dans un pays libre.

Reacher finit son café et alla dans la cuisine. Rinça sa tasse au robinet et la laissa dans l'évier. Puis il s'accouda au comptoir et regarda fixement tout droit. Le salon, face à lui, s'inscrivait dans le passage. La chaise à haut dossier était devant la fenêtre. Sur le rebord, le matériel de surveillance, bien rangé. Carnet, stylo, appareil photo, jumelles.

– Que faites-vous de ce qu'elle vous rapporte ? Vous brûlez tout ?

Brewer secoua la tête.

– Je transmets, dit-il. À quelqu'un d'extérieur. Quelqu'un que ça intéresse.

151

– Qui ça ?

– Un détective privé, en ville. Une femme. Mignonne, elle aussi. Plus âgée, mais tout de même…

– La police de New York travaille avec des privés, maintenant ?

– Celle-ci est un cas à part. C'est une ancienne du FBI.

– Ce sont toujours des anciens de quelque part.

– Elle s'est occupée de l'affaire d'Anne Lane.

Reacher se tut.

Brewer sourit.

– Aussi, comme je le disais, ça l'intéresse.

– Patti le sait-elle ? demanda Reacher.

Brewer fit non de la tête.

– Mieux vaut qu'elle ne le sache pas. Mieux vaut qu'elle ne le sache jamais. Ça provoquerait une mauvaise réaction.

– Comment s'appelle cette femme ?

– Je croyais que vous n'alliez jamais le demander.

22

Reacher quitta l'appartement de Patti Joseph en possession de deux cartes de visite. L'une était la carte officielle de Brewer au NYPD et l'autre, un bel objet sur lequel étaient gravés, en haut, « Lauren Pauling » et, sous le nom, « Détective privée ». Et aussi : « ancien agent spécial du FBI ». En bas figurait une adresse en ville, avec des indicatifs 212 et 917 pour les téléphones fixe et mobile, une messagerie électronique et l'adresse d'un site web. Chargée, la carte de visite. Mais l'ensemble faisait chic et cher, professionnel et efficace. Mieux que la carte du NYPD de Brewer, mieux même que celle de Gregory chez OSC.

Reacher jeta la carte de Brewer dans une poubelle de Central Park West et rangea celle de Lauren Pauling dans sa chaussure. Puis il prit un chemin détourné en direction du Dakota. Il était près d'une heure du matin. Il fit le tour du pâté de maisons et vit une voiture de flic dans Columbus Avenue. *Des flics*, pensa-t-il. Le mot resta en suspens dans sa tête, comme il l'avait fait à Soho. Telle une branche morte emmenée par le courant qui s'accroche aux berges d'une rivière. Il s'arrêta, ferma les yeux et essaya de l'attraper. Mais le mot repartit en tournoyant. Il renonça et tourna dans la 72e Rue. Entra dans le hall du Dakota. Le concierge de nuit était un vieil homme digne. Il appela l'appartement et inclina la tête comme pour inviter Reacher à poursuivre. Au cinquième, Gregory l'attendait sur le palier, la porte ouverte. Reacher le suivit à l'intérieur.

– Rien pour l'instant, dit Gregory. Mais nous avons encore sept heures.

L'appartement baignait dans un calme de milieu de nuit et sentait encore la cuisine chinoise. Tout le monde était resté dans le salon. Sauf Burke. Burke n'était pas encore revenu. Gregory semblait plein d'énergie et Lane se tenait bien droit sur sa chaise, mais les autres étaient avachis dans diverses postures qui disaient la fatigue. Lumières faibles et jaunes, rideaux tirés, air chaud.

– Attendez avec nous, dit Lane.

– Il faut que je dorme, dit Reacher. Juste trois ou quatre heures.

– Prenez la chambre de Jade.

Reacher hocha la tête et emprunta les couloirs qui y conduisaient. La veilleuse était toujours allumée. La chambre dégageait une légère odeur de talc et de peau bien propre. Le lit était nettement trop petit pour un type de la taille de Reacher. Pour n'importe quel type, en fait. C'était une sorte de modèle réduit provenant certainement d'une boutique spécialisée pour enfants. Attenante à la chambre, une salle de bains prélevée sur une autre chambre de bonne. Lavabo, W-C, baignoire avec douche en hauteur. Pomme de douche posée sur une perche qui coulissait. Placée à environ un mètre au-dessus de la bonde. Rideau de douche en plastique transparent avec des canards jaunes.

Reacher fit coulisser la pomme jusqu'en haut, se déshabilla et prit une douche rapide avec un pain de savon rose en forme de fraise et du shampooing pour

154

bébés. « Pas de larmes », disait la bouteille. *Je l'espère*, pensa-t-il. Puis il se sécha avec une petite serviette rose. Il posa le petit pyjama parfumé sur une chaise, enleva l'oreiller, le drap et la couette du lit et se fit un bivouac par terre. Écarta quelques ours et poupées. Les ours étaient tous en peluche et neufs, les poupées n'avaient pas l'air d'avoir servi. Il déplaça le bureau de trente centimètres sur le côté pour faire de la place. Tous les papiers tombèrent. Des dessins au pastel sur du brouillon. Des arbres semblables à des sucettes vert clair sur des bâtons marron, et un grand immeuble gris derrière. Le Dakota, vu de Central Park, peut-être. Un autre dessin avec trois silhouettes en bâton. La famille, peut-être. Mère, fille, beau-père. La mère et la fille souriaient, tandis que Lane avait des trous noirs dans la bouche, comme si on lui avait fait sauter la moitié des dents à coups de poing. Il y avait un dessin d'avion bas dans le ciel. La terre verte au-dessous, une bande bleue au-dessus, une boule jaune comme soleil. Le fuselage de l'avion était en forme de saucisse, avec trois hublots derrière lesquels on voyait des visages. Les ailes étaient dessinées vues d'au-dessus. Comme si l'avion était en train de virer. Le dernier dessin représentait de nouveau la famille, mais en double. Deux Lane côte à côte, deux Kate, deux Jade. Comme si on regardait le second dessin en voyant double.

Reacher empila proprement les papiers et éteignit la veilleuse. S'enfouit dans les draps. Qui le recouvraient de la poitrine aux genoux. Il sentait le shampooing pour bébés. Ses cheveux, ou alors l'oreiller de Jade. Il ne savait pas bien. Il régla son réveil interne sur cinq heures du matin. Ferma les yeux, respira une fois, respira deux fois, et s'endormit sur un sol rendu dense et dur par un mètre d'argile de Central Park.

*

Il se réveilla comme prévu à cinq heures du matin, mal fichu, encore fatigué, et frigorifié. Il sentit une odeur de café. Trouva Carter Groom dans la cuisine, à côté d'une grosse cafetière à filtre Krups.

– Encore trois heures, dit Groom. Vous pensez qu'ils appelleront ?

– Je ne sais pas, dit Reacher. Et vous ?

Carter ne répondit pas. Tambourina des doigts sur le plan de travail en attendant que le café soit prêt. Reacher attendit avec lui. Et Burke arriva. Il avait l'air de ne pas avoir dormi. Il ne dit rien. Rien de plaisant, rien d'hostile. Il se comportait exactement comme si la soirée de la veille n'avait jamais eu lieu. Groom remplit trois tasses de café. En prit une, quitta la pièce. Burke se servit et le suivit. Reacher but la sienne assis sur le comptoir. L'horloge murale indiquait cinq heures dix. Il se dit qu'elle retardait un peu. Il était plutôt cinq heures et quart.

C'est le moment de réveiller l'ancien agent spécial Lauren Pauling.

Il s'arrêta dans le salon avant de sortir. Lane était toujours sur la même chaise. Immobile. Toujours bien droit. Toujours calme. Toujours stoïque. Réelle ou feinte, c'était dans tous les cas une sacrée démonstration d'endurance. Gregory, Perez et Kowalski s'étaient endormis sur le canapé. Addison, lui, était réveillé, mais inerte. Groom et Burke buvaient leur café.

– Je sors, dit Reacher.

– Encore une balade ? dit Burke d'un ton aigre.

– Petit déjeuner, dit Reacher.

Le vieux type du hall était toujours de garde.

Reacher lui fit un signe de tête, tourna à droite dans la 72e Rue et se dirigea vers Broadway. Personne ne le suivit. Il trouva une cabine téléphonique, sortit une pièce de sa poche et la carte de sa chaussure, et appela le mobile de Pauling. Il se dit qu'elle le laissait probablement allumé sur sa table de nuit, à côté de son oreiller.

Elle décrocha à la troisième sonnerie.

– Allô ?

Voix éraillée, pas endormie, simplement elle n'avait pas encore servi de la journée. Peut-être qu'elle vivait seule.

– Vous avez entendu prononcer le nom de Reacher récemment ?

– Pourquoi ? J'aurais dû ? lui rétorqua Pauling.

– Vous nous ferez gagner à tous les deux beaucoup de temps si vous vous contentez de dire oui. De la sœur d'Anne Lane, Patti, par un flic qui s'appelle Brewer, n'est-ce pas ?

– Oui. Hier soir tard.

– J'ai besoin d'un rendez-vous rapidement.

– Reacher, c'est vous ?

– Oui, c'est moi. Dans une demi-heure, à votre bureau ?

– Vous savez où il se trouve ?

– Brewer m'a donné votre carte.

– Une demi-heure, dit Pauling.

Et c'est ainsi que, une demi-heure plus tard, Reacher se retrouva debout sur le trottoir de la 4e Rue Ouest, un gobelet de café dans une main et un beignet dans l'autre, à regarder Lauren Pauling s'avancer vers lui.

23

Il comprit qu'il s'agissait bien d'elle à la façon dont ses yeux fixaient son visage. Il était clair que Patti Joseph avait transmis son signalement en même temps que son nom. Lauren cherchait donc un homme grand, large d'épaules, blond, négligé, près de la porte de son bureau, et Reacher était le seul qui pouvait correspondre ce matin-là, dans la 4e Rue Ouest.

C'était une femme élégante d'environ cinquante ans. Peut-être un peu plus, auquel cas elle les portait bien. Brewer avait dit : « Elle est mignonne, elle aussi », et il avait raison. Deux ou trois centimètres de plus que la moyenne, vêtue d'une jupe fuseau noire au-dessus du genou. Bas noirs, chaussures noires à talons. Chemisier vert émeraude peut-être en soie. Un rang de grosses perles fausses autour du cou. Cheveux laqués blond doré, qui formaient de grandes vagues lui tombant jusqu'aux épaules. Des yeux verts qui souriaient. L'air de dire : je suis ravie de vous rencontrer, passons tout de suite aux choses sérieuses. Reacher n'eut pas de mal à imaginer le genre de réunion d'équipe qu'elle avait dû animer au FBI.

– Jack Reacher, j'imagine, dit-elle.

Reacher coinça son beignet entre ses dents, s'essuya les doigts sur son pantalon et lui serra la main. Puis il attendit de côté tandis qu'elle déverrouillait la porte de l'immeuble. La regarda désactiver l'alarme sur un pavé numérique dans le hall. Clavier standard trois par trois avec le zéro tout seul en bas. Elle était droitière. Elle se servit des majeur, index, annulaire, index sans beaucoup déplacer la main. Mouvements vifs, assurés. Comme si elle tapait à la machine. *Probablement 8461*, pensa Reacher. *Stupide ou distraite, pour m'avoir laissé voir. Distraite, j'imagine. Elle ne doit pas être stupide.* Cela dit, il s'agissait de l'alarme de l'immeuble. Ce n'était pas elle qui avait choisi le code. Elle n'avait pas révélé celui de chez elle, ni celui de sa carte de crédit.

– Suivez-moi, dit-elle.

Il lui emboîta le pas le long d'un escalier étroit jusqu'au premier étage. Et termina son beignet en chemin. Elle déverrouilla la porte et le fit entrer. Deux pièces en enfilade. Salle d'attente d'abord, puis un bureau avec deux chaises pour les visiteurs. Très compact, mais bien décoré. De bon goût, du travail bien fait. Rempli des objets de luxe qu'une personne seule exerçant une profession libérale loue pour mettre ses clients en confiance. Un peu plus grand, on aurait pu se croire chez un avocat, ou un chirurgien esthétique.

– J'ai parlé à Brewer, dit-elle. Je l'ai appelé chez lui après vous avoir eu. Je l'ai réveillé. Il n'était pas très content.

– J'imagine.

– Il se demande ce qui vous motive.

Elle avait la voix grave et rauque, comme si elle avait passé les trente dernières années à soigner une laryngite. Reacher aurait pu rester assis à l'écouter toute la journée.

– Bref, je suis curieuse, moi aussi, dit-elle.

Elle indiqua une des chaises pour visiteurs, en cuir. Reacher s'y installa. Elle se glissa de côté derrière le bureau. Elle était svelte et bougeait avec aisance. Elle orienta sa chaise vers lui. S'assit.

– Je suis simplement à la recherche d'informations, dit Reacher.

– Oui, mais pourquoi ?

– Voyons d'abord si nous arrivons à un point où je devrai vous le dire.

– D'après Brewer, vous avez été dans la police militaire.

– Dans le temps.

– Vous étiez bon ?

– Comment pourrait-il en être autrement ?

Elle sourit, un peu triste, un peu nostalgique.

– Alors vous devriez savoir qu'il ne faut pas me parler.

– Pourquoi ?

– Parce que je ne suis pas un témoin fiable. Je suis outrageusement partiale.

– Pourquoi ?

– Réfléchissez… Ce n'est pas évident ? Si ce n'est pas Edward Lane qui a tué sa femme, alors qui est-ce ? Eh bien, c'est moi. C'est moi qui l'ai tuée. Par ma propre négligence.

24

Reacher remua sur sa chaise.

– Personne n'a jamais vingt sur vingt, dit-il. Pas dans la vraie vie. Ni moi, ni vous, ni personne. Alors, remettez-vous.

– C'est votre réponse ?

– J'ai probablement causé la mort de plus de gens que vous n'en rencontrerez jamais. Je ne me prends pas la tête pour autant. Les emmerdes, ça arrive.

Elle approuva.

– C'est la sœur. Elle est perchée tout là-haut dans son aire bizarre, tout le temps. Comme ma conscience.

– Je l'ai rencontrée, dit Reacher.

– Elle me pèse.

– Parlez-moi du trois de trèfle, dit Reacher.

Pauling resta un moment silencieuse, comme pour changer de vitesse.

– Nous avons conclu que ce n'était pas significatif, dit-elle enfin. Il venait d'y avoir un livre ou un film dans lequel les meurtriers déposaient des cartes à jouer. Du coup, nous en avons trouvé beaucoup à cette époque. C'était habituellement un honneur. Générale- ment un as, généralement un as de pique. La base de données ne contenait rien sur le trois. Ni sur les trèfles. Alors nous nous sommes dit qu'il s'agissait peut-être d'un acte relié à deux autres, vous voyez ? Mais nous n'avons jamais trouvé d'acte similaire avec lequel l'associer. Nous avons étudié le symbolisme et la théorie des nombres. Nous avons consulté l'UCLA[1], discuté avec des experts de la sociologie des gangs. Rien de ce côté-là. Nous avons parlé avec des spécialistes en sémiologie de Harvard, de Yale et du Smithsonian Institute. Nous sommes allés à l'université Wesleyan et nous avons fait travailler un linguiste sur le sujet. Rien. Nous avons fait plancher un étudiant en mastère à Columbia. Des gens avec le cerveau de la taille d'un astéroïde ont travaillé pour nous. Rien de rien. Le trois de trèfle ne voulait rien dire. Il était là pour nous faire tourner en rond. Ce qui était en soi une conclusion stupide. Parce que ce dont nous avions besoin, c'était justement de savoir qui voulait nous faire tourner en rond.

– Avez-vous étudié le cas de Lane à ce moment-là ? Avant même d'entendre parler des théories de Patti ?

Elle acquiesça :

– Nous les avons examinés avec beaucoup d'attention, lui et ses types. Plutôt pour évaluer d'où provenait la menace, d'ailleurs. Du genre : qui le connaissait ? Qui pouvait savoir qu'il était riche ? Ou même qu'il était marié ?

– Et alors ?

– Il n'est pas très engageant. Limite malade mental. Il a un besoin pathologique de commander.

– Patti Joseph dit la même chose.

– Elle a raison.

– Et vous savez quoi ? dit Reacher. Ses hommes, il leur manque à tous une case ou deux. Ils ont un besoin

1. University of California, Los Angeles.

pathologique d'être commandés. J'ai parlé à plusieurs d'entre eux. Ce sont des civils, mais ils s'agrippent à leurs anciens codes militaires comme à des couvertures de survie. Même quand les résultats ne leur plaisent pas vraiment.

– Ils forment une drôle de bande. Forces spéciales et opérations secrètes. Ce qui fait que le Pentagone n'est pas particulièrement communicatif. Mais nous avions remarqué deux choses. La plupart avaient un paquet de kilomètres au compteur, mais ils avaient à eux tous bien moins de décorations que ce à quoi on pourrait s'attendre. Et la plupart n'ont pas été libérés avec les honneurs. Et Lane non plus. Qu'en dites-vous ?

– Que vous savez exactement ce que cela signifie.

– J'aimerais entendre votre opinion de professionnel.

– Cela signifie que c'étaient de sales types. Petits et irritants, ou plus grosses pointures qui ne se sont pas fait prendre.

– Et l'absence de décorations ?

– Des campagnes mal menées, dit Reacher. Dommages collatéraux gratuits, pillages, prisonniers maltraités. Exécutés, peut-être même. Bâtiments incendiés.

– Et Lane ?

– A ordonné des exactions, ou n'a pas su les empêcher. En a peut-être commis. Il m'a dit avoir raccroché après la première guerre du Golfe. J'y étais. Il y a eu des cas isolés de comportements répréhensibles.

– Et on ne peut pas prouver ces choses-là ?

– Les forces spéciales agissent seules, à des kilomètres de tout le reste. C'est un monde clandestin. On entend des bruits, c'est tout. Parfois, un type ou deux qui bavardent. Mais aucune preuve tangible.

Pauling acquiesça de nouveau.

– Nous étions arrivés aux mêmes conclusions. En

interne. Nous avons beaucoup d'anciens militaires au FBI.

– Vous aviez les bons, dit Reacher. Libérés avec les honneurs, décorations et références.

– Et vous, c'est ce que vous aviez ?

– Tout ça, oui. Mais aussi quelques accidents de parcours, parce que je ne suis pas un type très coopératif. Gregory m'a posé ces questions. C'est le premier à qui j'ai parlé. La première conversation que nous avons eue. Il m'a demandé si j'avais rencontré des problèmes de carrière. Il a eu l'air content que ce soit le cas.

– Tous les deux dans le même bateau.

Reacher acquiesça.

– Et ça explique plus ou moins ce qu'ils fabriquent avec Lane. Où est-ce qu'ils pourraient se faire vingt-cinq mille dollars par mois avec leurs états de service ?

– C'est ce qu'ils gagnent ? Ça fait trois cent mille dollars par an.

– Ça les faisait quand j'ai appris à compter.

– C'est ce que Lane vous a proposé ? Trois cent mille dollars ?

Reacher ne répondit pas.

– Pourquoi vous a-t-il engagé ?

Reacher garda le silence.

– Qu'est-ce que vous avez en tête ?

– Vous n'avez pas encore fini de me mettre au courant.

– Anne Lane est morte il y a cinq ans, dans un terrain vague près de l'autoroute du New Jersey. Voilà toutes les informations dont nous disposerons jamais.

– Sentiment ?

– Et vous ?

Reacher haussa les épaules.

– Brewer m'a dit quelque chose. Il m'a dit qu'il ne savait vraiment pas, ce qui lui semblait bizarre parce que, même s'il lui arrivait de se tromper, il avait toujours l'impression de savoir. Et je ressens exactement la même chose. Je sais toujours. Sauf que, cette fois, je ne sais pas. Alors, ce que j'ai en tête maintenant, c'est que je n'ai rien en tête.

– Je pense qu'il s'agissait d'un véritable enlèvement, dit Pauling. Je crois avoir foiré.

– Vraiment ?

Elle réfléchit un instant. Secoua la tête.

– Pas vraiment, dit-elle. En vérité, je n'en sais rien. Dieu sait si j'aimerais que Lane soit coupable. C'est évident. Et peut-être qu'il l'est. Mais, en toute bonne foi, je dois reconnaître que je prends probablement mes désirs pour des réalités, histoire de me pardonner à moi-même. Il faut bien que je range ce dossier quelque part dans ma tête. Alors j'ai tendance à me laisser aller à éviter l'auto-indulgence et les consolations à deux balles. Et, en général, le choix le plus simple est le bon. Alors, oui, c'était un simple enlèvement, pas une machination. Et j'ai foiré.

– Comment avez-vous fait ?

– Je ne sais pas. J'ai passé une centaine de nuits éveillée à tout repasser dans ma tête. Je ne vois pas comment j'ai pu commettre une erreur.

– Eh bien, peut-être que vous n'avez pas foiré. Peut-être que c'était bien une machination.

– Qu'est-ce que vous voulez dire, Reacher ?

Il la regarda.

– Quoi qu'il ait pu se passer la première fois, c'est en train de se reproduire, dit-il.

25

Lauren Pauling se redressa sur sa chaise.

– Racontez-moi, dit-elle.

Et Reacher lui raconta tout. La première nuit au
café, le premier double express dans un gobelet en
polystyrène, la Mercedes mal garée, le conducteur ano-
nyme se faufilant dans la circulation de la 6ᵉ Avenue
avant de repartir avec la Mercedes. Le jour suivant,
Gregory à la recherche de témoins. Le troisième jour,
la porte rouge fermée et la BMW bleue. Et puis la voix
de cauchemar électronique guidant la BMW noire jusqu'à la même bouche d'incendie.

– Si c'est un coup monté, il est incroyablement
compliqué, dit Pauling.

– Exactement ce que je pense.

– Et coûteux à la folie.

– Peut-être pas.

– Vous voulez dire que l'argent va et vient en un
grand mouvement circulaire ?

– De fait, je n'ai pas vu d'argent. Je n'ai vu que des
sacs fermés.

– Des journaux découpés ?

– Peut-être. Si c'est un coup monté.

– Et si ce n'en est pas un ?

– Exactement.

166

– Ça m'a l'air vrai.

– Et si ce n'est pas le cas, je n'imagine même pas qui aurait pu s'en charger. Lane aurait besoin d'hommes de confiance, des membres de l'équipe A. Mais personne n'est porté disparu.

– Ils s'entendaient bien ? Mari et femme ?

– Personne ne dit le contraire.

– Alors, c'est vrai.

Reacher approuva.

– Il y a cohérence interne. L'action initiale repose sur une information de l'intérieur concernant l'endroit où se rendraient Kate et Jade et le moment choisi. Et on peut prouver qu'il y a eu information de deux manières. Tout d'abord, ces gens sont bien renseignés sur les activités de Lane. Ils savent exactement ce qu'il a comme voitures, par exemple.

– Et ensuite ?

– Quelque chose me turlupinait. Au sujet des flics. J'ai demandé à Lane de répéter ce qui avait été dit durant le premier coup de téléphone. Et les méchants n'ont jamais dit « Pas de flics ». C'est pourtant plutôt classique, non ? Du genre : « N'allez pas voir les flics. » Mais cela n'a jamais été dit. Ce qui suggère qu'ils étaient au courant de l'histoire d'il y a cinq ans. Et de toute façon, ils savaient que Lane n'irait pas les voir. Inutile de le dire.

– Ce qui suggère que ce qui s'est passé il y a cinq ans était réel.

– Pas nécessairement. Cela pourrait simplement refléter ce que Lane a bien voulu rendre public.

– S'il s'agit d'un vrai enlèvement cette fois, est-il plus vraisemblable qu'il se soit agi d'un vrai la première fois ?

– Peut-être que oui, mais peut-être que non aussi. Quoi qu'il en soit, vous pouvez vous détendre.

– On dirait le labyrinthe des miroirs à la fête foraine !

Reacher acquiesça.

– Mais il y a un truc qui ne cadre avec aucun scénario. Et c'est l'action initiale elle-même. La seule méthode viable est la suivante : vite fait bien fait dans la voiture, juste après l'arrêt. Tout le monde est d'accord là-dessus. J'ai posé la question à deux des hommes de Lane, pour voir, au cas où j'aurais oublié quelque chose. Mais je n'ai rien trouvé. Or le problème est que Bloomingdale's fait tout un pâté de maisons. Comment quelqu'un pouvait-il prévoir l'endroit exact où la Jaguar de Taylor s'arrêterait dans Lexington Avenue ? Mais, si cela n'avait pas été prévu exactement, toute l'affaire aurait capoté immédiatement à ce moment précis. Soit Kate et Jade auraient déjà été sur le trottoir, soit Taylor aurait vu le type s'approcher en courant – auquel cas il aurait réagi en démarrant. Ou au moins en verrouillant les portières.

– Bon. Alors qu'est-ce que vous en dites ?

– Ce que j'en dis, c'est que, vrai ou bidon, il y a quelque chose qui ne va pas. J'en dis que je n'arrive pas à saisir le truc. Rien pour se raccrocher. J'en dis que, pour la première fois de ma vie, je ne sais pas. Pour reprendre les mots de Brewer, je me suis trompé de nombreuses fois, mais je savais toujours.

– Vous devriez parler à Brewer, officiellement.

– Aucun intérêt. Le NYPD ne peut rien faire avant que Lane porte plainte. Ou – et c'est un minimum – avant qu'un proche fasse une déclaration de disparition.

– Qu'allez-vous faire ?

– Le parcours du combattant.

– C'est-à-dire ?

– C'est ce qu'on disait à l'armée quand on n'avait aucun point de départ. Quand on devait vraiment gagner sa croûte. Repartir de la case départ, tout réexaminer, se coltiner les détails, dépiauter les indices.

– Kate et Jade sont probablement mortes.

– Alors, je ferai en sorte que quelqu'un paie.

– Est-ce que je peux aider ?

– J'aimerais en savoir plus sur deux types, Hobart et Knight.

– Knight conduisait Anne le jour où elle a été enlevée et Hobart était à Philadelphie. Et voilà que Patti Joseph parle d'eux. Ils ont été tués outre-mer.

– Peut-être pas. On les a abandonnés blessés mais vivants. Il faut que je sache où, quand, comment, et ce qui est susceptible de leur être arrivé.

– Vous croyez qu'ils sont encore en vie ? Qu'ils sont revenus ?

– Je ne sais pas quoi penser. Mais l'un au moins des hommes de Lane avait du mal à dormir la nuit dernière.

– J'ai rencontré Hobart et Knight, vous savez ? Il y a cinq ans. Pendant l'enquête.

– L'un des deux ressemblait-il au gars que j'ai vu ?

– De taille moyenne et l'air banal ? Tous les deux, exactement.

– Vous m'êtes d'un grand secours.

– Qu'est-ce que vous allez faire ?

– Je vais retourner au Dakota. Peut-être qu'on va recevoir un appel et que tout va se terminer. Mais il est probable que non et que l'affaire ne fait que commencer.

– Donnez-moi trois heures, puis appelez-moi sur mon mobile, dit-elle.

26

Le temps que Reacher arrive au Dakota, il était sept heures, et l'aube avait laissé la place au matin. Le ciel était d'un bleu dur et pâle. Aucun nuage. Rien qu'une belle journée de fin d'été dans la capitale du monde. Mais dans l'appartement du quatrième étage l'air était fétide et chaud et les rideaux encore tirés. Reacher n'eut pas besoin de demander si on avait appelé. Ce n'était clairement pas le cas. La scène était identique à ce qu'elle était neuf heures auparavant. Lane raide sur sa chaise. Gregory, Groom, Burke, Perez, Addison, Kowalski, tous silencieux, moroses, disposés çà et là, les yeux parfois fermés, parfois ouverts, fixant le vide, respirant faiblement.

Décorations refusées.

Pas de libération avec les honneurs.

Des sales types.

Lane tourna lentement la tête, regarda Reacher dans les yeux et demanda :

– Putain, mais où étiez-vous ?

– Petit déjeuner.

– Plutôt long. C'était quoi ? Quatre plats dans un trois-étoiles ?

– Cafétéria. Mauvais choix. Le service était lent.

– Je vous paie pour travailler. Pas pour bâfrer.

– Vous ne me payez pas du tout. Je n'ai toujours pas vu un centime.

Lane restait assis, la tête tournée à quatre-vingt-dix degrés. Comme un oiseau de mer belliqueux. Ses yeux étaient sombres, humides et brillants.

– Alors, c'est ça votre problème ? demanda-t-il. L'argent ?

Reacher garda le silence.

– Facile à résoudre.

Les yeux toujours fixés sur le visage de Reacher, Lane posa les mains sur les accoudoirs, sa peau pâle et parcheminée striée de tendons et de veines prenant un aspect sépulcral dans la lumière jaune. Puis il se propulsa vers le haut en faisant un effort, comme si c'était la première fois qu'il se déplaçait depuis neuf heures – ce qui était probablement le cas. Il se tint debout, légèrement instable, puis se dirigea vers le hall d'un pas raide et en faisant glisser ses pieds, comme s'il était vieux et infirme.

– Venez, dit-il.

C'était un ordre. Donné par le colonel qu'il avait été. Reacher le suivit jusqu'à la suite parentale. Le lit à colonnes, l'armoire, le secrétaire. Le silence. La photographie. Lane ouvrit son placard. La plus étroite des deux portes. À l'intérieur il y avait un petit renfoncement avec une autre porte. À gauche de cette porte se trouvait un digicode. Le même genre de pavé numérique trois par trois avec le zéro en bas que Lauren Pauling avait chez elle. Lane se servit de sa main gauche. Index replié. Annulaire tendu. Majeur tendu. Majeur replié. *3785*, pensa Reacher. *Stupide ou distrait, pour m'avoir laissé voir*. Le digicode bipa et Lane ouvrit la porte. Passa la main à l'intérieur et tira sur une chaînette. Une lumière s'alluma, révélant un compartiment de deux mètres sur un mètre. Dedans, des paquets cubiques contenant quelque chose de solidement emballé dans du film plastique thermorétractable. De la poussière et des inscriptions en langue étrangère sur le plastique. Reacher n'identifia pas tout de suite ce qu'il regardait.

Et puis il comprit : les inscriptions étaient en français et disaient « *Banque Centrale*[1] ».

De l'argent.

Des dollars américains, triés, mis en liasses, empilés et emballés. Certains cubes étaient intacts. L'un d'eux était déchiré et recrachait ses liasses. Le sol était couvert d'emballages en plastique vides. Le genre de plastique épais qu'il est particulièrement difficile de déchirer. Il faut enfoncer une punaise, mettre le doigt dans le trou et tirer vraiment fort. Le plastique a tendance à se déformer. Et cède avec réticence.

Lane s'inclina et traîna le cube ouvert jusque dans la chambre. Puis il le souleva, lui fit décrire un petit arc de cercle et le laissa retomber par terre, aux pieds de Reacher. Le cube glissa sur le parquet brillant et deux paquets en sortirent.

– Et voilà, dit Lane. Le premier centime.

Reacher ne dit rien.

– Prenez-le, reprit Lane. Il est à vous.

Reacher ne dit rien. Se rapprocha simplement de la porte de la chambre.

– Prenez-le, répéta Lane.

Reacher s'arrêta.

Lane se pencha de nouveau et ramassa une des liasses. La soupesa dans sa main. Dix mille dollars. Cent billets de cent.

1. En français dans le texte.

– Prenez-le, répéta-t-il encore.

– Nous parlerons d'honoraires si j'obtiens un résultat, lui renvoya Reacher.

– Prenez l'argent ! cria Lane.

Et il jeta la liasse vers la poitrine de Reacher. Elle le frappa au-dessus du sternum, dense, étonnamment lourde. Elle rebondit et tomba par terre. Lane prit l'autre liasse et la lança. Elle arriva au même endroit.

– Vous allez le prendre ? hurla-t-il.

Et puis il se baissa, plongea les mains à l'intérieur du plastique et se mit à lancer les liasses les unes après les autres. Il les lançait sauvagement, sans s'arrêter, sans se redresser, sans regarder, sans viser. Elles frappaient Reacher aux jambes, à l'estomac, à la poitrine, à la tête. En salves furieuses tirées au hasard, de dix mille dollars chaque fois. Un torrent. L'énergie du désespoir dans la force du lancer. Des larmes apparurent sur le visage de Lane et il se mit à hurler sans pouvoir s'arrêter, pantelant, sanglotant, suffoquant, ponctuant chaque lancer de « Prenez-le ! Prenez-le ! » suivis de « Ramenez-la ! Ramenez-la ! Ramenez-la ! » et de « Je vous en prie ! Je vous en prie ! ». Rage, douleur, souffrance, peur, colère, dépossession, tout cela s'exprimait dans chaque cri.

Reacher restait debout, piqué par les impacts multiples, des centaines de milliers de dollars à ses pieds.

Personne ne joue aussi bien la comédie, se dit-il.

Mais cette fois-ci, c'est pour de vrai.

27

Reacher patienta dans le couloir en écoutant Lane se calmer. Il entendit l'eau couler dans la salle de bains. *Il se lave le visage*, pensa-t-il. *À l'eau froide.* Il entendit le raclement du papier sur le parquet et le doux froissement du plastique tandis que Lane remballait ses liasses. Il l'entendit traîner le paquet jusqu'au placard intérieur. Il entendit la porte se fermer, puis la sonnerie du digicode confirmant la fermeture. Reacher revint au salon. Lane l'y rejoignit une minute plus tard, s'assit sur sa chaise, calme, muet, comme si de rien n'était, et fixa le téléphone silencieux.

*

Celui-ci sonna juste avant sept heures quarante-cinq. Lane l'arracha de son socle et lança « Oui ? » – un cri presque complètement étouffé par une tension extrême. Puis son visage perdit tout expression et il hocha la tête d'impatience et d'irritation. *Pas le bon appel.* Il écouta encore dix secondes et raccrocha.

– Qui était-ce ?

– Un ami, dit Lane. Un type que j'ai contacté un peu plus tôt. Il tend l'oreille pour moi. Les flics ont trouvé un corps dans l'Hudson ce matin. À la dérive. Dans le port de la 79e Rue. Blanc, non identifié, environ quarante ans. Blessure par balle.

– Taylor ?

– Ça ne peut être que lui. Le fleuve est calme à cet endroit-là. Un petit crochet hors de la voie express ouest jusqu'au port. Idéal pour quelqu'un qui se dirige vers le nord.

– Que fait-on maintenant ? demanda Gregory.

– Maintenant ? répéta Lane. Rien. On attend ici. On attend le bon coup de fil. Celui qu'il nous faut.

*

Il ne vint jamais. Les dix longues heures d'attente se terminèrent à huit heures du matin, et le téléphone ne sonna pas. Il ne sonna pas à huit heures et quart, ni à la demie, ni à neuf heures moins le quart. Il ne sonna pas à neuf heures. C'était comme d'attendre la suspension d'une exécution par le gouverneur de l'État, et qu'elle ne vienne jamais. Reacher se dit que les avocats qui défendaient un client innocent devaient traverser la même gamme d'émotions : trouble, angoisse, choc, incrédulité, déception, souffrance, colère, révolte.

Jusqu'au désespoir.

Le téléphone ne sonna pas à neuf heures et demie.

Lane ferma les yeux et dit :

– Pas bon.

Personne ne répondit.

*

À dix heures moins le quart, toute détermination avait quitté le corps de Lane. Comme s'il avait fini par accepter l'inévitable. Il s'enfonça dans le coussin de la chaise, mit sa tête en arrière, ouvrit les yeux et fixa le plafond.

– C'est fini, dit-il. Elle a disparu.

Personne ne dit mot.

– Elle a disparu, répéta-t-il. N'est-ce pas ?

Personne ne répondit. La pièce était totalement silencieuse. Comme une veillée funèbre, comme le lieu ensanglanté d'un accident tragique et mortel, comme des funérailles, comme une prière de commémoration, comme la salle de déchocage aux urgences après une opération ratée. Comme un électrocardiogramme qui, après avoir courageusement et résolument résisté à des probabilités écrasantes, se serait tu brutalement.

Électrocardiogramme plat.

*

À dix heures du matin, Lane décolla la tête du dossier de sa chaise et dit :

– Bon.

Et répéta :

– Bon.

Puis il dit :

– Maintenant on avance. On fait ce qu'il faut. Chercher et détruire. Ça prendra le temps que ça prendra. Mais justice sera rendue. À notre manière. Pas de flics, pas d'avocat, pas de procès. Pas de cour d'appel. Pas de procédures, pas de prison, pas d'injection mortelle et sans douleur.

Personne ne dit mot.

– Pour Kate, dit Lane. Et pour Taylor.

– J'en suis, dit Gregory.

176

– Jusqu'au bout, dit Groom.

– Comme toujours, dit Burke.

Perez approuva :

– Jusqu'à la mort.

– Moi aussi, dit Addison.

– Je leur ferai regretter d'être nés, dit Kowalski.

Reacher examina leurs visages. Six hommes, moins qu'une compagnie, mais avec la détermination mortelle de toute une armée.

– Je vous remercie, dit Lane.

Puis il se pencha en avant, plein d'énergie à nouveau. Et se tourna pour faire face à Reacher.

– Pratiquement la première chose que vous m'avez dite est que ces hommes que j'ai là pourraient déclarer la guerre aux ravisseurs, mais que ces ravisseurs, il faudrait d'abord les trouver. Vous vous en souvenez ?

Reacher acquiesça.

– Eh bien, trouvez-les, dit Lane.

*

Reacher fit un détour par la suite parentale et prit la photographie encadrée posée sur le secrétaire. Le tirage de moins bonne qualité. Celui avec Jade. Il la tint avec précaution pour ne pas salir le verre. La regarda, longtemps et intensément. *Pour vous*, pensa-t-il. *Pour vous deux. Pas pour lui.* Puis il reposa la photographie et sortit tranquillement de l'appartement.

Chercher et détruire.

*

Il attaqua de la cabine téléphonique qu'il avait déjà utilisée. Sortit la carte de sa chaussure et appela Lauren Pauling sur son mobile. Dit :

– C'est vrai cette fois, et elles ne reviendront pas.

– Pouvez-vous être à l'immeuble des Nations unies dans une demi-heure ? lui demanda-t-elle.

28

Reacher ne put s'approcher de l'entrée de l'immeuble de l'ONU à cause de la sécurité, mais il vit
Lauren Pauling qui l'attendait au milieu du trottoir de
la 1re Avenue. Il était clair qu'elle avait rencontré le
même problème. Pas de laissez-passer, pas d'autorisa-
tion, pas de formule magique. Elle portait une écharpe
imprimée sur les épaules. Elle était belle. Dix ans de
plus que Reacher, mais ce qu'il voyait lui plaisait. Il
s'avança vers elle, elle le vit, ils se retrouvèrent à mi-
chemin.

– On me doit un service, dit-elle. Nous allons rencontrer un officier du Pentagone qui fait la liaison avec
un des comités de l'ONU.

– Sur quel sujet ?

– Les mercenaires. On est censé être contre eux. On
a signé toutes sortes de traités.

– Le Pentagone adore les mercenaires. Il en emploie
tout le temps.

– Mais il aime qu'ils se rendent là où il les envoie.
Il n'aime pas les voir occuper leur temps libre à des
à-côtés non autorisés.

– C'est comme ça qu'ils ont perdu Knight et
Hobart ? Pendant un à-côté ?

– Quelque part en Afrique, oui, dit-elle.

– Votre type aura-t-il les détails ?

– En partie. Il est assez expérimenté, mais nouveau ici. Il ne vous dira pas son nom et vous ne devrez pas le lui demander. D'accord ?

– Connaît-il le mien ?

– Je ne le lui ai pas donné.

– D'accord, ça me paraît équitable.

Sur ce, le mobile de Pauling sonna. Elle répondit, écouta et regarda autour d'elle.

– Il est dans le bâtiment, dit-elle. Il nous voit, mais ne veut pas nous aborder directement. Nous devons nous rendre dans une cafétéria de la 2e Avenue. Il nous y rejoindra.

*

La cafétéria était un de ces endroits dans les tons marron qui vivent, à parts égales, de la consommation au comptoir et aux tables et de la vente de café à emporter dans des gobelets en carton avec des motifs grecs. Pauling emmena Reacher dans un box tout au fond et s'assit de manière à voir la porte. Reacher se glissa à côté d'elle. Il ne s'asseyait jamais autrement que dos au mur. Vieille habitude – même dans un endroit plein de miroirs, comme cette cafétéria. Teintés couleur bronze, ils faisaient paraître l'étroit local plus large qu'il ne l'était. Donnaient aux gens l'air hâlé, comme s'ils revenaient tout juste de la plage. Pauling fit un signe à la serveuse et articula « Café » en levant trois doigts. La serveuse arriva, laissa tomber trois grosses tasses marron sur la table et les remplit avec une cafetière Bunn.

Reacher but une gorgée. Chaud, fort, banal.

Il repéra le type du Pentagone avant même que

celui-ci ne passe la porte. Son identité ne faisait aucun doute. Armée, mais pas forcément unité combattante. Peut-être un simple bureaucrate. Terne. Ni vieux ni jeune, coupe en brosse couleur maïs, costume en laine bleue bon marché, chemise blanche en popeline avec col boutonné, cravate rayée, de bonnes chaussures cirées aussi brillantes qu'un miroir. Une tenue d'un style inhabituel. Le genre d'accoutrement qu'un capitaine ou un major pourrait porter au second mariage de sa belle-sœur. Peut-être que ce type l'avait acheté pour cette raison, bien avant qu'un détachement temporaire à New York ne fasse irruption dans sa carrière et ne lui permette d'améliorer son CV.

Le type fit une pause dans l'encadrement de la porte et regarda les alentours. *Ce n'est pas nous qu'il cherche*, pensa Reacher. *Il se demande s'il y a quelqu'un qui le connaît. Si c'est le cas, il prétextera un coup de téléphone, fera demi-tour et s'en ira. Il veut éviter les questions embarrassantes plus tard. Pas si bête.*

Et puis il pensa : *Pauling n'est pas bête non plus. Elle connaît des gens qui peuvent s'attirer des ennuis simplement parce qu'on les voit en mauvaise compagnie.*

Mais le type n'avait à l'évidence rien vu d'embarrassant. Il gagna le fond de la salle, se glissa dans le box en face de Pauling et de Reacher, leur jeta un bref coup d'œil, orienta son regard entre eux deux et garda les yeux fixés sur le miroir. De près, Reacher vit qu'il portait une broche avec des pistolets entrecroisés au revers de sa veste et qu'il avait une petite cicatrice sur un côté du visage. Peut-être une grenade ou un éclat de bombe artisanale à distance maximale. Peut-être qu'il avait été au combat, après tout. Ou alors il s'agissait d'un coup de feu accidentel pendant l'enfance.

– Je n'ai pas grand-chose à vous offrir, dit-il. Les milices privées américaines qui combattent outre-mer sont considérées à juste titre comme très embarrassantes, surtout lorsqu'elles combattent en Afrique. Tout ça est donc très compartimenté, on ne sait que le nécessaire, et cela date d'avant mon arrivée. Bref, je ne sais vraiment pas grand-chose. Et ce que je peux vous donner, vous pourriez probablement le deviner de toute façon.

– Où était-ce ? demanda Reacher.

– Je n'en suis même pas sûr. Au Burkina Faso ou au Mali, je pense. Un petit pays d'Afrique de l'Ouest. Franchement, il y en a tellement qui ont des problèmes qu'il est difficile de suivre. Le contexte habituel. Guerre civile. Un gouvernement apeuré, une troupe de rebelles prêts à sortir de la jungle. Une armée pas fiable. Alors le gouvernement dépense sans compter et se paie la protection qu'il peut sur le marché international.

– Un de ces pays est-il francophone ?

– Comme langue officielle ? Les deux. Pourquoi ?

– J'ai vu une partie de l'argent. Emballée dans du plastique imprimé en français. « *Banque Centrale.* »

– Combien ?

– Plus que ce que vous ou moi pourrions gagner pendant deux vies.

– Des dollars américains ?

Reacher acquiesça :

– Tout un tas.

– Des fois ça marche, et des fois, non.

– Et cette fois-là ?

– Non, dit le type. L'histoire qui circule est qu'Edward

182

Lane a pris l'argent et s'est tiré. Et je ne peux pas lui reprocher de l'avoir fait. Ils étaient terriblement moins nombreux, et faibles stratégiquement parlant.

– Mais tout le monde ne s'en est pas sorti.

Le type approuva :

– C'est ce qu'il semble. Parce que obtenir de l'information de ce genre d'endroit, c'est comme essayer de capter un signal radio depuis la face cachée de la Lune. On a surtout du silence et de l'électricité statique. Et quand on a quelque chose, le signal est faible et brouillé. Ce qui fait que, d'habitude, nous comptons sur la Croix-Rouge ou Médecins sans frontières. Nous avons quand même fini par recevoir une information fiable selon laquelle deux Américains auraient été capturés. Un an plus tard, nous avons eu leurs noms. Knight et Hobart. Des anciens Reconnaissance des Marines, états de service mitigés.

– Je suis surpris qu'ils soient restés en vie.

– Les rebelles avaient gagné. Ils ont formé le nouveau gouvernement. Ils ont vidé les prisons, qui étaient pleines de copains. Mais un gouvernement a besoin que les prisons soient pleines pour effrayer la populace. Et les anciens gentils sont devenus les nouveaux salauds. Toute personne ayant travaillé pour l'ancien régime se retrouvait soudain confrontée à de sérieux ennuis. Et une paire d'Américains représentait un véritable trophée. Alors on les a laissés en vie. Mais ils ont beaucoup souffert. Le rapport de MSF est horrible. Repoussant. La mutilation pour le plaisir est une réalité.

– Des détails ?

– Il y a plein d'horreurs qu'un homme est capable de faire avec un couteau.

– Vous n'avez pas envisagé un sauvetage ?

183

– Vous n'écoutez pas, dit le type. Le Département d'État ne peut pas reconnaître qu'une bande de mercenaires américains renégats font les fous en Afrique. Et, comme je vous l'ai dit, les rebelles ont formé le nouveau gouvernement. Ils sont au pouvoir maintenant. Nous devons être gentils avec eux. Parce que tous ces endroits ont des richesses qui nous intéressent. Du pétrole, des diamants, de l'uranium. Alcoa a besoin d'étain, de bauxite et de cuivre. Halliburton veut s'installer et faire des affaires. Des entreprises du Texas veulent s'y introduire et diriger ces prisons.

– Et que s'est-il passé à la fin ?

– Une esquisse… à vous de relier les points. L'un est mort en captivité, mais l'autre s'en est sorti, d'après la Croix-Rouge. Une sorte de geste humanitaire que la Croix-Rouge a suscité pour fêter le cinquième anniversaire du coup d'État. On a libéré tout un paquet de détenus. Fin du putsch. Voilà toute l'information venue d'Afrique. L'un est mort et l'autre s'en est sorti relativement récemment. Mais si vous enquêtez auprès de l'INS[1] vous tomberez sur un individu isolé rentré d'Afrique aux États-Unis peu après, avec des papiers de la Croix-Rouge. Et si vous essayez les Anciens Combattants vous trouverez un rapport sur un type tout juste revenu d'Afrique et qui aurait reçu un traitement ambulatoire relatif à des maladies tropicales et certaines des mutilations signalées par MSF.

– Lequel des deux s'en est sorti ? demanda Reacher.

– Je ne sais pas. Tout ce que j'ai entendu dire, c'est que l'un des deux s'en est sorti et que l'autre y est resté.

1. Immigration and Naturalization Service, service de l'immigration et de la naturalisation.

– Il m'en faut plus.

– Je vous l'ai dit : les événements datent d'avant mon arrivée. Je ne suis pas vraiment dans le coup. Je n'ai que du réchauffé.

– Il me faut son nom, dit Reacher. Et son adresse, par les AC.

– C'est extrêmement difficile, dit le type. Il faudrait que j'aille bien au-delà de mes fonctions. Et il me faudrait une excellente raison de le faire.

– Regardez-moi, dit Reacher.

Le type lâcha le miroir des yeux et regarda Reacher.

– Dix-soixante-deux, lança celui-ci.

Pas de réaction.

– Alors faites pas le con. Allez-y, d'accord ? Crachez le morceau.

Le type regarda de nouveau le miroir. Rien sur son visage.

– J'appellerai Mme Pauling sur son mobile, dit-il enfin. Quand, je ne sais pas. Je ne peux vraiment pas vous le dire. Dans quelques jours. Mais je vous donnerai ce que je peux dès que possible.

Sur quoi, il se glissa hors du box et marcha tout droit vers la porte. L'ouvrit, tourna à droite et disparut. Lauren Pauling souffla.

– Vous l'avez bousculé, dit-elle. Vous avez été un peu grossier.

– Mais il va nous aider.

– Pourquoi ? C'était quoi, ce truc de « dix-soixante-deux » ?

– Il portait un insigne de la police militaire. Les pistolets entrecroisés. Et « dix-soixante-deux » est le code radio de la police militaire pour dire « Camarade officier en danger. Besoin urgent d'aide ». Alors, il nous aidera. Il doit le faire. Parce que si un PM n'en aide pas un autre, qui le fera ?

– Dans ce cas on a de la chance. Peut-être que l'enquête ne sera pas si pénible.

– Peut-être. Mais il va faire traîner. Il m'a paru un peu timide. Moi, j'aurais déboulé directement dans les dossiers de quelqu'un. Lui, il va utiliser ses relations et demander poliment.

– C'est peut-être pour ça qu'il a été promu et que vous vous ne l'avez pas été.

– Un timide comme lui ne sera pas promu. Il a probablement atteint son maximum en tant que major.

– Il est déjà général de brigade, dit-elle. En fait.

– Quoi, lui ? (Reacher regarda fixement la porte, comme si elle gardait encore une image.) Il est plutôt jeune, non ?

– Non, c'est vous qui êtes plutôt vieux. Tout est relatif. Mettre un général de brigade sur le coup montre bien que les USA prennent ces histoires de mercenaires au sérieux.

– Ça montre surtout avec quel sérieux on les étouffe.

Il y eut un moment de silence.

– Mutilation pour le plaisir, reprit Pauling. C'est horrible.

– Bien sûr.

Nouveau silence.

La serveuse vint proposer une deuxième tournée de café. Pauling refusa, Reacher accepta. Et dit :

– Le NYPD a trouvé un cadavre non identifié dans le fleuve ce matin. Un Blanc, environ quarante ans. Là-haut, près du port. Blessure par balle. Quelqu'un a prévenu Lane.

– Taylor ?

– C'est presque certain.

– Et maintenant ?

– On fait avec ce qu'on a, dit Reacher. On part de l'hypothèse que Knight ou Hobart est rentré pour régler un compte.

– Comment fait-on ?

– On bosse dur, dit Reacher. Je ne vais pas retenir ma respiration jusqu'à ce que le Pentagone me donne quelque chose. Malgré ses cicatrices et ses décorations, ce type est un bureaucrate dans l'âme.

– Vous voulez qu'on discute ? J'ai été enquêtrice dans le temps. Plutôt bonne. C'est ce que je pensais, en tout cas. Jusqu'à… eh bien, ce que vous savez…

– Inutile de discuter. Il faut que je réfléchisse.

– Faites-le à voix haute, alors. Quelque chose qui ne colle pas ? Qui ne cadre pas ? Quelque chose qui vous aurait surpris en quoi que ce soit ?

– L'action initiale. Ça ne colle pas du tout.

– Et puis ?

– Tout le reste. Ce qui me surprend, c'est que je n'arrive à rien du tout. Soit je déconne, soit c'est la situation dans son ensemble qui déconne.

– Trop général, dit Pauling. Commencez par un détail. Parlez-moi d'une chose qui vous a étonné.

– C'est ce que vous faisiez, au FBI ? Pendant vos séances de brain-storming ?

– Exactement. Pas vous ?

– J'étais dans la PM. J'aurais déjà eu de la chance de trouver quelqu'un avec une cervelle à faire bouger.

– Sérieusement. Parlez-moi d'une chose qui vous a étonné.

Reacher sirota son café. *Elle a raison*, pensa-t-il. *Il y a toujours quelque chose qui sort du contexte, avant même de savoir ce que sera le contexte.*

– Rien qu'une, répéta Pauling. Au hasard.

– Je suis sorti de la BMW noire après que Burke a transféré le sac dans la Jaguar et j'ai été surpris par la vitesse à laquelle le type s'est installé au volant. Je m'étais dit que j'aurais le temps de revenir sur mes pas et de me mettre en position. Mais il était déjà là, juste devant moi. Quelques secondes, au maximum. Je l'ai à peine aperçu.

– Et qu'est-ce que ça veut dire ?

– Qu'il attendait en pleine rue.

– Mais il n'aurait pas couru ce risque. S'il s'agissait de Knight ou de Hobart, Burke l'aurait reconnu en une fraction de seconde.

– Peut-être qu'il était dans une entrée d'immeuble.

– Trois fois de suite ? Il s'est servi de la même bouche d'incendie en trois occasions. À trois moments différents de la journée. Tard le soir, tôt le matin et à une heure de pointe. On se souviendrait de lui, à cause des mutilations.

– Le type que j'ai vu n'avait rien de frappant. C'était un type comme un autre.

– Quoi qu'il en soit, il a dû avoir du mal à trouver un abri convenable chaque fois. J'ai fait ce genre de boulot. Souvent. Y compris cette nuit-là, il y a cinq ans.

– Arrêtez de vous faire du mal, dit Reacher.

Mais il pensait : *Un abri convenable.*

Il se rappela avoir été brinquebalé à l'arrière de la voiture et avoir écouté la voix de cauchemar. Il se rappela avoir pensé : *Exactement la même bouche d'incendie ?*

La même bouche d'incendie.

Un abri convenable.

Il posa sa tasse, doucement, lentement, avec précaution, et prit la main gauche de Pauling dans sa main droite. La porta à ses lèvres et l'embrassa tendrement. Elle avait les doigts frais, fins et odorants. Il apprécia.

– Merci, dit-il. Merci beaucoup.

– De quoi ?

– Il s'est servi de cette bouche d'incendie trois fois de suite. Pourquoi ? Parce qu'une bouche d'incendie garantit presque toujours que le trottoir sera dégagé. On n'a pas le droit de se garer devant. Tout le monde le sait. Mais il s'est servi de la même chaque fois. Pourquoi ? Il avait l'embarras du choix. Au moins une par pâté de maisons. Alors, pourquoi celle-là ? Parce qu'elle lui plaisait. Mais pourquoi lui plaisait-elle ? Qu'est-ce qui fait qu'une bouche d'incendie plaît à quelqu'un plus qu'une autre ?

– Dites-moi.

– Rien. Elles sont toutes pareilles. Produites en grande série. Elles sont identiques. Ce qu'il a trouvé, c'est un poste d'observation qui lui plaisait. L'observatoire est venu en premier et la bouche d'incendie était simplement la plus proche. C'était celle qu'il voyait le mieux. Comme vous l'avez très justement fait remarquer, il avait besoin d'un abri sûr et discret tard le soir, tôt le matin et à une heure de pointe. Et il avait potentiellement besoin d'y passer de longs moments. De fait, Gregory est arrivé chaque fois à l'heure, mais il aurait pu y avoir de la circulation. Et qui pouvait savoir où se trouverait Burke quand il recevrait l'appel dans la voiture ? Qui aurait pu savoir le temps qu'il mettrait pour se rendre sur place ? Et donc, quel que soit l'endroit où ce type attendait, il y était bien.

– Mais est-ce que ça nous aide ?

– Vous pouvez en mettre votre main au feu. C'est

le premier maillon solide de la chaîne. Il s'agit d'un endroit fixe, identifiable. Nous devons nous rendre dans la 6e Avenue et trouver cet endroit. Peut-être que quelqu'un l'y a vu. Peut-être même que quelqu'un le connaît.

29

Dans la 2ᵉ Avenue, Reacher et Pauling trouvèrent un taxi qui les emmena plein sud jusqu'à Houston Street, puis vers l'ouest et la 6ᵉ Avenue. Ils descendirent au coin sud-est et regardèrent derrière eux le ciel vide à l'ancien emplacement des tours jumelles, puis ils se tournèrent vers le nord, face à une brise chaude et pleine de saleté et de poussières.

– Bon, vous me montrez cette bouche d'incendie ? demanda Pauling.

Ils avancèrent et l'atteignirent sur le trottoir de droite, au milieu du pâté de maisons. Large, petite, trapue, bien droite, peinture terne écaillée, flanquée de deux poteaux protecteurs en métal à un mètre vingt l'un de l'autre. La bordure du trottoir devant était vide. Toutes les places de stationnement autorisées dans le pâté de maisons étaient prises. Pauling se tint à côté de la bouche d'incendie et tourna lentement sur elle-même. Regarda à l'est, au nord, à l'ouest, au sud.

– Où irait se placer un homme à l'esprit militaire ? demanda-t-elle.

– Le soldat sait qu'un poste d'observation satisfaisant offre une vue dégagée vers l'avant et une sécurité adéquate à l'arrière et sur les côtés, récita Reacher. Il sait que ce poste doit protéger des intempéries et dissimuler les observateurs. Il sait que ce poste doit pouvoir être occupé sans dérangement pendant toute la durée de l'opération.

– Et cette durée serait de combien ?

– Disons… une heure maximum chaque fois.

– Comment cela s'est-il passé les deux premières fois ?

– Il a vu Gregory se garer et l'a suivi jusqu'à Prince Street.

– Et donc, il n'attendait pas dans l'immeuble en ruine ?

– Pas s'il était tout seul.

– Mais il est quand même entré par la porte de derrière ?

– Au moins la deuxième fois, oui.

– Pourquoi pas par la porte de devant ?

– Je ne sais pas.

– Sommes-nous convaincus qu'il était tout seul ?

– L'un d'eux seulement est revenu vivant.

Pauling pivota de nouveau sur elle-même.

– Alors, où est son poste d'observation ?

– Vers l'ouest, dit Reacher. Il lui fallait une vue de face.

– De l'autre côté de la rue ?

Reacher acquiesça :

– Au milieu du pâté de maisons, en tout cas pas trop au sud, ni au nord. Pas en oblique. La distance… environ trente mètres. Pas plus.

– Il pourrait s'être servi de jumelles. Comme Patti Joseph.

– Même dans ce cas il faudrait que l'angle soit bon. Comme Patti Joseph. Elle est pratiquement en face.

– Mettons-lui des limites.

– Un arc de cercle de quarante-cinq degrés maximum. Vingt et quelques vers le nord, vingt et quelques vers le sud. Rayon maximum, trente mètres.

Pauling se planta face au trottoir. Elle tendit les bras horizontalement et les écarta selon un angle de quarante-cinq degrés, mains ouvertes dans le prolongement des bras comme pour un coup du tranchant de la main au karaté. Puis elle parcourut le paysage du regard. Quarante-cinq degrés d'un cercle d'environ trente mètres de rayon lui donnaient un arc d'à peu près vingt-trois mètres cinquante à regarder. Plus de trois fois la longueur d'une vitrine standard de six mètres à Greenwich Village, moins de quatre fois. Au total, cinq emplacements à considérer. Les trois du centre étaient possibles. Les deux autres, aux extrémités nord et sud, ne l'étaient que marginalement. Reacher se plaça juste derrière elle et regarda par-dessus sa tête. La main gauche de Pauling montrait un fleuriste. Ensuite venait le nouveau café préféré de Reacher. Puis un encadreur. Et une cave à vin à façade symétrique, plus large que les autres. La main droite de Pauling indiquait un magasin de diététique.

– Le fleuriste ne conviendrait pas, dit-elle. Il y a bien un mur derrière et une vitrine devant, mais il ne serait pas ouvert à vingt-trois heures quarante.

Reacher garda le silence.

– La cave à vin l'était probablement, mais pas à sept heures du matin.

– On ne peut pas traîner une heure chez un fleuriste ou un caviste, dit Reacher. Aucun de ces deux-là n'offre la possibilité de ne pas être dérangé pendant toute la durée de l'opération.

– Pareil pour tous les autres, alors, dit-elle. Sauf le café. Le café était ouvert aux trois moments. Et on peut traîner une heure dans un café.

– Le café est trop risqué. Trois longs séjours à des moments différents de la journée, quelqu'un s'en souviendrait. Ils se souvenaient de moi après une seule tasse.

– Est-ce qu'il y avait du monde sur les trottoirs quand vous y étiez ?

– Plutôt, oui.

– Alors peut-être qu'il était simplement dans la rue. Ou bien dans une entrée d'immeuble. Dans l'ombre. Il aurait pu courir ce risque. Il était en face des voitures qui se garaient.

– Pas de protection contre les intempéries et pas de dissimulation. Une heure sans confort, trois fois de suite.

– C'est un ancien Reconnaissance des Marines. Il a passé cinq ans dans une prison en Afrique. Il a l'habitude de l'inconfort.

– Je parlais sur un plan tactique. Dans ce coin de la ville, il pouvait craindre qu'on ne l'arrête en le prenant pour un trafiquant de drogue. Ou un terroriste. Au sud de la 23e Rue, on n'a plus le droit de traîner.

– Alors, où était-il ?

Reacher regarda à gauche, à droite.

Et puis en haut.

– Vous avez parlé de l'appartement de Patti Joseph, dit-il. Vous l'avez appelé une « aire ».

– Et alors ?

– C'est quoi, une aire ?

– Un nid d'aigle.

– Exactement. Du latin *area*. Patti est située suffisamment haut. Sept étages d'avant guerre, légèrement au-dessus des arbres. Une vue dégagée. Un Reconnaissance des Marines veut que la vue soit dégagée. Et il ne peut en être sûr au niveau de la rue. Une camionnette pourrait se garer juste devant lui au mauvais moment.

Lauren Pauling se tourna de nouveau vers la chaussée et étendit les bras, vers le haut cette fois-ci. Et fit les mêmes mouvements de karaté avec ses mains. Ces dernières encadrèrent les étages supérieurs des cinq mêmes immeubles.

– D'où arrivait-il la première fois ? demanda-t-elle.

– Du sud, dit Reacher. De ma droite. J'étais installé face au nord-est, à la table du bout. Mais à ce moment-là il revenait de Spring Street. Pas moyen de savoir d'où il était parti. Je m'étais assis, j'avais commandé un café, il était dans la voiture avant même que je sois servi.

– Mais la deuxième fois, après que Burke a déposé le sac, il devait venir tout droit du poste d'observation, non ?

– Il était presque dans la voiture quand je l'ai vu.

– Encore en mouvement ?

– Les deux derniers pas.

– D'où venait-il ?

Reacher remonta le trottoir jusqu'à l'endroit où il se tenait après avoir tourné le coin de Bleeker Street. En esprit, il installa une Jaguar verte derrière Pauling, contre le trottoir, et visualisa les deux dernières foulées fluides du type venant dans sa direction. Puis il prolongea le segment de droite qui les reliait et identifia le point de départ vraisemblable. Et garda les yeux fixés dessus tandis qu'il revenait vers Pauling.

– En fait, très similaire à la première fois, dit-il. Nord-est à travers la circulation. En arrivant du sud par rapport à l'endroit où j'étais assis.

Pauling ajusta la position de son bras droit. Amena sa main plus au sud et fendit l'air, très légèrement à gauche de la table la plus au nord du café. Elle réduisit ainsi l'angle de vue à une portion étroite de la rue. La moitié de l'immeuble du fleuriste et presque tout l'immeuble du café. Au-dessus du fleuriste, trois étages de fenêtres avec des stores à bandes verticales, des imprimantes, des plantes grimpantes, des piles de papier sur les rebords. Des tubes de néon au plafond.

– Des bureaux, dit Pauling.

Au-dessus du café, trois étages de fenêtres diversement garnies de tentures rouges défraîchies en toile indienne, de rideaux en macramé, de mobiles de cercles en verre de couleur. L'une des fenêtres était nue. Une autre était tapissée de vieux journaux. Une troisième affichait un poster de Che Guevara tourné vers l'extérieur.

– Des logements, dit Pauling.

Coincée entre le fleuriste et le café se trouvait une porte bleue, en retrait. À sa gauche, une boîte couleur argent toute ternie avec des boutons, des noms et un interphone.

– Quelqu'un qui sortirait par cette porte pour aller vers la bouche d'incendie devrait traverser la circulation en direction du nord-est, non ? dit Reacher.

– Nous avons trouvé, dit Pauling.

30

La boîte gris métallisé à gauche de la porte comportait six boutons d'appel noirs alignés verticalement. Sur la plaque, en face du bouton du haut, était marqué « Kublinski », très proprement, dans une encre pâlie. Celle du bas portait la mention « Gérant » au marqueur noir. Celles du milieu étaient vides.

– Loyers faibles, dit Pauling. Baux précaires. Des gens de passage. Sauf M. ou Mme Kublinski. À en juger par l'écriture, ils habitent ici depuis des siècles.

– Ils ont dû déménager en Floride il y a cinquante ans, dit Reacher. Ou mourir. Et personne n'a touché à la plaque.

– On essaie le gérant ?

– Servez-vous d'une de vos cartes de visite. Mettez votre doigt sur « ancien ». Faites comme si vous étiez toujours au FBI.

– Vous pensez que c'est nécessaire ?

– Nous aurons besoin de toute l'aide possible. C'est un immeuble d'activistes. Le Che nous observe. Et le macramé aussi.

Pauling posa un ongle élégant sur le bouton d'appel du gérant et appuya. On lui répondit une bonne minute plus tard, un bruit explosif et tordu en provenance du haut-parleur. C'était peut-être un « Oui ? » ou un

197

« Qui ? » ou un « Quoi ? ». Ou bien de l'électricité statique.

– Agents fédéraux, dit Pauling.

C'était vaguement vrai. Reacher et elle avaient tous les deux travaillé pour l'Oncle Sam. Elle fit glisser une carte de visite de son sac. Nouvelle explosion dans le haut-parleur.

– Il arrive, dit Reacher.

Il avait vu tout un tas d'immeubles de ce genre dans le temps, quand son travail consistait à rattraper des déserteurs. Ceux-ci appréciaient les loyers payables en liquide et les baux précaires. Et, dans l'expérience de Reacher, les gérants collaboraient souvent avec lui. Ils aimaient suffisamment leur logement gratis pour ne pas prendre le risque de le perdre. Autant que quelqu'un d'autre aille en prison et qu'eux restent en place.

À moins que le gérant ne soit le type qu'il recherchait, bien sûr.

Mais celui-ci semblait ne rien avoir à cacher. La porte bleue s'ouvrit vers l'intérieur et révéla un homme grand, décharné et vêtu d'un marcel taché. Il portait aussi une casquette noire en tricot, et sa tête slave était plate comme la section d'une poutre.

– Oui ? dit-il avec un fort accent russe.

Pauling agita sa carte suffisamment longtemps pour que certains mots fassent leur chemin.

– Parlez-nous de votre locataire le plus récent, dit-elle.

– Le plus récent ? répéta le type.

Aucune hostilité. Il avait l'air d'un type plutôt intelligent aux prises avec les subtilités d'une langue étrangère, c'était tout.

– Est-ce que quelqu'un a emménagé au cours des deux dernières semaines ? demanda Reacher.

– Le numéro 5, dit le type. Il y a une semaine. Il a répondu à une annonce que le syndic m'a demandé de mettre dans le journal.

– Nous devons voir cet appartement, dit Pauling.

– Je ne suis pas sûr de pouvoir vous laisser entrer, répondit le type. Il y a des lois en Amérique.

– Sécurité du territoire, dit Reacher. *Patriot Act*. Il n'y a plus de lois en Amérique.

Le type se contenta de hausser les épaules et fit pivoter son grand corps mince dans l'espace étroit. Se dirigea vers l'escalier. Reacher et Pauling le suivirent à l'intérieur. Reacher sentit l'odeur des express à travers les murs. Il n'y avait pas d'appartement numéro 1 ou 2. Le numéro 4 correspondait à la première porte qu'ils trouvèrent en haut des marches, à l'arrière de l'immeuble. Après venait le numéro 3 sur le même palier, au bout d'un couloir à l'avant de l'immeuble. Le numéro 5 devait donc se trouver juste au-dessus, au deuxième étage, orienté à l'est, vers l'autre côté de la rue. Pauling jeta un coup d'œil à Reacher, qui hocha la tête.

– Celui sans rien à la fenêtre, lui dit-il.

Au deuxième étage ils passèrent devant le numéro 6, à l'arrière de l'immeuble, et se dirigèrent vers le numéro 5. L'odeur de café avait disparu et avait été remplacée par celle, universelle dans les halls d'immeuble, de légumes bouillis.

– Est-il chez lui ? demanda Reacher.

Le gérant fit non de la tête.

– Je ne l'ai vu que deux fois. Il n'est sûrement pas chez lui maintenant, je viens de faire tout l'immeuble pour réparer des tuyaux.

Il se servit d'un passe-partout accroché à un anneau

à sa ceinture pour déverrouiller la porte. L'ouvrit et s'effaça.

L'appartement était ce qu'un agent immobilier aurait appelé un « studio avec alcôve ». Une seule pièce, une sorte de L tordu avec, en principe, la place pour un lit pour peu que le lit soit petit. Coin-cuisine et petite salle d'eau ouverte. Mais on voyait surtout de la poussière et du plancher.

Parce que l'appartement était totalement vide.

Excepté une chaise de salle à manger. Pas vieille, mais qui avait beaucoup servi. Le genre de meuble qu'on trouve en vente sur les trottoirs de Bowery Street après que le liquidateur d'un restaurant en faillite a saisi le matériel. La chaise était placée devant la fenêtre, légèrement tournée vers le nord-est. Environ six mètres au-dessus et un mètre en retrait de l'emplacement exact où Reacher avait bu un café, deux nuits d'affilée.

Reacher s'avança et s'assit sur la chaise, détendu mais aux aguets. Son corps se positionna naturellement de telle sorte que la bouche d'incendie de l'autre côté de la 6e Avenue se retrouve juste en face de lui. Sous un angle légèrement descendant, largement suffisant pour voir par-dessus une camionnette. Ou même un semi-remorque. Vingt-sept mètres de distance. Aucun problème si l'on n'est pas cliniquement aveugle. Il se leva et fit un tour complet sur lui-même. Vit une porte avec un verrou. Trois murs épais. Une fenêtre sans rideaux. *Le soldat sait qu'un poste d'observation satisfaisant offre une vue dégagée vers l'avant et une sécurité adéquate à l'arrière et sur les côtés. Il sait que le poste doit protéger des intempéries et dissimuler les observateurs. Il sait qu'on doit pouvoir l'occuper sans être dérangé pendant toute la durée de l'opération.*

– On se croirait vraiment chez Patti Joseph, dit Pauling.

– Vous connaissez ?

– Brewer m'a raconté.

– Huit millions d'histoires, dit Reacher.

Puis il se tourna vers le gérant et dit :

– Parlez-nous de ce type.

– Il ne dit rien.

– Comment ça ?

– Il ne peut pas parler.

– Pourquoi ? Il est muet ?

– Pas de naissance. À cause d'un traumatisme.

– Comme si quelque chose l'avait rendu muet ?

– Pas psychologique, dit le gérant. Physique. Il communique avec moi en écrivant sur un bloc de papier jaune. Des phrases entières, patiemment. Il m'a écrit qu'il avait été blessé à l'armée. Une blessure de guerre. Mais j'ai remarqué qu'il n'avait aucune cicatrice apparente. Et qu'il gardait la bouche bien fermée tout le temps. Comme s'il était gêné de quelque chose. Et ça m'a rappelé très fortement quelque chose que j'avais déjà vu, il y a plus de vingt ans.

– À savoir ?

– Je suis russe. Pour avoir commis ce péché, j'ai servi dans l'armée rouge en Afghanistan. Un jour, un prisonnier nous a été renvoyé par les moudjahidin en guise d'avertissement. On lui avait coupé la langue.

31

Le gérant conduisit Reacher et Pauling à son propre appartement, un espace impeccablement rangé à moitié en sous-sol à l'arrière de l'immeuble. Il ouvrit une armoire à dossiers et en sortit le contrat de location de l'appartement 5. Il avait été signé exactement une semaine auparavant par un type qui disait s'appeler Leroy Clarkson. Ce qui, comme prévu, était un nom outrageusement faux. Clarkson et Leroy sont les noms des deux premières rues qu'on croise en sortant de la voie express ouest au nord de Houston Street, à quelques pâtés de maisons de là. Au bout de Clarkson Street se trouve un bar à strip-tease. Au bout de Leroy Street, une laverie de voitures. Entre les deux rues, une petite cafétéria avec une façade en aluminium, dans laquelle Reacher avait mangé une fois.

– Vous ne demandez pas de papiers d'identité ? demanda Pauling.

– Non, sauf s'ils veulent payer par chèque, dit le gérant. Ce type a payé en liquide.

La signature était illisible. Le numéro de sécurité sociale était proprement écrit, mais constitué sans aucun doute de neuf chiffres pris au hasard.

Le gérant leur fit une description correcte du locataire, mais qui n'aidait pas beaucoup, simple confirmation de ce que Reacher lui-même avait vu à deux reprises. Fin de trentaine début de quarantaine, Blanc, taille et poids moyens, propre et net, le visage glabre. Jean bleu, chemise bleue, casquette de base-ball, chaussures de sport, le tout usé et confortable.

– Il était en bonne santé ? demanda Reacher.

– Mis à part le fait qu'il ne pouvait pas parler ? dit le gérant. Oui, il avait l'air.

– A-t-il parlé de quitter la ville pendant quelque temps ?

– Non, il n'a rien dit.

– Pour combien de temps a-t-il payé ?

– Un mois. Le minimum. Renouvelable.

– Ce type ne reviendra pas, dit Reacher. Vous feriez mieux d'appeler le *Village Voice* dès maintenant. Qu'ils repassent une annonce.

– Qu'est devenu votre copain de l'armée rouge ? demanda Pauling.

– Il a survécu, dit le gérant. Pas heureux, mais vivant.

*

Reacher et Pauling sortirent par la porte bleue, firent trois pas vers le nord et s'arrêtèrent boire un express. Ils s'installèrent à la table du bout sur le trottoir, Reacher prenant la même chaise que les deux fois précédentes.

– Il n'était donc pas seul, dit Pauling.

Reacher garda le silence.

– Il n'aurait pas pu passer les coups de téléphone, reprit-elle.

Reacher ne répondit pas.

– Décrivez-moi la voix que vous avez entendue.

– Américaine, dit Reacher. La machine est incapable de maquiller les mots, la cadence ou le rythme. Et il était patient. Intelligent, aux commandes, il contrôlait, pas inquiet. À l'aise avec la topographie de New York. Peut-être un militaire, d'après une ou deux phrases. Il voulait savoir qui était Burke, ce qui suggère qu'il connaissait les hommes de Lane, ou qu'il calibrait un détecteur de mensonges. Cela mis à part, je ne peux que supposer. La distorsion était énorme. Mais j'ai eu l'impression qu'il n'était pas vieux. Une certaine légèreté. Une sorte d'agilité dans la voix. Peut-être un type petit.

– Comme un ancien combattant des forces spéciales ?

– C'est possible.

– À l'aise et aux commandes : on dirait que c'est le chef. Pas un comparse.

Reacher acquiesça :

– Bien vu. C'est l'impression que j'ai eue en l'écoutant. Comme s'il menait la danse. Ou, du moins, comme un associé à part égale.

– Qui peut-il être ?

– Si votre type du Pentagone n'avait pas dit ce qu'il a dit, je penserais qu'il s'agit de Hobart et Knight, tous les deux bien vivants, de retour, en cheville.

– Mais ce n'est pas le cas, dit Pauling. Mon type du Pentagone ne se serait pas trompé sur ce point.

– Alors, celui des deux qui est revenu s'est trouvé un nouveau complice.

– En qui il a confiance, dit Pauling. Et il l'a trouvé très vite.

Reacher regarda vers la bouche d'incendie. La circulation lui obstruait la vue par vagues, retenue puis libérée par le feu de Houston Street.

– Une télécommande fonctionne-t-elle à cette distance ? demanda-t-il.

– Pour la voiture ? Peut-être. Ça doit dépendre du véhicule. Pourquoi ?

– Après que Burke a déposé le sac, j'ai entendu un bruit semblable à celui de portières qui se verrouillent. Je me dis que le type a dû l'actionner d'en haut, de sa chambre. Il surveillait. Il ne voulait pas laisser l'argent une seconde de plus que nécessaire dans une voiture pas fermée à clé.

– Ça se tient.

Reacher réfléchit un instant.

– Mais il y a quelque chose qui ne tient pas. Pourquoi était-il en haut dans sa chambre ?

– Nous savons déjà ce qu'il y faisait.

– Non. Je veux dire, pourquoi était-ce lui et pas l'autre type qui était en haut ? Nous avons deux bonshommes, l'un qui peut parler et pas l'autre. Pourquoi le type qui ne peut pas parler irait-il louer un appartement ? Quelqu'un qui le rencontrerait ne l'oublierait pas. Et à quoi sert un poste d'observation ? À commander et contrôler. Alors que l'action se déroule sous ses yeux, l'observateur est censé émettre un flot d'ordres et de contrordres. Mais ce type ne peut même pas utiliser un téléphone mobile. Que pensons-nous qui ce soit passé exactement les deux premières fois avec Gregory ? Le type est en haut, voit Gregory se garer, que fait-il ? Il ne peut même pas appeler son complice pour lui dire de se tenir prêt dans Spring Street.

– Un texto, dit Pauling.

– Comment ça ?

– Il lui envoie un message texte avec son mobile.

– C'est possible ? Depuis quand ?

– Depuis des années.

– D'accord, dit Reacher. Il n'y a pas d'âge pour apprendre.

Et il ajouta :

– Mais je ne comprends toujours pas pourquoi ils ont envoyé celui qui ne peut pas parler voir le gérant de l'immeuble.

– Moi non plus, dit-elle.

– Ni même pourquoi c'est lui qui dirigeait l'opération. Il aurait été plus sensé qu'il soit à l'autre bout du fil. Il ne peut pas parler, mais il peut écouter.

Un moment de silence.

– Alors, la suite ? dit Pauling.

– On bosse, dit Reacher. Vous en êtes ?

– Vous m'engagez ?

– Non, vous mettez tout ce que vous avez à faire de côté et vous vous portez volontaire. Parce que, si on y parvient, vous découvrirez ce qui est arrivé à Anne Lane il y a cinq ans. Fini les insomnies.

– Sauf si je découvre que l'enlèvement d'il y a cinq ans était réel. Là, je ne dormirai plus du tout.

– La vie est un jeu, dit Reacher. On ne s'amuserait pas autant, sinon.

Pauling garda le silence un long moment.

– D'accord, dit-elle enfin. Je suis partante.

– Bon, dit-il, on retourne ennuyer notre copain soviétique. On prend la chaise. Ils ont dû l'acheter la semaine dernière. On va l'apporter dans Bowery Street et on trouvera d'où elle vient. Peut-être que le nouveau copain l'a achetée. Peut-être que quelqu'un se souviendra de lui.

32

Reacher transportait la chaise à la main comme un sac et marchait vers l'est avec Pauling. Au sud de Houston Street, Bowery se compose d'une succession de zones de commerces de détail. Comme autant de centres commerciaux improvisés. Fournitures électriques, éclairage, fournitures de bureau d'occasion, équipement pour cuisines industrielles, matériel de restauration. Reacher aimait Bowery Street. C'était son style de rue.

La chaise qu'il portait était assez banale, mais possédait un certain nombre de traits caractéristiques. Impossible à décrire sans l'avoir sous les yeux, mais en la tenant à la main, une identification devenait envisageable. Ils commencèrent par l'établissement le plus au nord d'un groupe de six. Moins de cent mètres de rue, mais si quelqu'un avait acheté une chaise de salle à manger d'occasion à Manhattan, il y avait de bonnes chances que ce soit dans ces cent mètres-là.

« Mettez ce qu'il y a de mieux en vitrine » est la devise habituelle du commerce de détail. Mais, dans Bowery Street, les vitrines cèdent le pas aux étalages sur le trottoir. Et la chaise que Reacher tenait à la main n'était pas de tout premier choix – elle ne venait pas d'un lot assorti, sans quoi elle n'aurait pas été vendue toute seule. Nulle personne en possession d'un lot de vingt-quatre chaises n'en garde vingt-trois. Reacher et Pauling se frayèrent donc un chemin à travers l'étalage du trottoir, passèrent les portes étroites et étudièrent les objets poussiéreux à l'intérieur. Les laissés-pour-compte, les dépareillés, les solitaires. Ils virent un tas de chaises. Toutes similaires, toutes différentes. Quatre pieds, un siège, un dossier, mais une variété de formes et de détails exceptionnelle. Aucune n'avait l'air particulièrement confortable. Reacher avait lu quelque part que tout un art préside à la conception d'une chaise de restaurant. Elle doit durer, évidemment, offrir un bon rapport qualité-prix, avoir l'air suffisamment accueillante, mais ne pas être réellement confortable, sans quoi les clients restent assis toute la soirée, les trois services potentiels se réduisent à deux, et le restaurant perd de l'argent. Le contrôle des rations et la rotation des clients étant les deux facteurs les plus importants dans la restauration, Reacher se dit que les fabricants de chaises étaient complètement en phase avec la question de la rotation.

Dans les trois premières boutiques ils ne virent rien qui y ressemblait et personne ne reconnut avoir vendu la chaise que transportait Reacher.

La quatrième était la bonne.

C'était une boutique avec une façade en double largeur, des articles chromés pour restaurants à l'extérieur et un grand nombre de propriétaires chinois à l'intérieur. Derrière les tabourets rembourrés et voyants posés sur le trottoir se trouvaient des piles de vieilles tables et des tas de chaises rangées six par six. Derrière les piles et les tas se trouvait tout un bric-à-brac. En particulier deux chaises accrochées en hauteur sur un mur, les répliques exactes de celle que Reacher tenait à la main. Même style, même fabrication, même couleur, même âge.

– À tous les coups on gagne, dit Pauling.

Reacher vérifia de nouveau pour être certain. Il n'y avait aucun doute. Les chaises étaient identiques. Même la crasse et la poussière se ressemblaient. Même gris, même texture, même consistance.

– Allons demander de l'aide, dit-il.

Il transporta la chaise de la 6e Avenue à l'arrière de la boutique, jusqu'à un Chinois assis derrière une table branlante sur laquelle était posé un coffret-caisse fermé. Le type était vieux et impassible. Le propriétaire, probablement. Les transactions passaient certainement toutes par lui. C'était lui qui tenait la caisse.

– Vous avez vendu cette chaise, dit Reacher en la soulevant et en montrant de la tête l'endroit où ses sœurs jumelles étaient suspendues. Il y a environ une semaine.

– Cinq dollars, dit le vieux type.

– Je ne veux pas l'acheter. Et vous ne pouvez plus la vendre. Vous l'avez déjà vendue. Je veux savoir à qui vous l'avez vendue. C'est tout.

– Cinq dollars, répéta le type.

– Vous ne comprenez pas.

Le vieux sourit.

– Si, je crois que je vous comprends très bien. Vous voulez un renseignement sur l'acquéreur de cette chaise. Et moi, je vous dis que ce renseignement a un prix. Dans le cas présent, cinq dollars.

– Et si je vous rendais la chaise ? Pour que vous puissiez la revendre ?

– Je l'ai déjà revendue plusieurs fois. Les restaurants ouvrent et ferment, le matériel circule. La Terre tourne.

– Qui l'a achetée la semaine dernière ?

– Cinq dollars.

– Vous êtes sûr d'avoir pour cinq dollars de renseignements ?

– J'ai ce que j'ai.

– Deux dollars cinquante et la chaise.

– Vous la laisserez de toute façon. Vous en avez assez de la trimballer.

– Je pourrais la déposer chez le voisin.

Pour la première fois, les yeux du vieux bougèrent. Il regarda vers le mur. Reacher l'entendit penser : *Trois valent mieux que deux.*

– Quatre dollars et la chaise, dit-il.

– Trois.

– Trois et demi et la chaise.

– Trois vingt-cinq et la chaise.

Pas de réponse.

– Arrêtez, les mecs, dit Pauling.

Elle s'avança jusqu'à la table branlante et ouvrit son sac. En tira un portefeuille noir bien rebondi et sortit un billet de dix tout neuf d'une liasse aussi épaisse qu'un livre de poche. Le posa sur le bois rayé, le fit tourner et le laissa là.

– Dix dollars, dit-elle. Et la foutue chaise. Faites en sorte que ça les vaille.

Le vieux Chinois approuva.

– Les femmes, dit-il. Toujours droit au but.

– Dites-nous qui a acheté cette chaise, dit Pauling.

– Il ne pouvait pas parler, dit le vieil homme.

33

– Au début, je n'en pensais rien de spécial, reprit le vieil homme. Les Américains qui entrent ici et nous entendent parler dans notre langue se disent très souvent que nous ne parlons pas anglais, et la transaction se fait grâce à une série de gestes et de signes. C'est un peu malpoli parce que ça suppose que nous sommes ignorants, mais nous en avons l'habitude. Généralement, je laisse ce genre de clients se dépatouiller, puis j'interviens avec une phrase parfaitement correcte en guise de reproche.

– Comme vous avez fait avec moi, dit Reacher.

– Exactement. Et comme je l'ai fait avec l'homme que vous êtes apparemment en train de chercher. Mais lui était absolument incapable de répondre. Il gardait la bouche fermée et avalait sa salive comme un poisson. J'en ai conclu qu'il avait une malformation qui l'empêchait de parler.

– Signalement ? demanda Reacher.

Le vieux réfléchit le temps de rassembler ses esprits puis se lança ensuite dans la même énumération que celle que le gérant de la 6ᵉ Avenue avait faite. Un Blanc, fin de trentaine début de quarantaine, taille et poids moyens, propre et net, ni barbe ni moustache. Jean bleu, chemise bleue, casquette de base-ball, chaussures de sport, le tout usé et confortable. Rien de remarquable ni de mémorable à son sujet, si ce n'est qu'il était muet.

– Combien a-t-il payé cette chaise ? demanda Reacher.

– Cinq dollars.

– N'est-ce pas inhabituel de vouloir une seule chaise ?

– Vous pensez que je devrais automatiquement prévenir la police quand quelqu'un qui ne possède pas de restaurant vient faire ses courses ici ?

– Qui achète des chaises à l'unité ?

– Un tas de gens, dit le vieil homme. Quelqu'un qui vient de divorcer, qui est dans une mauvaise passe, ou qui s'installe tout seul dans un appartement de l'East Village. Certains sont si petits qu'une chaise est tout ce qu'on peut y mettre. Derrière un bureau qui fait aussi office de table à manger.

– D'accord, dit Reacher. Je vois.

Le vieil homme se tourna vers Pauling.

– Mes renseignements vous ont-ils été utiles ?

– Peut-être, dit-elle. Mais ils ne m'ont rien apporté de nouveau.

– Vous saviez déjà pour l'homme qui ne peut pas parler ?

Elle acquiesça.

– Eh bien, j'en suis désolé, dit le vieil homme. Vous pouvez garder la chaise.

– J'en ai assez de la transporter partout, dit Reacher.

Le vieil homme inclina la tête.

– C'est ce que je pensais. Dans ce cas, vous êtes libres de la laisser ici.

*

Pauling emmena Reacher sur le trottoir de Bowery Street et la dernière image qu'il eut de la chaise fut celle d'un jeune homme, peut-être un des petits-fils, en train de l'accrocher au mur à côté de ses deux sœurs avec une perche.

– Le parcours du combattant, dit Pauling.

– Ça n'a aucun sens, dit Reacher. Pourquoi envoient-ils celui qui ne peut pas parler à la rencontre de tout le monde ?

– Il doit y avoir quelque chose d'encore plus remarquable chez l'autre.

– Je n'ose pas imaginer ce que c'est.

– Lane a abandonné ces deux types. Pourquoi l'aidez-vous ?

– Ce n'est pas lui que j'aide. C'est Kate et la petite.

– Elles sont mortes. Vous l'avez dit vous-même.

– Dans ce cas, elles ont droit à leur histoire. Une explication. Qui, où, pourquoi. Tout le monde doit savoir ce qui leur est arrivé. On ne peut pas les laisser partir sans rien dire. Quelqu'un doit les défendre.

– Et ce serait vous ?

– Je joue avec les cartes qu'on m'a distribuées. Inutile de pleurnicher.

– Et alors ?

– Et alors, on doit les venger, Pauling. Parce qu'elles n'étaient pour rien dans cette bataille. Et Jade encore moins. Si Hobart ou Knight ou qui que ce soit d'autre s'en était pris directement à Lane, je me serais peut-être installé le long de la ligne de touche pour l'encourager. Mais ça ne s'est pas passé ainsi. Il s'en est pris à Kate et à Jade. Deux négatifs ne font pas un positif.

– Trois négatifs non plus.

– Dans ce cas, si, dit Reacher.

– Vous n'avez jamais vu Kate ni Jade.

– Je les ai vues en photo. Ça me suffit.

– Je n'aimerais pas vous savoir en colère contre moi, dit-elle.

– Non, lui renvoya Reacher. Vous n'aimeriez pas ça.

*

Ils prirent au nord vers Houston Street, sans avoir une idée très claire de leur prochaine destination. Le mobile de Pauling avait dû se mettre à vibrer, car elle le sortit de sa poche avant même que Reacher l'ait entendu. Les mobiles silencieux le rendaient nerveux. Il venait d'un monde où une plongée soudaine au fond d'une poche signifiait plutôt une arme qu'un téléphone. Chaque fois que cela se produisait, il subissait un léger afflux d'adrénaline, sans compensation.

Pauling s'arrêta sur le trottoir et prononça son nom à voix haute pour couvrir les bruits de la circulation, puis elle se tut pendant une minute. Dit « merci » et referma le mobile d'un coup sec. Se tourna vers Reacher et lui sourit.

– Mon pote du Pentagone, dit-elle. Une information fiable. Peut-être qu'il a fini par fracturer une armoire…

– Il a un nom à nous donner ?

– Pas encore. Un lieu. Le Burkina Faso. Vous y êtes déjà allé ?

– Je ne suis jamais allé en Afrique.

– Ça s'appelait la Haute-Volta. Une ancienne colonie française. À peu près de la taille du Colorado, treize millions d'habitants, un PNB du quart de la fortune de Bill Gates.

– Mais assez d'argent liquide pour engager les hommes de Lane.

– Pas d'après mon type, dit-elle. C'est ça qui est bizarre. C'est là que Knight et Hobart ont été capturés, mais il n'y a aucune trace d'un accord entre le gouvernement et Lane.

– D'après votre type, il devrait y en avoir une ?

– Pour lui, il y en a toujours une quelque part.

– Nous avons besoin d'un nom, dit Reacher. Pas de l'histoire du monde.

– Il y travaille.

– Mais pas assez vite. Et on ne peut plus attendre. On doit essayer quelque chose de notre côté.

– Du genre ?

– Notre homme se fait appeler Leroy Clarkson. Il s'agit peut-être d'une plaisanterie, mais il se peut que ça vienne de son inconscient parce qu'il habite dans le coin.

– Près de Clarkson Street et Leroy Street ?

– Oui. Ou alors Hudson et Greenwich.

– Le quartier s'est embourgeoisé. Un type qui vient de passer cinq ans dans une prison africaine ne pourrait pas s'y payer un placard.

– Mais un type qui gagnait bien sa vie avant la parenthèse de cinq ans aurait pu y posséder déjà un appartement.

Elle approuva :

– On va s'arrêter à mon bureau. Commencer avec l'annuaire.

*

Il y avait quelques Hobart et une demi-page de Knight dans les Pages Blanches de Manhattan, mais aucun d'entre eux n'habitait dans la partie du West

215

Village qui aurait fait de Leroy Clarkson un pseudonyme naturel. Il aurait été concevable qu'un des Knight dise s'appeler Horatio Gansevoort, et l'un des Hobart Christopher Perry, mais, à part ces deux-là, tous les autres vivaient nettement plus au nord ou tellement plus à l'est que leurs choix subliminaux se seraient portés sur Henry Madison ou Allen Eldridge. Voire Stanton Rivington.

– On dirait une série télévisée, dit Pauling.

Elle avait d'autres bases de données, du genre de celles qu'un privé consciencieux ayant de vieux amis dans la police et un accès Internet peut se constituer. Mais aucun Knight ou Hobart inexpliqué n'en surgit.

– Il a été absent cinq ans, reprit-elle. Il a dû disparaître de la circulation, non ? Téléphone coupé, eau et gaz fermés, des trucs comme ça.

– Probablement. Mais pas nécessairement. Ces types ont l'habitude de partir sans prévenir. Ils mettent généralement en place des prélèvements automatiques.

– Son compte en banque se sera vidé.

– Tout dépend de combien il avait au départ. S'il gagnait dans le temps ce que les autres gagnent maintenant, il avait de quoi payer toute une flopée de factures d'électricité, surtout s'il n'était pas là pour allumer la lumière.

– Lane était du menu fretin il y a cinq ans. Ils l'étaient tous avant que le buffet de l'antiterrorisme soit ouvert. Qu'elle ait été vraie ou fausse, la rançon demandée pour Anne se montait à cent mille dollars, pas à dix millions et demi. Les salaires étaient proportionnels. Ce type n'était pas riche.

Reacher acquiesça :

– En plus, il était probablement locataire. Le propriétaire a dû balancer ses affaires sur le trottoir il y a de cela plusieurs années.

– Alors, que faisons-nous ?

– Je crois qu'on va attendre, dit Reacher. Votre copain bureaucrate. À moins de mourir de vieillesse avant.

Mais, une minute plus tard, le mobile de Pauling se manifestait à nouveau. Cette fois-ci, il était sur le bureau, bien visible, et le vibreur provoqua un doux bourdonnement mécanique sur le bois. Elle répondit en disant son nom et écouta une minute. Le referma lentement et le remit en place.

– On est encore jeunes, dit-elle.

– Qu'est-ce qu'il a pour nous ?

– Hobart, dit-elle. C'est Hobart qui en est sorti vivant.

34

– Prénom ? demanda Reacher.

– Clay. Clay James Hobart.

– Adresse ?

– On attend une réponse des AC.

– Alors retournons consulter les annuaires.

– Je recycle les anciens. Je ne garde pas d'archives. Je n'ai rien qui remonte à cinq ans.

– Il a peut-être de la famille ici. Y a-t-il une meilleure raison pour rentrer ?

Ils trouvèrent sept Hobart dans l'annuaire, mais l'un d'eux était en double. Un dentiste, domicile et cabinet, adresses différentes, numéros différents, même type.

– Appelez-les tous, dit Reacher. Faites-vous passer pour un fonctionnaire des AC qui a un problème de paperasserie.

Pauling mit son téléphone fixe sur haut-parleur et déclencha deux répondeurs aux deux premiers appels, et une fausse alerte au troisième. Un vieux type avec sa propre pension d'ancien combattant paniqué à l'idée qu'on la lui supprime. Pauling le calma, il lui dit n'avoir jamais entendu parler d'un certain Clay James Hobart. Les quatrième et cinquième appels furent eux aussi infructueux. Le sixième était destiné au cabinet du dentiste. Parti en vacances à Antigua. Son assistante répondit qu'il n'avait aucun parent appelé Clay James. La confiance absolue qui émanait de sa réponse fit que Reacher se demanda si elle n'était pas plus qu'une assistante. Bien qu'elle ne soit pas à Antigua avec lui. Peut-être qu'elle travaillait simplement pour lui depuis longtemps.

– Et maintenant ? dit Pauling.

– On réessaiera les deux premiers ultérieurement. À part ça, nous voilà réduits à vieillir ensemble.

*

Mais le copain du Pentagone de Pauling était lancé et, onze minutes plus tard, le mobile bourdonnait de nouveau. Le type fournit d'autres informations. Reacher vit Pauling prendre des notes sur un bloc jaune, d'un gribouillage rapide qu'il ne réussit pas à déchiffrer de loin et à l'envers. Deux pages de notes. Un long appel. Si long que, quand il fut terminé, Pauling vérifia l'icône de la batterie sur son mobile et brancha ce dernier sur son chargeur.

– L'adresse de Hobart ? lui demanda Reacher.

– Pas encore. Les AC rechignent. Question de confidentialité.

– Son adresse, ce n'est pas son dossier médical.

– C'est ce que me dit mon ami.

– Bon, qu'est-ce qu'il a pour nous ?

Pauling revint à la première page de ses notes.

– Lane est sur une liste noire officielle du Pentagone.

– Pourquoi ?

– Vous connaissez l'opération *Just Cause* ?

– Panama, dit Reacher. Contre Manuel Noriega. Il y a plus de quinze ans. J'y étais, brièvement.

– Lane y était aussi. Dans l'armée, dans le temps. Il y a fait du très bon boulot. C'est là qu'il est devenu colonel. Ensuite il est parti pour la première guerre du Golfe et en est revenu légèrement suspect. Mais pas au point que le Pentagone renonce à l'employer comme prestataire ensuite. Ils l'ont envoyé en Colombie parce qu'il avait la réputation d'être un spécialiste de l'Amérique centrale et de l'Amérique du Sud, grâce à ses exploits durant *Just Cause*. Il a emmené l'embryon de son équipe actuelle avec lui pour combattre un des cartels de la cocaïne. Il a pris l'argent de notre gouvernement pour le faire mais, une fois sur place, il a aussi pris l'argent du cartel visé pour aller écraser un des cartels rivaux. Les hommes du Pentagone n'ont pas été trop déçus – à leurs yeux, un cartel en vaut un autre –, mais ils n'ont plus jamais fait vraiment confiance à Lane et n'ont plus eu recours à ses services.

– Ses types disent qu'ils sont allés en Irak et en Afghanistan.

Pauling acquiesça :

– Après le 11 Septembre, toutes sortes de gens sont allés dans toutes sortes d'endroits. Y compris les hommes de Lane. Mais seulement comme sous-traitants. En d'autres termes, le Pentagone engage quelqu'un en qui il a confiance, et ce dernier refile une partie du boulot à Lane.

– Et ça, c'était acceptable ?

– L'honneur était sauf. Le Pentagone n'a plus jamais fait de chèque à l'ordre de Lane après la Colombie. Mais ensuite, lorsqu'il a eu besoin de tous les hommes valides qu'il pouvait trouver, il a regardé ailleurs.

– Lane a eu du boulot régulièrement, dit Reacher. Des gros revenus. Il vit comme un roi, et la plus grande partie de l'argent africain est encore sous plastique.

– Voilà qui montre bien comment tout ce trafic est devenu énorme. D'après mon type, depuis la Colombie, Lane ramasse les miettes qui tombent des tables où d'autres mangent. C'est la seule possibilité pour lui. De grosses miettes au début, mais qui sont devenues de plus en plus petites. La concurrence est rude. Apparemment, il s'est enrichi cette fois-là en Afrique, mais ce qui lui reste du paiement constitue probablement tout son capital.

– Il prétend être une huile. Il m'a dit n'avoir ni rival ni complice.

– Eh bien il a menti. Ou alors, dans un sens, peut-être qu'il a dit la vérité. Il est tout en bas de la pile. À strictement parler, personne n'est son égal. Tout le monde est au-dessus de lui.

– Était-il aussi sous-traitant au Burkina Faso ?

– J'imagine que oui, dit-elle. Sinon, pourquoi ne serait-il pas enregistré comme prestataire principal ?

– Notre gouvernement a-t-il été impliqué là-bas ?

– C'est possible. En tout cas, mon ami officiel est un peu tendu.

Reacher hocha la tête.

– C'est pour ça qu'il nous aide, non ? Ce n'est pas un truc de MP… C'est la bureaucratie qui tente de garder le contrôle. De gérer le flux d'informations. Qui décide de nous refiler des tuyaux en douce pour qu'on n'aille pas se prendre les pieds dans le tapis avec nos gros sabots.

Pauling ne dit rien. Et son téléphone sonna de nouveau. Elle essaya de le prendre tout en le laissant sur le chargeur, mais le fil était trop court. Elle le détacha et répondit. Écouta quinze secondes, tourna une

nouvelle page de son carnet et inscrivit le signe « $ »,
puis deux chiffres, puis six zéros. Elle raccrocha et fit
tourner le bloc-notes pour que Reacher puisse voir ce
qu'elle avait écrit.

– Vingt et un millions de dollars, dit-elle. En cash.
Voilà de combien Lane s'est enrichi en Afrique.

– Vous aviez raison, dit Reacher. De grosses
miettes. Pas trop minable pour un sous-traitant.

Pauling acquiesça :

– L'accord global portait sur cent cinq millions. En
dollars et en liquide, en provenance de la banque centrale de leur gouvernement. Lane en a récupéré vingt
pour cent en échange de la moitié des hommes et de
presque tout le boulot.

– Quand on mendie, on ne choisit pas, dit Reacher.
Et il ajouta :

– Je comprends.

– Quoi ?

– La moitié de vingt et un, ça fait ?

– Dix et demi.

– Exactement. La rançon demandée pour Kate se
monte à la moitié exactement du paiement reçu pour
le Burkina Faso.

Silence dans la pièce.

– Dix millions et demi de dollars, reprit Reacher. Le
montant m'a toujours paru bizarre. Mais maintenant je
comprends mieux. Lane en a probablement prélevé
la moitié pour lui-même. Et quand Hobart est revenu,
il s'est dit qu'il avait droit à la part de Lane pour ce
qu'il avait enduré.

– Raisonnable, dit Pauling.

– J'aurais demandé plus, dit Reacher. Moi, j'aurais
tout demandé.

Pauling fit glisser son ongle le long des petits caractères de la page des H dans l'annuaire et rappela les deux premiers Hobart sur haut-parleur. Toujours les répondeurs. Elle raccrocha. Son petit bureau s'emplit de silence. Et puis son mobile bourdonna de nouveau. Cette fois-ci, elle l'enleva du chargeur avant de l'ouvrir. Prononça son nom et écouta un moment, puis elle prit une nouvelle page dans son bloc jaune et écrivit trois petites lignes.

Et referma son mobile.

– Nous avons l'adresse, dit-elle.

35

– Hobart a emménagé chez sa sœur, dit-elle. Dans un immeuble de Hudson Street qui, je suis prête à le parier, se trouve dans le pâté de maisons entre Clarkson et Leroy.

– Sa sœur est mariée, dit Reacher. Sinon, nous aurions trouvé son nom dans l'annuaire.

– Veuve, dit Pauling. J'imagine qu'elle porte toujours son nom de femme mariée, mais elle vit seule. En tout cas, elle vivait seule jusqu'à ce que son frère revienne d'Afrique.

La sœur veuve s'appelait Dee Marie Graziano et figurait bien dans l'annuaire, avec une adresse dans Hudson Street. Pauling consulta en ligne une base de données des impôts locaux et confirma l'adresse.

– Loyer contrôlé, dit-elle. Elle y habite depuis dix ans. Même avec un loyer modéré, l'appartement doit être petit.

Elle copia le numéro de sécurité sociale de Dee Marie et le colla dans la boîte de dialogue d'une autre base de données.

– Trente-huit ans. Faible revenu. Ne travaille pas beaucoup. Bien loin d'être imposable. Son défunt mari était aussi un Marine. Vice-caporal Vincent Peter Graziano. Mort depuis trois ans.

– En Irak ?

– Je ne saurais dire.

Elle quitta les bases de données, ouvrit Google et tapa « Dee Marie Graziano ». Appuya sur la touche « *Enter* ». Survola les résultats. Ce qu'elle y trouva lui fit quitter Google et lancer Lexis-Nexis. L'écran se rafraîchit et revint avec toute une liste de références.

– Bien, bien… Regardez-moi ça, dit-elle.

– Je vous écoute, dit Reacher.

– Elle a attaqué le gouvernement en justice. L'État et le ministère de la Défense.

– Pour quelle raison ?

– À propos de son frère.

Elle lança l'impression et passa les pages à Reacher au fur et à mesure qu'elles sortaient de l'imprimante. Il lisait la copie papier pendant que Pauling lisait sur écran. Dee Marie Graziano s'était lancée dans une campagne qui avait duré cinq ans pour découvrir ce qui était arrivé à son frère Clay James Hobart. Campagne longue, difficile et amère. Aucun doute à ce sujet. Avec le résultat que l'employeur de Hobart, Edward Lane, d'Operational Security Consultants, avait signé une déclaration jurant que Hobart était sous-traitant pour le gouvernement des États-Unis pendant la période considérée. Et Dee Marie était allée bille en tête présenter une requête officielle à son député et ses deux sénateurs. Elle s'était aussi adressée, en dehors de l'Administration, aux présidents des commissions des Forces armées de l'Assemblée et du Sénat. Elle avait écrit à la presse et parlé aux journalistes. On l'avait préparée pour l'émission de Larry King, mais on avait annulé sa participation avant l'enregistrement. Elle avait fait appel à un privé, brièvement. Finalement, elle avait trouvé un avocat qui ne lui prenait pas d'honoraires et avait attaqué le ministère de la Défense en justice. Le Pentagone avait nié avoir eu connaissance des activités de Clay James Hobart après son dernier jour sous l'uniforme des US Marines. Ensuite Dee Marie avait attaqué le ministère des Affaires étrangères. Un juriste de cinquième échelon lui avait assuré que Hobart serait signalé comme un touriste porté disparu en Afrique de l'Ouest. Alors Dee Marie était retournée harceler les journalistes et avait déposé toute une série de pétitions se rapportant à la loi sur la liberté de l'information. Plus de la moitié avaient déjà été rejetées et les autres étaient en train de se perdre dans les méandres de l'Administration.

– Elle y est allée à fond, dit Pauling. Comme si elle avait allumé un cierge pour son frère chaque jour pendant cinq ans.

– Comme Patti Joseph, dit Reacher. Un conte de deux sœurs[1].

– Le Pentagone a su que Hobart était en vie au bout de douze mois. Ainsi que l'endroit où il se trouvait. Mais personne n'a rien dit pendant quatre ans. Ils ont laissé souffrir cette pauvre femme.

– Que pouvait-elle faire, de toute façon ? Faire sa valise, aller en Afrique et le sauver toute seule ? Le ramener se faire juger pour l'assassinat d'Anne Lane ?

– Il n'y a jamais eu de preuve contre lui.

– Quoi qu'il en soit, il valait mieux qu'elle reste dans l'ignorance.

– De vraies paroles de militaire !

– Parce que le FBI, lui, serait une source d'informations publiques ?

– Elle aurait pu se rendre sur place et faire sa

1. Allusion au roman *Un conte de deux villes* de Charles Dickens.

demande directement auprès du nouveau gouvernement du Burkina Faso.

– Oui, comme au cinéma !

– Vous êtes vraiment cynique, vous savez ?

– Je n'ai pas une cellule de cynisme dans tout mon organisme. Je suis réaliste, c'est tout. Les emmerdes, ça arrive.

Pauling se tut.

– Qu'est-ce qu'il y a ? dit Reacher.

– Vous avez parlé de « faire ses valises ». Vous avez dit que Dee Marie aurait pu faire ses valises et se rendre en Afrique.

– Non, j'ai dit qu'elle ne pouvait pas le faire.

– Mais nous sommes d'accord que Hobart s'est trouvé un nouveau complice, non ? dit-elle. Dès son retour ? Quelqu'un en qui il a eu confiance, et rapidement ?

– C'est clair, dit Reacher.

– Pourrait-il s'agir de sa sœur ?

Reacher garda le silence.

– La confiance régnerait, dit Pauling. Non ? Automatiquement ? Elle était déjà sur place, ce qui explique la rapidité. Et la motivation serait bien présente, en ce qui la concerne. La motivation, et une grosse colère. Alors, est-il possible que la voix que vous avez entendue dans la voiture ait été celle d'une femme ?

Reacher réfléchit.

– C'est possible, dit-il enfin. J'imagine. Je veux dire, l'idée ne m'a jamais effleuré. Mais c'est peut-être un préjugé de ma part. Un préjugé inconscient. Parce que ces machines sont vraiment tordues. Capables de transformer la voix de Minnie Mouse en celle de Darth Vader.

– Vous disiez que la voix était fluette. Comme celle d'un petit homme.

Reacher acquiesça :

– Oui, effectivement.

– Ou d'une femme. En descendant la tessiture d'une octave, ça serait possible.

– Possible, oui, dit Reacher. Et la personne connaissait vraiment bien les rues du West Village.

– Comme quelqu'un qui y habite depuis dix ans. Et le jargon militaire aussi, avec un mari et un frère dans les Marines.

– Peut-être, dit Reacher. Gregory m'a dit qu'une femme s'était pointée dans les Hamptons. Une grosse femme.

– Grosse ?

– « Lourdement bâtie », m'a-t-il dit.

– Surveillance ?

– Non, elle avait parlé avec Kate. Elles étaient allées se promener sur la plage.

– Il s'agissait peut-être de Dee Marie. Peut-être qu'elle est grosse. Qu'elle voulait de l'argent. Peut-être que Kate l'a envoyée paître et que le vase a débordé.

– Il ne s'agit pas uniquement d'argent.

– Mais cela ne veut pas dire qu'il ne s'agit pas du tout d'argent, dit Pauling. Et à en juger par l'endroit où elle vit, Dee Marie a besoin de fric. Sa part se monterait à plus de cinq millions de dollars. Une compensation. Pour avoir fait de la résistance pendant cinq ans. Un million par an.

– Peut-être, répéta Reacher.

– C'est une hypothèse. On ne doit pas l'éliminer.

– Non, dit-il. Absolument pas.

Pauling prit un annuaire sur son étagère et vérifia l'adresse.

– Ils sont au sud de Houston Street, dit-elle. Entre Vandam et Charlton. Pas entre Clarkson et Leroy. Nous nous sommes trompés.

– Peut-être qu'ils fréquentent un bar un peu plus au nord, dit-il. Il n'aurait pas pu se faire appeler Charlton Vandam, de toute façon. Trop bidon.

– En tout cas, ils sont à quinze minutes d'ici à peine.

– Ne vous emballez pas. Il ne s'agit que d'une pierre dans l'édifice, c'est tout. Qu'il s'agisse de l'un d'eux ou de tous les deux, ils sont déjà partis depuis longtemps. Ils seraient fous de traîner dans le quartier.

– Vous croyez ?

– Ils ont du sang sur les mains et de l'argent dans les poches, Pauling. À l'heure qu'il est, ils sont aux îles Cayman. Aux Bermudes ou au Venezuela… Enfin, là où on va de nos jours.

– Alors, que faisons-nous ?

– Nous filons vers Hudson Street en espérant à mort que la piste soit encore un tout petit peu chaude.

36

En combinant leurs deux vies, passées et présentes, Reacher et Pauling avaient dû s'approcher d'un millier de bâtiments pouvant contenir des suspects dangereux. Tous deux savaient exactement comment procéder. Ils discutèrent efficacement des aspects tactiques. Ils arrivaient en position de faiblesse – aucun d'eux n'était armé et Hobart avait rencontré Pauling deux fois auparavant. Elle avait longuement interrogé toute la troupe de Lane après la disparition d'Anne Lane. Il y avait des chances pour qu'il la reconnaisse, même après une période de cinq années traumatisantes. De l'autre côté de la balance pesait la ferme conviction de Reacher que l'appartement de Hudson Street serait vide. Il n'espérait guère trouver plus que des placards débarrassés à la hâte et quelques ordures en train de pourrir.

L'immeuble n'avait pas de portier. Pas le genre de la maison. Immeuble de rapport tout bête, quatre étages avec une façade en brique rouge terne et une échelle d'incendie en fonte. Le dernier survivant dans un pâté de maisons plein d'ateliers de design et d'agences bancaires. Porte noire à la peinture écaillée, interphone encastré sur le côté de l'encadrement. Dix boutons noirs. Dix plaques avec des noms. « Graziano » soigneusement écrit face au 4L.

– Pas d'ascenseur, dit Pauling. Escalier central. Des appartements en longueur, de l'avant vers l'arrière, deux par étage, un à gauche, un à droite. Le 4L sera au troisième étage sur la gauche.

Reacher essaya la porte. Verrouillée, et solide.

– Et derrière ?

– Probablement un espace de ventilation entre cet immeuble et l'arrière de celui de Greenwich Street.

– On pourrait descendre en rappel depuis le toit et passer par la fenêtre de la cuisine.

– Je m'y suis entraînée à Quantico[1], dit Pauling. Mais je ne l'ai jamais fait en vrai.

– Moi non plus, dit Reacher. Jamais de cuisine. Une fenêtre de salle de bains, une fois.

– C'était marrant ?

– Pas vraiment.

– Bon, que fait-on ?

En temps normal, Reacher aurait appuyé sur un bouton au hasard en prétendant être un livreur d'UPS ou de Federal Express. Mais il se demanda si cela marcherait dans cet immeuble en particulier. Les livraisons par coursier ne devaient pas y être fréquentes. Et il était bientôt quatre heures de l'après-midi. Pas une heure plausible pour une pizza ou un traiteur chinois. Trop tard pour le déjeuner, trop tôt pour le dîner. Il se contenta d'appuyer sur tous les boutons sauf celui du 4L et de dire d'une voix pâteuse : « J'trouve pas ma clé. » Deux foyers au moins devaient attendre le retour d'un disparu, car la porte bourdonna deux fois. Pauling l'ouvrit.

À l'intérieur, un hall central peu éclairé et un escalier étroit sur la droite. L'escalier montait tout droit

---

1. Centre de formation des agents du FBI.

jusqu'à l'étage avant de revenir sur lui-même pour reprendre son ascension depuis la façade avant. Les marches étaient recouvertes de lino craquelé. L'éclairage était assuré par des lampes de faible puissance. Un piège mortel.

– Et maintenant ? demanda Pauling.

– Maintenant, on attend. Au moins deux personnes vont mettre le nez dehors en cherchant celui qui a perdu sa clé.

Ils attendirent. Une minute. Deux. Tout en haut dans l'obscurité, une porte s'ouvrit. Se referma. Puis une autre porte s'ouvrit. Plus près. Au premier, peut-être. Trente secondes plus tard elle claqua.

– OK, dit Reacher. Maintenant on peut y aller.

Il pesa de tout son poids sur la première marche de l'escalier et celle-ci craqua bruyamment. La deuxième aussi. *Idem* pour la troisième. Lorsqu'il arriva à la quatrième, Pauling prit sa suite. Lorsqu'ils furent à mi-hauteur, toute la structure craquait et crépitait comme un tir d'armes légères.

Ils arrivèrent au premier étage sans avoir provoqué de réaction.

Face à eux en haut des marches, deux portes identiques, une à gauche et une à droite. 2L et 2R. Visiblement, des appartements traversants avec une seule circulation d'avant en arrière et un coude à mi-chemin pour créer une entrée. Probablement des patères accrochées aux murs juste derrière les portes. Tout droit, le salon. Cuisine au fond. En pivotant dans l'entrée, la salle de bains, et finalement la chambre, à l'avant de l'immeuble et donnant sur la rue.

– Pas si mal, dit Reacher doucement.

– Je n'aimerais pas monter les courses jusqu'au quatrième.

Depuis l'enfance, Reacher n'avait plus jamais rapporté de courses dans une maison.

– Vous pourriez lancer une corde derrière l'échelle d'incendie. Les hisser par la fenêtre de la chambre.

Pauling ne trouva rien à répondre. Ils firent demi-tour ensemble et parcoururent la longueur du couloir jusqu'à la volée de marches suivante. Montèrent bruyamment jusqu'au second. 3L et 3R leur faisaient face, identiques à ce qu'ils avaient vu un étage plus bas et, probablement, à ce qu'ils trouveraient un étage au-dessus.

– Allons-y, dit Reacher.

Ils prirent le couloir, tournèrent et scrutèrent les ténèbres du troisième étage. Ils virent la porte du 4R. Pas celle du 4L. Reacher partit en premier. Il monta l'escalier deux à deux pour réduire de moitié le nombre de craquements et de grincements. Pauling le suivit en posant les pieds près des extrémités des marches, à l'endroit où un escalier est toujours plus silencieux. Ils arrivèrent en haut. S'arrêtèrent. L'immeuble vibrait de tous les bruits de fond subliminaux d'un immeuble habité dans une grande ville. Les bruits assourdis de la circulation dans la rue. Le vacarme des klaxons et les plaintes des sirènes, tout cela étouffé par l'épaisseur des murs. Dix réfrigérateurs en marche, des climatiseurs, des ventilateurs, télés, radios, le crépitement de l'électricité dans les résistances défectueuses des lampes fluorescentes, l'écoulement de l'eau dans la tuyauterie.

La porte du 4L avait été peinte en vert hôpital longtemps auparavant. Ancien, mais bien fait. Probablement un artisan, bien formé à la suite d'un long et pénible apprentissage. Le beau brillant avait été recouvert par des années de crasse. Les gaz d'échappement des bus, la graisse des cuisines, les particules des rails du métro. Il y avait un judas poussiéreux à peu près au niveau de la poitrine de Reacher. Le « 4 L » était constitué de deux éléments séparés en laiton moulé, solidement fixés avec des vis en laiton.

Reacher se tourna sur le côté et s'inclina. Mit l'oreille contre la fente, à l'endroit où la porte appuyait contre le jambage. Écouta un instant.

Puis se redressa.

Et chuchota :

– Il y a quelqu'un là-dedans.

37

Reacher se pencha en avant et écouta de nouveau.

– Droit devant. Une femme, qui parle.

Puis il se redressa et recula.

– Quelle est la disposition des lieux ?

– Une petite entrée, chuchota Pauling. Étroite les deux premiers mètres, le temps de dépasser la salle de bains. S'ouvrant peut-être sur le salon. Le salon fait dans les trois mètres cinquante de long. Sur le mur arrière, une fenêtre à gauche donnant sur la cour intérieure. Porte de cuisine sur la droite. La cuisine est dans un renfoncement. Environ deux mètres de profondeur.

Reacher acquiesça. Au pire, la femme était dans la cuisine, à huit mètres, au maximum, en ligne droite et à découvert de l'entrée. Au pire du pire, elle avait une arme à feu chargée près d'elle sur le comptoir et savait tirer.

– À qui parle-t-elle ? demanda Pauling.

– Je n'en sais rien, répondit-il en chuchotant.

– Ils sont là, non ?

– Ils seraient cinglés d'y être.

– Qui cela peut-il être d'autre ?

Reacher garda le silence.

– Que voulez-vous faire ?

– Et vous, comment vous la joueriez ?

– Un mandat de perquisition. Une équipe du SWAT[1]. Gilets pare-balles et bélier.

– Cette époque est révolue.

– Ne m'en parlez pas.

Reacher recula encore d'un pas. Montra la porte du 4R.

– Attendez ici, dit-il. Si vous entendez des coups de feu, appelez une ambulance. Sinon, suivez-moi deux mètres en arrière.

– Vous allez taper à la porte ?

– Non, dit-il. Pas exactement.

Encore un pas en arrière. Reacher faisait un mètre quatre-vingt-treize et pesait dans les cent quinze kilos. Chaussures faites à la main par une entreprise de Northampton, Angleterre, la Cheaney. Une meilleure affaire que des Church's, qui étaient pratiquement identiques mais plus chères à cause du nom. Le modèle que Reacher avait choisi s'appelait « Tenterden » – des richelieus marron en épais cuir grainé. Taille quarante-cinq. Les semelles étaient formées d'un matériau composite dense fabriqué par la Dainite. Reacher ne supportait pas les semelles en cuir. Elles s'usaient trop vite et restaient humides trop longtemps après la pluie. Les Dainite lui convenaient mieux. Les talons étaient constitués de cinq couches empilées sur trois centimètres d'épaisseur. Une couche de cuir Cheaney, une couche de Dainite, deux tranches de cuir dur Cheaney et une épaisse talonnette en Dainite.

Chaque chaussure pesait environ un kilo à elle seule.

La porte du 4L avait trois serrures. Trois verrous. Probablement solides. Peut-être même une chaîne à

---

1. Special Weapons and Tactics, équivalent du GIGN.

l'intérieur. Mais les équipements ne valent jamais mieux que le bois dans lequel ils sont fixés. La porte elle-même était probablement en sapin vieux d'un siècle. Même chose pour le cadre. Bon marché au départ, humide et gonflé pendant une centaine d'étés, sec et recroquevillé pendant une centaine d'hivers. Attaqué par les vers.

– Tenez-vous prête, chuchota-t-il.

Il mit tout le poids de son corps sur son pied arrière, regarda fixement la porte et fit un petit saut, comme un sauteur en hauteur qui vise le record. Puis il se lança. Un pas, puis un deuxième. Il écrasa son talon droit sur la porte, juste au-dessus de la poignée, le bois se fendit, de la poussière remplit l'air, la porte s'ouvrit brutalement et Reacher continua de courir sans marquer de pause. Deux pas l'emmenèrent au milieu du salon. Il s'arrêta net. Ne bougea plus. Observa. Lauren Pauling suivait juste derrière et s'arrêta à son épaule.

Observa.

L'appartement était disposé exactement comme Pauling l'avait prédit. Une cuisine en ruine juste en face, un salon de trois mètres cinquante de long sur la gauche, avec un canapé défraîchi et une fenêtre sombre donnant sur la cour intérieure. L'air était chaud, calme et sentait la pourriture. Dans l'encadrement de la porte de la cuisine, une femme lourdement bâtie dans une robe en coton informe. Elle avait de longs cheveux châtains avec la raie au milieu. D'une main, elle tenait une boîte de soupe en conserve et, de l'autre, une cuillère en bois. Ses yeux et sa bouche étaient béants de stupéfaction et de surprise. Elle essayait de crier, mais le choc avait chassé tout l'air de ses poumons.

Dans le salon, allongé sur le canapé défraîchi, un homme.

Un homme que Reacher n'avait jamais vu.

Malade, cet homme. Vieilli prématurément. Terriblement émacié. Il n'avait plus de dents. Peau jaune et luisante de fièvre. De ses cheveux il ne restait que quelques touffes grises.

Il n'avait plus de mains.

Ni de pieds.

– Hobart ? C'est vous ? demanda Pauling.

Plus rien au monde n'aurait pu surprendre l'homme sur le canapé. Trop tard. Au prix d'un grand effort, il bougea la tête et dit :

– Agent Pauling ! Quel plaisir de vous revoir !

Il avait encore sa langue. Mais avec ses seules gencives dans la bouche, son élocution était bredouillante et indistincte. Faible. Vague. Cela dit, il pouvait parler. Il pouvait parfaitement parler.

– Dee Marie Graziano ? reprit Pauling en regardant la femme.

– Oui, dit celle-ci.

– Ma sœur, dit Hobart.

– Mais bon sang, que vous est-il arrivé ? demanda Pauling en se tournant vers lui.

– L'Afrique, dit Hobart. Voilà ce qui m'est arrivé.

Il portait un jean tout neuf, bleu foncé. Un jean et une chemise. Les manches et les jambes étaient retroussées jusqu'au-dessus des moignons de ses poignets et de ses tibias, tous enduits d'une sorte de pommade claire. Les amputations avaient été cruelles et brutales. Reacher vit le bout d'un os jaune qui sortait de l'avant-bras, semblable à une touche de piano. On n'avait pas recousu les chairs sectionnées. Aucune chirurgie. Essentiellement, une grosse cicatrice massive. Comme des brûlures.

– Que s'est-il passé ? insista Pauling.

– C'est une longue histoire, répondit Hobart.

– Nous devons l'entendre, dit Reacher.

– Comment ? Le FBI va m'aider ? Maintenant ? Après avoir défoncé la porte de ma sœur ?

– Je ne suis pas du FBI, dit Reacher.

– Moi non plus, dit Pauling. Plus maintenant.

– Et vous êtes quoi alors ?

– Détective privée.

Le regard de Hobart se déplaça vers le visage de Reacher.

– Et vous ?

– Pareil, dit Reacher. Plus ou moins. À mon compte. Pas de licence. J'étais dans la PM.

Personne ne dit mot pendant une minute.

– J'étais en train de faire de la soupe, énonça enfin Dee Marie Graziano.

– Allez-y, dit Pauling. S'il vous plaît. On ne veut pas vous retenir.

Reacher recula dans l'entrée et referma la porte fracassée du mieux qu'il put. Quand il revint au salon, Dee Marie était à la cuisine et avait allumé un feu sous une casserole. Elle y versait la soupe de la boîte. En la remuant avec la cuillère au fur et à mesure qu'elle coulait. Pauling regardait toujours fixement l'homme rompu, abrégé, étendu sur le canapé.

– Que vous est-il arrivé ? demanda-t-elle pour la troisième fois.

– D'abord, il mange, lança Dee Marie.

38

La sœur de Hobart s'assit à côté de lui sur le canapé, lui cala la tête et lui donna la soupe à la cuillère, lentement et avec précaution. Hobart se léchait les lèvres après chaque cuillerée et, de temps à autre, faisait mine de lever l'une de ses mains manquantes pour essuyer une goutte qui lui tombait du menton. Il prenait d'abord un air perplexe pendant une fraction de seconde, puis attristé, comme s'il s'étonnait de la persistance du souvenir de gestes simples et usuels bien après qu'ils ne sont plus possibles. Chaque fois que cela se produisait, sa sœur attendait patiemment que le poignet sans main regagne sa place avant d'essuyer son menton avec une serviette, tendrement, avec amour, comme s'il s'agissait de son fils et non de son frère. La soupe était épaisse, à base d'un légume vert clair, du céleri ou des asperges peut-être, et lorsque le bol fut vide le torchon était franchement sale.

– Il faut qu'on parle, dit Pauling.

– De quoi ? demanda Hobart.

– De vous.

– Pas grand-chose à dire. Vous avez tout devant les yeux.

– Et d'Edward Lane, dit Reacher. Il faut qu'on parle d'Edward Lane.

– Où est-il ?

– À quand remonte la dernière fois que vous l'avez vu ?

– À cinq ans, dit Hobart. En Afrique.

– Que s'est-il passé là-bas ?

– J'ai été capturé vivant. Pas malin.

– Knight aussi ?

Hobart acquiesça.

– Knight aussi, oui, dit-il.

– Comment ? demanda Reacher.

– Déjà allé au Burkina Faso ?

– Je ne suis jamais allé en Afrique.

Hobart resta silencieux un long moment. Sembla vouloir se fermer comme une huître, puis parut changer d'avis et se mit à parler :

– C'était une guerre civile. Comme d'habitude. Nous devions protéger une ville. Comme d'habitude. Cette fois, il s'agissait de la capitale. On n'en connaissait même pas le nom. Je l'ai appris plus tard. Ouagadougou. Nous l'avions surnommée « O-Ville ». Vous étiez dans la PM, vous savez comment ça se passe. Les militaires se déploient outre-mer et changent les noms. Nous croyons le faire pour plus de clarté, mais en fait nous dépersonnalisons l'endroit, sur un plan psychologique. On se l'approprie, pour ne pas se sentir trop mal quand on le détruit.

– Que s'est-il passé ? demanda Pauling.

– O-Ville faisait à peu près la taille de Kansas City, dans le Missouri. Toute l'action se déroulait au nord-est. La lisière de la forêt se trouvait à environ un kilomètre cinq cents de la ville. Deux routes y entraient, deux radiales, comme les rayons d'une roue. L'une orientée nord/nord-est, l'autre est/nord-est. Nous les appelions les « routes d'une heure » et « de deux heures ». Comme le cadran d'une montre : si on considère que midi est orienté plein nord, une des routes pointait dans la direction d'une heure, et l'autre dans celle de deux heures. La route d'une heure était celle qui nous causait des soucis. Celle que les rebelles allaient emprunter. Sauf qu'ils ne l'emprunteraient pas vraiment. Qu'ils la longeraient dans la jungle. À six mètres du bas-côté. Et on ne les verrait jamais. Uniquement des fantassins, aucun équipement qui ne soit transportable à dos d'homme. Ils ramperaient dans les hautes herbes et on ne les verrait pas jusqu'à ce qu'ils franchissent la lisière de la forêt et se retrouvent à découvert.

– La lisière était à un kilomètre cinq cents ? dit Reacher.

– Exactement, dit Hobart. Pas de problème. Ils devaient traverser une étendue d'un kilomètre cinq cents à découvert et nous avions des mitrailleuses lourdes.

– Alors, où était le problème ?

– À leur place, qu'auriez-vous fait ?

– Je me serais décalé vers la gauche et je vous aurais débordés à l'est. Avec au moins la moitié de mes hommes, voire plus. Je serais resté dans les hautes herbes et je me serais déplacé pour vous attaquer depuis une position à, disons, quatre heures. Attaques synchronisées. Dans deux directions. Vous n'auriez pas su où était le front et où était le flanc.

Hobart hocha la tête. En un petit mouvement douloureux qui fit ressortir tous les tendons de son cou décharné.

– Exactement ce que nous avions anticipé, dit-il. Nous nous sommes dit qu'ils suivraient la route d'une heure avec la moitié des hommes sur l'accotement droit, et l'autre moitié sur le gauche. Nous nous sommes dit qu'à environ trois kilomètres la moitié de droite tournerait de quatre-vingt-dix degrés sur sa gauche pour tenter une manœuvre de débordement. Mais cela impliquait qu'environ cinq mille hommes allaient traverser la route de deux heures. Les rayons d'une roue, n'est-ce pas ? On les verrait. La route de deux heures était parfaitement rectiligne. Étroite, mais parfaitement découpée dans la forêt sur quatre-vingts kilomètres. On y voyait jusqu'à l'horizon. Ce serait comme d'observer un passage piétons à Times Square.

– Que s'est-il passé ? demanda Pauling.

– Knight et moi, on a toujours été ensemble. Dans les Reconnaissance. Nous nous sommes portés volontaires pour installer des postes d'observation. Nous avons rampé sur environ trois cents mètres, jusqu'au moment où nous avons trouvé deux trous qui convenaient. Des trous d'obus, qui dataient. On est toujours en train de se battre, par là-bas. Knight s'est installé avec un bon point de vue sur la route d'une heure et moi sur celle de deux heures. Le plan était que, s'ils n'essayaient pas de nous déborder sur le côté, on les prendrait de face, et si tout se passait bien le reste de notre troupe pourrait nous rejoindre. Si leur offensive était plus sérieuse, Knight et moi devions nous replier jusqu'aux limites de la ville pour établir une ligne de défense secondaire à ce niveau. Et si je voyais la manœuvre de débordement se dérouler, nous devions nous replier immédiatement pour nous réorganiser sur deux fronts.

– Qu'est-ce qui n'a pas fonctionné ? demanda Reacher.

– J'ai commis deux erreurs, dit Hobart.

Quatre petits mots, mais les efforts fournis pour les

dire parurent l'achever. Il ferma les yeux, ses lèvres se serrèrent sur ses gencives édentées et sa poitrine se mit à siffler.

– Il a le paludisme et la tuberculose, dit sa sœur. Vous l'épuisez.

– Est-il suivi ? demanda Pauling.

– Nous n'avons pas de mutuelle. Les AC aident un peu. Sinon, je l'emmène aux urgences de l'hôpital St Vincent.

– Comment ? Comment lui faites-vous monter et descendre les escaliers ?

– Je le porte. Sur mon dos.

Hobart toussa fort et un filet de bave teintée de sang coula sur son menton. Il leva son poignet sectionné en l'air et s'essuya avec ce qui lui restait de biceps. Puis il ouvrit les yeux.

– Quelles ont été ces deux erreurs ? lui demanda Reacher.

– Ils ont commencé par une diversion, dit Hobart. Une dizaine d'hommes détachés sont sortis des arbres à environ un kilomètre cinq cents de Knight. Ils cherchaient la mort ou la gloire – vous voyez ce que je veux dire. Ils couraient en tirant au jugé. Knight les a laissés courir sur environ quatorze cents mètres, puis il les a tous descendus avec son fusil. Je ne le voyais pas. Il était à peu près à cent mètres, mais le terrain était accidenté. J'ai rampé jusqu'à lui pour vérifier que tout allait bien.

– Et… ?

– Tout allait bien.

– Aucun de vous n'était blessé ?

– Blessé ? Loin de là.

– Mais il y avait eu des tirs d'armes légères.

– Un peu.

– Continuez.

– En arrivant à la position de Knight, je me suis rendu compte que je voyais encore mieux la route de deux heures de son trou que du mien. Et aussi que, quand les tirs commencent, mieux vaut être à deux. Être couvert pour recharger ou si une arme s'enraye. Ce fut ma première erreur. Me mettre dans la même cachette que Knight.

– Et la seconde ?

– Croire ce qu'Edward Lane m'a dit.

39

– Que vous a-t-il dit ?

Hobart fut incapable de répondre pendant une minute. Il était aux prises avec une nouvelle quinte de toux. Sa cage thoracique se soulevait péniblement. Ses membres amputés battaient l'air inutilement. Du sang et un épais mucus jaune maquillaient ses lèvres. Dee Marie se replia vers la cuisine, rinça son torchon et remplit un verre d'eau. Puis elle essuya le visage de son frère avec beaucoup de délicatesse et le fit boire au verre. Elle le prit ensuite par les aisselles et le souleva pour qu'il se redresse. Il toussa encore deux fois puis il s'arrêta tandis que le mucus redescendait dans ses poumons.

– Question d'équilibre, expliqua Dee Marie, à personne en particulier. Sa poitrine doit rester dégagée, mais trop tousser l'épuise.

– Hobart, reprit Reacher, que vous a dit Lane ?

Hobart haleta quelques instants et soutint le regard de Reacher pour lui demander silencieusement de patienter.

– Environ trente minutes après cette première diversion, Lane s'est pointé à la cachette de Knight. Il a eu l'air surpris de m'y trouver aussi. Il a vérifié que Knight allait bien et lui a ordonné de continuer la mission. Puis il s'est tourné vers moi pour me dire qu'il savait de source sûre que nous allions voir des hommes traverser la route de deux heures, mais qu'il s'agirait de troupes gouvernementales venant de la brousse et effectuant un mouvement circulaire pour nous soutenir à l'arrière. Il a ajouté que ces hommes avaient marché de nuit et qu'ils progressaient lentement, en se dissimulant, parce qu'ils étaient tout près des rebelles. Les deux parties cheminaient sur des voies parallèles séparées d'à peine quarante mètres. Aucun risque de contact visuel à cause de la densité de la végétation, mais ils faisaient attention au bruit. Lane m'a donc dit de rester assis, de surveiller la route et de me contenter de les compter quand ils traverseraient, et plus j'en verrais, mieux ce serait, car il s'agissait de nos alliés.

– Et vous les avez vus ?

– Des milliers et des milliers, j'en ai vu. Une armée en haillons. Tous à pied, sans moyen de transport, puissance de feu correcte, des tas de pistolets automatiques Browning, quelques M60, quelques mortiers légers. Ils traversaient en rang par deux et il leur a fallu des heures.

– Et ensuite ?

– On est restés assis. Toute la journée et une partie de la nuit. Et puis l'enfer s'est déchaîné. On avait des lunettes de visée nocturne et on voyait tout ce qui se passait. À peu près cinq mille types sont sortis des arbres, se sont rassemblés sur la route d'une heure et ont commencé à marcher droit sur nous. Au même moment, cinq mille autres sont sortis de la brousse un peu au sud de la position « quatre heures » et sont venus droit sur nous eux aussi. Les mêmes types que ceux que j'avais déjà comptés. Et ce n'étaient pas des troupes gouvernementales. Mais des rebelles. Les informations de Lane étaient erronées. Enfin, c'est ce que j'ai d'abord cru. Plus tard, j'ai compris qu'il m'avait menti.

– Que s'est-il passé ? demanda Pauling.

– Au début, rien n'avait de sens. Les rebelles tiraient de bien trop loin. L'Afrique est un grand continent, mais la plupart des tireurs l'avaient probablement ratée. À ce stade, Knight et moi étions plutôt détendus. Les plans, c'est de la connerie. À la guerre, on improvise toujours. On s'attendait à un contre-feu de l'arrière qui nous permettrait de nous replier. Mais il n'est jamais venu. Je m'étais tourné et je regardais fixement la ville derrière nous. À trois cents mètres à peine. Mais complètement obscure et silencieuse. Et quand je me suis retourné j'ai vu dix mille types qui déboulaient. De deux directions différentes et faisant un angle de quatre-vingt-dix degrés entre elles. Nuit noire. Soudain, j'ai eu le sentiment que Knight et moi étions les deux derniers Occidentaux du pays. De fait, j'avais certainement raison. Voilà comment j'ai recollé les morceaux, plus tard : Lane et le reste de la troupe avaient largué les amarres douze heures plus tôt. Il avait dû sauter dans sa Jeep sitôt revenu de sa petite visite chez nous. Embarquer tout le monde et filer plein sud jusqu'à la frontière avec le Ghana. Continuer jusqu'à l'aéroport de Tamale, là où nous étions arrivés.

– Ce que nous devons comprendre, c'est pourquoi il a agi ainsi, dit Reacher.

– Facile, répondit Hobart. J'ai eu tout le temps d'y réfléchir après, vous pouvez me croire. Lane nous a abandonnés parce qu'il voulait que Knight meure. Je me suis simplement trouvé dans la mauvaise cachette, c'est tout. Dommage collatéral.

– Pourquoi Lane voulait-il que Knight meure ?

– Parce que Knight avait tué sa femme.

40

– Knight vous l'a-t-il avoué directement ? demanda Pauling.

Hobart ne répondit pas. Il se contenta d'agiter le moignon de son poignet droit, faiblement, vaguement, d'un petit geste dédaigneux.

– A-t-il reconnu avoir tué Anne Lane ?

– Il a reconnu des centaines de milliers de choses différentes, répondit Hobart en souriant tristement. Il fallait y être. Il fallait voir comment c'était. Knight a divagué pendant quatre ans. Il a été complètement timbré pendant trois ans. Moi aussi, probablement.

– C'était comment ? demanda Pauling. Racontez-nous.

– Je ne veux pas l'entendre une fois de plus, lança Dee Marie Graziano. Je ne supporterai pas. Je sors.

Pauling ouvrit son sac et en tira son portefeuille. Préleva une partie de sa liasse. Sans compter. Tendit les billets en éventail à Dee Marie.

– Achetez-lui quelque chose, dit-elle. À manger, des médicaments, ce qu'il faut.

– Vous ne pouvez pas acheter son témoignage.

– Ce n'est pas ça. J'essaie seulement d'aider.

– Je n'aime pas la charité.

– Eh bien, prenez sur vous, dit Reacher. Votre frère a besoin de tout ce qu'on peut lui donner.

– Prends, Dee, lança Hobart. Et achète-toi aussi quelque chose.

Dee Marie haussa les épaules et prit l'argent. Le fourra dans la poche de sa robe, ramassa ses clés et sortit. Reacher entendit la porte d'entrée s'ouvrir. Les gonds grinçaient à cause des dommages subis. Il s'avança jusqu'à l'entrée.

– On devrait faire venir un menuisier, dit Pauling dans son dos.

– Appelez le gérant soviétique de la 6ᵉ Avenue, dit Reacher. Il avait l'air compétent et je suis sûr qu'il bricole au noir.

– Vous croyez ?

– Il était dans l'armée rouge en Afghanistan. Il ne flanchera pas en voyant un type sans mains ni pieds.

– Vous parlez de moi ? cria Hobart.

– Vous avez de la chance d'avoir une sœur comme la vôtre, lui renvoya Reacher en retournant avec Pauling dans le salon.

Hobart acquiesça. Même mouvement, lent et douloureux.

– Mais c'est dur pour elle, dit-il. Vous comprenez… La salle de bains, tout ça… Elle voit des choses qu'une sœur ne devrait pas voir.

– Parlez-nous de Knight. Parlez-nous de tout ce bordel.

Hobart reposa la tête sur le coussin du canapé. Fixa le plafond des yeux. Sa sœur partie, il donnait l'impression de se détendre. Son corps ravagé se posait et se calmait.

– C'était vraiment un instant exceptionnel, dit-il. Tout d'un coup, nous avons eu la certitude d'être seuls, à dix mille contre deux, en pleine nuit, en pleine cambrousse, au beau milieu d'un pays où nous n'avions pas le droit d'être. Je veux dire… On a beau penser avoir déjà été dans la merde avant, on se rend compte qu'on n'avait absolument aucune idée de ce que ça veut dire d'être dans la merde. Au début, nous n'avons rien fait. Puis nous nous sommes regardés. C'est le dernier moment de réelle tranquillité que j'ai connu. Nous nous sommes regardés et je crois que nous avons décidé sans nous le dire de mourir les armes à la main. « Mieux vaut mourir », avons-nous pensé. On doit tous mourir un jour, ça nous donnait une bonne occasion. Alors nous avons ouvert le feu. On devait se dire qu'ils nous balanceraient quelques obus de mortier et que ça serait la fin. Mais non. Ils se sont contentés d'avancer, par groupes de dix ou vingt, et nous, on continuait à tirer et on les descendait. Par centaines. Mais ils avançaient toujours. Maintenant, je me dis qu'il s'agissait d'une tactique. Notre équipement a commencé à nous poser des problèmes et ils savaient que ça arriverait. Les canons de nos M60 étaient en surchauffe. Nous allions être à court de munitions. On n'avait que celles qu'on avait pu apporter. Quand ils l'ont senti, ils se sont tous mis à charger. « Très bien, me suis-je dit, allez-y. » Je pensais que les balles ou les baïonnettes à bout portant feraient aussi bien l'affaire que les obus à distance.

Il ferma les yeux et la petite pièce s'enfonça dans le silence.

– Mais… ? dit Reacher.

Hobart rouvrit les yeux.

– Mais ça ne s'est pas passé comme ça. Ils se sont approchés jusqu'au bord du trou et se sont arrêtés, debout. Et ont attendu au clair de lune. Nous ont regardés en train de chercher partout des chargeurs de rechange. On n'en avait plus. À ce moment-là, la foule s'est écartée et une espèce d'officier s'est avancé. Il nous a regardés de haut et nous a souri. Visage noir, dents blanches, sous la lune. Un vrai choc. Nous nous sommes dit : « On a déjà été dans la merde avant, mais ce n'était rien. Voilà ce qui s'appelle être dans la merde. On vient de tuer des centaines de leurs hommes et ils sont sur le point de nous capturer. »

– Comment ça s'est passé ?

– Étonnamment bien, au début. Ils nous ont pris tous nos objets de valeur sur-le-champ. Et puis ils nous ont flanqué une petite rouste pendant quelques minutes, mais rien de sérieux. J'avais reçu bien pire de la part de sous-offs en camp d'entraînement. Nous avions des petits drapeaux américains sur nos uniformes de combat, et je me suis dit que ça valait peut-être quelque chose. Les premiers jours, tout était chaotique. Ils nous gardaient enchaînés en permanence, plus par nécessité que par cruauté. Ils n'avaient pas de prison. Ils n'avaient rien, en fait. Ils vivaient dans la brousse depuis des années. Aucune infrastructure. Mais ils nous donnaient à manger. Bouffe repoussante, mais identique à la leur, et c'est l'intention qui compte. Une semaine plus tard, quand il est devenu clair que le putsch avait réussi, ils se sont installés dans O-Ville même et nous ont emmenés avec eux pour nous mettre dans la prison de la ville. Nous sommes restés dans une aile à part pendant quatre semaines. On se disait qu'ils négociaient peut-être avec Washington. On entendait des horreurs se produire partout ailleurs dans le bâtiment, mais on pensait que nous étions différents. L'un dans l'autre, le premier mois, ç'a été comme un jour à la plage, comparé à la suite.

– Que s'est-il passé ensuite ?

– Ils ont laissé tomber Washington, ou ont cessé de nous trouver différents, parce qu'ils nous ont retirés de notre aile et nous ont balancés avec les autres. Et là, c'était moche. Vraiment moche. Incroyablement peuplé, de la saleté, des maladies, pas d'eau potable, pratiquement rien à manger. En un mois, on est devenus des squelettes. En deux, des sauvages. J'ai passé six mois sans m'allonger tellement la première cellule était pleine. On était littéralement dans la merde jusqu'aux chevilles. Il y avait des vers. Les gens crevaient de maladie et de faim. Et puis ils nous ont fait passer en jugement.

– En jugement ?

– Je crois bien. Crimes de guerre, probablement. Je n'ai aucune idée de ce qu'ils disaient.

– Ils ne parlaient pas français ?

– Ça, c'est bon pour le gouvernement et les diplomates. Tous les autres parlaient des dialectes tribaux. Deux heures de bruit en ce qui me concerne. Et puis ils nous ont condamnés. Ils nous ont ramenés à la grande baraque, et là, nous nous sommes rendu compte que la partie où nous étions avant devait être le carré VIP. Nous nous sommes retrouvés mélangés à la population générale et c'était encore pire. Deux mois plus tard, j'ai cru toucher le fond. Mais je me trompais. À cause de mon anniversaire.

– Que s'est-il passé le jour de votre anniversaire ?

– Ils m'ont fait un cadeau.

– À savoir ?

– Un choix.

– Lequel ?

– Ils ont sorti environ une douzaine de types. Je me suis dit qu'on était tous nés le même jour. Ils nous ont emmenés dans une cour. La première chose que j'ai remarquée, c'était un gros seau plein de goudron sur un réchaud à propane. Il bouillonnait. Très fort. Je me suis rappelé l'odeur de quand j'étais gamin, quand on refaisait les routes là où j'habitais. Ma mère croyait en une vieille superstition qui disait que si un enfant reniflait les vapeurs de goudron, il serait protégé de la toux et des rhumes. Elle nous envoyait à la chasse aux camions. Et donc, je connaissais parfaitement cette odeur. À côté du seau se trouvait un gros bloc de pierre, noir de sang. Une espèce de grand garde a saisi une machette et s'est mis à hurler en direction du premier type dans la queue. Je n'avais aucune idée de ce qu'il racontait. Le type à côté de moi parlait un peu anglais et m'a traduit. Le garde disait qu'on devait faire un choix. Trois, en fait. Pour fêter notre anniversaire, nous allions perdre un pied. Premier choix, gauche ou droit. Deuxième choix, short ou pantalon. C'était une blague. Pour dire qu'on pouvait être amputé au-dessus ou au-dessous du genou. Comme on voulait. Troisième choix, on pouvait utiliser le seau ou pas. Au choix. Si on y plongeait le moignon, le goudron bouillant pourrait sceller les artères et cautériser la plaie. Sinon, on saignerait à mort. Au choix. Mais le garde disait qu'on devait se dépêcher de choisir. Il ne fallait pas traîner et faire attendre les suivants.

Silence dans la petite pièce. Personne ne parla. Aucun bruit à part ceux, faibles et incongrus, des sirènes de New York au loin.

– J'ai choisi le gauche, le pantalon et le seau.

41

Pendant un long moment, le salon fut aussi calme
qu'une tombe. Hobart faisait rouler sa tête d'un côté à
l'autre pour soulager son cou. Reacher s'assit sur une
petite chaise près de la fenêtre.

– Douze mois plus tard, pour mon anniversaire,
reprit Hobart, j'ai choisi le droit, le pantalon et le seau.

– Ils ont fait pareil avec Knight ? demanda Reacher.

Hobart acquiesça.

– On se croyait proches, avant. Mais certaines
choses vous unissent encore plus étroitement.

Pauling s'était appuyée à l'encadrement de la porte
de la cuisine, blanche comme un linge.

– Knight vous a-t-il parlé d'Anne Lane ?

– Il m'a parlé d'un tas de trucs. Mais rappelez-vous
qu'on traversait des moments vraiment difficiles. On
était malades et affamés. Infectés. Paludisme et dysen-
terie. On passait des semaines d'affilée à délirer à
cause de la fièvre.

– Que vous a-t-il dit ?

– Il m'a dit qu'il avait tué Anne Lane dans le New
Jersey.

– Vous a-t-il dit pourquoi ?

– Il m'a donné tout un tas de raisons différentes.
Une par jour. Des fois, c'était parce qu'il avait eu une

liaison avec elle, qu'elle avait rompu et qu'il était furieux. D'autres fois, c'était Lane qui était furieux contre elle et qui lui avait demandé de la tuer. Ou alors, il travaillait pour la CIA. Une fois, il m'a dit qu'elle venait d'une autre planète.

— Est-ce qu'il l'a enlevée ?

Hobart hocha la tête, lentement, douloureusement.

— Il l'a emmenée jusqu'au magasin, mais ne s'est pas arrêté. Il s'est contenté de sortir une arme et de continuer, jusqu'au New Jersey. Et là, il l'a tuée.

— Immédiatement ? demanda Pauling.

— Oui, immédiatement. Elle était morte un jour avant que vous n'entendiez parler d'elle. Vous n'avez rien provoqué avec vos procédures. Il l'a tuée ce matin-là et il est revenu attendre devant le magasin jusqu'à ce qu'il soit l'heure de donner l'alarme.

— Impossible, dit Pauling. Son relevé de télépéage montre qu'il n'a pas franchi de pont ni de tunnel ce jour-là.

— Arrêtez ! dit Hobart. Il suffit d'enlever la vignette du pare-brise et de la ranger dans le paquet métallisé dans lequel on vous l'a envoyée. Et ensuite, de payer en liquide.

— Vous étiez vraiment à Philadelphie ? demanda Reacher.

— Oui, vraiment, répondit Hobart.

— Saviez-vous ce que Knight allait faire ?

— Non, pas du tout.

— Qui a imité la voix d'Anne au téléphone ? demanda Pauling. Qui a organisé la remise de rançon ?

— Des fois, Knight disait que c'étaient des potes à lui. D'autres fois, que c'était Lane qui s'était occupé de tout.

— Quelle version vous a paru la plus vraisemblable ?

257

La tête de Hobart tomba sur sa poitrine et s'inclina à gauche. Il regarda fixement le plancher.

– Je peux faire quelque chose ? demanda Reacher.

– Je regarde vos chaussures, c'est tout, dit Hobart. J'aime les belles chaussures. Enfin… j'aimais.

– On vous mettra des prothèses. Vous pourrez porter des chaussures avec.

– Pas les moyens. Ni pour les prothèses ni pour les chaussures.

– Quelle est la vérité pour Anne Lane ?

Hobart remit sa tête sur le coussin afin de pouvoir regarder Pauling en face. Puis il sourit, tristement.

– La vérité sur Anne Lane ? dit-il. J'y ai beaucoup pensé. Croyez-moi, j'en étais véritablement obsédé. C'était la question au centre de mon existence, à la racine de tout ce qui m'arrivait. Pour le troisième anniversaire que j'ai passé là-bas, ils m'ont ramené dans la cour. Le second choix a été formulé légèrement différemment. Manches longues ou courtes ? Ce qui était stupide, vraiment. Personne n'a jamais choisi les manches courtes. Non mais, qui ferait ce choix ? J'ai vu un millier d'amputés là-bas et personne n'a jamais choisi de l'être au-dessus du coude.

Silence dans la pièce.

– Les trucs qu'on se rappelle… dit Hobart. La puanteur du sang, le seau de goudron et la pile de mains sectionnées derrière le gros bloc de pierre. Un tas de mains noires et une petite main blanche.

– Quelle est la vérité pour Anne ?

– Le plus dur, c'était d'attendre. J'ai passé un an à observer ma main droite. À lui faire faire des choses. Fermer le poing, étendre les doigts, me gratter avec les ongles.

– Pourquoi Knight a-t-il tué Anne Lane ?

258

– Ils n'étaient pas amants. Pas possible. Ce n'était pas le genre de Knight. Je ne dis pas qu'il aurait eu des scrupules. Simplement, il était un peu timide avec les femmes. Il se débrouillait avec les roulures et les racoleuses dans les bars, mais Anne Lane était à des années-lumière de ça. Elle avait de la classe, de la personnalité, de l'énergie, elle savait qui elle était. Elle était intelligente. Elle n'aurait pas été intéressée par ce que Knight pouvait lui proposer. Pour rien au monde. Et Knight ne lui aurait rien proposé de toute façon parce que Anne était la femme de l'officier commandant. C'est le plus fort des tabous pour un combattant américain. On peut voir ça au cinéma, peut-être, mais pas en vrai. Ça n'arriverait pas, et, même dans le cas contraire, Knight aurait été le dernier Marine à tenter le coup.

– Sûr ?

– Je le connaissais vraiment bien. Il n'avait pas le genre de potes capables de trafiquer des voix. Certainement pas une voix de femme. Il n'avait pas d'amie femme. Aucun ami en dehors de moi et de son unité. Pas vraiment. Personne de suffisamment proche pour ce genre de boulot. Quel Marine en aurait ? C'est là que j'ai compris qu'il me baratinait. Il ne connaissait personne à aller voir au débotté pour lui dire : « Allez, viens, aide-moi à monter un enlèvement bidon. »

– Pourquoi a-t-il essayé de vous baratiner ?

– Parce qu'il a compris avant moi que la réalité était terminée pour nous. Aucune différence entre la réalité et le rêve à ce stade. Tous deux avaient la même valeur. Il s'amusait, tout simplement. Peut-être qu'il essayait de m'amuser aussi. Mais je passais mon temps à tout analyser. Il m'a donné toute une ribambelle de raisons, de faits et de scénarios et je les ai tous vérifiés avec

259

attention dans ma tête pendant cinq longues années, et la seule histoire qui m'a vraiment convaincu était que Lane avait tout organisé parce que Anne voulait le quitter. Elle voulait divorcer, elle voulait une pension alimentaire, et l'ego de Lane ne pouvait pas le supporter. Alors, il l'a fait tuer.

– Pourquoi Lane aurait-il voulu que Knight meure si ce dernier n'avait fait que lui obéir ?

– Lane couvrait ses arrières. Il nettoyait derrière lui. Et il évitait de devoir quoi que ce soit à quiconque. C'était la raison principale, en fait. Tout bien réfléchi, c'était même la seule. Un type comme Lane a un ego qui l'en rend incapable. Devoir quelque chose à quelqu'un, non.

Silence dans la pièce.

– Qu'est-il arrivé à Knight à la fin ? demanda Reacher.

– Son quatrième anniversaire, dit Hobart. Il n'a pas choisi le seau. Il ne voulait plus continuer. Cette lopette m'a lâché. Tu parles d'un Marine !

42

Dix minutes plus tard, Dee Marie Graziano rentra chez elle. L'interphone du couloir sonna et elle demanda de l'aide pour monter les courses. Reacher descendit les trois étages et remonta quatre sacs à l'appartement. Dee Marie les déballa dans la cuisine. Elle avait acheté beaucoup de soupes, du Jell-O, des antalgiques et des crèmes antiseptiques.

– On nous a dit que Kate Lane avait reçu de la visite dans les Hamptons, lança Reacher.

Dee Marie garda le silence.

– C'était vous ? demanda Reacher.

– Je suis d'abord allée au Dakota, répondit-elle. Mais le portier m'a dit qu'ils étaient partis.

– Et donc, vous les avez suivis.

– Deux jours plus tard. Nous avons décidé que je devais le faire. Ç'a été une longue journée. Très chère.

– Vous êtes allée prévenir la numéro deux.

– Nous pensions qu'il fallait lui montrer ce dont son mari était capable.

– Comment a-t-elle réagi ?

– Elle a écouté. Nous avons marché sur la plage et elle écoutait ce que j'avais à lui dire.

– Rien d'autre ?

– Elle a tout encaissé. Sans beaucoup réagir.

– Vous avez été catégorique ?

– J'ai dit que nous n'avions aucune preuve. Et aucun doute non plus.

– Et elle n'a pas réagi ?

– Elle s'est contentée d'encaisser. En m'accordant son attention.

– Vous lui avez parlé de votre frère ?

– Il fait partie de l'histoire. Elle a écouté. Sans rien dire. Elle est belle et riche. Ces gens-là sont différents. Ce qui ne leur arrive pas à eux n'arrive pas du tout.

– Qu'est-il arrivé à votre mari ?

– Vinnie ? L'Irak, voilà ce qui lui est arrivé. Fallouja. Un engin piégé sur le bas-côté de la route.

– Je suis désolé.

– On m'a dit qu'il était mort sur le coup. Mais c'est ce qu'on dit toujours.

– Et des fois c'est vrai.

– J'espère que c'était le cas. Juste pour cette fois.

– Armée ou milice privée ?

– Vinnie ? L'armée. Il haïssait les milices.

*

Reacher laissa Dee Marie dans la cuisine et revint dans le salon. La tête de Hobart reposait en arrière et ses lèvres étaient figées en un rictus. Son cou était mince avec des tendons saillants. Douloureusement maigre, son torse semblait étrangement long par rapport à ses membres amputés.

– Besoin de quelque chose ? lui demanda Reacher.

– Question idiote, lui renvoya Hobart.

– Qu'est-ce que le trois de trèfle peut bien vouloir dire, d'après vous ?

– Knight.

– Comment ça ?

– Le trois était son chiffre fétiche. Et « Trèfle », son surnom dans l'armée. Parce qu'il aimait faire la fête et à cause du jeu de mots sur son nom. « *Knight club* », « *night-club* »[1]. Et voilà. On l'appelait Trèfle, dans le temps.

– Il avait laissé une carte à jouer sur le corps d'Anne Lane. Le trois de trèfle.

– C'est pas vrai ?! Il me l'avait dit. Je ne l'ai pas cru. Je pensais qu'il en rajoutait. Comme dans un livre ou un film.

Reacher ne dit rien.

– Il faut que j'aille aux toilettes, dit Hobart. Appelez Dee.

– Je m'en occupe, dit Reacher. On va laisser Dee tranquille.

Il avança, saisit l'avant de la chemise de Hobart et le redressa. Glissa un bras sous ses épaules. S'accroupit, passa l'autre bras sous ses genoux et le souleva du canapé. Hobart était léger comme une plume. Pas loin de quarante-cinq kilos. Il ne restait plus grand-chose de lui.

Reacher l'amena à la salle de bains, saisit de nouveau l'avant de sa chemise à une main et le tint en l'air, verticalement, comme une poupée de chiffons. Défit son pantalon et le lui baissa.

– Vous avez déjà fait ça, dit Hobart.

– J'étais dans la PM, dit Reacher. J'ai déjà tout fait.

*

1. En anglais, la couleur « trèfle » aux cartes se dit « *club* », et « *knight* » se prononce comme « *night* ».

Reacher replaça Hobart sur le canapé et Dee Marie lui redonna de la soupe. Et se servit du même torchon humide pour lui essuyer le menton.

– J'ai quelque chose d'important à vous demander à tous les deux, dit Reacher. Il faut que je sache où vous êtes allés et ce que vous avez fait ces quatre derniers jours.

Dee Marie répondit. Pas de ruse, pas d'hésitation, rien qui sonnait faux ou trop préparé. La simple narration linéaire, légèrement incohérente et donc parfaitement convaincante, de quatre jours ordinaires dans un cauchemar longue durée. Ils avaient débuté par le séjour de Hobart à l'hôpital St Vincent. Dee Marie l'avait emmené aux urgences la nuit précédente à cause d'une crise aiguë de paludisme. Le médecin l'avait mis sous perfusion pendant quarante-huit heures. Dee Marie était restée avec lui la majeure partie du temps. Ensuite elle l'avait ramené à la maison en taxi et l'avait remonté sur son dos jusqu'au troisième. Ils étaient seuls dans l'appartement depuis lors, mangeant ce qu'il y avait dans les placards de la cuisine, sans rien faire ni voir personne jusqu'à ce que leur porte soit fracassée et que Reacher atterrisse au milieu du salon.

– Pourquoi voulez-vous savoir ça ?

– La nouvelle Mme Lane a été enlevée. Avec sa fille.

– Vous avez cru que c'était moi ?

– Pendant un temps.

– Réfléchissez encore un peu.

– C'est fait.

– Et pourquoi j'aurais fait ça ?

– Pour vous venger. Pour vous enrichir. La rançon se montait à exactement la moitié du paiement reçu au Burkina Faso.

– J'aurais tout demandé.

– Moi aussi.

– Mais je ne m'en serais pas pris à une femme et une gosse.

– Moi non plus.

– Alors, pourquoi avoir pensé à moi ?

– Nous avons eu quelques informations sur vous et sur Knight. Nous avons entendu parler de mutilations. Rien de précis. Et d'un homme à la langue coupée. Parfois, deux plus deux égale trois. Nous avons pensé qu'il s'agissait de vous.

– La langue coupée ? dit Hobart. J'aimerais bien. Je ferais tout de suite l'échange.

Et il ajouta :

– Mais ça, c'est une pratique qui vient d'Amérique du Sud. Brésil, Colombie, Pérou. Peut-être de Sicile. Pas d'Afrique. Impossible de faire rentrer une machette dans la bouche de quelqu'un. Les lèvres, à la rigueur. J'ai déjà vu ça. Ou même les oreilles. Mais pas la langue.

– Nous vous prions de nous excuser, dit Pauling.

– Il n'y a pas de mal, dit Hobart.

– On fera réparer la porte.

– Oui, j'aimerais autant.

– Et nous vous aiderons, dans la mesure du possible.

– J'aimerais bien aussi. Mais occupez-vous d'abord de la femme et de la fille.

– Nous pensons qu'il est déjà trop tard.

– Ne dites pas ça. Tout dépend de l'identité des ravisseurs. Tant qu'il y a de la vie, il y a de l'espoir. L'espoir m'a fait vivre pendant cinq années terribles.

*

Reacher et Pauling laissèrent Hobart et Dee Marie ensemble sur leur canapé usagé, le bol de soupe à moitié fini. Ils descendirent les trois étages jusqu'à la rue et se retrouvèrent dans les ombres de l'après-midi d'une merveilleuse journée de fin d'été. La circulation progressait bruyamment dans la rue, lente et coléreuse. Les klaxons beuglaient et les sirènes aboyaient. Des piétons pressés les évitaient sur le trottoir.

– Huit millions d'histoires dans la ville nue[1], dit Reacher.

– Et on n'a pas avancé, ajouta Pauling.

---

1. Phrase tirée du film sur New York *La Cité sans voiles*, réalisé en 1948 par Jules Dassin.

43

Reacher l'emmena vers le nord, le long de Hudson Street. Ils traversèrent Houston, jusqu'au pâté de maisons situé entre Clarkson et Leroy.

– Je crois que l'homme à la langue coupée habite près d'ici, dit-il.

– Avec vingt mille autres, dit Pauling.

Reacher ne répondit rien.

– Et maintenant ? reprit-elle.

– On repart de zéro. Nous avons perdu du temps, c'est tout. De l'énergie aussi. C'est de ma faute. J'ai été bête.

– Pourquoi ?

– Vous avez vu comment Hobart était habillé ?

– Un jean neuf et pas cher.

– Le type que j'ai vu partir avec la voiture portait un jean usagé. Les deux fois. Vieux, doux, délavé, usé, déteint, confortable. Le gérant soviétique a dit la même chose. Le vieux Chinois aussi. Impossible que ce gars-là rentre tout juste d'Afrique. Ni d'ailleurs. Il faut des années pour qu'un jean et une chemise prennent cet aspect. Le type que j'ai vu vient de passer cinq ans tranquillement chez lui, à faire sa lessive, pas cloîtré dans une prison digne d'un enfer.

Pauling ne dit rien.

– Vous pouvez y aller, maintenant, reprit Reacher. Vous avez trouvé ce que vous cherchiez. Vous n'êtes pour rien dans la mort d'Anne Lane. Elle était morte avant même que vous entendiez parler d'elle. Vous pouvez dormir tranquille.

– Oui, mais mal. Parce que je ne peux rien faire contre Edward Lane. Le témoignage de Hobart n'a aucune valeur.

– Parce que c'est du ouï-dire ?

– Le ouï-dire peut suffire. Une déclaration de Knight juste avant de mourir serait admissible parce que le tribunal supposerait qu'il n'avait aucune raison de mentir sur son lit de mort.

– Et alors ? Où est le problème ?

– Il ne s'agit pas de la déclaration d'un mourant. Il s'agit d'une douzaine d'élucubrations aléatoires réparties sur une période de quatre ans. Hobart en a choisi une, c'est tout. Et il admet aisément qu'aussi bien lui que Knight étaient comme fous la plupart du temps. On me jetterait du tribunal à grands coups d'éclats de rire – littéralement.

– Mais vous l'avez cru.

Elle acquiesça :

– Sans aucun doute.

– Alors, contentez-vous de ce que vous avez. Et Patti Joseph aussi. J'irai lui raconter.

– Vous vous en contentez, vous ?

– J'ai dit que vous pouviez partir. Pas moi. Pas encore. Mon emploi du temps est de plus en plus chargé.

– Je reste.

– C'est vous qui choisissez.

– Je sais. Vous voulez que je reste ?

Il la regarda. Et répondit, honnêtement :

– Oui. Oui.

– Bon, je continue.

– Épargnez-moi simplement vos scrupules. Cette affaire ne se réglera pas au tribunal avec la déclaration d'un mourant.

– Comment se réglera-t-elle ?

– Le premier colonel avec lequel je me suis vraiment disputé, je lui ai collé une balle dans la tête. Et, pour l'instant, j'apprécie Lane bien moins que ce type-là. C'était quasiment un saint comparé à lui.

– Je vous accompagne chez Patti Joseph.

– Non. Je vous y retrouve, dit-il. Dans deux heures. Il faut qu'on se sépare.

– Pourquoi ?

– Je vais essayer de me faire tuer.

*

Pauling lui dit qu'elle serait dans le hall du Majestic d'ici deux heures et se dirigea vers le métro. Reacher se mit à marcher vers le nord dans Hudson Street, ni vite ni lentement, au milieu du trottoir de gauche. Douze étages au-dessus de lui et dix mètres derrière son épaule gauche se trouvait une fenêtre orientée au nord. Un épais tissu noir l'obturait. Le tissu avait été retourné sur un quart de sa largeur pour créer une fente haute et étroite, comme si quelqu'un dans la pièce voulait voir la ville, au moins en partie.

Reacher traversa Morton Street, Barrow et Christopher. Une fois dans la 10ᵉ Rue Ouest, il commença à zigzaguer dans les rues étroites et bordées d'arbres du Village, se dirigeant vers l'est pendant un pâté de maisons, puis vers le nord, vers l'ouest, et de nouveau vers le nord. Il arriva en bas de la 8e Avenue et mit quelque temps cap au nord, puis il repartit en zigzag dans la partie calme des petites rues de Chelsea. S'arrêta devant l'entrée d'un immeuble en brique, se pencha et resserra ses lacets. Reprit sa route, s'arrêta de nouveau derrière une grande poubelle carrée en plastique et étudia quelque chose par terre. Au niveau de la 23e Rue Ouest, il tourna vers l'est et encore une fois vers le nord dans la 8e Avenue. Se cala au centre du trottoir de gauche et avança posément. Patti Joseph et le Majestic se trouvaient à quelque trois kilomètres en ligne droite et il avait une bonne heure pour y arriver.

*

Une demi-heure plus tard, à Columbus Circle, il entra dans Central Park. La lumière du jour diminuait. Les ombres s'allongeaient, on ne les distinguait plus les unes des autres. L'air était encore chaud. Il parcourut les allées pendant quelque temps, puis les quitta pour emprunter une route non balisée entre les arbres. S'arrêta et s'appuya à un tronc d'arbre, face au nord. Puis à un autre, face à l'est. Rejoignit une allée, se trouva un banc libre et s'assit, le dos au flot des gens qui marchaient. Et attendit jusqu'à ce que la montre qu'il avait dans la tête lui dise de bouger.

*

Il trouva Lauren Pauling qui l'attendait dans un fauteuil, dans le hall du Majestic. Elle s'était refait une beauté. Agréable à regarder. Beaucoup de qualités. Il se surprit à penser que Kate Lane aurait pu évoluer comme elle dans vingt ans.

270

– Je suis passée voir le gérant russe, dit-elle. Il ira réparer la porte ce soir.

– Bien, dit-il.

– Vous ne vous êtes pas fait tuer.

Il s'assit à côté d'elle.

– Encore une erreur, dit-il. Je pensais qu'il y avait un traître dans l'entourage de Lane. Mais maintenant je ne le pense plus. Hier matin, Lane m'a offert un million de dollars. Ce matin, après avoir perdu tout espoir, il m'a dit de trouver les salauds. De les chercher et de les détruire. Il était aussi sérieux qu'on peut l'être. Un complice infiltré aurait supposé que j'étais plutôt motivé. Et j'ai déjà montré que je n'étais pas totalement incompétent. Pourtant, personne n'a tenté de m'arrêter. Et on aurait dû essayer, n'est-ce pas ? Un complice aurait forcément essayé. Mais personne n'a rien fait. Je viens de passer deux heures à flâner dans Manhattan. Dans des petites rues, des endroits calmes, à Central Park. J'ai passé mon temps à m'arrêter et à tourner le dos à tout le monde. J'ai donné à quiconque le souhaitait une bonne douzaine d'occasions de me descendre. Personne n'a rien tenté.

– Ils vous auraient suivi ?

– C'est pour ça que j'ai tenu à démarrer entre Clarkson et Leroy. Il doit y avoir une sorte de camp de base. J'aurais été pris en filature à partir de là.

– Comment ont-ils pu faire le coup sans aide de l'intérieur ?

– Je n'en ai absolument aucune idée.

– Vous trouverez bien.

– Répétez-moi ça.

– Pourquoi ? Vous avez besoin d'inspiration ?

– Non, j'aime le son de votre voix.

– Vous trouverez bien, dit-elle de sa voix basse et chaude, comme si elle avait passé les trente dernières années à récupérer d'une laryngite.

*

Ils se firent annoncer par la réception et prirent l'ascenseur jusqu'au septième. Patti Joseph était dehors dans le couloir et les attendait. Il y eut un moment de gêne lorsque Pauling et elle se virent. Patti avait passé cinq ans à croire que Pauling avait fait défaut à sa sœur, et Pauling les mêmes cinq années à être d'accord avec elle. Il fallait rompre la glace. La promesse implicite qu'il y avait du nouveau aida Patti à se réchauffer. Et Reacher se dit que Pauling avait beaucoup d'expérience avec les parents en deuil. Comme n'importe quel enquêteur.

– Du café ? demanda Patti avant même qu'ils aient franchi la porte.

– Je me demandais quand vous alliez nous le proposer, répondit Reacher.

Patti gagna la cuisine pour mettre la machine à café en marche et Pauling marcha droit sur la fenêtre. Regarda ce qu'il y avait sur le rebord et vérifia la vue. Haussa les sourcils dans la direction de Reacher, puis un peu les épaules comme pour lui dire : « Étrange, mais j'ai vu pire. »

– Alors, qu'est-ce qui se passe ? lança Patti de l'autre bout de l'appartement.

– Attendons d'être tous installés, dit Reacher.

Dix minutes plus tard c'était chose faite et Patti Joseph pleurait. Des larmes de tristesse, de soulagement, de deuil qui se fait.

De colère.

272

– Où est Knight maintenant ? demanda-t-elle.

– Il est mort, dit Reacher. Et il a souffert avant.

– Bien. Tant mieux.

– C'est indiscutable.

– Qu'allons-nous faire de Lane ?

– Cela reste à voir.

– Je devrais appeler Brewer.

– Brewer ne peut rien faire. Nous avons la vérité, mais aucune preuve. Pas de celles dont un flic ou un procureur ont besoin.

– Vous devriez parler de Hobart aux autres. Leur dire ce que Lane a fait à leur pote. Les envoyer là-bas se rendre compte par eux-mêmes.

– Ça pourrait ne pas marcher. Il se pourrait qu'ils s'en moquent. Des types capables de se sentir concernés auraient commencé par désobéir aux ordres en Afrique. Et maintenant, même s'ils se sentaient concernés, la meilleure façon de gérer leur culpabilité serait le déni. Ils ont eu cinq ans pour s'entraîner.

– Mais ça pourrait aussi marcher. S'ils le voyaient de leurs propres yeux.

– Nous ne pouvons pas prendre ce risque. Pas sans connaître leurs réactions à l'avance. Parce que Lane, lui, supposera que Knight a craché le morceau en prison. Il verra donc en Hobart un problème à régler. Et une menace. Et voudra qu'il meure. Et ses types feront tout ce qu'il leur demandera de faire. Nous ne pouvons pas prendre ce risque. Hobart est un oiseau sur la branche, littéralement. Un souffle de vent suffirait à le faire tomber. Et sa sœur se retrouverait prise entre deux feux.

– Qu'est-ce que vous faites ici ?

– Je vous donne des informations.

273

– Non, pas ici chez moi. Ici à New York, à rentrer et sortir du Dakota.

Reacher ne dit rien.

– Je ne suis pas idiote, reprit Patti. Je sais ce qui se passe. Qui d'autre en sait plus ? Qui pourrait en savoir plus ? Et moi, je sais que, le lendemain du jour où j'ai cessé de voir Kate Lane et Jade, vous vous êtes pointé et des gens se sont mis à mettre des sacs dans des voitures, vous vous cachez sous la banquette arrière, et vous débarquez ici pour interroger Brewer sur la dernière fois qu'une des femmes d'Edward Lane s'est fait enlever.

– Pourquoi pensez-vous que je suis ici ? lui renvoya-t-il.

– Je pense qu'il a remis ça.

Reacher regarda Pauling, qui haussa les épaules comme si elle pensait que Patti avait peut-être mérité d'entendre l'histoire. Comme si Patti avait acquis ce droit grâce à cinq longues années de fidélité à la mémoire de sa sœur.

Et Reacher lui dit tout ce qu'il savait. Tous les faits, toutes les suppositions, toutes les hypothèses, toutes les conclusions. Lorsqu'il eut fini, elle se contenta de le regarder fixement.

Et dit :

– Et vous pensez que, cette fois-ci, c'est vrai, parce qu'il joue bien la comédie ?

– Non, je pense que personne ne joue aussi bien la comédie.

– Allô la Terre ? Et Adolf Hitler, alors ? Il était capable de se mettre en rage sans raison.

Patti se leva, se dirigea vers le tiroir d'une armoire et en sortit un paquet de photographies. En vérifia le

contenu et le jeta sur les cuisses de Reacher. Une
enveloppe toute neuve. Tirage en une heure. Trente-
six poses. Il feuilleta la pile. Au sommet, c'était lui,
de face, en train de sortir du hall du Dakota et s'apprêtant à tourner en direction du métro dans Central Park
West. *Tôt ce matin*, pensa-t-il. *La ligne B jusqu'au
bureau de Pauling.*

– Et alors ?

– Continuez.

Il continua de feuilleter et, vers la fin de la pile, vit
Dee Marie Graziano, de face, en train de sortir du
hall du Dakota. Soleil à l'ouest. Après-midi. La photo
suivante la montrait de dos, en train d'entrer dans
l'immeuble.

– La sœur de Hobart, n'est-ce pas ? dit Patti. Ça
colle avec votre histoire. Elle est dans mon carnet, elle
aussi. Près de quarante ans, trop grosse, pas riche.
Inclassable, jusqu'à aujourd'hui. Mais maintenant je
sais. Il s'agit du jour où le portier du Dakota lui a dit
que la famille était dans les Hamptons. Et elle y est
allée.

– Et alors ?

– C'est évident, non ? Kate Lane emmène cette
drôle de femme se promener sur la plage et entend une
histoire étrange et fantastique, mais quelque chose
dans l'histoire, et aussi chez son mari, l'empêche de
tout rejeter en bloc. Elle y entend un petit air de vérité
qui la fait réfléchir. Voire lui fait demander des expli-
cations à son mari.

Reacher ne dit rien.

– Et l'enfer se déchaîne contre elle... Vous ne
comprenez pas ? Brusquement, Kate n'est plus la
femme loyale et obéissante. Brusquement, elle devient

aussi mauvaise qu'Anne. Brusquement, elle devient un problème, elle aussi. Peut-être même une menace sérieuse.

– Lane se serait attaqué à Hobart et à Dee Marie. Pas seulement à Kate.

– S'il les avait trouvés. Vous les avez trouvés uniquement grâce au Pentagone.

– Et le Pentagone déteste Lane, dit Pauling. Il ne lui donnerait même pas l'heure.

– Deux questions, dit Reacher. Si c'est l'histoire qui se répète, celle d'Anne qui recommence, pourquoi Lane me pousse-t-il à l'aider ?

– Il est joueur, dit Patti. Il est arrogant. Il se donne en spectacle à ses hommes et parie qu'il est plus malin que vous.

– Question suivante, dit Reacher. Qui joue le rôle de Knight cette fois-ci ?

– Quelle importance ?

– C'est important. Le détail est important, vous ne trouvez pas ?

Patti ne répondit pas. Détourna le regard.

– C'est un détail gênant, dit-elle enfin. Parce que personne n'a disparu.

Et elle ajouta :

– D'accord, je m'excuse. Vous avez peut-être raison. Que l'enlèvement d'Anne ait été bidon n'implique pas que cela soit le cas pour Kate.

Puis elle dit :

– Souvenez-vous bien d'une chose pendant que vous l'aidez. Vous n'êtes pas à la recherche d'une femme qu'il aime. Vous êtes à la recherche d'un article de prix. C'est comme si quelqu'un lui avait volé une montre en or et qu'il en était furieux.

Et, mue par ce que Reacher jugea être une simple habitude, elle gagna la fenêtre et, mains jointes dans le dos, regarda dehors, vers le bas.

– Pour moi, ce n'est pas fini, reprit-elle. Pas tant que Lane n'aura pas eu ce qu'il mérite.

44

Reacher et Pauling prirent l'ascenseur en silence jusqu'au hall d'entrée du Majestic. Passèrent sur le trottoir. Début de soirée. Quatre files de circulation et des amoureux dans le parc. Des chiens en laisse, des groupes de touristes, l'aboiement grave des sirènes des camions de pompiers.

– Où allons-nous maintenant ? demanda-t-elle.

– Prenez votre soirée, dit-il. Je retourne dans la cage aux fauves.

Pauling se dirigea vers le métro et Reacher vers le Dakota. Le portier le laissa entrer sans prévenir personne. Soit Lane l'avait fait rajouter sur une liste de personnes autorisées, soit le portier s'était habitué à le voir. Dans tous les cas, ce n'était pas bon signe. Bas niveau de sécurité. Et Reacher ne voulait pas qu'on le prenne pour un membre de la troupe de Lane. Même s'il n'avait pas l'intention de revenir au Dakota par la suite. C'était bien au-dessus de son salaire.

Personne ne l'attendait dans le couloir du quatrième. La porte de Lane était fermée. Reacher frappa, puis trouva le bouton d'une sonnette et appuya dessus. Une minute plus tard, Kowalski lui ouvrit. Le plus grand des types de Lane, mais pas un géant. Environ un mètre quatre-vingts, quatre-vingt-dix kilos. Il semblait seul. Rien d'autre que le calme et le silence derrière lui. Il recula, tint la porte et Reacher entra.

– Où est parti tout le monde ? demanda Reacher.

– Dehors, à secouer les branches, dit Kowalski.

– Quelles branches ?

– Burke a une théorie. Il pense que des fantômes nous ont rendu visite.

– Quels fantômes ?

– Vous le savez bien, dit Kowalski. C'est à vous que Burke en a parlé en premier.

– Knight et Hobart, dit Reacher.

– Eux-mêmes.

– Perte de temps, dit Reacher. Ils sont morts en Afrique.

– Faux, dit Kowalski. Un ami d'un ami d'amis a appelé un employé des AC. Seul l'un des deux est mort en Afrique.

– Lequel ?

– Nous ne savons pas encore. Mais nous allons trouver. Vous savez combien gagne un fonctionnaire des AC ?

– Pas des masses, j'imagine.

– Chaque homme a son prix. Et celui d'un fonctionnaire des AC est plutôt bas.

Ils traversèrent l'entrée pour passer au salon désert. La photo de Kate Lane avait toujours la meilleure place sur la table. Un spot encastré au plafond la faisait subtilement briller.

– Vous les connaissiez ? demanda Reacher. Knight et Hobart, je veux dire ?

– Bien sûr, dit Kowalski.

– Vous étiez en Afrique ?

– Bien sûr.

– Et vous êtes dans quel camp ? Le leur ou celui de Lane ?

– Lane me paie. Pas eux.

– Vous avez donc un prix, vous aussi.

– Seuls les baratineurs n'en ont pas.

– Vous étiez quoi, dans le temps ?

– Nageur de combat.

– Au moins, vous savez nager.

Reacher s'avança dans le couloir intérieur et se dirigea vers la suite parentale. Kowalski juste derrière lui.

– Vous allez me suivre partout ? demanda Reacher.

– Probablement. Où allez-vous, de toute façon ?

– Compter l'argent.

– Lane est d'accord ?

– Il ne m'aurait pas donné le code, sinon.

– Il vous a donné le code ?

J'espère bien, pensa Reacher. *Main gauche, index replié, annulaire tendu, majeur tendu, majeur replié. 3785. J'espère.*

Il ouvrit la porte du placard et tapa 3785 sur le clavier du digicode. Après une attente insupportable d'une seconde, le digicode bipa et le verrou de la porte intérieure joua.

– Moi, il ne m'a jamais donné le code, dit Kowalski.

– Mais je parie qu'il vous laisse faire le maître-nageur dans les Hamptons.

Reacher tira la porte intérieure, puis sur la chaînette pour allumer. Le placard faisait environ deux mètres de profondeur sur un mètre de côté. Un espace étroit pour marcher sur la gauche, l'argent à droite. En paquets. Tous intacts sauf l'un d'eux, qui était ouvert et à moitié vide. Celui que Lane avait répandu partout dans la chambre avant de le refaire. Reacher le tira dehors. L'apporta jusqu'au lit et l'y déposa. Kowalski restait à côté de lui.

– Vous savez compter ? demanda Reacher.

– Vous êtes un marrant, vous, dit Kowalski.

– Eh bien, comptez-moi ça.

Reacher recula jusqu'au placard, y entra de profil et s'accroupit. Pris un paquet intact sous plastique en haut de la pile et le fit tourner dans ses mains pour vérifier les six faces. Sur une, sous la légende « *Banque Centrale* » était marqué en plus petit « *Gouvernement National, Ouagadougou, Burkina Faso* ». Juste au-dessous : « 1 000 000 dollars ». Le plastique était vieux, épais et crasseux. Reacher lécha la pulpe de son pouce, frotta sur une petite surface et découvrit le visage de Benjamin Franklin. Des billets de cent dollars. Dix mille par paquet. Le film rétractable était d'origine et intact. Un million de dollars, à moins que messieurs les banquiers du gouvernement national du Burkina Faso d'O-Ville n'aient triché, ce qui n'était probablement pas le cas.

Un million de dollars dans un paquet à peu près aussi lourd qu'un bagage de cabine bien rempli.

En tout, dix paquets intacts. Et dix emballages vides.

Un total de vingt millions de dollars, à l'origine.

– Cinquante liasses ! cria Kowalski depuis le lit. Dix mille dollars chacune.

– Ce qui fait en tout ? cria Reacher en réponse.

Silence.

– Quoi, vous étiez malade le jour des tables de multiplication ?

– Beaucoup d'argent.

Bien vu, pensa Reacher. *Cinq cent mille. Un demi-*

*million. Dix millions et demi sur place, dix millions et
demi disparus.*

Le total initial dans le temps était de vingt et un
millions de dollars.

L'intégralité du paiement du Burkina Faso. Le capital de Lane, intact pendant cinq ans.

Intact jusqu'à trois jours auparavant.

Kowalski apparut dans l'ouverture du placard avec
l'emballage déchiré. Il avait rangé proprement l'argent
restant en deux piles égales, plus une liasse posée au
sommet, à cheval sur les deux piles. Puis il avait tassé
et plié le plastique épais en un petit paquet à peu près
deux fois plus petit que l'original, et presque opaque.

– Vous étiez encore malade le jour des nombres
entiers ?

Kowalski ne dit rien.

– Pas moi, dit Reacher. Moi, j'y étais.

Silence.

– Vous voyez, il y a les nombres pairs et les nombres
impairs. Avec un nombre pair on peut faire une paire
de piles identiques, d'où leur nom. Mais, avec un
nombre impair, il faut en mettre une à cheval en haut.

Kowalski ne dit rien.

– Cinquante est un nombre pair, dit Reacher. Alors
que, par exemple, quarante-neuf est un nombre impair.

– Et alors ?

– Et alors, sortez de votre poche les dix mille que
vous avez volés et donnez-les-moi.

Kowalski resta impassible.

– Vous choisissez, dit Reacher. Pour garder ces dix
plaques, vous devrez me battre en combat à mains
nues. Si vous y arrivez, vous en voudrez plus et vous
en prendrez plus et vous vous enfuirez. Et à ce
moment-là vous serez dehors, et Lane et ses types vien-

dront secouer les arbres pour vous. C'est ça que vous voulez ?

Kowalski ne dit rien.

– Et vous ne me battrez pas, de toute façon, dit Reacher.

– C'est ce que vous pensez ?

– Même Demi Moore vous casserait la gueule.

– Je suis entraîné.

– À quoi faire ? Nager ? Vous voyez de l'eau par ici ?

Kowalski ne dit rien.

– C'est le premier coup qui décidera, dit Reacher. Comme d'habitude. Alors, sur qui vous pariez ? Le nabot ou le géant ?

– Vous ne voudriez pas de moi comme ennemi, dit Kowalski.

– Je ne voudrais pas de vous comme ami, rectifia Reacher. Voilà qui ne fait aucun doute. Je n'irais jamais avec vous en Afrique. Surtout pas ramper jusqu'à un poste d'observation avancé si vous surveilliez mes arrières. Je ne voudrais pas me retourner et vous voir partir dans le soleil couchant.

– Vous ne savez pas ce qui s'est passé.

– Je sais exactement ce qui s'est passé. Vous avez laissé deux hommes trois cents mètres derrière la ligne de front. Vous êtes répugnant.

– Vous n'y étiez pas.

– Vous déshonorez l'uniforme que vous avez porté.

Kowalski ne dit rien.

– Mais vous savez bien où sont vos intérêts. Non ? Et il ne faudrait pas qu'on vous voie mordre la main qui vous nourrit, n'est-ce pas ?

Kowalski ne bougea pas pendant un long moment, puis il laissa tomber l'emballage tassé et alla chercher dans sa poche arrière une liasse de billets de cent dollars. Elle était pliée en deux. Il la laissa tomber par terre, elle reprit sa forme aplatie, comme une fleur qui éclot. Reacher la fourra dans le paquet ouvert et remit celui-ci sur le dessus de la pile. Tira la chaînette pour éteindre et ferma la porte. La serrure électronique se verrouilla et bipa.

– C'est bon ? dit Kowalski. Il n'y a pas de mal ?

– Aucune importance, dit Reacher.

Il emmena Kowalski jusqu'au salon et gagna ensuite la cuisine en jetant un coup d'œil au bureau. L'ordinateur. Les tiroirs. Quelque chose le tarabustait. Il resta une seconde dans le silence vide. Puis une nouvelle idée le frappa. Comme un glaçon sur la nuque.

– Quels arbres sont-ils en train de secouer ? demanda-t-il.

– Les hôpitaux, dit Kowalski. Nous nous sommes dit que celui qui s'en est sorti devait être malade.

– Quels hôpitaux ?

– Je ne sais pas. Tous, j'imagine.

– Les hôpitaux ne livrent pas leurs secrets.

– Vous croyez ? Vous savez combien gagne une infirmière aux urgences ?

Un moment de silence.

– Je ressors, dit Reacher. Vous, restez ici.

Trois minutes plus tard, il était à la cabine téléphonique en train d'appeler Pauling sur son mobile.

45

Pauling répondit à la deuxième sonnerie. *Ou à la deuxième vibration*, se dit Reacher. Elle prononça son nom et Reacher demanda :

– Vous avez une voiture ?

– Non.

– Alors sautez dans un taxi et filez chez Dee Marie. Lane et ses types sont en train de prospecter les hôpitaux à la recherche soit de Hobart soit de Knight. Ils ne savent pas encore lequel des deux est revenu. Mais ce n'est plus qu'une question de temps avant qu'ils arrivent à St Vincent, trouvent le nom de Hobart et paient pour avoir son adresse. Je vous retrouve là-bas. Nous allons devoir les déplacer.

Sur quoi il raccrocha et héla un taxi pour lui-même dans la 9e Avenue. Le chauffeur était rapide, mais pas la circulation. Elle s'améliora un peu après Broadway. Mais pas tellement. Reacher s'étendit de côté sur la banquette et posa sa tête contre la vitre. Respira lentement et calmement. Et pensa : *Inutile de s'exciter quand on ne peut pas contrôler*. Et il ne contrôlait pas la circulation à Manhattan. C'étaient les feux rouges qui le faisaient. Environ soixante-douze entre l'immeuble Dakota et le cantonnement de Hobart.

*

Hudson Street montant en sens unique du sud vers le nord à partir de la 14ᵉ Rue Ouest, le taxi prit par Bleeker Street, la 7ᵉ Avenue et Varick Street. Puis il tourna à droite dans Charlton Street. Reacher le fit s'arrêter au milieu du pâté de maisons et effectua l'approche finale à pied. Trois voitures étaient garées près de chez Dee Marie. Aucune n'était une berline de luxe avec des plaques OSC. Il jeta un coup d'œil à la circulation qui arrivait du sud et appuya sur le bouton « 4L ». Pauling répondit, Reacher dit son nom et la porte de l'immeuble bourdonna.

Au troisième étage, celle de l'appartement était toujours béante. Charnières arrachées, cadre éclaté. Derrière elle, des voix dans le salon. Celles de Dee Marie et de Pauling. Reacher s'avança, les deux femmes se turent. Se contentèrent de regarder derrière lui, vers la porte. Il savait ce qu'elles pensaient. Cette protection n'en était pas une contre le monde extérieur. Dee Marie était toujours dans sa robe en coton, mais Pauling s'était changée. Elle portait un jean et un T-shirt. Ça lui allait bien. Hobart, lui, était là où Reacher l'avait vu la dernière fois, sur le canapé. Il avait une sale tête. Pâle et malade. Mais ses yeux brillaient. Il était en colère.

– Y a Lane qui débarque ? demanda-t-il.

– Peut-être, dit Reacher. On ne peut pas négliger cette possibilité.

– Qu'allons-nous faire ?

– Nous allons être malins. Nous allons nous assurer qu'il ne trouvera qu'un appartement vide.

Hobart garda le silence. Puis il acquiesça, avec un peu de réticence.

286

– Où devriez-vous vous faire suivre ? demanda Reacher. Médicalement parlant ?

– Médicalement ? répéta Hobart. Aucune idée. J'imagine que Dee Marie a fait quelques recherches.

– Birmingham, Alabama, dit-elle, ou Nashville, Tennessee. Un des grands hôpitaux universitaires de là-bas. J'ai la documentation. Ils sont bons.

– Pas Walter Reed ? dit Reacher.

– Walter Reed, c'est bien pour ceux qui arrivent tout droit du champ de bataille. Mais son pied gauche est parti il y a cinq ans. Et même son poignet droit est complètement cicatrisé. Il lui faut un gros travail préparatoire. Chirurgie osseuse et plastique. Et encore… seulement après que le paludisme et la tuberculose auront été soignés. Ainsi que la dénutrition et les parasites.

– Nous ne pouvons pas l'amener à Birmingham ou Nashville ce soir.

– Nous ne pourrons jamais l'y amener. La chirurgie seule coûterait plus de deux cent mille dollars. Les prothèses, encore plus.

Elle prit deux dépliants sur une petite table et les lui tendit. Graphisme de luxe et photographies sur papier glacé en couverture. Ciel bleu, herbe verte, accueillants bâtiments en brique. À l'intérieur, des précisions sur les programmes chirurgicaux et les concepteurs de prothèses. D'autres photographies. Des hommes bienveillants en blouse blanche et cheveux blancs portant des membres artificiels comme des bébés. Des unijambistes en maillot d'athlète soutenus par de fins montants en titane prenant le départ d'un marathon. Les légendes sous les photos étaient pleines d'optimisme.

– Ça m'a l'air bien, dit Reacher en lui rendant les dépliants.

Dee Marie les remit exactement à leur place, sur la table.

– Même pas en rêve, répondit-elle.

– Pour ce soir, dit Pauling, ce sera un motel. Pas trop loin. On pourrait peut-être louer une voiture. Vous savez conduire ?

Dee Marie ne dit rien.

– Accepte, Dee, lança Hobart. Ça serait plus facile pour toi.

– J'ai le permis, dit-elle.

– On pourrait aussi louer un fauteuil roulant.

– Oui, ça serait bien, dit Hobart. Une chambre au rez-de-chaussée et un fauteuil roulant. Ça serait mieux pour toi, Dee.

– Ou un studio, dit Pauling. Avec une petite cuisine. Pour faire à manger.

– Je ne peux pas me le permettre, répondit Dee Marie.

La pièce devint silencieuse. Reacher sortit sur le palier et vérifia le couloir. La cage d'escalier. Rien à signaler. Il rentra et ferma la porte du mieux qu'il put. Tourna à gauche dans l'entrée, passa devant la salle de bains et gagna la chambre. Petit espace presque complètement rempli par un grand lit. Il se dit que Hobart y dormait à cause des crèmes antiseptiques et des antalgiques délivrables sans ordonnance empilés sur la table de nuit. Le lit était haut. Il s'imagina Dee Marie en train de hisser son frère sur son dos, de se retourner, de reculer jusqu'au lit et de le laisser tomber sur le matelas. De l'installer et de le border. Puis il se la représenta en route pour une nouvelle nuit sur le canapé.

La fenêtre de la chambre était en bois et le verre strié de suie. Rideaux passés, ouverts aux trois quarts. Des bibelots sur le rebord, et la photographie en couleurs

d'un vice-caporal des Marines. *Vinnie*, se dit Reacher.
Le mari mort. Réduit en pièces sur le bas-côté d'une
route de Fallouja. Mort sur le coup, ou pas. La visière
de sa casquette était rabaissée sur ses yeux et les couleurs de la photo étaient criardes et lisses, passées à
l'aérographe. *Photographe hors base*, pensa Reacher.
*Deux tirages pour environ une journée de paie, deux
enveloppes en carton incluses dans le prix, une pour la
mère et l'autre pour la femme ou la petite amie.* On
pouvait trouver des photos similaires de Reacher
quelque part sur terre. Pendant un temps, à chaque promotion il faisait prendre une photo de lui et la faisait
envoyer à sa mère. Elle ne les exposait jamais parce
qu'il ne souriait pas. Reacher ne souriait jamais à un
appareil photo.

Il se rapprocha de la fenêtre et regarda au nord. La
circulation s'écoulait tel un fleuve. Il regarda vers le
sud. Examina la circulation qui venait vers lui.

Et vit une Range Rover noire ralentir et se ranger le
long du trottoir.

Plaque d'immatriculation : OSC 19.

Reacher pivota et sortit de la chambre en trois
grands pas. Se retrouva dans le salon en trois autres.

– Ils sont là, dit-il. Maintenant.

Silence d'une fraction de seconde.

– Merde, dit Pauling.

– Qu'est-ce qu'on fait ? demanda Dee Marie.

– La salle de bains, dit Reacher. Tous. Immédiatement.

Il s'approcha du canapé et prit Hobart par le devant
de sa chemise en jean et le souleva. Le porta jusqu'à la
salle de bains et le déposa doucement dans la baignoire. Dee Marie et Pauling s'engouffrèrent à sa suite.

Reacher les poussa pour se frayer un chemin jusqu'au couloir.

– Vous ne pouvez pas sortir, dit Pauling.

– Il le faut. Sinon, ils fouilleront tout l'appartement.

– Ils ne doivent pas vous trouver ici.

– Fermez la porte à clé. Asseyez-vous et restez tranquilles.

Il se tint debout dans le couloir et entendit un bruit métallique provenant de la porte de la salle de bains, puis, une seconde plus tard, l'interphone de la rue qui sonnait. Il attendit un instant avant d'appuyer sur le bouton et dit :

– Oui ?

Entendit les bruits amplifiés de la circulation, puis une voix. Impossible de dire de qui il s'agissait.

– Service d'infirmerie à domicile des AC.

Reacher sourit. *Joli*, pensa-t-il.

*

Il appuya de nouveau sur le bouton et dit :

– Montez.

Puis il retourna au salon et s'assit sur le canapé, pour attendre.

46

Reacher entendit l'escalier craquer bruyamment. *Ils sont trois*, pensa-t-il. Il les entendit prendre le virage et commencer à monter vers le troisième. S'arrêter en haut des marches, surpris de trouver la porte fracturée. Puis il entendit la porte s'ouvrir. Le léger grognement métallique d'un gond tordu, puis rien d'autre que les bruits de pas dans l'entrée.

Le premier dans le salon fut Perez, le petit Hispanique.

Suivi d'Addison, avec la cicatrice au-dessus de l'œil.

Et d'Edward Lane en personne.

Perez fit un pas à gauche et s'arrêta net, Addison fit un pas à droite et s'arrêta net, Lane s'avança au centre de ce petit arc de cercle, s'immobilisa et regarda fixement Reacher.

– Qu'est-ce que vous foutez là ? demanda-t-il.

– Je vous ai battus, dit Reacher.

– Comment ça ?

– Je vous l'ai dit. C'était mon métier. Je pourrais vous donner des miroirs au bout d'une perche et vous battre malgré tout.

– Où est Hobart ?

– Pas ici.

– C'est vous qui avez fracturé la porte ?

– Je n'avais pas la clé.

– Où est-il ?

– À l'hôpital.

– Des conneries. On vient de vérifier.

– Pas en ville. Soit à Birmingham, Alabama, soit à Nashville, Tennessee.

– Et comment avez-vous deviné ?

– Il a besoin de soins spéciaux. À St Vincent, on lui a recommandé d'aller dans un des grands hôpitaux universitaires du Sud. On lui a donné de la documentation.

Reacher lui montrant la petite table, Edward Lane rompit le rang qu'il formait avec ses hommes et s'avança pour prendre les dépliants sur papier glacé. Il les feuilleta tous les deux et demanda :

– Lequel ?

– Aucune importance.

– Allons bon ! dit Lane.

– Hobart n'a pas enlevé Kate.

– C'est ce que vous pensez ?

– Non. Ce que je sais.

– Et comment ça se fait ?

– Vous auriez dû réunir plus d'informations que sa simple adresse. Vous auriez dû demander ce qu'il faisait à St Vincent, pour commencer.

– Nous l'avons fait. On nous a dit qu'il avait le paludisme. Il avait été admis pour des perfusions de chloroquine.

– Et… ?

– Et rien d'autre. On peut s'attendre à ce qu'un type qui vient de rentrer d'Afrique ait le paludisme.

– Vous auriez dû vous faire raconter toute l'histoire.

– À savoir ?

– Et d'un, il était attaché à son lit sous perfusion de chloroquine au moment précis où Kate a été enlevée. Et de deux, il souffre d'une maladie antérieure.

– Laquelle ?

Reacher déplaça son regard et regarda Perez puis Addison en face.

– C'est un quadruple amputé, dit-il. Pas de mains, pas de pieds, il ne marche pas, ne conduit pas, ne peut pas tenir une arme ni se servir d'un téléphone.

Personne ne dit mot.

– Voilà ce qui lui est arrivé en prison, reprit Reacher. Là-bas, au Burkina Faso. Le nouveau régime s'amusait bien. Une fois par an. Pour son anniversaire. Pied gauche, pied droit, main gauche, main droite. À la machette. Coupe, coupe, coupe, coupe.

Personne ne dit mot.

– Après que vous vous êtes tous enfuis en l'abandonnant.

Pas de réaction. Ni culpabilité ni remords.

Ni colère.

Rien du tout.

– Vous n'y étiez pas, dit Lane. Vous ne pouvez pas savoir comment c'était.

– Mais je sais comment c'est maintenant. Hobart n'est pas votre homme. Il en est physiquement incapable.

– Sûr ?

– Plus que certain.

– Il faut quand même que je le trouve, dit Lane.

– Pourquoi ?

Pas de réponse. *Échec et mat.* Lane ne pouvait pas répondre sans revenir au tout début et admettre ce qu'il avait demandé à Knight de faire pour lui cinq ans auparavant. Ça, il ne pouvait pas le faire sans se découvrir face à ses hommes.

– Nous voici revenus à la case départ, dit-il. Vous savez qui n'est pas coupable. Bravo, Major. Vous faites de grands progrès.

– Pas exactement la case départ, dit Reacher.

– Comment ça ?

– Je me rapproche, dit Reacher. Je vous livrerai le coupable.

– Quand ça ?

– Quand vous m'aurez donné l'argent.

– Quel argent ?

– Vous m'avez offert un million de dollars.

– Pour retrouver ma femme. Il est trop tard maintenant.

– D'accord, dit Reacher. Je ne vous livrerai pas le type. Seulement un miroir au bout d'une perche.

– Livrez-le-moi, dit Lane.

– Alors payez-moi ce que je veux.

– Vous êtes comme ça ?

– Seul un baratineur n'a pas de prix.

– C'est cher.

– Je le vaux.

– Je pourrais vous faire parler.

– Aucune chance.

Il n'avait absolument pas bougé. Installé dans le canapé, décontracté, étalé, les bras reposant tranquillement contre le dossier, les jambes écartées, un mètre quatre-vingt-treize, cent quinze kilos, l'image même d'une suprême confiance en ses capacités physiques.

– Si vous essayez un coup foireux, je vous plie en deux et je me sers de la tête d'Addison comme marteau pour vous clouer Perez dans le cul.

– Je n'aime pas les menaces.

– De la part d'un type qui a dit qu'il me crèverait les yeux ?

– J'étais secoué.

– J'étais fauché. Je le suis toujours.

Silence dans la pièce.

– D'accord, dit Lane.

– Quoi, « d'accord » ? dit Reacher.

– D'accord, un million de dollars. Quand me donnerez-vous le nom ?

– Demain, dit Reacher.

Lane acquiesça. Se retourna. Dit à ses hommes :

– On y va.

– Il faut que j'aille aux toilettes, dit Addison.

47

L'atmosphère dans la pièce était chaude et calme.

– Où est la salle de bains ? demanda Addison.

Reacher se leva, lentement.

– Je suis quoi, moi ? L'architecte ?

Mais il regarda par-dessus son épaule gauche, vers la porte de la cuisine. Addison suivit son regard et fit un pas dans cette direction. Reacher fit un pas dans l'autre. Subtil élément de chorégraphie psychologique, mais, étant donné la petite taille de la pièce, leurs positions avaient changé. Maintenant c'était Reacher qui se trouvait le plus près de la salle de bains.

– Je pense que c'est la cuisine, dit Addison.

– Peut-être, dit Reacher. Allez vérifier.

Il se mit en position dans l'entrée du couloir et regarda Addison ouvrir la porte de la cuisine. Addison jeta un coup d'œil à l'intérieur, le temps d'identifier la pièce, puis recula. Puis s'arrêta comme s'il venait seulement de comprendre ce qu'il avait vu. Et regarda de nouveau.

– Quand Hobart est-il parti dans le Sud ? demanda-t-il.

– Je ne sais pas, dit Reacher. Aujourd'hui, j'imagine.

– Il devait être pressé de s'en aller. Il y a de la soupe sur la cuisinière.

– Vous pensez qu'il aurait dû faire la vaisselle ?

– La plupart des gens le font.

– La plupart des manchots ?

– Et comment faisait-il chauffer sa soupe, alors ?

– Avec de l'aide. Non ? Une assistante sociale, probablement. L'ambulance est venue le chercher et l'a embarqué, et vous pensez qu'une femme de ménage du gouvernement, payée des clopinettes, serait restée ici faire le ménage ? Moi, je n'y crois pas.

Addison haussa les épaules et referma la porte de la cuisine.

– Où est la salle de bains ?

– Vous irez aux toilettes chez vous.

– Quoi ?

– Un jour, Hobart va revenir avec des sortes de mains en métal qui lui permettront d'ouvrir sa braguette et il n'aura pas envie de vous imaginer en train de pisser dans la même cuvette que lui.

– Pourquoi ?

– Parce que vous n'êtes pas digne de pisser dans sa cuvette. Vous l'avez abandonné.

– Vous n'y étiez pas.

– Et pour ça vous pouvez dire merci à votre ange gardien. Je vous aurais botté le cul et traîné jusqu'au front par les oreilles.

– Le sacrifice était nécessaire pour sauver l'unité, dit Edward Lane en avançant d'un pas.

– Sacrifier et sauver sont deux choses différentes, lui renvoya Reacher en le regardant en face.

– Ne mettez pas mes ordres en question.

– Ni vous les miens, dit Reacher. Sortez-moi ces nabots. Qu'ils pissent dans le caniveau.

Un long moment de silence. Rien sur le visage de

Perez, un froncement sur celui d'Addison, un air calculateur dans les yeux de Lane.

– Le nom, dit ce dernier. Demain.

– J'y serai.

Lane fit un signe de tête à ses hommes, qui sortirent dans l'ordre dans lequel ils étaient entrés. D'abord Perez, ensuite Addison, Lane à l'arrière. Reacher écouta leurs pas jusqu'à ce que la porte de la rue claque, puis il revint dans la chambre. Les regarda monter dans la Range Rover noire et partir vers le nord. Il attendit une minute encore. Enfin, quand il estima qu'ils avaient dépassé le feu de Houston Street, il revint vers l'entrée et tapa à la porte de la salle de bains.

– Ils sont partis, dit-il.

*

Reacher ramena Hobart sur le canapé et l'installa droit comme une poupée de chiffon. Dee Marie gagna la cuisine.

– Nous avons tout entendu, dit Pauling en regardant le plancher.

– La soupe est encore chaude, lança Dee Marie. Heureusement que ce type ne s'est pas approché.

– Heureusement pour lui, oui, dit Reacher.

Hobart changea de position sur le canapé.

– Ne vous faites pas d'illusions, dit-il. Ce ne sont pas des lopettes. Vous étiez à deux doigts de souffrir méchamment. Lane n'engage pas des types bien.

– Il vous a engagé, vous.

– C'est vrai.

– Et alors ?

298

– Je ne suis pas un type bien, dit Hobart. Je fais partie du lot.

– Vous avez l'air d'un type bien.

– Seulement devant mon public.

– Bon. À quel point êtes-vous mauvais ?

– J'ai été radié pour faute grave. Renvoyé de l'armée.

– Pourquoi ?

– J'ai refusé d'obéir à un ordre. Et puis j'ai arrangé le portrait du type qui l'avait donné.

– Quel était l'ordre ?

– De tirer sur un véhicule civil. En Bosnie.

– On dirait un ordre illégal.

Hobart secoua la tête.

– Non, dit-il, mon lieutenant avait raison. La voiture était remplie de salauds. Ils ont blessé deux des nôtres plus tard ce jour-là. J'ai foiré.

– Si c'étaient Perez et Addison qui s'étaient trouvés dans ces PO avancés en Afrique, vous les auriez abandonnés ?

– Le travail d'un Marine est d'obéir aux ordres, dit Hobart. Et j'ai appris dans la douleur que, parfois, les officiers en savent plus long.

– C'est votre dernier mot ? Pas de baratin ?

Hobart regarda fixement dans le vide.

– Je ne les aurais pas abandonnés. Pour rien au monde. Je ne comprends pas qu'on puisse faire ça. Je suis sacrément sûr de ne pas comprendre comment ils ont pu me laisser. Et j'aurais préféré qu'ils ne l'aient pas fait.

– À la soupe ! intervint Dee Marie. C'est l'heure d'arrêter de parler et de se mettre à manger.

– On devrait commencer par vous déménager, dit Pauling.

– Ce n'est plus la peine, assura Dee Marie. Ils ne reviendront pas. Pour le moment, l'endroit le plus sûr de la ville est ici.

– Ça serait plus facile pour vous.

– Je ne cherche pas la facilité. Je veux ce qui est bien.

La sonnerie de l'interphone bourdonna et ils entendirent un accent russe dans l'appareil. Le gérant de la 6e Avenue qui venait réparer la porte cassée. Reacher le retrouva dans le couloir. Il transportait un sac d'outils et un morceau de bois.

– Maintenant, nous sommes en sécurité, dit Dee Marie.

Pauling paya le Russe et Reacher et elle descendirent l'escalier jusqu'à la rue.

*

Pauling était calme et légèrement hostile tandis qu'ils marchaient. Elle gardait ses distances et regardait droit devant elle. Empêchant son regard d'effleurer celui de Reacher.

– Qu'est-ce qu'il y a ? demanda-t-il.

– Nous avons tout entendu dans la salle de bains, dit-elle.

– Et alors ?

– Vous avez signé avec Lane. Vous vous êtes vendu. Vous travaillez pour lui maintenant.

– Je travaille pour Kate et Jade.

– Vous pouviez le faire gratuitement.

– Je voulais le mettre à l'épreuve, dit Reacher. Je cherche toujours une preuve que l'enlèvement a réellement eu lieu cette fois. Si cela n'avait pas été le cas, il aurait refusé. Il aurait dit que l'argent était hors

300

jeu parce que j'arrivais trop tard. Mais ce n'est pas ce qu'il a fait. Il veut le type. Par conséquent, un type, il y en a un.

– Je ne vous crois pas. Ce test n'a aucune valeur. Comme dit Patti Joseph, Lane est un joueur. Il fait son cinéma devant ses hommes et parie qu'il sera plus malin que vous.

– Mais il vient de découvrir qu'il n'est pas plus malin que moi. J'ai trouvé Hobart avant lui.

– Quoi qu'il en soit, c'est pour l'argent, n'est-ce pas ?

– Oui, dit Reacher. C'est cela.

– Vous pourriez au moins essayer de nier.

Reacher sourit et continua à marcher.

– Vous avez déjà vu un million de dollars en liquide ? demanda-t-il. Vous les avez déjà tenus dans vos mains ? Moi oui, aujourd'hui. Sacrée sensation. Le poids, la densité. La puissance. Ça faisait chaud. Comme une petite bombe atomique.

– Je suis sûre que c'était très impressionnant.

– J'en avais envie, Pauling. Vraiment envie. Et je peux l'avoir. Ce type, je vais le trouver de toute façon. Pour Kate et pour Jade. Autant vendre son nom à Lane. Ça ne change rien à la proposition de départ.

– Si. Ça fait de vous un mercenaire. Tout comme eux.

– L'argent, c'est le pouvoir.

– Qu'est-ce que vous ferez avec un million de dollars, de toute façon ? Vous allez vous acheter une maison ? Une voiture ? Une nouvelle chemise ? Non, je ne comprends pas.

– Je suis souvent mal compris, dit Reacher.

– Entièrement de ma faute. Je vous aimais bien. Je pensais que vous valiez mieux qu'eux.

– Vous travaillez pour de l'argent.

– Mais je choisis ceux pour qui je travaille, très attentivement.

– Cela représente beaucoup d'argent.

– De l'argent sale.

– Il se dépense aussi bien.

– Eh bien, profitez-en.

– C'est ce que je vais faire.

Elle garda le silence.

– Pauling, dit Reacher, donnez-moi une chance.

– Pourquoi ?

– Parce que, pour commencer, je vous paierai votre temps, vos services et vos frais, et ensuite j'enverrai Hobart à Birmingham ou bien à Nashville pour qu'il se fasse réparer. Je lui achèterai assez de pièces détachées pour toute une vie et je lui louerai un endroit pour vivre et je lui donnerai de quoi se débrouiller, car je ne le vois pas vraiment sur le marché du travail, tel qu'il est là. Et s'il en reste un peu, alors là, oui, je m'achèterai une chemise.

– Sérieux ?

– Bien sûr. J'ai besoin d'une autre chemise.

– Non, je voulais dire : pour Hobart ?

– Absolument. Il en a besoin. Il le mérite. Ça, c'est sûr. Et ce ne serait que justice que Lane paie.

Elle s'arrêta. Saisit le bras de Reacher et l'obligea à s'arrêter lui aussi.

– Je suis désolée, dit-elle. Excusez-moi.

– Vous pouvez vous racheter.

– Comment ça ?

– En travaillant avec moi. Nous avons du boulot.

– Vous avez dit à Lane que vous lui donneriez un nom demain.

– Il fallait bien que je dise quelque chose. Je devais le faire partir.

– On va y arriver d'ici demain ?

– Je ne vois pas ce qui nous en empêcherait.

– Par où allons-nous commencer ?

– Je n'en ai pas la moindre idée.

48

Ils commencèrent dans l'appartement de Pauling. Elle vivait dans une petite copropriété de Barrow Street, près de la 4e Rue Ouest. Le bâtiment était une ancienne usine avec des plafonds voûtés en brique et des murs de soixante centimètres d'épaisseur. Tons jaunes, chaleureux et accueillant. Une chambre dans une alcôve sans fenêtre, une salle de bains, une cuisine, une pièce avec un canapé et un fauteuil, une télévision et des tas de bouquins. Tapis aux couleurs douces, textures lisses, bois sombre. L'appartement d'une femme seule. Sans le moindre doute. Une seule personne l'avait conçu et décoré. Quelques petites photographies d'enfants dans des cadres, dont Reacher sut sans avoir à le demander qu'il s'agissait de neveux et de nièces.

Il s'assit sur le canapé, appuya sa tête contre le coussin et fixa la voûte de brique au-dessus de lui. Il était persuadé que l'on pouvait démonter tout ce qui avait été fabriqué par l'homme. Si un homme ou un groupe d'hommes avait été capable de faire quelque chose, alors un autre homme ou groupe d'hommes devait être capable de le défaire. C'était un principe fondamental. Il ne fallait que de l'empathie, de la réflexion et de l'imagination. Et il aimait la pression.

Les délais serrés. Il aimait avoir peu de temps pour résoudre les problèmes. Un endroit tranquille où travailler. Et un esprit semblable au sien avec lequel travailler. Il démarra avec la certitude que Pauling et lui auraient dénoué tout l'écheveau d'ici le lendemain matin.

Cette certitude dura une demi-heure, en gros.

Pauling baissa les lumières et alluma une bougie, puis appela un traiteur indien. La montre dans la tête de Reacher se traînait autour des neuf heures et demie. Le ciel, par la fenêtre, passait du bleu marine au noir et les lumières de la ville brillaient avec éclat. Barrow Street était calme, mais les taxis de la 4e Avenue se servaient abondamment de leur klaxon. À l'occasion, une ambulance hurlait en passant deux pâtés de maisons plus loin, en route vers l'hôpital St Vincent. La pièce semblait faire partie de la ville, mais aussi en être un peu détachée. Un peu isolée. Comme un sanctuaire partiel.

— Refaites-moi ça, dit-il.

— Quoi ?

— La séance de brain-storming. Posez-moi des questions.

— D'accord. Qu'est-ce que nous avons ?

— Une action initiale qui ne tient pas la route et un type qui ne peut pas parler.

— Et ce truc de la langue n'a pas de lien culturel avec l'Afrique.

— Contrairement à l'argent : exactement la moitié.

Silence dans la pièce. Rien d'autre qu'une sirène distante qui passait en filant vers le sud dans la 7e Avenue.

— Commençons par le commencement, reprit Pauling. Quelle était la toute première fausse note ?

Le premier drapeau rouge ? N'importe quoi, même quelque chose de complètement trivial ou aléatoire.

Reacher ferma les yeux et se remémora le tout début : le contact granulaire du gobelet en polystyrène dans sa main, sa texture, sa neutralité, ni chaud ni froid. Il se remémora Gregory arrivant sur le trottoir, alerte, économe de ses mouvements. Son attitude tandis qu'il interrogeait le serveur, sur ses gardes, attentif, en ancien combattant d'élite qu'il était. Son approche directe vers la table en terrasse.

– Gregory m'a interrogé sur la voiture que j'avais vue la veille et je lui ai répondu qu'elle était partie avant vingt-trois heures quarante-cinq, et il a dit que non, qu'il devait être plus près de minuit.

– Bagarre sur le minutage ?

– Pas vraiment. Juste une trivialité, comme vous dites.

– Qu'est-ce que ça voudrait dire ?

– Que l'un de nous deux avait tort.

– Vous ne portez pas de montre.

– Avant, j'en portais une. Je l'ai cassée. Je l'ai jetée.

– Alors il est vraisemblable que Gregory avait raison.

– Si ce n'est que je suis généralement assez sûr de l'heure qu'il est.

– Fermez les yeux. D'accord ?

– D'accord.

– Quelle heure est-il ?

– Neuf heures trente-six.

– Pas mal, dit Pauling. Ma montre indique neuf heures trente-huit.

– Elle avance.

– Vous êtes sérieux ?

Il rouvrit les yeux.

– Absolument.

Pauling fouilla sur sa table basse et trouva la télécommande de la télé. Mit la chaîne météo. L'heure y était affichée dans un coin de l'écran : source officielle, à la seconde près. Pauling vérifia de nouveau sa montre.

– Vous avez raison, dit-elle. Deux minutes d'avance.

Il garda le silence.

– Comment faites-vous ?

– Je ne sais pas.

– Mais vingt-quatre heures s'étaient déjà écoulées depuis l'événement sur lequel Gregory vous a interrogé. Quelle précision auriez-vous pu atteindre ?

– Je ne sais pas vraiment.

– Qu'est-ce que cela voudrait dire si Gregory avait tort et vous raison ?

– Ça voudrait dire quelque chose. Mais je ne sais pas quoi exactement.

– Que s'est-il passé ensuite ?

« Là tout de suite, il s'agit plus vraisemblablement de mort que de vie », avait dit Gregory. Voilà ce qui s'était passé ensuite. Reacher avait vérifié le contenu de son gobelet, à peine trois millimètres d'un express tiède, épais et mousseux. Il l'avait posé et avait dit : « D'accord, allons-y. »

– Quelque chose au moment d'entrer dans la voiture de Gregory. La BMW bleue. Quelque chose a fait tilt. Pas sur le moment, après. Rétrospectivement.

– Vous ne savez pas ce que c'est ?

– Non.

– Et ensuite ?

– Ensuite, nous sommes arrivés au Dakota et c'est parti pour un tour.

La photographie, pensa Reacher. *Ensuite, tout a tourné autour de la photographie.*

– Faisons une pause. Inutile d'y aller en force, dit Pauling.

– Vous avez de la bière au réfrigérateur ?

– Du vin blanc. Vous en voulez ?

– Je me comporte en égoïste. Vous n'avez pas foiré, il y a cinq ans. Vous avez fait tout ce qu'il fallait. Nous devrions prendre une minute pour fêter ça.

Elle resta silencieuse un moment. Puis elle sourit.

– C'est vrai, dit-elle. Parce que, honnêtement, je me sens vraiment bien.

Reacher l'accompagna à la cuisine. Elle sortit une bouteille du réfrigérateur, l'ouvrit avec un tire-bouchon provenant d'un tiroir. Elle prit deux verres dans un placard et les posa côte à côte sur le comptoir. Il les remplit. Ils levèrent leurs verres et trinquèrent.

– Une belle vie est la meilleure des revanches, dit-il.

Ils burent chacun une gorgée et retournèrent vers le canapé. S'installèrent l'un près de l'autre.

– Vous avez démissionné à cause d'Anne Lane ? demanda-t-il.

– Pas directement. Je veux dire, pas tout de suite. Mais, au final, oui. Vous savez comment ça se passe… Comme un convoi naval dans lequel un des navires de guerre est touché sous la ligne de flottaison. Aucun dégât apparent, mais il traîne, de plus en plus, s'écarte un peu de sa route, et quand arrive la bataille suivante il est complètement perdu de vue. C'était tout moi.

Il ne dit rien.

– Peut-être que j'étais à bout, de toute façon, reprit-elle. J'adore cette ville, je ne voulais pas déménager et le patron du bureau de New York a le grade de sous-directeur. J'en étais encore loin.

Elle but une autre gorgée de vin, ramena ses jambes sous elle et se tourna légèrement de côté pour qu'il la voie mieux. Il se tourna à son tour, de sorte qu'ils se faisaient plus ou moins face, à trente centimètres l'un de l'autre.

– Pourquoi avez-vous démissionné ? lui demanda-t-elle.

– Parce qu'ils m'ont dit que je pouvais.

– Vous cherchiez à partir ?

– Non, je cherchais à rester. Mais lorsqu'ils m'ont dit que j'avais la possibilité de partir, le ressort s'est cassé. J'ai compris que je n'étais pas personnellement indispensable à leurs plans. Je pense qu'ils auraient été relativement contents si j'étais resté, mais il était clair que mon départ n'allait pas leur briser le cœur.

– Vous aimez être désiré ?

– Pas vraiment. Le ressort s'est cassé, c'est tout. Je ne saurais pas dire pourquoi exactement.

Il cessa de parler et la regarda, en silence. Elle était belle dans la lueur des bougies. Les yeux brillants, la peau douce. Reacher aimait les femmes au moins autant que n'importe quel homme, et plus que la plupart, mais il était toujours prêt à trouver quelque chose qui n'allait pas. La forme d'une oreille, une cheville épaisse, la taille, les mensurations, le poids. La moindre petite chose pouvait lui gâcher le spectacle. Mais rien de tout ça chez Lauren Pauling. Rien du tout. Voilà qui était sûr.

– En tout cas, félicitations, dit-il. Vous allez bien dormir ce soir.

– Peut-être, dit-elle.

Avant d'ajouter :

– Peut-être que je n'en aurai pas l'occasion.

Il perçut son odeur. Légèrement parfumée, du

savon, une belle peau, du coton propre. Ses cheveux retombaient sur ses clavicules. Les coutures des épaules de son T-shirt étaient légèrement soulevées, invitant le regard dans des tunnels obscurs. Elle était mince et ferme, sauf là où il ne fallait pas qu'elle le soit.

– Pourquoi n'en auriez-vous pas l'occasion ?

– On va peut-être travailler toute la nuit.

– Travailler sans jouer rend ennuyeux.

– Vous ne l'êtes pas, dit-elle.

– Merci, répondit-il.

Et il se pencha en avant et l'embrassa, légèrement, sur les lèvres.

Sa bouche était entrouverte, fraîche et douce du vin qu'elle avait bu. Il glissa sa main libre sous ses cheveux jusqu'à sa nuque. L'amena plus près de lui et l'embrassa plus fort. Elle fit de même avec sa main libre. Ils restèrent dans cette position pendant une bonne minute, à s'embrasser, leurs deux verres de vin levés en l'air à peu près au même niveau. Puis ils se détachèrent, reposèrent leurs verres et Pauling demanda :

– Quelle heure est-il ?

– Neuf heures cinquante et une.

– Comment faites-vous ?

– Aucune idée.

Elle laissa passer quelques secondes, puis se pencha et l'embrassa de nouveau. En se servant de ses deux mains, l'une derrière la tête de Reacher, l'autre dans son dos. Il fit pareil, pure symétrie. Elle avait la langue fraîche et vive. Le dos étroit. La peau chaude. Il glissa la main sous son chemisier. Sentit la main de Pauling former un petit poing et tirer sa chemise hors du pantalon. Sentit ses ongles sur sa peau.

– Je ne fais pas ça, d'habitude, dit-elle, la bouche pressée contre la sienne. Pas quand je travaille.

– Mais nous ne travaillons pas, répondit-il. Nous faisons la fête.

– Bien dit !

Et elle ajouta :

– Nous nous réjouissons de ne pas être Hobart, n'est-ce pas ? Ni Kate Lane.

– Je me réjouis que vous soyez vous.

Elle leva les bras au-dessus de sa tête et garda la pose pendant qu'il lui enlevait son T-shirt. Elle portait un petit soutien-gorge noir. Il leva les bras à son tour et elle s'agenouilla sur le canapé pour faire passer sa chemise par-dessus sa tête. Ainsi que son T-shirt. Elle étala ses mains comme des petites étoiles de mer sur la large étendue de sa poitrine. Les fit glisser vers le sud. Défit sa ceinture. Reacher lui dégrafa son soutien-gorge. La souleva puis l'étendit sur le canapé. Embrassa ses seins. Au moment où la montre dans sa tête indiquait dix heures cinq, ils étaient dans le lit de Pauling, nus sous les draps, enchaînés l'un à l'autre, faisant l'amour avec une patience et une tendresse que Reacher n'avait jamais expérimentées auparavant.

– Les femmes mûres, dit-elle. On vaut le déplacement.

Il ne répondit pas. Se contenta de sourire et d'incliner la tête, l'embrassant dans le cou, au-dessous de l'oreille, à un endroit où sa peau était humide et sentait l'eau de mer.

*

311

Plus tard, ils prirent une douche ensemble et finirent leurs verres avant de retourner se coucher. Reacher était trop fatigué pour réfléchir et trop détendu pour s'en trouver dérangé. Il flottait, chaud, vidé, heureux. Pauling se blottit contre lui et ils s'endormirent ainsi.

*

Bien plus tard, il sentit Pauling remuer et se réveilla avec ses mains sur les yeux.

– Quelle heure est-il ? lui demanda-t-elle en chuchotant.

– Sept heures moins dix-huit, répondit-il. Du matin.

– Tu es incroyable.

– Talent inutile. Ça m'économise le prix d'une montre, c'est tout.

– Qu'est-il arrivé à l'ancienne ?

– J'ai marché dessus. Je l'avais posée près de mon lit et j'ai marché dessus en me levant.

– Et tu l'as cassée ?

– J'avais mes chaussures.

– Au lit ?

– Pour m'habiller plus vite.

– Tu es vraiment incroyable.

– Je ne le fais pas chaque fois. Ça dépend du lit.

– Qu'est-ce que cela pourrait bien vouloir dire si Gregory se trompait pour l'heure, et pas toi ?

Il inspira et ouvrit la bouche, s'apprêtant à dire « Je ne sais pas ».

Mais s'arrêta net.

Il venait de comprendre ce que cela voulait dire.

– Attends, dit-il. (Étendu sur l'oreiller, il fixait le plafond obscur.) Tu aimes le chocolat ? demanda-t-il.

– Oui, je crois bien.

– Tu as une lampe de poche ?

– Une petite Maglite dans mon sac.

– Prends-la dans ta poche, dit-il. Laisse ton sac ici. Et mets un pantalon. La jupe n'ira pas.

49

Ils y allèrent à pied. C'était un beau matin en ville et Reacher n'aurait pas pu rester assis dans le métro ni dans un taxi. Barrow Street jusqu'à Bleeker, puis direction le sud dans la 6e Avenue. Il faisait chaud, déjà. Ils marchaient doucement pour ne pas arriver trop tôt. Ils tournèrent vers l'est dans Spring Street à exactement sept heures trente. Traversèrent Sullivan Street, puis Thompson.

– Nous allons dans l'immeuble en ruine ? demanda Pauling.

– Pour finir, oui, dit Reacher.

Il s'arrêta devant la chocolaterie. Posa ses mains en coupe sur la vitrine et regarda à l'intérieur. La lumière de la cuisine était allumée. Il vit la propriétaire qui bougeait – petite, peau mate, fatiguée, lui tournant le dos. « Des journées de seize heures, lui avait-elle dit. Réglées comme du papier à musique, sept jours sur sept. Le petit commerce. On ne se repose jamais. »

Il cogna sur la vitre, fort. La propriétaire s'arrêta, se retourna et prit un air exaspéré jusqu'à ce qu'elle le reconnaisse. Elle haussa les épaules, accepta sa défaite et traversa la boutique jusqu'à la porte. La déverrouilla et l'entrouvrit.

– Salut, dit-elle.

Une bouffée d'air chargée de l'amertume du chocolat arriva jusqu'à lui.

– Pouvons-nous accéder encore une fois à l'allée ? demanda-t-il.

– Qui est votre amie, cette fois ?

Pauling s'avança et donna son nom.

– Vous êtes vraiment des dératiseurs ?

– Des enquêteurs, dit Pauling en tendant une carte de visite professionnelle.

– Vous enquêtez sur quoi ?

– Une femme a disparu, dit Reacher. Avec sa fille.

Un moment de silence.

– Vous pensez qu'elles sont à côté ?

– Non, dit Reacher. Il n'y a personne à côté.

– Vous voulez un chocolat ?

– Pas au petit déjeuner, dit Reacher.

– Moi, j'adorerais, dit Pauling.

La propriétaire ouvrit grande la porte, et Pauling et Reacher entrèrent. Pauling prit son temps pour choisir un chocolat. Elle se décida pour un fondant à la framboise aussi gros qu'une balle de golf. Mordit dedans et laissa échapper un murmure d'appréciation. Puis elle suivit Reacher à travers le laboratoire et le long du petit couloir carrelé. Jusqu'à la porte de derrière, et dans l'allée.

L'arrière de l'immeuble abandonné était exactement dans le même état que lorsque Reacher l'avait vu la première fois. La porte rouge et terne, la poignée noire rouillée, la fenêtre sale au rez-de-chaussée. Il tourna la poignée et poussa la porte, au cas où, mais elle était fermée à clé, comme prévu. Il se pencha en avant et délaça une de ses chaussures. L'enleva et, la tenant par la pointe, se servit du talon comme d'un marteau d'un kilo. Il brisa la vitre, en bas à gauche, près du verrou de la porte.

Il continua à taper pour élargir le trou, puis il remit sa chaussure. Passa le bras dans le trou jusqu'à l'épaule, se colla au mur et tâtonna jusqu'à ce qu'il trouve la poignée intérieure. Il déverrouilla la porte et retira son bras avec précaution.

– C'est bon, dit-il.

Il ouvrit et se mit sur le côté pour que Pauling puisse voir.

– Comme tu m'avais décrit, dit-elle. Inhabitable. Pas de planchers.

– Ça te dit, un petit tour en échelle ?

– Pourquoi moi ?

– Parce que, si je me trompe, j'aurai peut-être envie d'abandonner et de rester en bas pour toujours.

Pauling s'avança à l'intérieur et regarda l'échelle. Elle était exactement au même endroit que la première fois, à droite, en pente raide, appuyée sur le pan de mur qui séparait la fenêtre de la porte.

– J'ai fait pire à Quantico, dit-elle. Mais ça fait un bail.

– Il n'y a que trois mètres si tu tombes.

– Merci.

Elle tourna le dos au vide. Reacher prit sa main droite dans la sienne. Pauling se déplaça vers la gauche et lança son pied gauche et sa main gauche vers l'échelle. Se stabilisa et lâcha la main de Reacher, marqua une pause avant de descendre dans le noir. L'échelle rebondit et claqua un peu, puis il entendit les craquements et froissements d'ordures tandis qu'elle arrivait en bas et descendait de l'échelle.

– C'est dégoûtant ! cria-t-elle.

– Désolé, dit-il.

– Il y a peut-être des rats.

– Sers-toi de la lampe de poche.

– Ça les fera fuir ?

– Non, mais tu les verras arriver.

– Super ! Merci.

Il se pencha au-dessus du vide et vit le faisceau de sa lampe de poche trancher l'obscurité.

– Où est-ce que je vais ? cria-t-elle.

– Vers l'avant de l'immeuble. Juste sous la porte d'entrée.

Le faisceau de la lampe se stabilisa dans une direction, puis s'agita vers l'avant. Les murs du sous-sol avaient été blanchis quelques années plus tôt avec une sorte d'enduit à la chaux et reflétaient un peu la lumière. Reacher vit de gros tas d'ordures partout. Des papiers, des cartons, des piles de matière en décomposition non identifiable.

Pauling atteignit le mur de façade. Le faisceau lumineux se déplaça vers le haut et elle localisa la porte au-dessus d'elle. Elle bougea légèrement vers la gauche pour se positionner directement à la verticale de celle-ci.

– Maintenant, regarde par terre, dit Reacher. Qu'est-ce que tu vois ?

Le faisceau pointa vers le bas. À courte distance, très brillant.

– Je vois des ordures, répondit-elle.

– Regarde mieux. Elles ont pu rebondir.

– Quoi donc ?

– Fouille un peu et tu verras. J'espère.

Le faisceau de la lampe décrivit un petit cercle au hasard. Puis un plus grand. Puis il s'arrêta brutalement et ne bougea plus.

– D'accord, dit-elle. Là, je vois. Mais comment tu pouvais savoir ?

Reacher ne dit rien. Pauling se tint immobile encore une seconde, puis se pencha. Se redressa en levant les mains. Dans la droite, elle tenait la lampe. Dans la gauche, deux jeux de clés, l'un pour une Mercedes et l'autre pour une BMW.

50

Pauling se fraya un chemin à travers les détritus jusqu'à la base de l'échelle et lança les trousseaux de clés à Reacher. Il les rattrapa chacun d'une main, la gauche puis la droite. Accrochés à des anneaux chromés, les deux jeux avaient des petits pendentifs en cuir noir ornés de l'insigne verni de la marque. L'étoile à trois branches pour la Mercedes, l'hélice bleu et blanc pour la BMW. Chacun avait une clé de voiture unique et une télécommande. Reacher souffla dessus pour enlever la poussière et les traces de détritus et les mit dans sa poche. Puis il se pencha au-dessus du vide, attrapa le bras de Pauling et la tira jusqu'à ce qu'elle soit en sécurité dans l'allée. Elle épousseta ses vêtements et donna des coups de pied dans le vide pour enlever les traces de détritus.

– Alors ? dit-elle.

– Un partout, répondit-il.

Il ferma la porte rouge terne, remit son bras dans le trou de la fenêtre, s'appuya de nouveau contre le mur et tira le verrou de l'intérieur. S'extirpa avec précaution et testa la poignée. Elle était solide. Sûre.

– Tout ce truc de la boîte aux lettres était un leurre, dit-il. Un bon gros non-sens pour détourner l'attention. Le type avait déjà les clés. Des doubles qui venaient des armoires du bureau de Lane. Il y a tout un tas de clés de voitures là-bas. Les doubles de certaines clés y étaient rangés, mais d'autres manquaient.

– Et donc tu avais raison pour l'heure.

Il acquiesça :

– Le type était dans l'appartement au-dessus du café. Assis sur sa chaise à regarder par la fenêtre. Il a vu Gregory se garer à onze heures quarante et s'en aller à pied, mais il ne l'a pas suivi jusqu'à Spring Street. Pas besoin. Il n'avait rien à y faire. Il est simplement sorti de chez lui, a traversé la 6ᵉ Avenue et s'est servi du double de la clé de contact. Immédiatement, bien plus près de onze heures quarante que de minuit.

– Même chose avec la BMW bleue le lendemain matin.

– Exactement la même chose. J'ai surveillé cette porte pendant vingt minutes et il ne s'en est même pas approché. Il n'est même jamais allé au sud de Houston Street. Il était à bord de la BMW environ deux minutes après que Gregory en était sorti.

– Et c'est pour ça qu'il avait spécifié les voitures aussi précisément. Il fallait qu'elles correspondent aux clés volées.

– C'est ça qui me travaillait quand Gregory m'a fait monter à bord le premier soir. Gregory a appuyé sur la télécommande à trois mètres de distance, comme tout le monde. Mais, la veille, l'autre type n'avait pas fait comme ça avec la Mercedes. Il était allé jusqu'à la voiture et avait mis la clé dans la serrure. Personne ne fait plus ça. Lui, il l'a fait parce qu'il y était obligé, parce qu'il n'avait pas de télécommande. Il n'avait que le double de la clé de contact. Ce qui explique aussi pourquoi il s'est servi de la Jaguar pour le dernier paiement. Il voulait pouvoir la verrouiller depuis l'autre côté de la rue dès que Burke aurait déposé l'argent. Par sécurité. Il ne pouvait le faire qu'avec la Jaguar parce que c'était la seule télécommande qu'il avait. Il en avait hérité lors de l'enlèvement.

Pauling garda le silence.

– J'ai dit à Lane que ce type se servait de la Jaguar par provocation, reprit Reacher. Pour qu'il se souvienne. Mais la vraie raison était d'ordre pratique, pas psychologique.

Pauling garda le silence une seconde de plus.

– Te voilà de nouveau en train de dire qu'il a reçu une aide de l'intérieur. Non ? Il lui en fallait une, n'est-ce pas ? Pour voler les doubles des clés. Mais tu as déjà éliminé cette possibilité. Tu as déjà décidé qu'il n'y avait pas eu d'aide.

– Je crois avoir compris.

– Quoi donc ?

– Le type à la langue coupée. C'est la clé de toute l'affaire.

51

Pauling et Reacher repassèrent par la chocolaterie et se retrouvèrent dans la rue avant huit heures et demie. Puis dans le bureau de Pauling, dans la 4e Rue Ouest, avant neuf heures.

– Nous avons besoin de Brewer, dit Reacher. Et de Patti Joseph.

– Brewer dort encore, dit-elle. Il travaille tard.

– Aujourd'hui il va travailler tôt. Il va falloir qu'il se bouge le cul. Parce qu'il nous faut une identification formelle du corps trouvé dans l'Hudson.

– Taylor ?

– Nous devons en être certains. Je suis sûr que Patti Joseph a une photo de lui. Je parie qu'elle a une photo de tous les gens qui sont entrés ou sortis du Dakota. Si elle donne à Brewer un bon cliché bien net de Taylor, il pourra filer à la morgue et nous l'identifier.

– Patti n'est pas notre meilleure copine sur ce coup. Elle veut faire tomber Lane, pas l'aider.

– Nous ne l'aidons pas. Tu le sais bien.

– Je ne suis pas sûre que Patti voie la différence.

– Tout ce que nous voulons, c'est une photo. Elle peut bien faire ça.

Elle appela Patti Joseph. Celle-ci lui confirma qu'elle avait un dossier avec des photographies de tous les hommes de Lane depuis quatre ans qu'elle était au Majestic. Au début, elle se montra réticente à l'idée qu'ils y accèdent. Puis elle comprit qu'une identification formelle du cadavre de Taylor mettrait la pression sur Lane et accepta de réserver la meilleure des photos de face qu'elle avait pour Brewer. Après, Pauling appela Brewer. Elle le réveilla. Ça le mit de mauvaise humeur, mais il accepta de passer prendre la photo. Il y allait aussi de son intérêt. L'identification de la victime d'un homicide non résolu lui vaudrait quelques bons points au NYPD.

– Et maintenant ? demanda Pauling.

– Petit déjeuner, dit Reacher.

– On a le temps ? Lane nous attend aujourd'hui.

– Aujourd'hui, c'est jusqu'à minuit.

– Et après le petit déjeuner ?

– Tu voudras peut-être prendre une douche.

– Ça va. Le sous-sol n'était pas si affreux.

– Je ne pensais pas au sous-sol. Je me disais qu'on pourrait rapporter du café et des croissants chez toi. La dernière fois, on a fini tous les deux par prendre une douche.

– Je vois, dit-elle.

– Seulement si tu en as envie.

– Je connais une excellente boulangerie.

*

Deux heures plus tard, Reacher se séchait les cheveux avec une serviette qu'il avait empruntée et tentait de décider s'il devait ou non suivre son intuition. En général, il n'était pas fan de ses intuitions. Trop souvent, il ne s'agissait que de suppositions sans fondement qui lui faisaient perdre du temps et ne menaient nulle part. Cela dit, en attendant des nouvelles de Brewer, il avait du temps à perdre et nulle part où aller, de toute façon. Pauling sortit de la salle de bains avec une allure époustouflante. Chaussures, bas, jupe serrée, chemisier en soie, tout en noir. Brushing, maquillage léger. Des yeux merveilleux, ouverts, francs et intelligents.

– Quelle heure est-il ? demanda-t-elle.

– Onze heures treize. Plus ou moins.

– Un jour, il faudra que tu m'expliques comment tu fais.

– Si jamais je comprends, tu seras la première à être informée.

– Un long petit déjeuner, dit-elle. Je me suis bien amusée.

– Moi aussi.

– Et maintenant ?

– C'est l'heure du déjeuner.

– Je n'ai pas encore faim.

– On pourrait sauter le repas.

Elle sourit.

– Sérieusement, dit-elle. Nous avons des choses à faire.

– On peut retourner à ton bureau ? J'ai des trucs à vérifier.

*

Barrow Street était calme, mais la 4e Rue Ouest s'animait déjà avec le début de la pause-déjeuner. Les trottoirs étaient bondés. Reacher et Pauling accompagnaient le mouvement, plus lentement qu'ils ne l'auraient voulu. Mais ils n'avaient pas le choix. Les embouteillages de piétons existent tout autant que

324

ceux de voitures. Une marche de cinq minutes leur en prit dix. La porte sur rue de l'immeuble du bureau de Pauling était déjà déverrouillée. D'autres locataires étaient sur place, et ce, depuis des heures. Reacher suivit Pauling dans l'escalier. Elle se servit de ses clés et ils entrèrent dans la salle d'attente. Il la devança dans la pièce du fond, celle où se trouvaient les étagères et l'ordinateur.

– Qu'est-ce que tu veux vérifier ? demanda-t-elle.

– D'abord l'annuaire, répondit-il. À T pour Taylor.

Elle descendit les Pages Blanches d'une étagère et l'ouvrit sur le bureau. Tout un tas de Taylor y figuraient. Un nom plutôt commun.

– Prénom ? demanda-t-elle.

– Aucune idée, répondit-il. Sers-toi des adresses. Cherche un particulier dans le West Village.

Elle délimita l'aire en utilisant la définition qu'un promoteur optimiste pourrait en donner et fit des marques au crayon dans la marge de l'annuaire. Sept possibilités. 8e Rue Ouest, Bank Street, Perry Street ou Sullivan Street, la 12e Rue Ouest, Hudson Street et Waverly Place.

– Commence par Hudson Street. Vérifie sur le plan de la ville le pâté de maisons auquel correspond l'adresse.

Elle posa le plan sur l'annuaire et le fit glisser jusqu'à ce que le bord de la couverture souligne le Taylor de Hudson Street. Puis elle tourna les pages jusqu'à ce qu'elle trouve la localisation exacte du numéro dans un pâté de maisons précis.

Et leva les yeux.

– Exactement à mi-chemin entre Clarkson et Leroy, dit-elle.

Il garda le silence.

– Qu'est-ce qui se passe, là ?

– À ton avis ?

– Le type à la langue coupée connaissait Taylor ? Vivait avec lui ? Travaillait avec lui ? Il l'a tué ?

Reacher ne dit rien.

– Attends, dit-elle. C'était Taylor l'infiltré, c'est ça ? Il a volé les doubles des clés. Il s'est arrêté devant chez Bloomingdale's, à l'endroit précis où l'autre l'attendait… Tu te poses toujours des questions sur l'action initiale. C'est le seul moyen pour que ça marche.

Il ne dit rien.

– Est-ce vraiment Taylor qu'on a retrouvé dans le fleuve ? demanda-t-elle.

– Nous le saurons dès que Brewer appellera.

– Le port de plaisance est très au nord du Village. Là où toute l'action se passe.

– L'Hudson subit la marée tout du long jusqu'au Tappan Zee. Techniquement, c'est un estuaire, pas un fleuve. Un cadavre pourrait y dériver vers le nord comme vers le sud.

– Comment procède-t-on ?

– On vérifie les détails et on étudie les indices. Voilà comment on procède. Le parcours du combattant. Étape par étape. Prochaine étape : la visite chez Taylor.

– Maintenant ?

– L'heure en vaut bien une autre.

– On entrera ?

– Évidemment.

Pauling prit une feuille de papier, inscrivit « G. Taylor » et recopia l'adresse de l'annuaire.

Et ajouta :

– Je me demande ce que le G veut dire.

– Il était britannique, n'oublie pas, dit Reacher. Geoffrey avec un G. Ou Gerald. Gareth ou Glynn. Voire Gervaise, Godfrey ou Galahad.

*

Ils s'y rendirent à pied. Le soleil de midi faisait ressortir l'odeur acide des cafés au lait jetés dans les poubelles et les caniveaux. Camionnettes et taxis encombraient les rues. Des chauffeurs klaxonnaient en anticipant d'éventuels retards. Depuis les évacuateurs d'air conditionné des étages inférieurs tombait une pluie grasse de condensation. Des vendeurs à la sauvette proposaient de fausses montres, des parapluies et des accessoires pour téléphones mobiles. La ville en plein tumulte. Reacher aimait New York plus que n'importe quel autre endroit. Il en aimait l'indifférence décontractée, l'agitation frénétique et l'anonymat total.

Entre Clarkson et Leroy, Hudson Street est constituée d'immeubles côté ouest et du parc James J. Walker côté est. Le numéro de Taylor correspondait à un cube en brique de quinze étages. Entrée quelconque, mais hall décent. Reacher vit un type seul derrière un long comptoir. Pas de portier sur le trottoir. Ça lui simplifierait la tâche. Un type vaut toujours mieux que deux. Pas de témoin.

– Approche ? demanda Pauling.

– Tranquille, dit Reacher. Approche directe.

Ils tirèrent la porte de l'immeuble et entrèrent. Le hall était décoré en placage de bois de loupe foncé avec des touches de métal brossé. Sol en granit. Le décor du jour – de nombreux jours auparavant. Reacher gagna directement l'accueil, le type leva les yeux, Reacher lui montra Pauling.

– Voilà l'histoire, dit-il. Cette dame vous donnera quatre cents dollars si vous nous laissez accéder à l'appartement de M. G. Taylor.

Tranquille. Approche directe. Les concierges sont des êtres humains. Et le montant était bien choisi. Quatre cents est un nombre légèrement inhabituel. Il n'est ni désinvolte ni banal. Pas du genre à entrer par une oreille et sortir par l'autre. Il attire l'attention. Assez gros pour qu'on le prenne pour une somme importante. Et, d'après l'expérience de Reacher, il engendre une tentation irrésistible de négocier jusqu'à cinq cents. Et, toujours d'après l'expérience de Reacher, une fois qu'on a cédé à la tentation, la bataille est remportée. C'est comme la prostitution. Une fois que le principe est établi, seul reste à définir le prix.

Le type regarda à gauche, puis à droite. Ne vit personne.

Pas de témoin. C'est plus facile.

– Tout seuls ? demanda le type de l'accueil.

– Ça m'est égal, dit Reacher. Venez avec nous. Envoyez un agent d'entretien.

Le type réfléchit. Et dit :

– D'accord, je vous envoie quelqu'un.

Mais tu garderas le fric pour toi, pensa Reacher.

– Cinq cents, dit le type.

– Marché conclu, dit Reacher.

Pauling ouvrit son sac et son portefeuille, humecta son pouce et compta cinq billets de cent. Les enroula autour de son index et les posa sur le comptoir.

– Onzième étage, dit le concierge. Prenez à gauche, allez jusqu'à la porte du fond à droite. L'agent d'entretien vous y retrouvera.

Il indiqua les ascenseurs et prit un talkie-walkie pour faire venir le type. Reacher et Pauling s'avancèrent et appuyèrent sur le bouton « Montée ». Une porte d'ascenseur s'ouvrit comme si elle les attendait depuis toujours.

– Tu me dois beaucoup d'argent, dit Pauling.

– Je peux me le permettre, dit Reacher. Je serai riche d'ici ce soir.

– J'espère que le personnel de mon immeuble est mieux qu'ici.

– Tu peux toujours rêver. Je suis entré dans un grand nombre d'immeubles, dans le temps.

– Tu avais une enveloppe « Corruption » ?

– Énorme. C'était avant la réaffectation des crédits militaires. On nous a vraiment plombé tous les budgets.

La cabine s'arrêta au onzième et la porte s'ouvrit. La décoration du couloir mélangeait briques et peinture blanche et le seul éclairage provenait des écrans de télévision installés à hauteur de la taille derrière des vitres. Tous brillaient d'une faible lueur violette.

– Classe, dit-elle.

– Je préfère chez toi, dit-il.

Ils tournèrent à gauche et arrivèrent devant la porte du fond à droite. Dessus, il y avait une boîte encastrée au niveau des yeux avec un judas, le numéro de l'appartement et une fente recouverte d'une étiquette en adhésif noir sur laquelle on lisait « Taylor ». Coin nord-est de l'immeuble. Calme et silencieux, le couloir sentait vaguement le désodorisant ou le shampooing pour moquettes.

– Combien paie-t-il pour un endroit pareil ? demanda Reacher.

– En location ? dit Pauling en observant la distance entre les portes pour évaluer la taille des appartements. Un petit deux-pièces… Dans les quatre mille par mois. Peut-être quatre mille deux cent cinquante dans un immeuble comme celui-ci.

– C'est beaucoup.

– Pas quand on en gagne vingt-cinq mille.

À leur droite, la sonnerie d'un ascenseur retentit et un homme en uniforme vert avec une ceinture à outils en cuir fauve en sortit. L'agent d'entretien. Il s'avança et tira un porte-clés de sa poche. Sans poser de questions. Déverrouilla la porte de Taylor, l'ouvrit et recula.

Reacher passa le premier. L'air à l'intérieur était chaud et immobile. Entrée de la taille d'une cabine téléphonique, cuisine tout en inox sur la gauche et penderie sur la droite. Salon pile en face, deux chambres côte à côte vers la gauche, l'une plus grande que l'autre. La cuisine et le salon étaient d'une propreté sans faille et parfaitement bien rangés. Décoration années cinquante, sobre, de bon goût, masculine. Plancher en bois sombre, murs clairs, épais tapis de laine. Bureau en érable. Un fauteuil Eames et une ottomane face à un canapé Florence Knoll. Un fauteuil Le Corbusier et une table basse Noguchi. Du style. Pas du toc. Du classique. Reacher les reconnaissait pour les avoir vus dans des magazines. Un tableau au mur. Une scène urbaine, animée, active, vivante – acrylique sur toile. De nombreux livres, classés par ordre alphabétique. Un petit poste de télévision. De nombreux CD et une chaîne haute-fidélité de qualité réservée à l'écoute au casque. Pas d'enceintes. Un type attentif. Un bon voisin.

– Très élégant, dit-elle.

– Un Anglais à New York, dit Reacher. Il devait boire du thé.

La plus grande des deux chambres était vide,

presque monacale. Murs blancs, grand lit double, parure de lit grise, lampe de bureau italienne sur la table de nuit, de nouveau des livres, un autre tableau du même artiste. L'armoire comprenait une penderie et un mur d'étagères. La penderie était pleine de costumes, de vestes, de chemises et de pantalons rangés par saison et par couleur. Tous propres, pliés et repassés. Chaque cintre était exactement à deux centimètres et demi de son voisin. Sur les étagères, des piles de T-shirts, de sous-vêtements et de chaussettes. Toutes bien verticales, et toutes de la même hauteur. L'étagère du bas servait aux chaussures. De marques anglaises, solides, semblables à celles de Reacher, noires ou marron, brillantes comme des miroirs. Toutes avec embauchoir en cèdre.

– C'est incroyable, dit Pauling. Il faut que j'épouse ce type.

Reacher garda le silence et passa dans l'autre chambre. Celle pour laquelle l'argent, le désir ou l'énergie avait manqué. Petit espace tout bête et pas décoré. On le sentait inutilisé. Sombre, chaud et humide. Pas d'ampoule dans le plafonnier. Rien que deux lits métalliques étroits. On les avait rapprochés l'un de l'autre. Oreillers enfoncés. La fenêtre était masquée de tissu noir. Celui-ci avait été scotché aux murs, au-dessus de la fenêtre, en dessous, sur les côtés. Mais on avait décollé le ruban adhésif sur un côté, et un étroit rectangle de tissu avait été replié pour offrir une vue, de l'air ou de la ventilation.

– C'est ici, dit Reacher. C'est ici que Kate et Jade ont été cachées.

– Par qui? L'homme qui ne parle pas?

– Voilà. C'est ici que l'homme qui ne parle pas les a cachées.

52

Pauling s'approcha des lits et se pencha pour examiner les oreillers.

– Cheveux bruns et longs, dit-elle. Une femme et une petite fille. Elles ont passé la nuit à remuer et à gigoter.

– J'imagine, dit Reacher.

– Deux nuits, peut-être.

Reacher revint au salon et inspecta le bureau. L'agent d'entretien le surveillait du couloir. Le bureau était aussi bien rangé que le placard, mais ne contenait pas grand-chose. Des documents personnels, quelques relevés bancaires, les papiers de location de l'appartement. Taylor se prénommait Graham. Citoyen britannique, résident étranger. Il avait un numéro de sécurité sociale. Ainsi qu'une assurance vie et un plan d'épargne retraite. Sur le bureau se trouvait un combiné téléphonique. Luxueux, de marque Siemens. L'air tout neuf, récemment installé. Dix touches pour des numéros préprogrammés, avec des étiquettes sous un cache plastique à côté de chaque touche. Sur les étiquettes figuraient des initiales. Tout en haut, un « L ». *Lane*, se dit Reacher. Il appuya sur la touche et un numéro avec l'indicatif 212 s'inscrivit dans une jolie typographie alphanumérique sur un écran à cristaux liquides. Manhattan, le Dakota, probablement. Il appuya successivement sur les neuf autres touches. L'écran indiqua trois numéros avec l'indicatif 212, trois avec le 917, deux avec le 718, et un long numéro commençant par 01144. Les 212 étaient tous à Manhattan. Des copains, certainement, peut-être même Gregory – d'ailleurs il y avait un « G » sur une des étiquettes. Les 917 étaient des mobiles. Peut-être les mêmes types en déplacement, ou bien des gens qui n'avaient pas de téléphone fixe. L'indicatif 718 correspondait à Brooklyn. Probablement des copains qui n'avaient pas les moyens de se loger à Manhattan. Le numéro long commençant par 01144 était en Grande-Bretagne. De la famille, peut-être. L'initiale correspondante était « S ». Sa mère, ou son père, peut-être.

Reacher continua à jouer avec les boutons du téléphone pendant un certain temps, puis il termina son inspection du bureau et revint vers la deuxième chambre. Pauling était debout à la fenêtre et, à moitié tournée vers l'extérieur, regardait par la fente étroite.

– Bizarre, dit-elle. Non ? Elles étaient là, dans cette pièce. Ce panorama est peut-être le dernier qu'elles ont vu.

– On ne les a pas tuées ici. Trop difficile de sortir les corps.

– Pas le dernier panorama à proprement parler. Disons la dernière vue normale dans la vie de tous les jours.

Reacher ne dit rien.

– Tu les sens ici ? demanda-t-elle.

– Non.

Il tapa sur le mur avec ses phalanges, puis s'agenouilla et tapa par terre. Les murs paraissaient épais et solides, et le sol semblait fait de béton recouvert d'un plancher en bois dur. Un immeuble d'habitation était un endroit étrange pour garder des prisonniers, mais celui-ci avait l'air suffisamment sûr. Exigez par la terreur le silence de vos captifs, et les voisins n'en sauront pas grand-chose. Rien, même. Jamais. Comme avait dit Patti Joseph : « Cette ville permet un anonymat incroyable. On peut y passer des années sans jamais poser les yeux sur son voisin. »

Ni sur ses invités, pensa Reacher.

– Tu crois qu'il y a un concierge vingt-quatre heures sur vingt-quatre ? demanda-t-il.

– J'en doute. Pas si loin au sud de la ville. Chez moi, en tout cas, ce n'est pas le cas. Probablement un service partiel. Jusqu'à vingt heures.

– Voilà qui pourrait expliquer les décalages. Il ne pouvait pas les faire passer devant un concierge alors qu'elles risquaient de faire des pieds et des mains pour se libérer. Le premier jour, il a dû attendre plusieurs heures. Après, il a respecté les mêmes intervalles de temps, pour la cohérence.

– Et pour donner une impression de distance.

– C'est ce que pensait Gregory. Il avait raison, et moi, tort. Je penchais pour les Catskills.

– Hypothèse raisonnable.

Reacher ne dit rien.

– Et maintenant ? demanda Pauling.

– J'aimerais revoir ton copain du Pentagone.

– Je ne suis pas sûre qu'il accepte. Je ne pense pas qu'il t'apprécie.

– Moi non plus. Mais il s'agit de travail. Fais-lui une proposition.

– Que peut-on lui offrir ?

– Dis-lui que nous débarrasserons l'humanité de Lane et de sa troupe s'il nous donne une petite information. Il acceptera le marché. Dix minutes avec nous dans une cafétéria et il en obtiendra plus qu'en dix ans de parlottes à l'ONU. Un groupe entier de véritables mercenaires mis définitivement hors d'état de nuire.

– On peut le lui garantir ?

– Il le faudra bien. À un moment ou à un autre, ce sera eux ou nous.

*

Ils regagnèrent le bureau de Pauling à pied, en reprenant le chemin de l'aller. St Luke Place, 7e Avenue, Cornelia Street, 4e Rue Ouest. Reacher se reposa dans un des fauteuils pour visiteurs de Pauling tandis que celle-ci jouait au téléphone musical à l'ONU en essayant de localiser son ami. Elle lui mit la main dessus au bout d'une heure environ. Il se montra réticent, mais accepta de les rencontrer dans la même cafétéria que la fois précédente, à quinze heures.

– Le temps passe, dit-elle.

– Comme toujours. Essaie d'avoir Brewer. Nous avons besoin de tout ce qu'il peut nous dire.

Mais Brewer n'était pas revenu à son poste et son mobile était éteint. Reacher s'appuya contre le fauteuil et ferma les yeux. *Inutile de s'exciter quand on ne peut pas contrôler.*

*

À deux heures, prévoyant large, au cas où, ils sortirent prendre un taxi. Ils en attrapèrent un tout de suite et se retrouvèrent à la cafétéria de la 2e Avenue avec quarante minutes d'avance. Pauling essaya encore d'appeler Brewer. Toujours pas de réponse. Elle referma son

335

téléphone, le posa sur la table et le fit tourner comme une toupie. Lorsqu'il s'arrêta, l'antenne pointait droit sur la poitrine de Reacher.

– Tu as une théorie, dit-elle. Non ? Comme un physicien ? Une théorie unificatrice du Grand Tout.

– Non, dit-il. Pas du Grand Tout. Loin de là. Fragmentaire. Il me manque encore un gros morceau. Mais j'ai un nom pour Lane.

– Lequel ?

– Attendons Brewer, dit Reacher.

Il fit un signe à la serveuse. La même que la fois précédente. Il commanda du café. Mêmes tasses, même cafetière Bunn. Même goût chaud, fort, banal.

*

Le mobile de Pauling vibra trente minutes avant l'heure prévue pour l'entrée en scène du type du Pentagone. Elle prit l'appel, dit son nom, écouta un moment, puis indiqua leur position. Une cafétéria, côté est de la 2e Avenue, entre la 44e et la 45e Rue, un box dans le fond. Et elle raccrocha.

– Brewer, dit-elle. Enfin. Il va venir nous voir ici. Il veut nous parler en face à face.

– Pourquoi ?

– Il ne l'a pas dit.

– Où est-il maintenant ?

– Il quitte la morgue.

– Il va y avoir foule ici. Il va arriver en même temps que ton gars.

– Et mon gars ne va pas aimer ça. Je ne pense pas qu'il apprécie la foule.

– Si je vois qu'il traîne les pieds, j'irai lui parler dehors.

Mais l'ami du Pentagone de Pauling arriva légèrement en avance. Probablement pour évaluer la situation avant le rendez-vous. Reacher le vit sur le trottoir – regardant à l'intérieur pour inspecter les clients, un visage à la fois. Patient. Minutieux. Finalement il parut satisfait et passa la porte. Traversa rapidement la pièce et se glissa dans le box. Il portait le même uniforme bleu. La même cravate. Probablement une chemise propre, même s'il n'y avait pas vraiment moyen de savoir. Les chemises Oxford blanches à col boutonné se ressemblent toutes.

– J'ai un problème avec votre proposition, dit-il. Je ne peux pas en approuver le caractère illégal.

Enlève donc ce tisonnier de ton rectum, pensa Reacher. *Dis merci pour une fois dans ta vie de merde. Tu pourrais être général maintenant, mais tu sais bien comment c'est.* Pourtant, il se contenta de dire :

– Je comprends votre problème, monsieur. Parfaitement. Et vous avez ma parole qu'aucun flic ou procureur en Amérique ne trouvera rien à redire à ce que je ferai.

– J'ai votre parole ?

– Parole d'officier.

Le type sourit :

– Et de gentleman ?

Reacher ne sourit pas en retour.

– Je ne peux pas prétendre à ce titre.

– Aucun flic, aucun procureur en Amérique ?

– Je vous le garantis.

– Vous pouvez réellement me l'assurer ?

– Je le peux, parfaitement.

Le type réfléchit. Puis :

– Bon. Alors, que voulez-vous que je fasse ?

– Je veux que vous me confirmiez quelque chose pour m'éviter de perdre mon temps et mon argent.

– Quoi ?

– J'aimerais que vous vérifiiez le nom d'un passager sur les manifestes des vols ayant quitté la région dans les dernières quarante-huit heures.

– Vols militaires ?

– Non, avions de ligne.

– Ça regarde la Sécurité du territoire.

Reacher acquiesça :

– Voilà pourquoi j'ai besoin que vous le fassiez pour moi. Je ne sais pas qui appeler. Plus maintenant. Mais je pense que *vous* vous savez.

– Quel aéroport ? Quel vol ?

– Je ne sais pas trop. Il faudra aller à la pêche. Je commencerais par JFK. British Airways ou American Airlines, vers Londres. Les vols d'avant-hier, tard le soir. Si ça ne marche pas, les vols au départ de Newark. En cas d'échec, JFK de nouveau, hier matin.

– Uniquement les vols transatlantiques ?

– C'est ce que je pense, à l'heure qu'il est.

– D'accord, dit le type, lentement, comme s'il prenait des notes dans sa tête.

Puis il demanda :

– Qui est-ce que je recherche ? Un des hommes d'Edward Lane ?

Reacher acquiesça :

– Un ancien membre de fraîche date.

– Son nom ?

– Taylor. Graham Taylor. Citoyen britannique.

53

L'homme du Pentagone s'en alla en promettant de les tenir au courant par l'intermédiaire du mobile de Lauren Pauling. Reacher se fit resservir du café.

– Tu n'as pas trouvé le passeport de Taylor dans l'appartement, dit Pauling.

– Non, effectivement.

– Donc, soit il est en vie, soit tu penses que quelqu'un a pris son identité.

Reacher garda le silence.

– Supposons que Taylor ait travaillé avec le type à la langue coupée, reprit-elle. Supposons qu'ils se soient disputés pour une raison quelconque : le sort qu'ils réservaient à Kate et Jade, l'argent, ou les deux. Et supposons encore que l'un des deux ait tué l'autre et se soit enfui avec le passeport de Taylor et tout l'argent.

– S'il s'agit du type à la langue coupée, pourquoi se servirait-il du passeport de Taylor ?

– Peut-être qu'il n'en a pas à lui. C'est le cas de beaucoup d'Américains. À moins qu'il ne soit sur une liste de personnes surveillées. Peut-être qu'il ne peut pas prendre l'avion sous son nom.

– Sur les passeports, il y a des photographies.

– Généralement vieilles et passe-partout. Est-ce que tu ressembles à la photo de ton passeport ?

– Un peu.

– Parfois, il suffit de presque rien. En sortant du pays, on est moins contrôlé qu'en y entrant.

Il acquiesça, leva la tête et vit Brewer passer la porte. Grand, vif, énergique. Quelque chose sur le visage. De la frustration peut-être, ou de l'inquiétude. Reacher ne savait pas vraiment. À moins que le type ne soit simplement fatigué. On l'avait réveillé tôt. Il traversa la salle en vitesse, se glissa dans le box et s'assit à la place que l'homme du Pentagone venait de libérer.

– Le gars dans le fleuve n'est pas celui de la photographie prise par Patti Joseph, dit-il.

– Vous êtes sûr ? demanda Reacher.

– Aussi sûr que je l'ai jamais été de quoi que ce soit. Le type de Patti mesure un mètre soixante-douze, plutôt athlétique. Le noyé fait un mètre quatre-vingt-huit et n'est pas du tout en forme. Voilà des différences plutôt concluantes, non ?

Reacher acquiesça.

– Plutôt, oui, dit-il.

– Est-ce qu'il avait sa langue ? demanda Pauling.

– Sa quoi ?

– Sa langue. Est-ce que le noyé avait sa langue ?

– Ce n'est pas le cas de tout le monde ? C'est quoi, cette question ?

– Nous cherchons un type avec la langue coupée.

Brewer la regarda droit dans les yeux.

– Alors ce noyé n'est pas votre gars. Je viens de la morgue. Il a tout ce qu'il faut, sauf un battement de cœur.

– Sûr ?

– Sûr. Les médecins ont tendance à remarquer ce genre de choses.

– D'accord, dit Reacher. Merci de votre aide.

– Pas si vite, dit Brewer. Parlez-moi.

– De quoi ?

– De ce qui vous intéresse chez ce type.

Quelque chose sur son visage.

– Vous l'avez identifié ? demanda Reacher.

Brewer hocha la tête.

– Empreintes digitales. Spongieuses, mais on les a travaillées. C'était un indic du NYPD. Plutôt apprécié. J'ai des potes là-haut qui ne sont pas contents.

– Quel genre d'indic ?

– Trafic d'amphétamines, du côté de Long Island. Il allait témoigner.

– D'où est-ce qu'il venait ?

– Il sortait tout juste de la prison de Rikers. On l'avait embarqué avec tout un groupe pour valider sa couverture. Il a été détenu quelques jours, puis relâché.

– Quand ça ?

– Il venait de sortir. Le légiste pense qu'il a dû mourir trois heures après avoir franchi les portes de la prison.

– Dans ce cas-là, nous ne savons rien de lui, dit Reacher. Aucune relation.

Cette fois-ci, ce fut Brewer qui demanda :

– Sûr ?

Reacher acquiesça :

– Je vous le promets.

Brewer lui jeta un long regard dur, de flic à flic. Puis il haussa simplement les épaules et dit :

– D'accord.

Reacher ajouta :

– Désolé, nous ne pouvons pas vous aider.

– Les emmerdes, ça arrive.

– Vous avez toujours la photographie de Patti ?

– Les photographies, dit Brewer. Elle m'en a donné deux. Elle n'arrivait pas à décider laquelle était la meilleure.

– Vous les avez encore ?

– Dans ma poche.

– Vous voulez bien me les laisser ?

Brewer lui sourit, d'homme à homme.

– Vous avez l'intention de les lui rapporter en personne ?

– C'est une possibilité, dit Reacher. Mais d'abord, je veux les voir.

Elles étaient dans une enveloppe blanche format standard. Brewer la sortit de sa poche intérieure et la déposa sur la table. Reacher vit le nom « Taylor » et les mots « À l'attention de Brewer » écrits sur le dessus – encre bleue et écriture soignée. Puis Brewer s'en alla. Se contenta de se lever et de regagner la rue avec le même genre de vitesse, d'énergie et d'excitation dont il avait fait preuve en arrivant. Reacher le regarda s'en aller, puis il retourna l'enveloppe et l'aligna contre le bord de la table devant lui. La fixa, sans l'ouvrir.

– Qu'est-ce que nous avons maintenant ? demanda-t-il.

– La même chose que depuis le début, répondit Pauling. Taylor et le type qui ne peut pas parler.

Reacher secoua la tête.

– Le type qui ne peut pas parler, c'est Taylor, dit-il.

54

– C'est absurde, dit-elle. Lane n'engagerait pas quelqu'un qui ne peut pas parler. Pourquoi le ferait-il ? Et personne ne l'a signalé. Tu les as interrogés plusieurs fois sur Taylor. On t'a dit que c'était un bon soldat. Pas que c'était un bon soldat muet. On aurait mentionné ce détail, tu ne crois pas ?

– Trois mots, dit Reacher. Ajoutons simplement trois mots, et tout devient limpide.

– Lesquels ?

– Nous avons dit que le type ne pouvait pas parler. En fait, il ne pouvait pas se permettre de parler.

Pauling réfléchit un long moment.

– À cause de l'accent, finit-elle par dire.

Reacher acquiesça :

– Exactement. Tout ce temps-là nous pensions que personne ne manquait à l'appel, alors que, par définition, Taylor a disparu dès le début. Et c'est Taylor qui est derrière tout ça. Il a conçu l'enlèvement, il l'a préparé et l'a exécuté. Il a loué l'appartement et acheté la chaise. Il a probablement fait d'autres choses que nous n'avons pas encore découvertes. Et à aucun moment il n'a pris le risque d'ouvrir la bouche. Pas une seule fois. Parce qu'il est anglais. À cause de son accent. C'est un réaliste. Il savait bien qu'il laisserait des traces. Et que si quelqu'un lancé à sa recherche entendait parler d'un homme d'une quarantaine d'années à l'air banal et à l'accent anglais, ce quelqu'un l'identifierait dans la seconde. Sans se casser la tête. À qui d'autre penserait-on ? Taylor est le dernier à avoir vu Kate et Jade en vie.

– Il a fait exactement comme Knight il y a cinq ans. Voilà pourquoi l'enlèvement a marché, dit-elle.

– Exactement. C'est la seule explication valable. Il les a peut-être amenées jusqu'à Bloomingdale's, mais il ne s'est certainement pas arrêté. Il a simplement sorti une arme et a continué de rouler. Il a peut-être menacé Kate de la tuer sous les yeux de sa fille. Voilà qui les aurait calmées. Ensuite, il est sorti du champ en comptant sur l'espèce de double alibi qu'il s'était créé. Un, il était censé être mort. Deux, tout le monde se souviendrait exclusivement d'un type qui ne pouvait pas parler. Un type à la langue coupée. Bizarre, exotique – la certitude absolue de nous envoyer sur une fausse piste.

– Brillant, d'une certaine manière, dit-elle.

– Et c'est bien tout ce dont chacun s'est souvenu, reprit-il. Tu te rappelles le vieux Chinois ? Il se souvenait uniquement de la façon dont le type déglutissait comme un poisson. Et le gérant dans la 6e Avenue ? Nous lui avons demandé de nous parler du type et il a répondu que celui-ci gardait la bouche fermée tout le temps parce qu'il était gêné de ne pas pouvoir parler. Début et fin du signalement. Un seul et unique élément. Tout le reste était insignifiant comparé à ça.

– Ouvre l'enveloppe. Pour confirmer.

Reacher souleva le rabat de l'enveloppe et en fit glisser les deux photographies, à l'envers. Il tapa sur le dos de la photo du dessus comme un joueur qui fait venir la chance.

Et il la retourna.

C'était bien l'homme qu'il avait vu par deux fois.

Sans aucun doute.

Taylor.

Blanc, légèrement hâlé, mince, le visage taillé à la serpe, rasé de près, la mâchoire serrée, pas souriant, environ quarante ans. Jean bleu, chemise bleue, casquette de base-ball bleue, chaussures de sport blanches. Vêtements usés et confortables. Il s'agissait visiblement d'une photo très récente. Patti Joseph l'avait pris à la sortie du Dakota un matin de fin d'été. On aurait dit qu'il s'était arrêté sur le trottoir et avait levé la tête pour voir le temps qu'il faisait. Se mettant par là même exactement dans l'axe du téléobjectif du Nikon de Patti.

– Ça ne fait aucun doute, reprit Reacher. C'est bien le type que j'ai vu monter dans la Mercedes et la Jaguar.

Il retourna la seconde photo. Cadrage plus serré. Le zoom au maximum, et donc moins nette. L'appareil avait légèrement bougé. La mise au point n'était pas parfaite. Mais c'était une photographie exploitable. Même endroit, même angle, un autre jour. Même type. Cette fois-ci, il ouvrait la bouche. Ses lèvres étaient tirées en arrière. Il ne souriait pas. Peut-être faisait-il simplement la grimace, soudain aveuglé par le soleil en sortant du hall sombre du Dakota. Il avait des dents horribles. Il en manquait. Celles qui restaient étaient espacées et irrégulières.

– Et voilà, dit Reacher. Encore une raison. Pas étonnant que tout le monde nous ait dit qu'il gardait la bouche bien fermée en permanence. Il n'est pas idiot. Il dissimulait deux indices en même temps. Son accent anglais et son dentiste britannique. Parce que, sinon, l'enquête serait devenue vraiment trop facile. Imagine que quelqu'un dans l'entourage de Lane entende parler d'un Anglais avec des dents pourries. Autant porter une plaque d'identité autour du cou.

– Où est-il maintenant ? En Angleterre ?

– C'est ce que je crois. Il est parti chez lui, là où il se sent à l'aise.

– Avec l'argent ?

– En bagages enregistrés. Trois sacs.

– C'est faisable ? Malgré les rayons X ?

– Je ne vois pas pourquoi ça ne marcherait pas. J'ai assisté dans le temps à la conférence d'un expert sur le papier-monnaie. Ici même à New York, en fait. À Columbia. Le papier, ce n'est plus vraiment du papier. Principalement des fibres de lin et de coton. Plus proche de la chemise que tu portes que d'un journal. Je pense que cela pourrait passer pour des vêtements aux rayons X.

Pauling fit glisser les photographies sur la table et les aligna côte à côte, devant elle. Regarda l'une, puis l'autre. Reacher sentit qu'elle déroulait une explication dans sa tête. Une analyse. Une narration.

– Il est bronzé depuis les Hamptons, dit-elle. Il y a passé tout l'été avec la famille. Et puis il s'est inquiété à l'idée qu'on puisse surveiller son appartement depuis la rue, après coup. Voilà pourquoi il a enlevé l'ampoule de la chambre d'amis et obturé la fenêtre. Il fallait que l'endroit ait l'air vide, au cas où quelqu'un regarderait.

– Il s'est montré très consciencieux.

– Et absolument pas sentimental. Il a quitté un appartement magnifique.

– Il peut en louer dix comme ça, maintenant.

– Ça, c'est sûr !

– C'est une honte, dit Reacher. Je l'aimais bien quand je le croyais mort. Tout le monde m'en disait du bien.

– Qui donc t'en a parlé ? Je n'irais pas demander des références à ces types.

– J'imagine que non. Mais, en général, j'aime bien les Anglais. Gregory a l'air correct.

– Il est probablement aussi moche que les autres, dit-elle.

Puis elle mit les photos l'une sur l'autre et les refit glisser de l'autre côté.

– En tout cas, tu as un nom pour Lane, dit-elle.

Reacher ne répondit pas.

– Une théorie unificatrice, reprit-elle. Comme un physicien. Je ne comprends pas pourquoi tu dis qu'elle n'est que partielle. C'est Taylor qui a tout fait.

– Non, dit Reacher. Il n'a pas passé les coups de téléphone. C'est un Américain qui l'a fait.

55

– Taylor avait un complice. C'est évident. Il en avait besoin à cause de son accent. Au début, j'ai pensé qu'il pouvait s'agir du type du fleuve. J'ai aussi pensé que, comme tu disais, ils s'étaient disputés après. Ou alors que Taylor s'était montré gourmand et avait voulu se faire la totale. Mais ça ne colle plus maintenant. Le type du fleuve n'est qu'un banal macchabée de New York. Un meurtre qui n'a rien à voir. Il était à Rikers à l'heure qui nous intéresse. Et donc, je ne sais pas qui a passé les coups de téléphone. Ce qui rend cette théorie incomplète.

– Lane voudra savoir qui était le complice. Il ne se contentera pas de la moitié de l'histoire.

– Ça, on peut y compter !

– Il ne paiera pas.

– Il paiera une partie. On récupérera le reste plus tard. Quand nous lui dirons qui était le complice.

– Et comment va-t-on l'identifier ?

– Le seul moyen, c'est de trouver Taylor et de le lui demander.

– Lui « demander » ?

– Le faire parler.

– En Angleterre ?

– Si ton pote du Pentagone nous confirme qu'il s'y

est bien rendu. J'imagine qu'il pourrait aussi se renseigner sur la personne assise à côté de Taylor pendant le vol. Il y a une petite possibilité qu'ils aient voyagé ensemble.

– Peu probable.

– Très peu. Mais ça vaut peut-être le coup de demander.

Pauling passa donc les dix minutes suivantes à jouer à chat au téléphone avec l'ONU avant d'abandonner et de laisser un message demandant au type de vérifier si Taylor avait voyagé accompagné.

– Et maintenant ? dit-elle.

– Attends que ton gars rappelle, dit Reacher. Après, réserve-nous un taxi pour l'aéroport et un vol pour Londres, si c'est bien là que Taylor est allé. Le vol de nuit de ce soir, j'imagine. Je parie que Lane va me demander d'y aller. Il voudra que je fasse les repérages. Et ensuite, il emmènera toute sa troupe pour la curée. Et on s'occupera d'eux là-bas.

Pauling leva les yeux.

– C'est pour ça que tu as promis qu'aucun flic ou procureur en Amérique n'y trouverait à redire.

Il acquiesça :

– Mais leurs homologues en Angleterre vont très mal le prendre. Sans aucun doute.

*

Il remit les photographies de Patti Joseph dans leur enveloppe et fourra celle-ci dans la poche de poitrine de sa chemise. Sur le trottoir, il embrassa Pauling, puis il se dirigea vers le métro. Il était devant le Dakota avant cinq heures.

Le nom, demain.

Mission accomplie.

Mais il n'entra pas. Au lieu de ça, il passa devant l'immeuble, traversa Central Park West et franchit la porte du mémorial de Strawberry Fields. Le mémorial de John Lennon, dans le parc. Près de l'endroit où Lennon a été tué. Comme la plupart des types de sa génération, Reacher avait le sentiment que les Beatles faisaient partie de sa vie. Ils étaient sa bande-son, son fond sonore. C'était peut-être pour cela qu'il aimait bien les Anglais.

C'était peut-être pour cela aussi qu'il ne voulait pas faire ce qu'il s'apprêtait à faire.

Il tapota sa poche de poitrine, sentit les photos et déroula la narration encore une fois, comme Pauling l'avait fait. Mais cela ne faisait aucun doute. Taylor était le méchant. Sans hésitation. Reacher lui-même en avait été le témoin oculaire. D'abord la Mercedes, puis la Jaguar.

Sans aucun doute.

Peut-être qu'il ne trouvait aucun plaisir à révéler le nom d'un méchant à une ordure.

Tu le fais pour Kate, pensa-t-il. *Pour Jade. Pour que Hobart ait son argent.*

Pas pour Lane.

Il inspira profondément, resta immobile une seconde, le visage incliné pour attraper le dernier rayon du soleil qui disparaissait derrière les immeubles à l'ouest. Puis il fit demi-tour et sortit du parc.

*

Edward Lane étala en éventail les deux photos de Taylor assez délicatement avec son pouce et son index et posa une question toute simple :

– Pourquoi ?

– La cupidité, dit Reacher. La méchanceté, la jalousie, un peu de tout ça.

– Où est-il maintenant ?

– Je pense qu'il est en Angleterre. Je le saurai bientôt.

– Comment ?

– J'ai des sources.

– Vous êtes bon.

– Le meilleur que vous ayez jamais vu.

Sinon, quelqu'un vous aurait épinglé à l'armée.

– Il doit avoir un complice, dit Lane en lui rendant les photos.

– C'est évident.

– Pour les coups de téléphone. Quelqu'un avec un accent américain. Qui était-ce ?

– Il faudra que vous le demandiez à Taylor.

– En Angleterre ?

– Je ne pense pas qu'il revienne ici sous peu.

– Je veux que vous me le trouviez.

– Je veux mon argent.

Lane acquiesça :

– Vous l'aurez.

– Non, je le veux maintenant.

– Dix pour cent tout de suite. Le reste quand j'aurai Taylor en face de moi.

– Vingt pour cent tout de suite.

Lane ne répondit pas.

– Sinon, je lâche l'affaire et je me tire. Et vous pourrez toujours aller chez Barnes & Noble acheter une carte du Royaume-Uni et une punaise. Ou une perche et un miroir.

– Quinze pour cent maintenant.

– Vingt.

– Dix-sept et demi.

– Vingt. Sinon je me tire.

– Mon Dieu ! D'accord. Vingt pour cent tout de suite. Mais vous partez tout de suite aussi. Immédiatement, ce soir. Vous aurez un jour d'avance. C'est bien assez pour un petit malin comme vous. Ensuite, nous vous suivrons, vingt-quatre heures plus tard. Nous sept. Moi, Gregory, Groom, Burke, Kowalski, Addison et Perez. Ça devrait suffire. Vous connaissez Londres ?

– J'y suis déjà allé.

– On descendra au Hilton, dans Park Lane.

– Avec le reste de l'argent ?

– Jusqu'au dernier centime, dit Lane. Je vous le montrerai quand vous viendrez à l'hôtel nous dire où se trouve Taylor. Je vous le donnerai quand j'aurai vu Taylor, de mes yeux vu.

– D'accord, dit Reacher. Marché conclu.

Et dix minutes plus tard il était de retour dans le métro, se dirigeant vers le sud, deux cent mille dollars américains emballés dans un sac en plastique des magasins Whole Foods.

*

Il retrouva Pauling chez elle, lui donna le sac et dit :

– Prends ce que je te dois et planque le reste. Il y a de quoi commencer le traitement de Hobart.

Elle prit le sac et le tint à distance comme s'il était contagieux.

– C'est l'argent de l'Afrique ?

Reacher acquiesça :

– Tout droit de Ouagadougou. En passant par le placard d'Edward Lane.

– C'est de l'argent sale.

– Trouve-moi de l'argent qui ne l'est pas !

Elle laissa passer quelques secondes, puis ouvrit le sac et en tira quelques billets qu'elle mit sur le comptoir de la cuisine. Elle replia le sac et le plaça dans le four.

– Je n'ai pas de coffre, dit-elle.

– Le four ira bien, dit-il. Du moment que tu n'oublies pas de ne rien faire cuire dedans.

Elle retira quatre billets de la pile sur le comptoir et les lui tendit.

– Achète-toi des vêtements, dit-elle. Tu en auras besoin. Nous partons pour l'Angleterre ce soir.

– Ton type a rappelé ?

Elle acquiesça :

– Taylor était à bord d'un vol de la British Airways pour Londres moins de quatre heures après que Burke eut déposé l'argent dans la Jaguar.

– Seul ?

– Pour autant qu'on puisse en juger. Il était assis à côté d'une Britannique. Mais cela ne veut pas dire qu'il n'y a pas un complice qui a été enregistré de son côté et s'est installé séparément. Précaution élémentaire. Il y avait soixante-sept Américains adultes à bord.

– Ton type est très consciencieux.

– Oui, vraiment. Il s'est procuré tout le manifeste de vol. Par fax. Même les bagages. Taylor a enregistré trois sacs.

– On lui a facturé l'excédent de poids ?

– Non. Il était en classe affaires. Ils ont laissé faire.

– Je n'ai pas besoin de quatre cents dollars de vêtements.

– Pour voyager avec moi, si, dit-elle.

« J'ai été dans la PM, avait dit Reacher à Hobart. J'ai déjà tout fait. » Mais c'était faux. Trente minutes plus tard, il se retrouva en train de faire quelque chose qu'il n'avait jamais fait auparavant. Acheter des vêtements dans un grand magasin. Chez Macy's, dans Herald Square, au rayon hommes, face à une caisse enregistreuse, à la main un pantalon gris, une veste grise, un T-shirt noir, un pull à col en V, une paire de chaussettes noires et un caleçon blanc. Ses choix avaient été dictés par les tailles disponibles. Entrejambe, longueur de manches, tour de poitrine. Il s'était inquiété de ce que ses chaussures marron puissent jurer avec les couleurs. Pauling avait suggéré d'acheter de nouvelles chaussures. Il avait mis son veto. Il ne pouvait pas se le permettre. Elle avait alors dit que des chaussures marron iraient très bien avec un pantalon gris. Il avança jusqu'au bout de la queue et paya, trois cent quatre-vingt-seize dollars et quelques cents, TTC. Il se doucha et se rhabilla chez Pauling, sortit son passeport tout froissé et maltraité ainsi que l'enveloppe de photos de Patti Joseph de son vieux pantalon et les transféra dans le neuf. Tira sa brosse à dents pliante de la poche de son ancienne chemise et la mit dans la poche de sa nouvelle veste. Emporta ses anciens vêtements au bout du couloir jusqu'au local à poubelles et les jeta dans le vide-ordures. Puis, l'un comme l'autre ne disant pas grand-chose, il attendit avec Pauling en bas dans le hall que la voiture avec chauffeur arrive pour les emmener à l'aéroport.

56

Pauling avait réservé des places en classe affaires sur le même vol que celui que Taylor avait pris quarante-huit heures plus tôt. Il s'agissait peut-être du même avion, à supposer qu'il fasse un aller-retour par jour. Mais aucun d'eux n'était assis dans le siège qu'avait occupé Taylor. Ils étaient installés dans deux sièges voisins sur le côté, alors que le manifeste de la Sécurité du territoire indiquait que Taylor s'était assis dans le premier d'un groupe de quatre sièges au milieu.

Les sièges eux-mêmes étaient d'étranges cocons en forme de baignoire orientés dans des directions alternées. Le siège de Reacher, côté hublot, était tourné vers l'arrière de l'appareil, celui de Pauling vers l'avant. Les sièges étaient censés se transformer en lits pour qu'on puisse s'y étendre parfaitement, ce qui était peut-être possible dans le cas de Pauling mais impossible d'au moins vingt-cinq centimètres pour Reacher. Ils offraient quand même quelques compensations. Leur situation en face à face allait lui faire passer sept heures avec Pauling comme vis-à-vis, ce qui n'était absolument pas un problème.

– Quelle est la stratégie ? demanda-t-elle.

– Nous trouvons Taylor, Lane s'occupe de lui, et après je m'occupe de Lane.

– Comment ça ?

– Je trouverai bien. Comme dit Hobart, « tout à la guerre est affaire d'improvisation ».

– Et les autres ?

– On verra le moment venu. Si je pense que la troupe va s'effondrer une fois Lane parti, je les laisserai tranquilles et j'arrêterai les frais. Mais si l'un d'entre eux veut passer officier et prendre le relais, je lui réglerai son compte aussi. Et ainsi de suite, jusqu'à ce que la troupe s'effondre réellement.

– Brutal.

– Par rapport à quoi ?

– Il ne sera pas facile de trouver Taylor, dit-elle.

– L'Angleterre est un petit pays, répondit-il.

– Pas si petit que ça.

– Nous avons bien trouvé Hobart.

– On nous a aidés. On nous a donné son adresse.

– Nous y arriverons.

– Et comment ça ?

– J'ai un plan.

– Raconte.

– Tu connais un privé britannique ? Y a-t-il une confrérie internationale ?

– Une consœurie, peut-être. J'ai quelques numéros.

– Très bien, alors.

– C'est ça, ton plan ? Engager un privé de Londres ?

– La connaissance du terrain, dit Reacher. Ça fait toute la différence.

– On aurait pu appeler.

– Nous n'avions pas le temps.

– Londres compte plus de sept millions d'habitants à elle seule, dit-elle. À quoi il faut ajouter Birmingham, Manchester, Sheffield et Leeds. Et tout un tas de campagnes. Les Cotswolds. Stratford-upon-Avon.

L'Écosse et le pays de Galles. Taylor est descendu à Heathrow il y a deux jours. Il peut se trouver n'importe où à l'heure qu'il est. On ne sait même pas de quelle région il est originaire.

– Nous y arriverons, répéta Reacher.

*

Pauling accepta l'oreiller et la couverture que lui tendait une hôtesse et inclina son siège. Reacher la regarda dormir pendant quelque temps, puis s'allongea lui aussi, les genoux relevés, la tête coincée contre la paroi de la baignoire. L'éclairage de la cabine était doux et bleuté, le sifflement des moteurs reposant. Reacher aimait prendre l'avion. S'endormir à New York, se réveiller à Londres : un fantasme conçu exprès pour lui.

*

L'hôtesse le réveilla pour lui servir le petit déjeuner. *Comme à l'hôpital*, se dit-il. *On vous réveille pour vous nourrir*. Mais le petit déjeuner était bon. Café chaud et petits pains avec du bacon. Il but six tasses de l'un et mangea six des autres. Pauling le regarda faire, fascinée.

– Quelle heure est-il ? demanda-t-elle.

– Cinq heures moins cinq, dit-il. Du matin. Dix heures moins cinq dans ce fuseau horaire.

Et puis une flopée de signaux sonores retentirent, des signaux lumineux s'allumèrent pour annoncer le début de leur descente vers l'aéroport de Heathrow. Étant donné la latitude de Londres, à dix heures du matin vers la fin de l'été le soleil était haut dans le ciel et le paysage au-dessous d'eux brillamment éclairé. De petits nuages projetaient leurs ombres sur les champs. Le sens de l'orientation de Reacher n'était pas aussi précis que son sens de l'heure, mais il se dit qu'ils avaient dû contourner la ville pour approcher de l'aéroport par l'est. Ensuite l'avion vira brusquement et Reacher comprit qu'ils étaient en attente. Heathrow était notoirement congestionné. Ils allaient voler autour de Londres au moins une fois. Peut-être deux. Il posa son front contre le hublot et regarda en bas. Vit la Tamise luire dans le soleil comme du plomb patiné. Tower Bridge, en pierre blanche, récemment ravalé, les détails des parties métalliques fraîchement repeints. Un navire de guerre gris qui mouillait dans le fleuve, une sorte de bateau-musée. Et puis le pont de Londres. Il étira son cou à la recherche de la cathédrale St Paul, vers le nord, vers l'ouest. Vit le grand dôme au milieu d'une multitude de vieilles rues tortueuses. Londres est une ville d'immeubles bas. Dense et chaotique près des courbes grandioses de la Tamise, s'étendant à l'infini dans la grisaille lointaine.

Il vit des rails qui formaient un éventail en entrant dans la gare de Waterloo. Le Parlement. Big Ben, moins haute et plus massive que dans son souvenir. L'abbaye de Westminster, blanche, imposante, vieille de mille ans. Une grande roue immense sur l'autre rive du fleuve. Un piège à touristes, probablement. Des arbres partout. Le palais de Buckingham et Hyde Park. Il regarda vers le nord, là où finissaient les jardins du palais, et repéra le Hilton de Park Lane. Une tour ronde, couverte de balcons. Vue d'au-dessus, on aurait dit un gâteau de mariage un peu tassé. Puis il regarda encore un peu plus au nord et aperçut l'ambassade américaine. Grosvenor Square. À une époque, il y avait occupé un bureau dans un sous-sol sans fenêtre. Pendant quatre semaines, le temps d'une enquête militaire de la plus haute importance et dont il se souvenait à peine. Mais il se rappelait le quartier. Très bien, même. Trop riche à son goût. Il avait fini par fuir à l'est, vers Soho.

– Tu es déjà venue à Londres ? demanda-t-il à Pauling.

– J'ai participé à un échange de formation avec Scotland Yard.

– Ça pourrait nous être utile.

– C'était il y a des siècles.

– Où est-ce que tu habitais ?

– Dans le dortoir d'un collège.

– Tu connais un hôtel ?

– Et toi ?

– Pas le genre d'hôtel dans lequel on peut entrer avec quatre cents dollars de vêtements sur le dos. Plutôt le genre où l'on peut dormir en chaussures.

– Nous ne pouvons pas nous installer à proximité de Lane et de ses gars. Il ne faut pas qu'on puisse faire le rapprochement entre lui et nous. Pas si on veut lui faire quelque chose.

– C'est sûr.

– Et si on allait dans un endroit vraiment classe ? Le Ritz ?

– C'est le problème inverse. Quatre cents dollars, c'est minable pour eux. Et nous devons garder profil bas. Il nous faut un endroit où l'on ne vérifie pas les passeports et où l'on peut payer en liquide. Du côté de Bayswater, par exemple. À l'ouest du centre-ville, pour un accès facile vers l'aéroport ensuite.

Il se tourna de nouveau vers le hublot et vit une large autoroute à six voies orientée est/ouest, sur laquelle on circulait lentement et à gauche. Et puis des banlieues, des maisons mitoyennes, des rues en courbe, des petits jardins verdoyants à l'arrière, des abris de jardin et enfin des hectares de parking d'aéroport remplis de petites voitures, rouges pour la plupart. Et la barrière de l'aéroport. Et les chevrons au début de la piste d'atterrissage. À l'approche du sol, l'avion parut énorme de nouveau, après avoir semblé tout étriqué pendant sept heures. Tube étroit, il devint un monstre de deux cents tonnes se déplaçant à trois cent vingt kilomètres à l'heure. Il atterrit lourdement, rugit et freina et d'un coup redevint calme et docile, roulant doucement vers le terminal. La voix du steward dans les haut-parleurs souhaita aux passagers la bienvenue à Londres. Reacher se retourna et regarda de l'autre côté de la cabine la porte de sortie. Les premiers pas de Taylor seraient faciles à suivre. Après les bagages et la queue pour les taxis, la tâche deviendrait bien plus difficile. Plus difficile, mais peut-être pas impossible.

– Nous y arriverons, dit-il alors que Pauling n'avait même pas parlé.

57

Ils remplirent leurs cartes de débarquement et firent viser leurs passeports par un officiel en costume gris. *Mon nom sur un bout de papier anglais*, pensa Reacher. *Pas bon.* Mais il n'avait pas le choix. Et son nom figurait de toute façon déjà sur le manifeste de vol, manifeste qui pouvait, apparemment, être faxé dans le monde entier sur un simple claquement de doigts. Ils attendirent le sac de Pauling près du tapis roulant et ensuite Reacher se fit contrôler à la douane, non parce qu'il avait des bagages suspects mais parce qu'il n'en avait aucun. Celui qui s'en chargea devait être un agent des forces spéciales ou du MI5 en civil, pensa Reacher, pas un vrai douanier. Voyager léger avait déclenché le signal d'alarme. On le retint brièvement et les questions étaient décontractées, mais le type avait bien étudié son visage et son passeport. *Pas bon, ça.*

Pauling changea une liasse des dollars d'O-Ville à un guichet Travelex, et ils prirent le train express jusqu'à la gare de Paddington. Paddington était un bon point de départ, se dit Reacher. Son genre d'endroit. Pratique pour les hôtels de Bayswater, pleins de racaille et de putes. Non qu'il comptât y trouver Taylor. Ni là-bas ni dans les environs. Mais l'endroit ferait un bon camp de base discret. La compagnie de train promettait un trajet de quinze minutes jusqu'en ville, mais il en fallut plutôt vingt. Ils se retrouvèrent dans la rue au centre de Londres juste avant midi. De la 4e Rue Ouest jusqu'à Eastbourne Terrace en dix petites heures. Avion, train, voiture [1].

Au niveau de la rue, ce coin de Londres était clair, aéré et froid et, à un œil étranger, paraissait plein d'arbres. Les bâtiments étaient bas, avec des fondations anciennes et des charpentes avachies, mais la plupart des façades avaient été refaites pour en masquer l'âge et le mauvais état. Principalement des enseignes de marques ou des franchises, quelques traiteurs exotiques et des garages automobiles qui semblaient être des entreprises familiales. Éventuellement, cousin-cousine. Les chaussées étaient revêtues d'un bon goudron abondamment recouvert d'inscriptions pour les conducteurs et les piétons. Les piétons étaient invités à « regarder à gauche » ou à « regarder à droite » à chaque intersection, et les conducteurs étaient guidés par un système élaboré de lignes, flèches, hachures et indications de ralentir dès que la direction s'éloignait un tant soit peu d'une ligne droite, c'est-à-dire à peu près partout. Par endroits, la chaussée était plus blanche que noire. *L'État-providence*, pensa Reacher. *On peut dire qu'il s'occupe de nous.*

Il portait le sac de Pauling tandis qu'ils se dirigeaient vers Sussex Gardens. De ses précédents séjours, il se rappelait des grappes de maisons mitoyennes réunies en hôtels bon marché le long de Westbourne Terrace, Gloucester Terrace ou près de Lancaster Gate. Le

---

1. Référence à *Planes, Trains and Automobiles* : titre anglais du film de 1987 *Un ticket pour deux*, avec Steve Martin et John Candy.

genre d'endroits avec de lourds tapis crasseux dans les couloirs, une épaisse peinture balafrée sur les huisseries et quatre enseignes qui ne voulaient rien dire allumées au-dessus de la porte d'entrée, comme si un guide de tourisme officiel avait évalué les services proposés et les avait appréciés. Pauling rejeta les deux premiers endroits qu'il suggéra avant de comprendre qu'ils ne trouveraient rien de mieux dans le quartier. Alors elle abandonna et accepta le troisième – quatre maisons de ville réunies en un seul long bâtiment pas tout à fait rectiligne et dont le nom semblait choisi au hasard parmi une sélection de mots-clés londoniens à effet garanti sur les touristes : les « Suites Buckingham ». Le type de la réception venait d'Europe de l'Est et acceptait les paiements en liquide avec plaisir. Les prix étaient bas pour Londres, élevés pour le reste du monde. Pas de registre. Les « suites » du nom semblaient s'expliquer par la présence d'une petite salle de bains et d'une petite table dans chaque chambre. Le lit était à deux places, avec un couvre-lit en nylon vert. Entre le lit, la salle de bains et la table, il n'y avait pas beaucoup de place.

– On ne restera pas longtemps, dit Reacher.

– Tout va bien, répondit Pauling.

Elle ne défit pas ses affaires. Elle se contenta d'ouvrir sa valise par terre comme si elle avait l'intention de se servir directement dedans. Reacher garda sa brosse à dents dans sa poche. Il s'assit sur le lit tandis que Pauling faisait sa toilette. Puis elle sortit de la salle de bains, gagna la fenêtre et, levant la tête, resta debout à regarder par-delà les toits et les cheminées d'en face.

– Environ deux cent soixante mille kilomètres carrés, dit-elle. Voilà ce qui nous attend.

– C'est moins que l'Oregon, répondit-il.

– Dans l'Oregon, il y a trois millions et demi d'habitants. Ici, il y en a soixante.

– Mais c'est plus difficile de se cacher ici. Il y a toujours un voisin fouineur.

– Par quoi on commence ?

– Par une sieste.

– Tu as envie de dormir ?

– Après, peut-être.

Elle sourit. C'était comme un lever de soleil.

– Il nous restera toujours Bayswater[1], dit-elle.

*

Le sexe et le décalage horaire les firent dormir jusqu'à quatre heures de l'après-midi. Leur jour d'avance était presque épuisé.

– Mettons-nous en route, dit-il. Allons rendre visite aux consœurs.

Pauling se leva, prit son sac et en sortit un petit appareil que Reacher ne l'avait jamais vue utiliser. Un agenda électronique. Un Palm Pilot. Elle ouvrit un répertoire, fit défiler l'écran et trouva un nom et une adresse.

– Gray's Inn Road, dit-elle. C'est près d'ici ?

– Je ne crois pas. Je crois que c'est plus à l'est. Près du quartier des affaires. Peut-être le coin des avocats.

– C'est compréhensible.

– Personne plus près d'ici ?

– Ceux-là sont censés être bons.

– On doit pouvoir s'y rendre en métro. Par Central

---

1. « Il nous restera toujours Paris » : célèbre réplique de Bogart à Bergman dans la scène finale du film *Casablanca* de Michael Curtiz.

Line, je dirais. J'aurais dû acheter un melon et un parapluie, je me serais fondu dans le décor.

– Non, c'est peu probable. Ces messieurs de la City sont très bien élevés.

Elle roula sur le lit et composa un numéro sur le téléphone de la table de nuit. Reacher entendit la sonnerie étrangère depuis le combiné, un double ronronnement au lieu d'un seul. Puis quelqu'un décrocha et Reacher écouta la contribution de Pauling à la conversation. Elle expliqua qu'elle était de passage en ville, oui, une détective privée de New York, anciennement du FBI, membre d'une sorte d'organisation internationale, puis elle donna le nom d'un contact et sollicita un rendez-vous de courtoisie. La personne à l'autre bout du fil sembla accepter avec bonne volonté car Pauling demanda : « Six heures, ça vous va ? » et n'ajouta rien d'autre que « D'accord, merci, à six heures » avant de raccrocher.

– Les consœurs à la rescousse, dit-il.

– Confrères. La femme dont j'avais le nom semble avoir vendu son affaire. Mais on se devait de nous recevoir, de toute façon. Comme le coup du « dix-soixante-deux » que tu as fait au général. Que se passera-t-il le jour où ils viendront à New York ? Si on ne s'entraide pas, qui nous aidera ?

– J'espère qu'Edward Lane n'a pas un Palm Pilot rempli de numéros londoniens.

*

Ils se douchèrent, se rhabillèrent et marchèrent jusqu'à la station de Lancaster Gate. Ou, en anglais de Londres, jusqu'au *Tube*. Sale et carrelé, le hall ressemblait aux toilettes d'un stade, mis à part le vendeur de fleurs. Mais le quai était propre et la rame elle-même était neuve. Et futuriste. D'une certaine manière, comme son nom l'indiquait, elle était plus tubulaire que ses homologues new-yorkaises. Les tunnels étaient arrondis, comme si on les avait aspirés jusqu'à ce qu'ils entourent exactement les rames. Comme si le système tout entier fonctionnait à l'air comprimé plutôt qu'à l'électricité.

Ils firent un trajet de six stations aux noms célèbres et romantiques. Marble Arch, Bond Street, Oxford Circus, Tottenham Court Road, Holborn. Ces noms rappelaient à Reacher les cartes d'un jeu de Monopoly britannique qu'il avait trouvé abandonné dans une base de l'ONU alors qu'il était enfant. Mayfair et Park Lane étaient les quartiers les plus chers. C'était là que se trouvait le Hilton. Là que Lane et ses six gars étaient attendus d'ici dix-huit heures.

Ils sortirent à Chancery Lane à dix-sept heures quarante-cinq, en plein jour, dans des rues étroites et une circulation congestionnée. Taxis noirs, autobus rouges, camionnettes blanches, gaz d'échappement des diesels et petites berlines à cinq portes que Reacher ne connaissait pas. Des motos, des vélos, des trottoirs bourrés de monde. Des passages piétons signalés par de larges bandes au sol, des feux clignotants, des avertisseurs sonores. Il faisait plutôt frais, mais les gens marchaient en chemise, la veste pliée sur le bras comme s'ils avaient chaud. Ni klaxons ni sirènes. On aurait dit les quartiers les plus anciens de Manhattan, tronqués au niveau du quatrième étage et réduits en taille, donc avec un débit plus important, mais aussi, d'une certaine manière, plus calmes et plus polis. Reacher sourit. Certes, il aimait vraiment les grands espaces et la route à n'en plus finir, mais il aimait tout autant la bousculade des grandes villes de ce monde. New York hier, Londres aujourd'hui. La belle vie.

Pour l'instant.

Ils marchèrent vers le nord dans Gray's Inn Road, qui leur sembla plus longue que ce qu'ils avaient anticipé. De vieux bâtiments de part et d'autre, rénovés au niveau de la rue, mais anciens au-dessus. Une pancarte indiquait que la maison dans laquelle Charles Dickens avait vécu se trouvait plus loin sur la gauche. Mais, même si Londres était une ville historique, Dickens n'aurait jamais pu reconnaître l'endroit. Pas question. Absolument pas. Reacher avait l'impression que les choses avaient beaucoup changé durant la dizaine d'années écoulée depuis son dernier séjour. Il se souvenait de cabines téléphoniques rouges et de policiers polis et sans arme qui portaient des casques pointus. Maintenant, la plupart des cabines étaient en verre et, de toute façon, tout le monde avait un mobile. Et les flics qu'il voyait patrouillaient deux par deux, visage fermé, vêtus d'un gilet pare-balles et un pistolet-mitrailleur Uzi prêt à l'emploi dans les mains. Partout, des caméras de surveillance sur des poteaux.

– Big Brother te surveille, dit Pauling.

– C'est ce que je vois, dit-il. On devra s'occuper de Lane en dehors de la ville. On ne peut rien tenter ici.

Elle ne répondit pas. Elle vérifiait les numéros sur les portes. Elle vit celui qu'elle cherchait de l'autre côté de la rue, sur sa droite. Une étroite porte bordeaux avec une imposte en verre. À travers celle-ci, Reacher discerna un escalier qui menait à une enfilade de pièces à l'étage. Pas tellement différent du bureau de Pauling, à cinq mille kilomètres de distance. Ils traversèrent la rue entre les voitures à l'arrêt et examinèrent les plaques de laiton sur la façade en pierre. Sur l'une

367

d'elles était gravé « *Investigative Services plc*[1] ». Typographie simple, message simple. Reacher tira la porte et crut qu'elle était verrouillée jusqu'à ce qu'il se rappelle que les portes britanniques fonctionnent dans l'autre sens. Il la poussa et se rendit compte qu'elle était ouverte. L'escalier était vieux mais recouvert de lino neuf. Ils montèrent deux étages avant de trouver la bonne porte. Elle donnait sur une petite pièce carrée avec un bureau positionné à un angle de quarante-cinq degrés, de sorte que son occupant pouvait voir aussi bien par la porte que par la fenêtre. L'occupant en question était un petit homme au cheveu rare. Environ cinquante ans. Pull sans manches par-dessus une chemise et une cravate.

– Vous devez être les Américains, dit-il.

L'espace d'une seconde, Reacher se demanda de quelle façon exactement il avait deviné. Les vêtements ? Les dents ? L'odeur ? Une déduction à la Sherlock Holmes ? Et puis le type ajouta :

– Je suis resté exprès pour vous. Je serais en train de rentrer chez moi si vous n'aviez pas téléphoné. Je n'ai pas d'autre rendez-vous.

– Désolée de vous retenir, dit Pauling.

– Pas de problème. Toujours heureux de rendre service à un collègue.

– Nous cherchons un homme arrivé de New York il y a deux jours, reprit-elle. Un Anglais. Il s'appelle Taylor.

Le type leva les yeux.

– Deux fois dans la même journée ! dit-il. Votre M. Taylor est quelqu'un de très demandé.

---

1. Pour « *public limited company* », équivalent anglais de notre « SARL ».

– Que voulez-vous dire ?

– Un homme m'a appelé de New York avec la même requête. Il n'a pas voulu me donner son nom. Je me suis dit qu'il devait contacter toutes les agences de Londres une par une.

– Un Américain ?

– Absolument.

Pauling se tourna vers Reacher et articula :

– Lane.

Reacher acquiesça :

– On tente sa chance tout seul. Pour me gruger sur mes honoraires.

Pauling se retourna vers l'homme derrière le bureau.

– Que lui avez-vous dit ?

– Qu'il y a soixante millions d'habitants en Grande-Bretagne et, parmi eux, plusieurs centaines de milliers de Taylor. Le nom est plutôt courant. Je lui ai dit que, sans précision supplémentaire, je ne pouvais pas vraiment l'aider.

– Et nous, pouvez-vous nous aider ?

– Cela dépend des informations supplémentaires que vous avez.

– Nous avons des photographies.

– Voilà qui pourrait être utile plus tard. Mais pas tout de suite. Combien de temps ce M. Taylor a-t-il passé en Amérique ?

– De nombreuses années, je pense.

– Et donc, il n'a pas de point de chute ici ? Pas de maison ?

– Je suis sûre que non.

– Dans ce cas, c'est sans espoir. Vous voyez pourquoi ? Je travaille avec des bases de données. J'imagine que vous faites de même à New York. Factures, registres électoraux, impôts locaux, minutes des tribunaux, organismes de crédit, polices d'assurance, ce genre de choses. Si votre M. Taylor n'habite plus ici depuis des années, il n'apparaîtra nulle part.

Pauling garda le silence.

– Je suis vraiment désolé, dit le type. Mais vous comprenez certainement.

Pauling lança un regard à Reacher. *Super plan.*

– J'ai le numéro de téléphone de son plus proche parent, dit Reacher.

58

– Nous avons fouillé l'appartement de Taylor à New York et nous avons trouvé un téléphone fixe avec dix numéros préprogrammés, reprit Reacher. Le seul numéro britannique correspondait à une étiquette portant la lettre « S ». Je me dis qu'il doit s'agir de sa mère ou de son père, de son frère ou de sa sœur. Plutôt frère ou sœur, parce que je pense qu'un type comme lui aurait choisi « M » ou « P » pour sa mère ou son père. Ça pourrait être Sam, Sally, Sarah, Sean… quelque chose dans ce goût-là. Et la relation de parenté doit être assez proche, sinon pourquoi programmer le numéro ? Et si cette relation est assez proche, alors Taylor ne serait pas revenu en Grande-Bretagne sans les prévenir, au minimum. Parce qu'ils ont eux aussi probablement programmé son numéro et qu'ils se feraient du souci s'il ne répondait pas lorsqu'ils appellent. Bref, je crois qu'ils ont l'information que nous voulons.

– Quel était le numéro ? demanda le type.

Reacher ferma les yeux et récita le numéro commençant par 01144 qu'il avait mémorisé, là-bas, dans Hudson Street. L'homme derrière le bureau le nota sur un bloc de papier avec un crayon mal taillé.

– Bien, dit-il. Nous enlevons le préfixe international et nous le remplaçons par un zéro. (C'est exactement ce qu'il fit, à la main, avec son crayon.) Ensuite on démarre le bon vieux PC et on cherche dans l'annuaire inversé.

Il fit pivoter sa chaise de cent quatre-vingts degrés vers une console d'ordinateur derrière lui, appuya sur la barre d'espace et déverrouilla l'écran en tapant un mot de passe que Reacher ne put identifier. Puis il pointa et cliqua jusqu'à faire apparaître une boîte de dialogue dans laquelle il inscrivit le numéro.

– Voilà de quoi obtenir l'adresse, mais pas plus, dit-il. Nous devrons aller ailleurs pour découvrir l'identité exacte de la personne qui habite à cet endroit.

Il cliqua sur « *Enter* » et, une seconde plus tard, l'écran se rafraîchit et affiche une adresse.

– La ferme Grange. À Bishops Pargeter. La campagne, apparemment.

– À quel point ? demanda Reacher.

– Pas loin de Norwich, à en juger par le code postal.

– Bishops Pargeter est un nom de ville ?

Le type acquiesça :

– Probablement un petit village. Voire un hameau. Une douzaine de bâtiments et une église normande du treizième siècle. Voilà qui serait typique. Dans le comté de Norfolk, en East Anglia. Une région d'exploitations agricoles, terrain plat, venté, les Fens, ce genre d'endroit, au nord-est d'ici, à environ deux cents kilomètres.

– Trouvez le nom.

– Patience, patience, j'y suis presque.

Il fit glisser un copier-coller de l'adresse vers une destination temporaire ailleurs sur l'écran et ouvrit une nouvelle base de données.

– Le registre électoral, dit-il. C'est ce que je préfère. Dans le domaine public, parfaitement légal, généralement exhaustif et fiable. Enfin... si les gens prennent la peine de voter, ce qui n'est pas toujours le cas, évidemment.

Il fit encore glisser l'adresse jusqu'à une nouvelle boîte de dialogue et cliqua de nouveau sur « *Enter* ». Une longue, longue attente suivit. Et puis l'écran changea.

– Nous y voilà. Deux électeurs à cette adresse. Jackson. C'est leur nom. M. Anthony Jackson et... voyons voir... oui, Mme Susan Jackson. Voilà votre S. Le S de Susan.

– Sa sœur, dit Pauling. Mariée. Exactement comme Hobart, de nouveau.

– Bien. Maintenant, passons à autre chose, reprit le type. Pas tout à fait légal cette fois, mais comme nous sommes entre amis et collègues je peux bien vous offrir une petite tournée. (Il ouvrit une nouvelle base de données par l'intermédiaire d'une fenêtre DOS à l'ancienne.) Piratée, pour faire simple. Voilà pourquoi nous n'avons pas la belle interface graphique. Mais nous avons les informations. Le ministère du Travail et des Affaires sociales. L'État-nounou à l'œuvre.

Il indiqua le nom et l'adresse d'Anthony Jackson, puis ajouta une ligne de commande compliquée et la fenêtre défila avant de s'arrêter sur trois noms et une tonne de chiffres.

– Anthony Jackson a trente-neuf ans et sa femme Susan, trente-huit. Son nom de jeune fille est bien Taylor. Ils ont un enfant, une fille de huit ans, qu'ils ont affublée du nom fâcheux de Melody.

– Joli nom, dit Pauling.

– Pas dans le Norfolk. Je ne pense pas qu'elle soit heureuse à l'école.

– Y sont-ils depuis longtemps ? demanda Reacher. Les Taylor en sont-ils originaires ? Leur famille ?

Le gars revint plus haut sur l'écran.

– La pauvre Melody est née à Londres, ce qui suggère qu'ils ne sont pas de là-bas. (Il quitta la fenêtre DOS et en ouvrit une autre.) Le cadastre, dit-il. (Il inscrivit l'adresse. Cliqua de nouveau sur « *Enter* ». L'écran se rafraîchit.) Non, ils ont acheté leur maison à Bishops Pargeter il y a tout juste un an. En vendant un bien dans le sud de Londres. Ce qui suggère des citadins voulant faire un retour à la nature. Je leur donne douze mois pour s'en lasser.

– Merci, dit Reacher. Nous apprécions votre aide.

Il prit un crayon mal taillé sur le bureau, sortit l'enveloppe de Patti Joseph de sa poche et écrivit : « Anthony, Susan, Melody Jackson, ferme Grange, Bishops Pargeter, Norfolk. » Puis il dit :

– Vous pourriez peut-être oublier tout ça si le type de New York vous rappelait…

– De l'argent en jeu ?

– Un paquet.

– Premier arrivé, premier servi, dit le type. L'avenir appartient à ceux qui se lèvent tôt. Et ainsi de suite. Bouche cousue.

– Merci, répéta Reacher. Combien est-ce que nous vous devons ?

– Oh, rien du tout, dit le gars. Je vous en prie. Toujours un plaisir d'aider un collègue.

*

– Tout ce que Lane a besoin de faire, dit Pauling une fois de retour dans la rue, c'est de fouiller l'appartement de Taylor et de trouver le numéro de téléphone, et il en saura autant que nous. Il peut contacter quelqu'un d'autre à Londres. Ou bien appeler quelqu'un à New York. Ces annuaires inversés sont disponibles sur Internet.

– Il ne trouvera pas le numéro de téléphone, dit Reacher. Et s'il l'avait trouvé, il n'aurait pas fait le lien. Il y faut un autre genre d'aptitudes. Un miroir au bout d'une perche.

– Tu en es sûr ?

– Pas complètement. C'est pourquoi j'ai pris la précaution d'effacer le numéro.

– Voilà ce qui s'appelle un avantage injuste.

– Je veux être sûr d'avoir l'argent.

– Est-ce qu'on appelle Susan Jackson ?

– Je pensais le faire, dit-il. Puis tu as mentionné Hobart et sa sœur, et maintenant je ne sais plus trop. Imagine que Susan soit aussi mère poule que Dee Marie… Elle nous mentirait sur toute la ligne.

– On pourrait prétendre être des copains de passage.

– Elle vérifierait auprès de Taylor avant de nous dire quoi que ce soit.

– Alors, que fait-on ?

– Nous allons devoir nous y rendre. À Bishops Pargeter, où que ce soit…

59

Leur hôtel n'ayant manifestement pas la moindre idée des services habituellement rendus par un concierge, Reacher et Pauling durent marcher jusqu'à Marble Arch pour trouver un loueur de voitures. Reacher, qui n'avait ni permis de conduire ni carte de crédit, laissa Pauling remplir les formulaires tandis qu'il continuait dans Oxford Street à la recherche d'une librairie. Il en trouva une grande qui avait une section tourisme dans le fond, avec une étagère remplie d'atlas routiers de Grande-Bretagne. Mais les trois premiers qu'il consulta ne portaient aucune mention de Bishops Pargeter. Aucune indication. Le nom ne figurait même pas dans l'index. *Trop petit*, se dit-il. *Même pas un point sur la carte*. Il trouva Londres, Norfolk et Norwich. Aucun problème avec ces endroits-là. Il trouva des villes de foire et des gros bourgs. Mais rien de plus petit. Finalement, il dénicha les cartes de l'Ordnance Survey [1]. Quatre étagères, en bas, contre un mur. Toute une série. De grandes feuilles repliées, tracées méticuleusement, financées par le gouvernement. *Pour les randonneurs*, pensa-t-il. *Ou les vrais mordus de géographie*. Tout un choix d'échelles. Au mieux, une

---

1. Équivalent britannique de l'Institut géographique national.

espèce de machin immense dont le niveau de détail allait jusqu'à faire figurer certains bâtiments. Il sortit toutes les cartes du Norfolk de l'étagère et les essaya l'une après l'autre. Il trouva Bishops Pargeter à son quatrième essai. Un hameau à l'intersection de deux routes, environ cinquante kilomètres au sud-ouest de la banlieue de Norwich. Deux petites routes s'y croisaient. Les routes elles-mêmes n'étaient pas indiquées sur les atlas routiers.

Il acheta la carte pour les détails et l'atlas routier le moins cher pour s'orienter grossièrement. Puis il revint jusqu'au loueur de voitures et trouva Pauling qui l'attendait avec la clé d'une Mini Cooper.

– Rouge, dit-elle. Avec le toit blanc. Très sympa.

– Je pense vraiment que Taylor pourrait bien être chez sa sœur.

– Pourquoi ?

– Son premier réflexe serait d'aller se cacher dans un endroit tranquille. Isolé. En plus, il a été soldat, alors, au fond de lui-même, il veut pouvoir se défendre. Là-bas, le terrain est plat comme un billard. Je viens de regarder la carte : on voit quelqu'un arriver à huit kilomètres. S'il a un fusil, il est imprenable. Et avec un 4×4, il a trois cent soixante degrés pour s'échapper. Il n'a qu'à prendre à travers champs dans n'importe quelle direction.

– On ne peut pas assassiner deux personnes, voler plus de dix millions de dollars et se contenter de retourner chez sa sœur.

– Il n'a pas besoin de lui faire une explication de texte. En réalité, il n'a pas à lui dire quoi que ce soit. Et c'est temporaire. Il veut peut-être se détendre. Il a dû subir un gros stress.

– On dirait que tu le plains.

– J'essaie de me mettre à sa place. Il s'est préparé pendant une longue période et la semaine dernière a dû être infernale. Il a besoin de se terrer quelque part pour dormir.

– Chez sa sœur, c'est trop risqué. La famille, c'est toujours ceux à qui on pense en premier. Comme nous avec Hobart. Nous avons cherché tous les Hobart de l'annuaire.

– Sa sœur s'appelle Jackson, pas Taylor. De même que Graziano ne s'appelait pas Hobart. Et la ferme Grange n'est pas une maison de famille. La sœur vient d'y emménager. Quelqu'un qui chercherait sa sœur resterait bloqué sur Londres.

– Il y a un enfant là-bas. Sa nièce. Tu crois qu'il mettrait en danger la vie d'une innocente ?

– Il vient d'assassiner deux personnes. Il est un peu sous-développé sur le plan de la morale.

Pauling fit tourner la clé de voiture autour de son doigt. Dans un sens, puis dans l'autre, en réfléchissant.

– Possible, dit-elle. J'imagine. Alors, comment on joue le coup ?

– Taylor a passé trois ans avec Lane, reprit-il. Il ne t'a jamais vue et je suis absolument sûr qu'il ne m'a jamais rencontré. Donc cela n'a pas vraiment d'importance. Il ne va pas se mettre à tirer sur le premier inconnu qui se présentera. Il ne peut pas se le permettre. C'est quelque chose que nous devrons garder à l'esprit.

– Nous allons directement à la ferme ?

Reacher acquiesça :

– En tout cas, suffisamment près pour l'examiner. Si Taylor y est, nous nous replions et nous attendons Lane. Sinon, nous entrons pour parler à Susan.

– Quand ça ?
– Tout de suite.

*

L'employé de l'agence leur ayant amené la Mini Cooper depuis le garage situé à l'arrière, Reacher recula le siège passager à fond jusqu'à la banquette arrière et se glissa à l'intérieur. Pauling s'installa au volant et lança le moteur. La voiture était mignonne. Elle avait de l'allure en rouge. Mais c'était tout sauf un cadeau de la conduire. Transmission manuelle, conduite à gauche, volant à droite, circulation de début de soirée dans une des villes les plus embouteillées de la planète. Pourtant ils arrivèrent sans encombre à l'hôtel. Ils se garèrent en double file et Pauling courut chercher son sac. Reacher resta dans la voiture. Sa brosse à dents déjà dans la poche.

– Nous sommes du côté ouest, dit Pauling en revenant cinq minutes plus tard. C'est pratique pour l'aéroport. Mais nous devons quitter la ville par l'est.

– Le nord-est. Par l'autoroute M11.

– Ce qui veut dire que je vais devoir traverser le centre de Londres en pleine heure de pointe.

– Pas plus difficile que Paris ou Rome.

– Je ne suis jamais allée ni à Paris ni à Rome.

– Eh bien, maintenant tu sauras à quoi t'attendre si jamais tu y vas.

Prendre la direction du nord-est était facile à dire, mais, comme toute ville importante, Londres était remplie de sens uniques et d'échangeurs compliqués. Et de files de véhicules à l'arrêt à tous les feux. Ils progressèrent par à-coups jusqu'à un quartier du nom de Shoreditch, puis ils trouvèrent une grande route, l'A10, qui filait droit au nord. Trop tôt, mais ils l'empruntèrent tout de même. Ils feraient l'ajustement latéral plus tard, une fois sortis des embouteillages. Enfin ils tombèrent sur la M25, une sorte de périphérique. Ils la prirent dans le sens des aiguilles d'une montre et, deux sorties plus loin, se retrouvèrent sur la M11, direction nord-est, vers Cambridge, Newmarket et enfin, enfin, Norfolk. Neuf heures du soir, il commençait à faire nuit.

– Tu connais la région où nous allons ? demanda-t-elle.

– Pas vraiment, dit-il. C'était le coin de l'aviation, pas de l'armée de terre. Des bases de bombardiers partout. Plat, étendu, près du continent. Idéal.

L'Angleterre est un pays bien éclairé. Cela ne fait aucun doute. Chaque centimètre de l'autoroute baignait dans une lumière aussi brillante que vaporeuse. Et les gens conduisaient vite. La limitation de vitesse était de cent dix kilomètres à l'heure, mais semblait largement ignorée. Cent trente, cent quarante, telle était la norme. Mais les files étaient utilisées avec discipline. Personne ne doublait à gauche. Les sorties étaient toutes indiquées dans une même syntaxe cohérente. Pancartes bien visibles, nombreux avertissements, longues voies de décélération. Reacher avait lu que les accidents mortels en Grande-Bretagne étaient rares. La sécurité par les infrastructures.

– À quoi peut bien ressembler la ferme Grange ? demanda Pauling.

– Je ne sais pas. Techniquement, dans la vieille Angleterre, une grange était un grand bâtiment dans lequel on entreposait des céréales. Plus tard, cela devint le mot qui désignait le plus grand bâtiment de la ferme d'un gentilhomme. Donc, j'imagine que nous verrons une grande maison avec un tas de dépendances. Des champs tout autour. Dans les quarante hectares. Un peu féodal.

– Tu en sais, des choses !

– Tout un tas de choses inutiles, oui. Censées stimuler mon imagination.

– Mais tu n'obtiens pas satisfaction[1] ?

– Absolument pas. Je n'aime absolument rien de toute cette situation. J'ai un mauvais pressentiment.

– C'est parce qu'il n'y a pas de gentils. Il n'y a que des méchants, ou pire.

– Ils sont tous aussi terribles.

– Le parcours du combattant, dit-elle. Parfois, la vie n'est pas en noir et blanc.

– Je n'arrive pas à m'enlever de la tête l'idée que je commets une grossière erreur.

*

L'Angleterre est un petit pays, et l'East Anglia en constitue une partie grande et vide. D'une certaine manière, ils auraient pu se croire en train de traverser le Middle West. Progression sans fin pour un résultat peu visible. La petite Mini Cooper ronronnait tranquillement. La montre dans la tête de Reacher avança lentement jusqu'à dix heures du soir. Le dernier rayon de lumière disparut avec le crépuscule. Au-delà du ruban lumineux de la route, rien d'autre que le noir complet.

Ils contournèrent Cambridge et traversèrent à vive allure la ville de Fenchurch St Mary. La route se

---

1. Cette réplique et la précédente sont extraites de la chanson *(I can't get no) Satisfaction*, des Rolling Stones.

rétrécit et les lumières disparurent. Ils virent un panneau indiquant Norwich à soixante-cinq kilomètres. Alors Reacher changea de carte et ils se mirent à guetter la bifurcation vers Bishops Pargeter. La signalisation routière était précise et utile. Mais les caractères des inscriptions étaient tous de la même taille et, apparemment, il y avait une largeur maximale autorisée pour les panneaux. Ce qui faisait que les noms les plus longs étaient abrégés. Reacher aperçut l'indication « B'sh'ps P'ter », et ils l'avaient déjà dépassée de deux cents mètres quand ils comprirent ce qu'elle signifiait. Pauling freina brutalement dans l'obscurité vide, fit demi-tour et revint en arrière. S'arrêta une seconde, puis quitta la grand-route pour emprunter une voie plus petite. Étroite et sinueuse, revêtement en mauvais état. Noir complet par-delà le faisceau des phares.

– Quelle distance ? demanda-t-elle.

Reacher prit une mesure sur la carte avec le pouce et l'index.

– Dans les quatorze kilomètres, dit-il.

L'atlas routier ne comportait qu'un triangle blanc et vide entre deux routes qui sortaient de Norwich par le sud. La carte de l'Ordnance Survey montrait que ce triangle était rempli d'un réseau de voies secondaires, et parsemé çà et là de petites habitations. Reacher mit le doigt sur l'intersection où se trouvait Bishops Pargeter. Puis il regarda par la vitre.

– Ça n'a aucun sens, dit-il. Il fait trop noir. On ne verra même pas la maison, et encore moins ses habitants.

Il inspecta de nouveau la carte. Elle indiquait quelques bâtiments à six kilomètres. Sur l'un d'eux figuraient les lettres « PH ». Il lut les légendes dans le coin de la carte.

– « *Public House* », dit-il. Un pub. Peut-être une auberge. On devrait se prendre une chambre. Et ressortir au petit matin.

– Ça me va, chef, dit-elle.

Il se rendit compte qu'elle était fatiguée. Le voyage, le décalage horaire, les routes inconnues, le stress de la conduite.

– Je suis désolé, dit-il. Nous en avons trop fait. J'aurais dû mieux préparer.

– Non, ça va, dit-elle. On sera sur place demain matin. Mais il nous reste encore quelle distance ?

– Six kilomètres jusqu'au pub et huit de plus jusqu'à Bishops Pargeter demain.

– Quelle heure est-il ?

Il sourit.

– Dix heures quarante-sept.

– Tu peux donc gérer plusieurs fuseaux horaires.

– Il y a une horloge sur le tableau de bord. Je la vois d'ici. Je suis pratiquement assis sur tes genoux.

Huit minutes plus tard ils aperçurent une lueur qui se révéla être celle de l'enseigne lumineuse du pub. Elle se balançait sur une potence en hauteur dans la brise nocturne. « Les Armes de l'Évêque. » Parking goudronné avec cinq voitures et une rangée de fenêtres éclairées. L'air chaleureux et accueillant. Au-delà de la silhouette noire du bâtiment, il n'y avait absolument rien. Une étendue sans fin sous le vaste ciel nocturne.

– C'était peut-être un relais de poste, dit Pauling.

– Pas possible. Aucune route n'y passe. C'était pour les travailleurs agricoles.

Elle tourna dans le parking et glissa la petite voiture entre une Land Rover sale et une berline cabossée de marque et d'âge indéterminés. Coupa le moteur et laissa retomber ses mains sur le volant en soupirant. Le silence s'invita, et avec lui l'odeur de terre mouillée. L'air nocturne était froid. Légèrement humide. Reacher porta le sac de Pauling jusqu'à la porte du pub. À l'intérieur, une entrée, sur la droite, un escalier qui avait pris de la flèche, un plafond bas avec poutres apparentes, un tapis à motifs et environ dix mille décorations en laiton. Juste en face, le comptoir de la réception, en vieux bois sombre qui avait été verni jusqu'à briller de manière spectaculaire. Personne au comptoir. Sur la gauche, un encadrement de porte avec « Salon » marqué au-dessus. Il donnait sur une pièce apparemment vide. Sur la droite, après l'escalier, un passage avec l'inscription « Bar ». À travers l'ouverture, Reacher vit un barman dans ses œuvres et les dos de quatre buveurs courbés sur des tabourets. Dans l'angle opposé, un homme, de dos lui aussi, seul à une table. Les cinq clients buvaient tous des pintes de bière.

Reacher s'avança jusqu'à la réception et fit sonner la cloche. Un long moment après, le barman arriva par une porte située derrière le comptoir. Dans les soixante ans, costaud et rougeaud. Fatigué. Il s'essuyait les mains sur une serviette.

– Nous avons besoin d'une chambre, dit Reacher.

– Ce soir ?

– Oui, ce soir.

– Ça vous fera quarante livres. Mais le petit déjeuner est compris.

– Une affaire !

– Quelle chambre voulez-vous ?

– Qu'est-ce que vous recommandez ?

– Une chambre avec salle de bains ?

– Oui, avec une baignoire. Ça serait bien.

– Bon, d'accord. C'est ce que vous aurez.

Pauling lui tendit quatre billets de dix livres, il lui

remit une clé en laiton accrochée à un porte-clés à pompon. Puis il donna un stylo à bille à Reacher et tourna le registre face à lui. Reacher inscrivit « J. & L. Bayswater » sur la ligne « nom ». Puis il cocha la case « adresse professionnelle » plutôt que « adresse personnelle » et écrivit l'adresse du stade des Yankees sur la ligne correspondante. « 161e Rue Est, Bronx, New York, USA. » Il aurait bien aimé y travailler. Depuis toujours. Dans l'espace réservé à la marque du véhicule, il inscrivit « Rolls Royce ». Il se dit que « numéro d'enregistrement » avait un rapport avec la plaque d'immatriculation et indiqua « R34CHR ». Puis il demanda au barman :

— On peut manger ?

— Je crains que vous n'arriviez un peu tard pour dîner. Mais je peux vous faire des sandwichs, si vous voulez.

— Très bien.

— Vous êtes américains, n'est-ce pas ? On en voit plein par ici. Ils viennent voir les anciens terrains d'aviation. Là où ils étaient basés.

— C'était avant mon époque, dit Reacher.

Le barman acquiesça avec sagacité et dit :

— Venez donc boire quelque chose. Vos sandwichs seront bientôt prêts.

Reacher laissa le sac de Pauling au pied des marches et entra dans le bar. Cinq têtes pivotèrent. Les quatre types au comptoir avaient l'air de paysans. Visages rougis par les intempéries, mains épaisses, expressions vides et pas intéressées.

Le type assis tout seul à la table du coin n'était autre que Taylor.

60

En bon soldat, Taylor garda les yeux fixés sur Reacher suffisamment longtemps pour évaluer l'intensité du danger. L'arrivée de Pauling derrière son épaule sembla le rassurer. *Un homme élégant, une femme raffinée, un couple, des touristes.* Il détourna le regard. Se replongea dans sa bière. Au total, son regard avait duré à peine une fraction de seconde de plus que celui de n'importe quel type dans un bar. De fait, il dura moins que ceux des paysans – des hommes lents et posés, conscients du droit qu'un client régulier peut exercer sur un inconnu.

Reacher emmena Pauling jusqu'à une table du côté opposé à Taylor, s'assit dos au mur et regarda les paysans se retourner vers le comptoir. Ils le firent l'un après l'autre, lentement. Puis le dernier reprit son verre et l'atmosphère de la pièce redevint ce qu'elle était avant. Un moment plus tard, le barman reparut. Il prit un torchon et se mit à essuyer des verres.

– Il faudrait se comporter normalement, dit Reacher. On devrait commander à boire.

– Je crois que je vais essayer la bière locale. Comme on dit : « À Rome… »

Reacher se releva donc et s'avança vers le bar en essayant de revenir dix ans en arrière, à la dernière fois où il s'était trouvé dans un endroit similaire. Il fallait choisir les bons mots. Il se pencha entre deux des paysans, posa ses phalanges sur le bar et lança :

– Une pinte de votre meilleure pression, s'il vous plaît, et un demi pour la dame.

Il fallait aussi avoir de bonnes manières. Il se tourna donc successivement à gauche puis à droite vers les quatre paysans et ajouta :

– Vous boirez bien quelque chose ?

Puis il regarda le barman et enchaîna :

– Et qu'est-ce que je peux vous offrir ?

Alors, la dynamique de la pièce entière se focalisa sur Taylor, le dernier client à ne pas avoir été invité. Celui-ci se tourna et leva les yeux comme s'il y était obligé, et Reacher fit le geste de boire en disant :

– Qu'est-ce que vous prenez ?

– Merci, mais je dois y aller, répondit Taylor.

Accent britannique sans trait caractéristique, un peu comme celui de Gregory. Regards calculateurs. Mais rien sur son visage. Aucun soupçon. Peut-être un peu de maladresse. Voire une touche d'amabilité pleine de retenue. Demi-sourire sans joie, aperçu de ses dents pourries. Il vida son verre, le reposa sur la table, se leva et se dirigea vers la porte.

– Bonne nuit, dit-il en passant.

Le barman servit six pintes et demi de sa meilleure blonde pression et les aligna comme des sentinelles. Reacher les paya et les poussa un peu pour démarrer la distribution. Puis il prit la sienne, dit « Santé ! » et but une gorgée. Il apporta son demi à Pauling et les quatre paysans et le barman se tournèrent vers eux et levèrent leur verre.

Intégration instantanée pour moins de trente

dollars, pensa Reacher. *Le double aurait encore été bon marché.*

– J'espère ne pas avoir offensé votre collègue, ajouta-t-il.

– On le connaît pas, dit un des paysans. Jamais vu avant.

– Il vient de la ferme Grange, dit un autre. Forcément, parce qu'il roule dans la Land Rover de la ferme. Je l'ai vu arriver avec.

– C'est un agriculteur ? demanda Reacher.

– Il en a pas l'air, dit le premier. Je l'ai encore jamais vu.

– Où se trouve la ferme Grange ?

– Un peu plus loin sur la route. Maintenant, y a une famille qui y habite.

– Demandez à Dave Kemp, dit le troisième. Il vous dira.

– Qui est Dave Kemp ?

– Dave Kemp du magasin, dit le troisième paysan impatiemment, comme si Reacher était idiot. À Bishops Pargeter. Il saura. Dave Kemp sait tout, vu qu'il est à la poste. C'est un sale fouineur.

– Ils n'ont pas de pubs ? Pourquoi quelqu'un de là-bas viendrait-il boire ici ?

– Vous êtes dans le seul pub à des kilomètres à la ronde, l'ami. Sinon, pourquoi est-ce qu'on serait aussi nombreux ?

Reacher n'avait pas de réponse à ça.

– C'est des nouveaux, à la ferme Grange, reprit le premier en achevant le cours de ses pensées. Une famille. Arrivés récemment. Des Londoniens, je crois bien. Je ne les connais pas. Ils sont bio. Ils font pas confiance aux produits chimiques.

Cette information paraissant conclure ce que les

paysans pensaient devoir révéler en échange d'une pinte de bière, ils se retrouvèrent à discuter entre eux des avantages et inconvénients de l'agriculture biologique. On aurait dit une discussion déjà bien rodée. D'après ce que Reacher put entendre, il n'y avait absolument rien en sa faveur, si ce n'est le désir inexplicable des citadins de payer plus cher pour les produits qui en résultaient.

— Tu avais raison, dit Pauling. Taylor est bien à la ferme.

— Mais va-t-il y rester, maintenant ?

— Je ne vois pas pourquoi il ne le ferait pas. Ton numéro de grand gaillard d'Américain niais et généreux était assez convaincant. Tu n'avais rien de menaçant. Il doit penser que nous sommes des touristes venus sur les traces de nos pères. Ils en voient plein par ici. C'est ce qu'a dit l'autre type.

Reacher garda le silence.

— Je me suis garée juste à côté de lui, non ? reprit-elle. Le paysan a dit qu'il était venu avec une Land Rover. Et il n'y en avait qu'une dans le parking.

— J'aurais préféré qu'il ne soit pas ici.

— C'est probablement une des raisons qui l'ont fait revenir au pays. La bière anglaise.

— Ça te plaît ?

— Non, mais je pense que les Anglais l'apprécient.

*

Les sandwichs étaient étonnamment bons. Du pain maison frais et croustillant, du beurre, du rosbif saignant, une sauce crémeuse au raifort, le tout servi avec du fromage fermier et de fines chips. Ils mangèrent et finirent leur bière. Puis ils montèrent dans leur chambre. Mieux que leur suite à Bayswater. Plus d'espace, en partie grâce au fait que leur lit était double. Mais pas géant. Cent trente-cinq de large, pas cent cinquante. *Pas vraiment un problème*, pensa Reacher. *Pas dans de telles circonstances*. Il régla son réveil interne sur six heures du matin. Premiers rayons de soleil. *Taylor restera ou s'enfuira, mais dans tous les cas nous le verrons faire.*

61

La vue de leur fenêtre à six heures le lendemain matin révéla une étendue infiniment plate et brumeuse. Terrain sans relief, gris-vert jusqu'à l'horizon, interrompu seulement par des fossés rectilignes et quelques rares arbres. Avec des troncs longs et souples et des frondaisons rondes et compactes pour résister au vent. Reacher les vit s'incliner et se balancer au loin.

Dehors il faisait très froid et leur voiture était couverte de rosée. Reacher nettoya les vitres avec la manche de sa veste. Ils montèrent à bord sans dire grand-chose. Pauling recula pour sortir de sa place, fit grincer la première et traversa le parking. Freina brièvement et rejoignit la route, plein est dans le ciel du matin. Huit kilomètres jusqu'à Bishops Pargeter. Huit kilomètres aussi jusqu'à la ferme Grange.

*

Ils trouvèrent la ferme avant le village. Elle occupait le coin supérieur gauche du quadrant formé par l'intersection de deux routes. Ils l'abordèrent par le sud-ouest. Elle était entourée de fossés, pas de barrières. Bien droits, nets et profonds. Les champs, plats, bien labourés, parsemés du vert pâle de cultures tardives récemment semées. Puis, plus près du centre, quelques petits bosquets, presque décoratifs, comme si on les avait plantés pour produire un effet artistique. Enfin, une grande maison en pierre grise. Plus grande que Reacher ne l'avait imaginé. Pas un château, pas un manoir, mais plus impressionnante qu'une simple ferme. Ensuite, plus loin au nord et à l'est de la maison, cinq dépendances. Des granges, longues, basses et nettes. Trois d'entre elles entouraient une sorte de cour. Les deux autres étaient isolées.

La route sur laquelle ils roulaient longeait le fossé qui formait la limite sud de la ferme. À chaque mètre parcouru le point de vue pivotait et changeait, comme si la ferme était exposée sur un plateau tournant. Le site était beau et vaste. Le chemin d'accès empruntait un petit pont plat pour passer au-dessus du fossé, puis filait vers le nord. De la terre battue, bien bombée. La maison elle-même se trouvait au bout du chemin, à huit cents mètres de là. Porte d'entrée orientée à l'ouest, porte de derrière, à l'est. La Land Rover était garée à mi-chemin entre l'arrière de la maison et une des granges isolées et paraissait petite à cette distance, froide, inerte et recouverte de rosée.

– Il est toujours là, dit Reacher.

– À moins qu'il n'ait sa propre voiture.

– Si c'était le cas, il s'en serait servi hier soir.

Pauling ralentit jusqu'à rouler au pas. Aucun signe d'activité autour de la maison. Rien du tout. Une fine fumée sortait d'une cheminée, et s'en échappait à l'horizontale à cause du vent. Un feu étouffé qui servait pour un chauffe-eau, peut-être. Pas de lumière aux fenêtres.

– Je croyais que les paysans se levaient tôt, lança Pauling.

– J'imagine que c'est le cas des éleveurs, dit Reacher. Pour traire les vaches ou autre. Mais ici il n'y a que des cultures. Entre les labours et la récolte, je ne vois pas bien ce qu'il faut faire. J'imagine qu'ils doivent s'asseoir et regarder pousser.

– Ils devraient être dehors sur leurs tracteurs. Ils doivent bien vaporiser des produits, non ?

– Pas en agriculture biologique. Ils n'utilisent pas de produits chimiques. Un peu d'irrigation, éventuellement.

– On est en Angleterre. Il pleut tout le temps.

– Il n'a pas plu depuis notre arrivée.

– Dix-huit heures, dit Pauling. Un nouveau record. Il a plu pendant tout le temps que j'ai passé à Scotland Yard.

Elle se rangea sur le bas-côté, passa au point mort et baissa sa vitre. Reacher fit de même et l'air froid et humide s'engouffra dans la voiture. Dehors, tout n'était que silence et immobilité. À peine discernait-on le sifflement du vent dans les arbres lointains et la subtile suggestion des ombres matinales dans la brume.

– Le monde entier devait ressembler à ça il y a longtemps, dit-elle.

– C'étaient les gens du Nord, dit-il. Norfolk et Suffolk, les gens du Nord et ceux du Sud. Deux anciens royaumes celtes, je crois.

Le calme fut fracassé par un coup de feu. Une détonation lointaine qui claqua au-dessus des champs comme une explosion. Extrêmement bruyante dans le silence. Reacher et Pauling se baissèrent tous deux par réflexe. Puis ils scrutèrent l'horizon pour y retrouver la fumée. Dans l'attente d'un nouveau coup de feu.

– C'est Taylor ? demanda-t-elle.

– Je ne le vois pas.

– Qui d'autre cela pourrait-il être ?

– Trop loin pour être efficace.

– Des chasseurs ?

– Coupe le moteur, dit-il.

Il écouta avec attention. N'entendit rien de plus. Pas de mouvement, pas de fusil qu'on recharge.

– Je pense qu'il s'agit d'un effaroucheur d'oiseaux, dit-il. Ils viennent de semer une culture d'hiver. Ils ne veulent pas que les corbeaux mangent les graines. Je crois qu'il existe des machines qui tirent des balles à blanc toute la journée de manière aléatoire.

– J'espère que ce n'est rien d'autre.

– Nous reviendrons, dit Reacher. Allons voir Dave Kemp dans sa boutique.

Pauling remit le moteur en marche et démarra. Reacher se tortilla sur son siège pour regarder le côté est de la ferme défiler. Identique au côté ouest. Mais à l'envers. Des arbres à proximité de la maison, ensuite de grands champs plats, puis le fossé à la limite. Et après, la branche nord de l'intersection de Bishops Pargeter. Jusqu'au hameau proprement dit, qui se réduisait à une ancienne église toute seule dans le quart en haut à droite et cinquante mètres de constructions en face, parallèlement à la route. La plupart des bâtiments étaient des habitations, mais l'un d'entre eux était un magasin général, long et bas. Presse, épicerie et bureau de poste. Du fait qu'on y vendait les journaux et de quoi prendre le petit déjeuner, il était déjà ouvert.

– L'approche directe ? demanda Pauling.

– Une variante, dit-il.

Elle se gara en face, à un endroit où l'accotement était recouvert de gravillons, près de l'entrée de l'église. Ils sortirent de la voiture sous un vent rude qui soufflait fort et régulièrement de l'est.

– Je connaissais des types qui étaient basés ici, dit Reacher. Ils juraient que le vent soufflait tout droit depuis la Sibérie sans que rien l'arrête.

Le magasin du village leur parut chaud et douillet par comparaison. Une sorte de radiateur à gaz envoyait une humidité tiède dans l'air. Un guichet de poste derrière des volets, une section centrale consacrée à l'alimentation et un comptoir à journaux à l'autre bout. Un vieux type derrière le comptoir. Avec un pull et une écharpe. En train de ranger des quotidiens, les doigts noirs d'encre.

– Dave Kemp ? demanda Reacher.

– C'est bien mon nom, répondit le vieux.

– On nous a dit de venir vous voir.

– À quel sujet ?

– Nous sommes en mission, dit Reacher.

– Vous commencez tôt.

– Premier arrivé, premier servi.

C'était ce que le type de Londres avait dit, ça devait donc sonner juste.

– Que voulez-vous ?

– Nous sommes ici pour acheter des exploitations.

– Vous êtes américains, non ?

– Nous représentons une grande entreprise agricole aux États-Unis, effectivement. Nous cherchons à investir. Et nous saurons nous montrer très généreux avec ceux qui nous apporteront des affaires.

L'approche directe. Une variante.

– Combien ? demanda Kemp.

– En général, un pourcentage.

– De quelle exploitation s'agit-il ?

– À vous de nous le dire. Nous nous intéressons

généralement à des propriétés propres et bien entretenues qui pourraient rencontrer des problèmes de stabilité en ce qui concerne leurs propriétaires.

— Et en anglais, ça veut dire quoi ?

— En clair, des propriétés intéressantes récemment acquises par des amateurs. Et nous les voulons rapidement, avant qu'elles ne tombent en ruine.

— La ferme Grange, dit Kemp. C'est de sacrés amateurs. Ils ont viré bio.

— On nous a mentionné ce nom.

— Il faudrait les mettre en tête de votre liste. C'est exactement comme vous dites. Ils ont eu les yeux plus gros que le ventre. Et encore, quand ils sont tous les deux à la maison. Ce qui n'est pas toujours le cas. En ce moment, le type est tout seul depuis quelques jours. Bien trop gros pour une personne seule. Surtout pour un amateur. Et ils ont trop d'arbres. Les arbres, ça rapporte rien.

— La ferme Grange semble offrir des perspectives intéressantes, dit Reacher. Mais nous avons entendu dire que quelqu'un d'autre est en train de tourner autour. On l'a vu récemment. Dans la propriété. Un concurrent, peut-être bien.

— Ah bon ? dit Kemp, tout excité parce qu'il y avait un conflit à l'horizon. (Puis son visage reprit son expression indifférente.) Non, je vois de qui vous parlez. Sûrement pas un concurrent. C'est le frère de la femme. Il vient d'emménager avec eux.

— Vous êtes sûr ? Parce que le nombre de personnes à reloger compte beaucoup pour nous.

Kemp acquiesça :

— Le gars est arrivé et s'est présenté. Il disait revenir d'un peu partout et avoir fini de vagabonder. Il venait poster un paquet pour l'Amérique. Par avion. Ça ne nous arrive pas souvent par ici. On a bien discuté.

– Et donc vous êtes sûr qu'il s'est installé pour longtemps ? Parce que c'est important.

– C'est ce qu'il a dit.

– Qu'est-ce qu'il a expédié en Amérique ? demanda Pauling.

– Il ne m'a pas dit ce que c'était. Envoyé à un hôtel à New York. Adressé à une chambre, pas à une personne, ce qui m'a paru bizarre.

– Vous vous êtes demandé ce qu'il y avait dedans ? intervint Reacher.

« Dave Kemp, avait dit le paysan au pub. Un sale fouineur. »

– On aurait dit un petit livre. Pas beaucoup de pages. Un élastique autour. Peut-être qu'il l'avait emprunté. Enfin, j'ai pas vraiment cherché à savoir.

– A-t-il rempli une déclaration de douanes ?

– Nous l'avons déclaré comme imprimé. Pas de formulaire à remplir.

– Merci, monsieur Kemp. Vous nous avez été très utile.

– Et pour mes honoraires ?

– Si nous achetons la ferme, vous les toucherez, dit Reacher.

« *Si nous achetons la ferme* », pensa-t-il. *Quelle tournure de phrase malheureuse*[1] ! Il eut très froid, soudain.

*

1. « Acheter la ferme » signifie « mourir » en argot militaire. Quand un soldat était tué, le gouvernement donnait une somme d'argent à ses parents, qui pouvaient ainsi finir de payer leur ferme.

Dave Kemp ne vendant pas de café à emporter, ils achetèrent du Coca et des confiseries qu'ils mangèrent sur le bas-côté de la route, environ deux kilomètres plus à l'ouest, à un endroit d'où ils pouvaient surveiller l'entrée de la ferme. Toujours aussi calme. Pas de lumière, le même filet de fumée poussé par le vent et dispersé sur le côté.

– Pourquoi as-tu posé cette question sur le paquet pour les USA ? demanda Reacher.

– C'est une vieille habitude, répondit Pauling. Toujours tout demander, surtout quand on ne sait pas ce qui est important et ce qui ne l'est pas. Et puis, c'est un peu étrange. Taylor vient de quitter le pays et le premier truc qu'il fait est d'envoyer du courrier... Qu'est-ce que cela peut bien être ?

– Peut-être un truc pour son complice. Peut-être que celui-ci est resté en ville.

– On aurait dû se procurer l'adresse. Mais on s'en est plutôt bien sortis, au final. Tu étais très vraisemblable. Parfaitement raccord avec hier soir. Et cette bonhomie de façade, dans le bar ! Si par hasard Kemp parle, Taylor te prendra pour un arnaqueur qui veut se faire de l'argent rapide en rachetant des exploitations à moitié prix.

– Je mens comme les meilleurs ! C'est triste à dire.

Il se tut brutalement, ayant perçu un léger mouvement à environ huit cents mètres. La porte de la ferme s'ouvrait. Malgré la brume matinale, la maison en contre-jour et la distance à la limite du visible, il discerna quatre silhouettes émergeant dans la lumière. Deux grandes, une légèrement plus petite et une toute petite. Probablement deux hommes, une femme et un petit enfant. Peut-être bien une fille.

– Ils sont levés, dit-il.

– Je les vois, mais à peine. Quatre personnes. L'effa-roucheur d'oiseaux a dû les réveiller. Plus bruyant qu'un coq. C'est la famille Jackson et Taylor, non ? Maman, papa, Melody et leur oncle bien-aimé.

– À tous les coups.

Ils portaient tous quelque chose sur l'épaule. De longues tiges droites. Adaptées à des adultes, bien trop grandes pour la fille.

– Qu'est-ce qu'ils font ? demanda Pauling.

– Ce sont des houes, dit-il. Ils vont aux champs.

– Pour enlever les mauvaises herbes ?

– Culture bio. Ils n'ont pas droit aux désherbants.

Les silhouettes se regroupèrent et partirent en direc-tion du nord, de l'autre côté de la route. Elles dimi-nuèrent jusqu'à disparaître, petites taches lointaines dans la brume qui paraissaient plus fantomatiques que réelles.

– Il va rester, dit Pauling. C'est sûr. On ne va pas sarcler les champs avec sa sœur quand on pense à s'enfuir.

Reacher acquiesça.

– Nous en avons assez vu. Le boulot est fini. Retour-nons à Londres attendre Lane.

62

Ils tombèrent en plein dans les embouteillages en retournant à Londres. De vrais bouchons. On aurait dit que, sur des centaines de kilomètres, l'Angleterre était soit Londres, soit un dortoir la desservant. La ville était comme un gigantesque aimant s'étendant aux alentours et aspirant tout. D'après l'atlas de Reacher, la M11 n'était qu'une des vingt et quelques artères qui alimentaient la capitale. Il se dit qu'elles devaient toutes être congestionnées, toutes remplies de petits corpuscules navigants qui seraient recrachés d'ici à la fin de la journée. *Le train-train quotidien.* Reacher n'avait jamais eu d'horaires de bureau, et n'avait jamais habité en banlieue. Il y avait des moments où il s'en trouvait profondément heureux. Celui-là, par exemple.

La boîte de vitesses manuelle était fatigante dans les bouchons. Après deux heures de trajet, ils s'arrêtèrent pour prendre de l'essence et Reacher prit la place de Pauling, bien qu'il ne figurât pas sur les papiers de la voiture et n'eût pas son permis. La transgression était bien mineure par rapport à ce qu'ils envisageaient par la suite. Il avait déjà conduit en Grande-Bretagne, des années auparavant, une grande berline britannique de l'armée américaine. Mais maintenant les routes étaient plus chargées. Bien plus. L'île tout entière semblait pleine comme un œuf. Et puis il repensa au Norfolk. Voilà une région qui était vide. L'île était remplie de manière irrégulière, pensa-t-il. C'était ça, le vrai problème. Pleine ou vide. Pas d'entre-deux. Ce qui était inhabituel pour les Anglais, d'après son expérience. En principe, les Anglais étaient les champions de la bidouille et de la débrouille. L'entre-deux était leur résidence principale.

Ils atteignirent le périphérique M25 et estimèrent que Prudence était mère de Sûreté. Ils décidèrent donc de l'emprunter sur un quart de cercle en sens inverse des aiguilles d'une montre, puis de descendre jusqu'au West End par une route plus facile. Mais la M25 elle-même était une sorte de parking.

– Comment peuvent-ils supporter ça tous les jours ? demanda Pauling.

– C'est pareil à Houston et à Los Angeles.

– En tout cas, ça explique pourquoi les Jackson se sont enfuis.

– Sans doute.

La circulation avançait lentement, comme l'eau décrivant des cercles autour de la bonde de la baignoire, avant de céder à l'attraction inexorable de la ville.

*

Ils entrèrent par St John's Wood, où se trouvent les studios Abbey Road, dépassèrent Regent's Park, Marylebone, Baker Street – où avait vécu Sherlock Holmes – et traversèrent Marble Arch à nouveau, jusqu'à Park Lane. L'hôtel Hilton est situé à l'extrémité sud, près de l'aberration automobile de classe mondiale que constitue Hyde Park Corner. Ils se garèrent dans un parking payant en sous-sol à onze heures moins le quart du matin. Environ une heure avant que Lane et ses types n'arrivent.

– On déjeune ? demanda Pauling.

– Impossible de manger, dit-il. Je suis trop tendu.

– Tu serais donc un être humain ?

– J'ai l'impression de livrer Taylor au bourreau.

– Il mérite la mort.

– J'aimerais autant m'en charger moi-même.

– Eh bien, propose de le faire.

– Ça n'ira pas. Lane veut le nom du complice. Je ne me vois pas torturer le type moi-même.

– Alors, va-t'en.

– Je ne peux pas. Je veux que quelqu'un paie pour Kate et Jade, et je veux l'argent pour Hobart. Pas moyen de faire autrement. Et nous avons conclu un marché avec ton copain du Pentagone. Il a rempli sa part, je dois remplir la mienne. Et donc je pense que je vais me passer de déjeuner.

– Où veux-tu que je m'installe ? demanda-t-elle.

– Dans le hall. Tu observes. Ensuite, va prendre une chambre quelque part. Laisse-moi un mot à la réception du Hilton. À l'attention de M. Bayswater. J'emmènerai Lane dans le Norfolk, Lane s'occupera de Taylor et moi je m'occuperai de Lane. Ensuite je reviendrai te chercher, dès que possible. Et nous irons ensemble quelque part. À Bath, peut-être. Aux thermes romains. Pour tenter de nous nettoyer.

*

Ils passèrent devant un concessionnaire automobile qui exposait plusieurs exemplaires flambant neufs de leur Mini Cooper. Ils longèrent les entrées discrètes et en retrait de grands immeubles d'appartements. Ils montèrent une petite volée de marches en béton jusqu'au hall du Hilton. Pauling se dirigea vers un groupe de fauteuils éloignés tandis que Reacher gagnait la réception. Il attendit dans la queue. Regarda les employés. Occupés avec leurs téléphones et leurs ordinateurs. Des imprimantes et des photocopieuses étaient installées sur des crédences derrière eux. Au-dessus des photocopieuses, une plaque en laiton qui disait : « De par leur statut, certains documents ne doivent pas être photocopiés. » *Par exemple, les billets de banque*, pensa Reacher. Il fallait une loi, parce que les photocopieurs modernes étaient trop bons, tout simplement. Au-dessus des crédences, une rangée d'horloges réglées sur les heures du monde entier, de Tokyo à Los Angeles. Il compara New York à la montre dans sa tête. Pile-poil. Et puis, la personne devant ayant fini, il se retrouva en tête de file.

– Le groupe d'Edward Lane, dit-il. Ils sont arrivés ?

L'employé tapa sur son clavier.

– Pas encore, monsieur.

– Je les attends. Quand ils arriveront, dites-leur que je suis de l'autre côté du hall.

– Votre nom, monsieur ?

– Taylor, dit Reacher.

Il s'éloigna de la zone la plus animée et se trouva un coin tranquille. Il allait devoir compter huit cent mille dollars en liquide, et n'avait pas besoin de public. Il se laissa tomber dans un des fauteuils d'un groupe de quatre. Il savait d'expérience que personne ne viendrait se joindre à lui. Cela n'arrivait jamais. Il émettait des signaux subliminaux qui disaient « Dégage ! » et les gens sains d'esprit les entendaient. Déjà, une famille voisine le regardait avec méfiance. Deux enfants avec leur mère, installés dans le groupe de fauteuils à côté du sien, certainement débarqués d'un vol matinal et attendant que leur chambre soit prête. La mère avait l'air fatiguée et les enfants grognons. Elle avait déballé la moitié de leurs affaires pour tenter de les distraire. Des jouets, des coloriages, des ours en peluche martyrisés, une poupée à qui il manquait un bras, des jeux vidéo à piles. Il l'entendit leur suggérer sans trop y croire divers moyens de passer le temps : « Pourquoi ne fais-tu pas ceci ? Ou cela ? Pourquoi ne dessines-tu pas ce qu'on va aller voir ? » Comme en thérapie.

Il se détourna et regarda la porte. Des gens entraient en un flot constant. Certains las et tout chiffonnés du voyage, d'autres actifs et énergiques. Certains avec des tonnes de bagages, d'autres, un simple attaché-case. Toutes les nationalités. Depuis l'un des fauteuils à côté de lui, un des enfants lança un ours à la tête de l'autre. Il le rata et l'ours glissa sur le carrelage et vint heurter le pied de Reacher. Qui se baissa et le ramassa. Tout le rembourrage était parti. Il le relança. Entendit la mère suggérer une nouvelle activité sans intérêt : « Et pourquoi ne faites-vous pas cela ? » Il pensa : *Pourquoi ne pas vous taire et rester assis comme des gens normaux ?*

Il regarda de nouveau la porte et vit Perez entrer. Puis Kowalski. Et Edward Lane lui-même, en troisième. Et après, Gregory, Groom, Addison et Burke. Valises à roulettes, sacs de voyage, porte-costumes. Jeans et vestes de sport, blousons d'échauffement noirs en nylon, casquettes de base-ball, chaussures de sport. Lunettes noires, écouteurs avec des fils qui traînaient. Fatigués du voyage de nuit. Un peu plissés et froissés. Mais éveillés et sur le qui-vive. Ils avaient exactement l'air de ce qu'ils étaient : une bande de soldats des forces spéciales qui essaient de voyager incognito.

Il les regarda se présenter à la réception. Attendre. Avancer d'une place à la fois. Signer les papiers. Il regarda l'employé leur transmettre son message. Vit Lane se tourner, le chercher. Parcourir tout le hall des yeux. Glisser sur Pauling sans s'arrêter. Sur la famille grincheuse. Sur le visage de Reacher. Et là, il s'arrêta. Lui adressa un signe de tête. Reacher fit de même. Gregory récupéra la pile de clés magnétiques que lui tendait l'employé et les sept hommes se saisirent de leurs bagages et entreprirent de traverser le hall. Se frayèrent un chemin à travers la foule et s'arrêtèrent ensemble à côté des fauteuils. Lane laissa tomber un sac, en garda un autre à la main et s'assit en face de Reacher. Gregory s'assit lui aussi et Carter Groom prit le dernier fauteuil. Kowalski, Perez, Addison et Burke restèrent debout, formant un périmètre, Perez et Burke regardant vers l'extérieur. Éveillés et sur le qui-vive, consciencieux et attentifs.

– Montrez-moi l'argent, dit Reacher.

– Dites-moi où se trouve Taylor, dit Lane.

– Vous d'abord.

– Savez-vous où il se trouve ?

Reacher acquiesça.

– Je sais où il est, oui, dit-il. Je l'ai eu en visuel deux fois. Hier soir, et encore une fois ce matin. Cela fait à peine quelques heures.

– Vous êtes bon.

– Je sais.

– Alors dites-moi où il est.

– Montrez-moi l'argent d'abord.

Lane ne dit rien. Dans le silence, Reacher entendit

la mère épuisée qui disait : « Dessinez-moi le palais de Buckingham. »

– Vous avez contacté tout un tas de privés de Londres. Dans mon dos. Vous avez essayé de me devancer, reprit Reacher.

– On a bien le droit de faire des économies, lui renvoya Lane.

– M'avez-vous devancé ?

– Non.

– Par conséquent, il n'y a pas d'économies à faire.

– Il faut croire que non.

– Alors montrez-moi l'argent.

– D'accord, dit Lane. Je vais vous le montrer.

Il fit glisser le sac de voyage de ses genoux, le posa par terre et l'ouvrit. Reacher regarda à droite. À gauche. Vit le gosse qui allait encore jeter son ours en peluche. Le vit remarquer l'expression sur son visage et se réfugier derrière sa mère. Reacher s'avança sur son fauteuil et se pencha. Le sac était plein d'argent. Un des paquets d'O-Ville, récemment ouvert et en partie vidé.

– Pas de problème pendant le vol ? demanda-t-il.

– Le sac est passé aux rayons X, répondit Lane. Personne ne s'est pissé dessus. Vous le ramènerez sans problème. À condition de le mériter.

Reacher repoussa le plastique déchiré et glissa un ongle sous une des bandes de papier. Elle était bien serrée. La liasse était pleine. Il y avait quatre piles de vingt liasses chacune. Un total de quatre-vingts liasses, un nombre pair. Quatre-vingts fois cent fois cent faisaient bien huit cent mille dollars.

Jusqu'ici, tout allait bien.

Il souleva le coin d'un billet et le frotta entre le pouce et un autre de ses doigts. Jeta un coup d'œil de l'autre côté du hall, en direction du panneau en laiton près des photocopieuses : « De par leur statut, certains documents ne doivent pas être photocopiés. » Cela n'avait pas été le cas. Les billets étaient vrais. Reacher en sentait la gravure. L'odeur du papier et de l'encre. On ne pouvait s'y tromper.

– D'accord, dit-il.

Et il se renfonça dans son fauteuil.

Lane se baissa et referma le sac.

– Alors, où est-il ?

– D'abord, il faut que nous parlions.

– Vous vous foutez de moi ?

– Il y a des civils. Des innocents. Des non-combattants. Une famille.

– Et alors ?

– Je ne veux pas que vous chargiez comme des malades. Je n'autoriserai pas de dommage collatéral.

– Il n'y en aura pas.

– Je dois en être sûr.

– Vous avez ma parole.

– Votre parole, c'est de la merde.

– On ne tirera pas, dit Lane. Que ceci soit bien clair. Une balle serait bien trop gentille pour Taylor. On ira là-bas, on s'emparera de lui et on le fera sortir sans toucher un seul de ses cheveux ou de ceux de qui que ce soit. Parce que c'est comme ça que je le veux. En un seul morceau. Vivant et en pleine forme, conscient de tout, ressentant tout. Il nous livrera son complice et ensuite il connaîtra une agonie longue, lente et doulou-reuse. Huit à quinze jours. Les échanges de coups de feu sont exclus. Pas à cause des non-combattants, vous avez raison. Mais parce que je ne tolérerai pas d'acci-dent avec Taylor. Je ne supporterai pas qu'il connaisse une mort trop douce. Là-dessus, vous pouvez me faire confiance.

– D'accord, dit Reacher.

– Alors, où se trouve-t-il ?

Reacher marqua un temps d'arrêt. Pensa à Hobart, à Birmingham en Alabama, à Nashville dans le Tennessee, aux médecins en blouse blanche, cheveux argentés, manières douces, qui tenaient des membres artificiels.

– Il est dans le Norfolk, dit-il.

– Où est-ce ?

– C'est un comté au nord-est. À environ deux cents kilomètres d'ici.

– Où ça, dans le Norfolk ?

– Dans un endroit qui s'appelle la ferme Grange.

– Il est dans une ferme ?

– Le pays est plat, dit Reacher. Comme une table de billard. Des fossés. Facile à défendre.

– Grande ville la plus proche ?

– À peu près cinquante kilomètres au sud-ouest de Norwich.

– Ville la plus proche ?

Reacher ne répondit pas.

– Ville la plus proche ? répéta Lane.

Reacher porta son regard vers la réception. « De par leur statut, certains documents ne doivent pas être photocopiés. » Il observa une photocopieuse en marche, la bande de lumière d'un vert fantomatique qui allait et venait sous le couvercle. Il jeta un regard vers la mère épuisée et entendit la voix dans sa tête : « Pourquoi ne dessines-tu pas quelque chose qu'on va aller voir ? » Il regarda la poupée du gamin, avec son bras en moins. Entendit la voix de Dave Kemp dans le magasin à la campagne : « On aurait dit un petit livre. Pas beaucoup de pages. Un élastique autour. » Se remémora l'impact quasi imperceptible de l'ours en lambeaux du gamin glissant sur le carrelage avant de s'arrêter contre sa chaussure.

– Reacher ?

Il entendit la voix de Lauren Pauling : « Parfois, il suffit de presque rien. En sortant du pays, on est moins contrôlé qu'en y entrant. »

– Reacher ? Allô ? Quelle est la ville la plus proche ?

Reacher refit le point, lentement, attentivement, douloureusement, et regarda Lane droit dans les yeux. Et dit :

– La ville la plus proche s'appelle Fenchurch St Mary. Je vous montrerai exactement où c'est. Soyez prêts à partir d'ici une heure. Je reviens vous chercher.

Puis il se leva et se concentra très fort pour marcher infiniment lentement à travers le hall. Un pied devant l'autre. Le gauche, puis le droit. Il échangea un regard avec Pauling. Franchit la porte. Descendit les marches en béton. Arriva au trottoir.

Et se mit à courir comme un dératé jusqu'au parking.

63

Reacher avait garé lui-même la voiture et avait toujours les clés. Il déverrouilla avec la télécommande à dix mètres, ouvrit violemment la portière et se jeta à l'intérieur. Enfonça la clé de contact, lança le moteur et passa brutalement la marche arrière. Écrasa l'accélérateur et propulsa la petite voiture hors de sa place de parking, freina brusquement, tourna le volant et démarra en faisant crisser et fumer les pneus avant. Et jeta un billet de dix livres au gardien à la barrière sans attendre la monnaie. Sortit dès que la barrière fut à moitié levée. Avala la rampe, débula entre deux files de voitures qui arrivaient et pila contre le trottoir opposé parce qu'il venait de voir Pauling qui courait vers lui. Il ouvrit en grand la portière passager. Elle se glissa à l'intérieur et il avait déjà fait vingt mètres quand elle parvint à refermer sa portière.

– Le nord, dit-il. Où est le nord ?

– Le nord ? Derrière nous. Fais le tour du rond-point.

Hyde Park Corner. Il grilla deux feux rouges et jeta la voiture d'une file à l'autre comme une auto tamponneuse. Fit le tour et revint dans Park Lane en sens inverse à plus de cent à l'heure. Pratiquement sur deux roues.

– Et maintenant ? dit-il.

– Mais qu'est-ce qui se passe ?

– Fais-nous sortir de la ville !

– Je ne sais pas comment.

– Prends l'atlas. Il y a un plan.

Reacher évitait les bus et les taxis. Pauling tournait les pages avec frénésie.

– Va tout droit, dit-elle.

– C'est au nord ?

– Ça nous y emmènera.

Ils franchirent Marble Arch dans un rugissement de moteur. Feux verts tout du long après Marylebone. Jusqu'à Maida Vale. Enfin Reacher ralentit un peu. Parut expirer pour la première fois depuis une demi-heure.

– Et maintenant ? dit-il.

– Reacher, qu'est-ce qui se passe ?

– Dis-moi simplement où aller.

– Prends à droite la route de St John's Wood. Ça nous conduira à Regent's Park. Après, tourne à gauche et quitte la ville exactement comme nous y sommes arrivés. Et je te prie de me dire précisément ce qui se passe.

– J'ai commis une erreur, dit-il. Tu te souviens, je te disais avoir l'impression persistante de commettre une grosse erreur ? Eh bien, je me trompais. Ce n'était pas une grosse erreur. C'était une erreur catastrophique. La plus grosse erreur individuelle jamais commise dans l'histoire du monde.

– Et ce serait… ?

– Parle-moi des photographies qui sont chez toi.

– Et alors ?

– Des nièces et des neveux, n'est-ce pas ?

– Un paquet ! dit Pauling.

– Tu les connais bien ?

– Plutôt.

– Tu passes du temps avec eux ?

– Beaucoup, oui.

– Parle-moi de leurs jouets préférés.

– Leurs jouets ? Je ne sais pas trop. J'ai du mal à suivre. « X-box », jeux vidéo, ce genre de trucs. Toujours quelque chose de nouveau.

– Pas les récents. Les vieux jouets. Parle-moi de leurs vieux jouets préférés. Ceux qu'ils seraient allés chercher dans un incendie quand ils avaient huit ans.

– Quand ils avaient huit ans ? Un ours en peluche ou une poupée, j'imagine. Quelque chose qu'ils ont eu tout petits.

– Exactement, dit Reacher. Quelque chose de réconfortant et de familier. Quelque chose qu'ils aiment. Le genre d'objets qu'on emporte en voyage. Comme la famille dans le hall de l'hôtel juste à côté de moi. La mère les a tous sortis de la valise pour calmer ses gamins.

– Et alors ?

– À quoi ressemblaient ces choses ?

– À des ours et à des poupées, je dirais.

– Non, plus tard. Quand les enfants avaient huit ans.

– À huit ans ? Ils les avaient depuis toujours. Ils étaient complètement pourris.

Reacher opina en direction du volant.

– Les ours tout râpés, le rembourrage qui fuit. Les poupées cassées avec des bras qui manquent ?

– Oui, ce genre-là. Tous les enfants ont des jouets comme ça.

– Pas Jade. Voilà très précisément ce qui manquait dans sa chambre. Il y avait des peluches et des poupées neuves. Des objets récents auxquels elle ne s'était pas attachée. Aucun vieux jouet chéri.

412

– Qu'est-ce que tu veux dire ?

– Je veux dire que si Jade avait été enlevée devant chez Bloomingdale's un matin comme un autre, j'aurais trouvé tous ses jouets préférés dans sa chambre. Mais cela n'a pas été le cas.

– Et qu'est-ce que ça veut dire ?

– Que Jade savait qu'elle partait. Et qu'elle s'était préparée.

*

Reacher prit à gauche au niveau de Regent's Park et se dirigea vers la M1, ce qui les conduirait tout droit jusqu'à la M25. Après avoir tourné, il ralentit un peu l'allure. Il ne voulait pas se faire arrêter par la maréchaussée britannique. Il n'en avait pas le temps. Il se dit que, à ce moment précis, il avait environ deux heures d'avance sur Edward Lane. Il faudrait une heure à ce dernier pour comprendre qu'on l'avait laissé tomber, et encore au moins une heure pour se procurer une voiture et organiser la poursuite. Soit deux heures. Reacher aurait préféré en avoir plus, mais deux heures suffiraient peut-être.

Peut-être.

– Jade avait fait sa valise ? lui demanda Pauling.

– Kate aussi.

– Qu'a-t-elle emporté ?

– Une seule chose. La plus précieuse. Son souvenir préféré. La photographie avec sa fille. Celle de la chambre. Une des plus belles photos que j'aie jamais vues.

Pauling laissa passer quelques instants. Puis s'écria :

– Mais tu l'as vue ! Elle ne l'a pas emportée.

Reacher fit non de la tête.

– J'ai vu une photocopie. Faite chez Staples, copie numérique couleurs, impression laser, deux dollars la feuille. Elle l'a rapportée chez elle et l'a glissée dans le cadre. Très bonne, mais pas assez. Couleurs un peu criardes, contours un peu figés.

– Mais qui pourrait bien préparer sa valise avant d'être enlevé ? Je veux dire… qui diable en aurait l'occasion ?

– On ne les a pas enlevées, dit-il. C'est ça, l'histoire. On les a sauvées. Libérées. Remises en liberté. Elles sont en vie quelque part. En vie, en bonne santé et heureuses. Un peu tendues, peut-être. Mais libres comme l'air.

*

Ils continuèrent à rouler, lentement et calmement, à travers les banlieues nord de Londres, passèrent Swiss Cottage, puis prirent Finchley Road en direction de Hendon.

– Kate a fait confiance à Dee Marie, reprit Reacher. C'est ça qui s'est passé. Dans les Hamptons. Dee Marie lui a parlé d'Anne et l'a prévenue, et Kate l'a crue. Comme l'a dit Patti Joseph, il y avait quelque chose dans cette histoire et quelque chose chez son mari qui ont fait qu'elle y a cru. Peut-être avait-elle déjà ressenti le même genre d'impressions qu'Anne cinq ans auparavant. Peut-être avait-elle déjà prévu de s'en aller, elle aussi.

– Tu comprends ce que ça implique ?

– Évidemment !

– C'est Taylor qui les a aidées.

– Bien sûr qu'il les a aidées.

– Il les a sauvées, il les a cachées, il les a hébergées et il a risqué sa vie pour elles. C'est un bon, pas un méchant.

Reacher acquiesça.

– Et je viens juste de dire à Lane où il se trouve.

*

Ils traversèrent Hendon puis leur dernier rond-point londonien avant de s'engager sur l'autoroute M1 à son extrémité sud. Reacher accéléra et poussa la petite Mini à cent soixante kilomètres à l'heure.

– Et l'argent ? demanda Pauling.

– Pension alimentaire. Le seul moyen pour Kate d'en obtenir une. On pensait que c'était la moitié de l'argent du Burkina Faso, et c'était bien le cas, mais aux yeux de Kate il s'agissait surtout de la moitié de leurs biens en communauté. La moitié du capital de Lane. Elle y avait droit. Elle a probablement investi de l'argent, dans le passé. C'est ce que Lane semble attendre de ses femmes. En plus d'être un trophée.

– Sacré plan !

– Ils ont dû se dire qu'il n'y avait pas d'autre solution. Et ils avaient probablement raison.

– Mais ils ont commis des erreurs.

– C'est clair. Quand on veut vraiment disparaître, on ne prend rien avec soi. Absolument rien. Ça ne pardonne pas.

– Qui a aidé Taylor ?

– Personne.

– Il avait un complice américain. Au téléphone.

– Il s'agissait de Kate. Tu avais à moitié raison l'autre jour. C'était bien une femme qui se servait de la machine. Mais ce n'était pas Dee Marie. C'était Kate. Forcément. Ils ont fait équipe. Ils coopéraient. C'était

415

elle qui parlait parce que Taylor ne pouvait pas. Pas facile pour elle. Chaque fois que Lane voulait entendre sa voix pour preuve qu'elle était en vie, elle devait enlever la machine du combiné et la remettre après.

– Tu as vraiment dit à Lane où se trouvait Taylor ?

– C'est tout comme. Je n'ai pas mentionné Bishops Pargeter. Je me suis arrêté juste à temps. J'ai dit « Fenchurch St Mary » à la place. Mais c'est tout près. J'avais déjà dit « dans le Norfolk, à cinquante kilomètres de Norwich ». Et « la ferme Grange ». Il va trouver. C'est l'affaire de deux minutes, avec une bonne carte.

– Il est loin derrière nous ?

– Au moins deux heures.

Pauling resta silencieuse une seconde.

– Il a deux heures de retard maintenant. Mais ça ne va pas durer. Comme on ne connaît pas les routes anglaises, on prend un chemin très long.

– Lui non plus.

– Mais Gregory, si.

*

Reacher dépassa sept sorties sur la M1 en ayant une conscience aiguë du fait que la route le menait au nord-ouest, pas au nord-est. Puis il prit la M25 et compta six sorties dans le sens des aiguilles d'une montre avant de récupérer la M11. Beaucoup de temps perdu. Si Gregory emmenait Lane tout droit à travers Londres jusqu'à l'extrémité sud de la M11, il réduirait son retard, initialement de deux heures, de tout ce temps perdu.

– On devrait s'arrêter et les appeler, dit Pauling. Tu as le numéro ?

– C'est un pari risqué. Sur l'autoroute, on perd du temps à ralentir, sortir, trouver un téléphone qui marche, appeler et reprendre la route. Et imagine qu'ils ne répondent pas. Qu'ils soient toujours dehors à arracher les mauvaises herbes… On perdrait tout notre temps à s'arrêter.

– Il faut pourtant les avertir. Pense à la sœur. Et à Melody.

– Susan et Melody sont parfaitement en sécurité.

– Comment peux-tu dire ça ?

– Demande-toi où sont Kate et Jade.

– Je n'en ai aucune idée.

– Mais si ! dit-il. Tu sais exactement où elles sont. Tu les as vues ce matin.

64

Ils quittèrent l'autoroute au sud de Cambridge et prirent à travers la campagne en direction de Norwich. La route leur était familière, désormais, mais cela ne la rendait pas plus rapide. Beaucoup de kilomètres parcourus sans résultat apparent. Ciel large, nettoyé par le vent.

– Pense un peu à la dynamique, reprit Reacher. Pourquoi Kate demanderait-elle de l'aide à Taylor ? Ou à l'un d'entre eux ? Ils sont tous fidèles à Lane jusqu'à la folie. Knight aurait-il aidé Anne ? Kate venait d'entendre l'histoire. Pourquoi serait-elle allée trouver de but en blanc un des tueurs de Lane et lui dire : « Alors, vous m'aidez à me tirer de là ? Vous voulez blouser votre patron ? Lui piquer son pognon ? »

– Il y avait déjà quelque chose entre eux, dit Pauling.

Il hocha la tête à l'intention du volant.

– C'est la seule explication. Ils étaient déjà amants. Depuis longtemps, peut-être même.

– La femme du commandant ? Hobart disait qu'aucun combattant ne l'aurait fait.

– Il a dit qu'aucun combattant américain ne le ferait. Peut-être que les Britanniques voient les choses différemment. Et il y a des signes. Carter Groom est aussi

418

sensible qu'un poteau électrique, mais il a dit que Kate aimait bien Taylor et que Taylor s'entendait bien avec la petite.

– L'intervention de Dee Marie a dû les décider.

Reacher acquiesça de nouveau.

– Kate et Taylor ont conçu un plan et l'ont exécuté. Mais, d'abord, ils l'ont expliqué à Jade. Peut-être se sont-ils dit que le traumatisme serait trop violent s'ils ne le faisaient pas. Ils lui ont fait promettre de se taire, dans la mesure du possible pour une enfant de huit ans. Et elle s'est plutôt bien comportée.

– Que lui ont-ils raconté ?

– Qu'elle avait déjà eu un papa de remplacement et qu'elle allait en avoir un autre. Qu'elle avait déjà habité dans une nouvelle maison et qu'elle allait habiter dans une autre.

– Lourd secret à porter, pour un enfant.

– Elle ne l'a pas vraiment porté, dit-il. Ça l'inquiétait. Elle s'en est débarrassée en le dessinant. Peut-être une vieille habitude. Peut-être que les mères disent toujours aux enfants de dessiner ce qu'ils vont voir.

– De quel dessin s'agit-il ?

– Il y en avait quatre dans sa chambre. Sur son bureau. Kate n'a pas tout nettoyé. Ou alors elle a cru que c'était le désordre habituel. On voyait un grand immeuble gris avec des arbres devant. Au début, je me suis dit qu'il s'agissait du Dakota vu de Central Park. Maintenant, je pense qu'il s'agissait de la ferme Grange. Ils ont dû lui montrer des photos pour qu'elle se prépare. Les arbres sont bien dessinés. Les troncs fins et droits, les frondaisons bien rondes. Pour résister au vent. Comme des sucettes vertes sur des bâtonnets marron. Elle avait aussi dessiné une famille. J'ai pensé que le type était Lane, forcément. Mais sa bouche avait quelque chose de bizarre. Comme si la moitié de ses dents avaient été expulsées à coups de poing. Mais il s'agissait de Taylor, c'est évident. Ses dents. Jade devait être fascinée. Elle a dessiné sa nouvelle famille. Taylor, Kate et elle-même. Pour se faire à l'idée.

– Et tu penses que Taylor les a amenées ici, en Angleterre ?

– Je pense que Kate voulait qu'il le fasse. Elle l'en a peut-être même supplié. Il leur fallait une retraite sûre. Un endroit très éloigné. Hors de portée de Lane. Et puis, ils sont amants. Ils ne voulaient pas se séparer. Donc, si Taylor est ici, Kate l'est aussi. Jade a dessiné trois personnes dans un avion. Le voyage qu'ils allaient faire. Et puis elle a fait un autre dessin montrant deux familles réunies. Comme si elle voyait double. Je n'avais aucune idée de ce que ça représentait. Maintenant, je dirais qu'il s'agissait de Jackson et Taylor, Susan et Kate, Melody et elle. Sa nouvelle situation. Sa nouvelle famille étendue. Heureux pour toujours à la ferme Grange.

– Ça ne marche pas, dit Pauling. Leurs passeports étaient dans le tiroir.

– Pas très malin. Tu ne trouves pas ? Tu as déjà probablement fouillé un millier de bureaux. As-tu déjà vu des passeports tout seuls dans un tiroir ? Mis en évidence de manière aussi ostentatoire ? Moi, jamais. Ils sont toujours recouverts d'un tas de trucs. Elle les a laissés là pour envoyer un message. Du genre : regardez, nous sommes toujours dans le pays. Ce qui veut dire qu'en fait elles n'y étaient plus.

– Comment fais-tu pour quitter le pays sans passeport ?

– C'est impossible. Mais, souviens-toi, tu disais

qu'on n'était pas vraiment inspecté en sortant du territoire. Que parfois une vague ressemblance suffisait.

Elle réfléchit un instant.

– Le passeport de quelqu'un d'autre ?

– Qui connaissons-nous qui ferait l'affaire ? Une
femme d'environ trente ans et sa fille de huit ans ?

– Susan et Melody.

– Dave Kemp nous a dit que Jackson était tout seul
à la ferme, dit Reacher. Parce que Susan et Melody
s'étaient envolées pour les USA. Elles avaient reçu
tous les coups de tampon qu'il fallait à leur arrivée.
Ensuite elles ont donné leurs passeports à Kate et Jade.
Peut-être chez Taylor. Peut-être pendant le dîner. Une
sorte de cérémonie. Puis Taylor a réservé les places sur
British Airways. Il était assis à côté d'une Anglaise
pendant le vol. Ça, nous en sommes sûrs. Je te parie
dix contre un qu'elle figure dans le manifeste sous le
nom de Susan Jackson. Et encore dix contre un qu'il y
avait une petite Anglaise du nom de Melody Jackson à
côté d'elle. En réalité, il s'agissait de Kate et Jade.

– Alors Susan et Melody sont coincées aux États-
Unis ?

– Temporairement, dit-il. Qu'est-ce que Taylor a
bien pu expédier, à ton avis ?

– Un livre peu épais. Pas beaucoup de pages. Avec
un élastique autour.

– Pourquoi mettre un élastique autour d'un livre
fin ? Il s'agissait plutôt de deux livres très fins. Deux
passeports l'un contre l'autre. Expédiés à la chambre
d'hôtel de Susan à New York, où elles attendent, en ce
moment même, de les recevoir.

– Mais les tampons ne correspondront plus, maintenant. Lorsqu'elles partiront, elles sortiront du pays
sans y être entrées.

Reacher acquiesça :

– C'est une infraction. Mais que vont faire les gens de JFK ? Les renvoyer chez elles. C'est exactement ce qu'elles veulent. Et elles rentreront sans difficulté.

– Des sœurs, dit Pauling. Toute cette histoire tourne autour de la loyauté des sœurs. Patti Joseph, Dee Marie Graziano, Susan Jackson.

Reacher conduisait toujours. En silence.

– Incroyable, reprit Pauling. Nous avons vu Kate et Jade ce matin.

– Avec leurs houes, dit Reacher. En train de démarrer une nouvelle vie.

Il accéléra un peu, car la route s'élargissait et devenait plus droite pour contourner une ville du nom de Thetford.

*

John Gregory mettait les gaz, lui aussi. Il était au volant d'un 4 × 4 Toyota Land Cruiser vert foncé à sept places. Edward Lane était assis à côté de lui sur le siège passager. Kowalski, Addison et Carter Groom étaient épaule contre épaule sur la banquette arrière. Burke et Perez sur les sièges pliants tout au fond. Ils prenaient la M11 à son extrémité sud, après avoir traversé à vive allure le centre de Londres jusqu'au coin nord-est de la ville.

65

Cette fois-ci, en plein jour, Reacher vit l'indication « B'sh'ps P'ter » à cent mètres, ralentit bien à l'avance et prit le tournant comme s'il avait roulé toute sa vie sur les petites routes du Norfolk. Il était presque deux heures de l'après-midi. Le soleil était haut dans le ciel et le vent en train de tomber. Ciel bleu, petits nuages blancs, champs verdoyants. Une parfaite journée de fin d'été anglais. Ou presque.

– Qu'est-ce que tu vas leur dire ? demanda Pauling.

– Que je suis désolé. Je pense que c'est le meilleur point de départ.

– Et ensuite ?

– Ensuite, je le répéterai probablement encore une fois.

– Ils ne doivent pas rester là.

– C'est une ferme. Il faut bien que quelqu'un y reste.

– Tu te portes volontaire ?

– Ça se pourrait.

– Tu t'y connais en agriculture ?

– Uniquement à travers le cinéma. D'habitude, il y a des sauterelles. Ou des incendies.

– Pas ici. Plutôt des inondations.

– Et des imbéciles comme moi.

– Inutile de se flageller. Ils ont monté un faux enlèvement. Ne t'en veux pas si tu les as pris au sérieux.

– J'aurais dû comprendre. C'était louche dès le
début.

Ils passèrent devant les Armes de l'Évêque. Le pub.
La pause-déjeuner se terminait. Cinq voitures dans le
parking. La Land Rover de la ferme Grange n'en faisait pas partie. Ils continuèrent, à peu près vers l'est,
et, au loin, ils virent la tour de l'église de Bishops
Pargeter, grise, carrée, trapue. À peine une quinzaine
de mètres de haut, mais se dressant comme l'Empire
State Building au-dessus du pays plat. Ils poursuivirent
leur route. Dépassèrent le fossé qui marquait la limite
ouest de la ferme Grange. Entendirent de nouveau
l'effaroucheur d'oiseaux. Une détonation bruyante et
explosive.

– Je ne supporte pas ce truc, dit Pauling.

– Tu finiras peut-être par l'adorer. Un camouflage
de ce genre pourrait se révéler notre meilleur allié.

– Celui de Taylor aussi. Dans environ soixante
secondes. Il va penser qu'on l'attaque.

Reacher acquiesça.

– Inspire à fond, dit-il.

Il ralentit bien avant le petit pont plat. Prit le virage
largement et sans à-coup. Resta en seconde. Petit véhicule, faible vitesse. Aucune menace. Il l'espérait.

Le chemin d'accès était long et tournait deux fois.
Pour contourner des zones de terre moins compactes,
peut-être. La terre battue était boueuse et moins régulière qu'il ne l'avait cru de loin. La petite voiture
cognait et rebondissait. Le mur du pignon de la ferme
était aveugle. Pas de fenêtre. La fumée sortant de la
cheminée était plus épaisse maintenant, et verticale.
Moins de vent. Reacher baissa sa vitre. Il n'entendit

que le bruit du moteur et les lents crissements des pneus roulant sur le gravier et les cailloux.

– Où sont-ils ? demanda Pauling. Toujours en train de sarcler ?

– Impossible de sarcler sept heures d'affilée. On se casserait le dos.

Le chemin se séparait en deux à trente mètres de la maison. Une fourche. À l'ouest, l'accès principal vers l'entrée du bâtiment. À l'est, un chemin en mauvais état qui menait à l'endroit où ils avaient vu la Land Rover et, plus loin, aux granges. Reacher prit vers l'est. La Land Rover n'y était pas. Les portes de toutes les granges étaient fermées. L'endroit tout entier était calme. Rien ne bougeait.

Reacher freina doucement et fit marche arrière. Emprunta le chemin ouest. Arriva sur un rond-point couvert de gravier avec un frêne rabougri planté au milieu. Autour de l'arbre, un banc circulaire en bois bien trop grand pour la taille du tronc. Soit l'arbre avait été planté en remplacement d'un autre, soit le menuisier avait anticipé de cent ans. Reacher prit le rond-point dans le sens des aiguilles d'une montre, à l'anglaise. S'arrêta à trois mètres de la porte d'entrée. Fermée. Aucun mouvement, excepté la colonne de fumée qui montait lentement de la cheminée.

– Que fait-on ? demanda Pauling.

– On frappe à la porte. On se déplace lentement et on leur montre nos mains.

– Tu penses qu'il nous observe ?

– Quelqu'un nous observe. J'en suis sûr. Je le sens.

Il coupa le moteur et resta assis un moment. Puis il ouvrit la portière. Déplia son énorme carcasse lente-ment et avec souplesse et resta debout sans bouger près de la voiture, les mains loin du corps. Pauling fit de même, à deux mètres de lui. Puis ils avancèrent ensemble jusqu'à la porte. Large panneau en chêne, ancien, noir comme du charbon. Avec des plaques en métal et des gonds fraîchement repeints par-dessus des taches de rouille et de corrosion. Un anneau torsadé passé dans la gueule d'un lion venait buter contre une tête de clou aussi grosse qu'une pomme. Reacher s'en servit, deux fois, cognant fortement contre le panneau en chêne. Celui-ci résonna comme un tom basse.

Pas de réponse.

– Hello ? cria Reacher.

Pas de réponse.

– Taylor ? Graham Taylor ?

Pas de réponse.

– Taylor ? Vous êtes là ?

Pas de réponse.

Il essaya le heurtoir à nouveau, encore deux fois.

Toujours pas de réponse.

Aucun son.

Si ce n'est le léger glissement d'un petit pied, à dix mètres. Le raclement d'une fine semelle sur la pierre. Reacher se tourna rapidement et regarda à gauche. Vit la peau d'un petit genou qu'on ramenait derrière la maison. Dans sa cachette.

– Je t'ai vue, dit-il.

Pas de réponse.

– Allez, sors, maintenant ! cria-t-il. Tout va bien.

Aucune réponse.

– Regarde notre voiture ! N'est-ce pas qu'elle est mignonne ?

Rien ne se passa.

– Elle est rouge, reprit-il. Comme un camion de pompiers.

Pas de réponse.

– Je suis avec une dame. Elle est mignonne, elle aussi.

Il resta debout, immobile, près de Pauling, et après une longue attente vit une petite tête brune sortir de derrière le mur. Un petit visage, le teint clair, de grands yeux verts. Une bouche sérieuse. Une petite fille, environ huit ans.

– Salut, dit Pauling. Comment tu t'appelles ?

– Melody Jackson, répondit Jade Lane.

66

La petite était facilement identifiable d'après la photocopie imparfaite que Reacher avait vue sur le bureau dans la chambre du Dakota. Environ un an de plus que sur le cliché, mais les mêmes cheveux longs et bruns, légèrement ondulés, fins comme de la soie, les mêmes yeux verts et le même teint de porcelaine. La photographie était remarquable, mais la réalité était bien plus belle. Jade Lane était une enfant vraiment ravissante.

– Je m'appelle Lauren, dit Pauling. Et ce monsieur s'appelle Reacher.

Jade hocha la tête. Grave et sérieuse. Ne dit rien. Ne s'approcha pas. Elle portait une robe d'été, sans manches, en crépon vert à rayures. Peut-être achetée chez Bloomingdale's dans Lexington Avenue. Peut-être un de ses vêtements préférés. Une partie de son bagage hâtif et maladroit. Chaussettes blanches et petites sandales d'été. Couvertes de poussière.

– Nous sommes venus parler aux adultes, reprit Pauling. Tu sais où ils sont ?

À dix mètres, Jade hocha de nouveau la tête. Mais ne dit rien.

– Où sont-ils ? répéta Pauling.

– L'une d'entre eux est juste ici, madame, répondit une voix à une dizaine de mètres de l'autre côté.

Et Kate Lane s'avança depuis le coin opposé de la maison.

Elle était pratiquement identique à sa photographie, elle aussi. Cheveux bruns, yeux verts, pommettes saillantes, bouche en bouton de rose. Extrêmement, incroyablement belle. Peut-être un peu plus fatiguée que dans le studio du photographe. Peut-être un peu plus stressée. Mais la même femme, absolument. En plus de ce que le portrait montrait déjà, elle devait faire un mètre soixante-dix, pas beaucoup plus de cinquante kilos, élancée et fine. *Tout à fait l'idée qu'on se fait d'un ancien mannequin*, se dit Reacher. Elle portait une chemise d'homme en flanelle, grande et visiblement empruntée. Sa tenue lui allait bien. Il en aurait été de même si elle avait porté un sac-poubelle avec des trous pour les bras, les jambes et la tête.

– Susan Jackson, dit-elle.

– Non, vous n'êtes pas Susan Jackson, mais je suis très heureux de vous rencontrer. Et Jade aussi. Vous n'imaginerez jamais à quel point je suis heureux.

– Je m'appelle Susan Jackson, répéta-t-elle. Et voici Melody.

– Nous n'avons pas le temps de jouer à ça, Kate. Et votre accent n'est pas vraiment convaincant.

– Qui êtes-vous ?

– Je m'appelle Reacher.

– Que voulez-vous ?

– Où est Taylor ?

– Qui ça ?

Reacher regarda de nouveau Jade et s'approcha de Kate.

– Est-ce qu'on peut parler ? Un peu plus loin ?

– Pourquoi ?

– Pour être tranquilles.

– Que se passe-t-il ?

– Je ne veux pas inquiéter votre fille.

– Elle est au courant de tout.

– D'accord, dit-il. Nous venons vous prévenir.

– De quoi ?

– Qu'Edward Lane est à une heure d'ici. Peut-être moins.

– Edward est ici ? (Pour la première fois, la peur se lut sur son visage.) Edward est ici ? En Angleterre ? Déjà ?

Reacher acquiesça :

– Il est en route.

– Qui êtes-vous ?

– Il m'a payé pour trouver Taylor.

– Alors, pourquoi nous prévenir ?

– Parce que j'ai fini par comprendre que l'enlèvement était un simulacre.

Kate garda le silence.

– Où est Taylor ? demanda de nouveau Reacher.

– Il est sorti, dit-elle. Avec Tony.

– Anthony Jackson ? Le beau-frère ?

Kate acquiesça :

– C'est chez lui, ici.

– Où sont-ils allés ?

– À Norwich. Chercher une pièce de rechange pour la pelleteuse. Ils m'ont dit qu'il fallait creuser des fossés.

– Quand sont-ils partis ?

– Il y a environ deux heures.

Reacher hocha la tête. Norwich. La grande ville. Cinquante kilomètres aller, cinquante kilomètres retour.

À peu près deux heures de trajet. Il regarda au sud, vers la route. Rien ne bougeait.

– Rentrons, dit-il.

– Je ne sais même pas qui vous êtes.

– Mais si, dit Reacher. Là, tout de suite, je suis votre meilleur ami.

Kate regarda fixement Pauling un moment et parut rassurée par la présence d'une autre femme. Elle cligna des yeux une fois, puis alla ouvrir la porte d'entrée. Les fit entrer. L'intérieur était sombre et froid. Plafonds bas avec poutres apparentes et dalles irrégulières par terre. Murs épais recouverts de papier peint à fleurs et petites fenêtres à vitraux. La cuisine était le centre de la maison. Manifestement. Grande et rectangulaire. Casseroles en cuivre brillantes suspendues à des crochets, canapés, fauteuils, cheminée assez grande pour y habiter et immense cuisinière à l'ancienne. Il y avait une table de salle à manger en chêne massif avec douze chaises et un bureau en pin avec un téléphone, des piles de feuilles et d'enveloppes, des pots de stylos et de crayons, des timbres et des élastiques. Tous les meubles étaient vieux, usés et confortables, et sentaient le chien, bien qu'il n'y eût pas de chien dans la maison. Les meubles avaient peut-être appartenu aux propriétaires précédents. Peut-être étaient-ils inclus dans la vente. Une histoire de faillite, peut-être.

– Kate, reprit Reacher, je crois que vous devriez partir. Immédiatement. Avec Jade. Jusqu'à ce qu'on y voie plus clair.

– Comment ? Le 4 × 4 n'est pas là.

– Prenez notre voiture.

– Je n'ai jamais conduit ici. Je n'étais jamais venue.

– Je vous conduirai, dit Pauling.

– Pour aller où ?

– N'importe où. Jusqu'à ce qu'on y voie plus clair.

– Il est vraiment ici ?

Pauling acquiesça :

– Il a quitté Londres voilà déjà plus d'une heure.

– Est-ce qu'il est au courant ?

– Que l'enlèvement était bidon ? Non.

– D'accord, dit Kate. Emmenez-nous quelque part. Où vous voulez. Maintenant. Je vous en prie.

Elle se leva et prit Jade par la main. Pas de sac, pas de manteau. Prête à partir, là, tout de suite. Aucune hésitation. Panique à l'état pur. Reacher lança les clés de la Mini à Pauling et les suivit toutes les trois dehors. Jade se glissa sur la petite banquette arrière et Kate s'installa à côté de Pauling. Qui régla le siège et les rétroviseurs, attacha sa ceinture et démarra le moteur.

– Attends, dit Reacher.

Sur la route, à un kilomètre et demi à l'ouest, une forme vert foncé avançait rapidement derrière un bosquet. De la peinture verte. Scintillant sous le soleil humide. Propre, vernie et brillante, pas sale comme celle de la voiture de la ferme.

Un kilomètre et demi. Quatre-vingt-dix secondes. Plus le temps.

– Tout le monde dans la maison, dit-il. Tout de suite.

67

Kate, Jade et Pauling coururent immédiatement à l'étage et Reacher se dirigea vers le coin sud-est de la maison. S'aplatit contre le mur et fit le tour jusqu'à avoir vue sur le pont au-dessus du fossé. Il arriva juste à temps pour voir un véhicule s'y engager. Une vieille Land Rover Defender, massive et carrée, une machine plutôt qu'une voiture, des pneus tout-terrain, l'arrière bâché de toile marron. Deux types à l'intérieur, bousculés et balancés derrière le pare-brise dégoulinant d'eau. L'un d'eux était la vague silhouette que Reacher avait aperçue le matin. Tony Jackson. L'agriculteur. L'autre était Taylor. Le véhicule était la Land Rover de la ferme Grange, nettoyée et lustrée. Méconnaissable par rapport à la nuit précédente. Clairement, le voyage à Norwich avait permis de laver la voiture tout autant que de passer chez le concessionnaire de pelleteuses.

Reacher se glissa dans la cuisine et cria en direction de l'escalier que la voie était libre. Puis il ressortit pour attendre. La Land Rover tangua de gauche à droite dans les virages de l'allée, puis s'arrêta une seconde, le temps que Taylor et Jackson jettent un regard inquisiteur vers la Mini cinquante mètres plus loin. Ensuite, elle accéléra de nouveau et s'arrêta à sa place, entre l'arrière de la maison et les granges. Les portières s'ouvrirent et Jackson et Taylor sortirent. Reacher ne bougea pas tandis que Jackson avançait jusqu'à lui.

– Vous êtes sur une propriété privée. Dave Kemp m'a expliqué ce que vous vouliez. Vous lui avez parlé ce matin. Au magasin. Et la réponse est : non. Je ne vends pas.

– Je ne veux pas acheter, dit Reacher.

– Alors, qu'est-ce que vous faites ici ?

Jackson était mince et compact, un peu comme Taylor. Même genre de taille, de corpulence. Le type anglais. Même accent. Les dents en meilleur état, et les cheveux plus clairs et légèrement plus longs. Mais, l'un dans l'autre, on aurait pu les prendre pour des frères. Pas seulement des beaux-frères.

– Je suis venu voir Taylor.

– Pourquoi ? demanda celui-ci en s'approchant.

– Pour m'excuser auprès de vous, dit Reacher. Et pour vous prévenir.

Taylor s'arrêta. Cligna des yeux. Ils bougeaient à gauche, à droite, pleins d'intelligence et de supputations.

– Lane ? demanda-t-il.

– À moins d'une heure.

– D'accord, dit Taylor.

Il avait l'air calme. Retenu. Pas surpris. Mais Reacher ne s'attendait pas à de la surprise. La surprise est réservée aux amateurs. Et Taylor était un professionnel. Un ancien des forces spéciales, intelligent et capable. De précieuses secondes passées à être surpris sont de précieuses secondes gaspillées. Taylor les utilisait donc exactement comme on l'avait formé à le faire : à réfléchir, planifier, revoir les tactiques, passer en revue les possibilités.

– C'est de ma faute, dit Reacher. Je suis désolé.

– Je vous ai vu dans la 6ᵉ Avenue, dit Taylor. Au moment où j'allais monter dans la Jaguar. Je n'y ai pas accordé d'importance. Mais je vous ai revu hier soir. Au pub. Et là, j'ai compris. Je pensais que vous alliez retourner dans votre chambre pour appeler Lane. Mais on dirait qu'il s'est mis en route plus vite que je ne l'aurais cru.

– Il l'était déjà.

– Merci d'être venu me prévenir.

– C'était le moins que je pouvais faire, dans de telles circonstances.

– Sait-il exactement où nous sommes ?

– Presque. J'ai mentionné la ferme Grange. Je me suis retenu de dire Bishops Pargeter. J'ai parlé de Fenchurch St Mary.

– Il nous trouvera dans l'annuaire. Il n'y a pas de ferme Grange à Fenchurch St Mary. La plus proche, c'est ici.

– Je suis désolé, répéta Reacher.

– Quand avez-vous compris ?

– Un tout petit peu trop tard.

– Qu'est-ce qui vous a mis sur la voie ?

– Les jouets. Jade avait pris ses jouets préférés.

– Vous l'avez rencontrée ?

– Il y a cinq minutes.

Taylor sourit. Dents pourries, mais sourire très chaleureux.

– C'est une gosse super, non ?

– On dirait.

– Et vous, vous êtes quoi ? Un privé ?

– J'étais dans la PM de l'armée américaine.

– Votre nom ?

– Reacher.

– Combien Lane vous paye-t-il ?

– Un million de dollars.

Taylor sourit une fois de plus.

– Je suis flatté. Et vous êtes doué. Mais, de toute façon, ce n'était qu'une question de temps. Plus le temps passait sans qu'on retrouve mon cadavre, plus les gens allaient se mettre à cogiter. Mais c'est un peu plus rapide que prévu. Je pensais avoir deux petites semaines.

– Vous avez environ une heure.

*

Ils se rassemblèrent dans la cuisine pour un conseil de guerre, tous les six. Taylor, Kate et Jade, Jackson, Pauling et Reacher. Jade n'était ni vraiment incluse ni vraiment exclue. Elle était simplement assise à table et dessinait – crayons pastel sur papier boucher, mêmes traits forts et colorés que ceux que Reacher avait vus dans sa chambre au Dakota – en écoutant les adultes discuter. La première chose que dit Taylor fut ceci :

– Rallumons le feu. Il fait froid ici. Et prenons un thé.

– Nous avons le temps ? demanda Pauling.

– L'armée britannique, dit Reacher. Ils ont toujours le temps de se faire un thé.

Un panier en osier plein de petit bois était posé près de la cheminée. Taylor en empila un bon tas sur du papier journal roulé en boules et craqua une allumette. Quand le feu eut pris, il ajouta des bûches. Pendant ce temps, Jackson se mit au fourneau, fit chauffer de l'eau et plaça des sachets de thé dans une théière. Il n'avait pas l'air très inquiet non plus. Calme, compétent, pas pressé.

– Vous faisiez quoi, dans le temps ? lui demanda Reacher.

– 1er Para, répondit Jackson.

Reacher hocha la tête. 1er régiment de parachutistes. L'équivalent britannique des Rangers de l'armée américaine, à peu de choses près. Des durs aéroportés, pas aussi bons que les SAS, mais pas loin. La plupart des recrues du SAS venaient du 1er Para.

– Lane a six types avec lui, dit Reacher.

– L'équipe A ? demanda Taylor. Ils étaient sept. Avant ma défection.

– Ils étaient neuf, dit Reacher.

– Hobart et Knight, dit Taylor. Kate en a entendu parler. Par la sœur de Hobart.

– Ç'a été le déclencheur ?

– Entre autres. Pas uniquement.

– Quoi d'autre ?

– Hobart n'est pas le seul. Le pire, peut-être, d'après ce qu'a raconté sa sœur. Mais il y en a eu d'autres. Avec le temps, Lane a fait tuer ou blesser un grand nombre de gens.

– J'ai vu son dossier, dit Reacher.

– Il ne fait rien pour eux. Ni pour leurs familles.

– C'est pour ça que vous vouliez l'argent ?

– L'argent, c'est la pension alimentaire de Kate. Elle y a droit. Et elle le dépensera comme elle voudra. Mais je suis sûr qu'elle fera le nécessaire.

Tony Jackson versa le thé, chaud et fort, dans cinq tasses ébréchées et dépareillées. Jade s'affairait autour d'un verre de jus de pommes.

– Est-ce que nous avons le temps ? insista Pauling.

– Reacher ? dit Taylor. Est-ce que nous avons le temps ?

– Tout dépend. De votre but précis.

– Mon but est de vivre heureux pour toujours.

– Bon, dit Reacher. Ici, c'est l'Angleterre. Nous aurions été au Kansas, je me serais inquiété. Au Kansas, la petite boutique de Dave Kemp et des centaines d'autres qui lui ressemblent vendent des armes à feu et des munitions. Mais nous ne sommes pas au Kansas. Et il est impensable que Lane ait amené quoi que ce soit avec lui dans l'avion. Et donc, s'il se pointe maintenant, il sera désarmé. Il ne peut pas faire grand-chose de plus que ramasser des cailloux sur la route pour nous les lancer. Avec des murs aussi épais et des fenêtres aussi étroites, il ne nous fera pas de mal.

– Il pourrait mettre le feu, dit Pauling. Bouteilles remplies d'essence, cocktails Molotov, il a le choix.

Reacher ne dit rien. Se contenta de regarder Taylor.

– Il me veut vivant, madame Pauling, expliqua Taylor. J'en suis certain. Il pourrait bien avoir prévu de me faire brûler à la fin, mais lentement et sous contrôle. Une fin rapide et facile ne lui conviendrait pas du tout.

– Alors, on va se contenter de rester assis là ?

– Comme l'a dit Reacher, s'il débarque maintenant, il ne peut rien faire.

– On est peut-être en Angleterre, mais il doit bien y avoir des armes disponibles quelque part.

Taylor acquiesça :

– Un peu partout, en fait. Des marchands d'armes pour des troupes de mercenaires britanniques, des intendants militaires véreux, les bandes de voyous habituels. Mais aucun d'entre eux ne figure dans les Pages Jaunes. Il faut du temps pour les trouver.

– Combien de temps ?

– Au moins douze heures, je dirais, suivant vos

relations. Et donc, comme l'a dit votre homme, si Lane se pointe maintenant il ne peut rien faire, et s'il veut s'enfourailler d'abord, il ne débarquera pas avant demain. En plus, il aime attaquer à l'aube. C'est ce qu'il a toujours fait. L'aurore moins le quart, voilà ce qu'il a appris dans les Delta. Attaquer aux premiers rayons de soleil.

– Vous avez des armes, ici ? demanda Reacher.

– Nous sommes une exploitation agricole, répondit Jackson. Les agriculteurs sont toujours prêts à exterminer les nuisibles.

Quelque chose dans sa voix. Une sorte de détermination mortelle. Le regard de Reacher passa de Jackson à Taylor. *Même taille, même corpulence. Le type anglais. L'un dans l'autre, on aurait pu les prendre pour des frères. Parfois, une vague ressemblance suffit.* Il se leva, s'avança et examina le téléphone sur le bureau en pin. Un appareil noir, à l'ancienne. Avec un fil et un cadran rotatif. Pas de mémoire. Pas de numéro préprogrammé.

Il se retourna vers Taylor.

– C'est ce que vous vouliez, dit-il.

– Vraiment ?

– Vous avez pris le nom de Leroy Clarkson. Pour qu'on trouve votre appartement.

Taylor ne dit rien.

– Vous auriez pu empêcher Jade de prendre ses jouets. Vous auriez pu dire à Kate de laisser la photo. Votre sœur Susan aurait pu vous apporter le passeport de Tony. Elle l'aurait mis dans son sac. Et il y aurait eu trois Jackson sur le manifeste de vol, et non deux et un Taylor. Et, sans votre vrai nom, personne n'aurait pu vous suivre jusqu'en Angleterre.

Taylor ne dit rien.

439

– Le téléphone de votre appartement était neuf, reprit Reacher. Vous ne l'aviez pas avant, n'est-ce pas ? Vous l'avez acheté pour pouvoir y enregistrer le numéro de Susan.

– Et pourquoi j'aurais fait ça ?

– Pour que Lane vous suive jusqu'ici.

Taylor ne dit rien.

– Et vous avez parlé avec Dave Kemp dans sa boutique, ajouta Reacher. Vous lui avez donné tout un tas de détails inutiles. Et c'est la plus grande pipelette du quartier. Et après, vous êtes allé traîner au pub au milieu d'une troupe de paysans curieux. Je suis sûr que vous auriez préféré rester à la maison, étant donné les circonstances. Avec votre nouvelle famille. Mais c'était impossible. Il fallait laisser une piste bien visible. Parce que vous saviez que Lane irait engager un type dans mon genre. Et vous vouliez aider ce type dans mon genre à vous retrouver. Et amener Lane sur place pour le dernier acte.

Silence dans la pièce.

– Vous vouliez jouer à domicile, enchaîna Reacher. Vous vous êtes dit que l'endroit était facile à défendre.

Toujours le silence. Reacher regarda Kate.

– Vous étiez troublée, dit-il. Pas que Lane arrive, mais qu'il arrive maintenant. Déjà. Trop tôt.

Kate ne dit rien. Mais Taylor approuva :

– Comme je vous l'ai dit, il a été plus rapide que prévu. Mais, oui, je voulais qu'il vienne.

– Pourquoi ?

– Vous venez de le dire. Le dernier acte. Le dénouement. La fin.

– Pourquoi maintenant ?

– Je vous l'ai dit.

– Il n'est pas tellement urgent de dédommager les blessés. Pas à ce point.

Kate regarda en l'air, assise sur sa chaise à côté du feu.

– Je suis enceinte, dit-elle.

68

Dans la douce lueur des flammes du foyer, la beauté simple et vulnérable de Kate était si bien soulignée qu'elle fendait le cœur.

– Lorsque Edward et moi avons commencé à nous disputer, il m'a accusée de lui être infidèle. Ce n'était pas le cas à ce moment-là. Mais il était enragé. Il disait que si jamais il m'attrapait à coucher avec quelqu'un d'autre il me montrerait comment il avait souffert en faisant à Jade quelque chose qui me ferait souffrir encore plus. Il a donné des détails que je ne peux pas vous répéter. Pas devant elle. Mais c'était terrifiant. Si terrifiant que je me suis forcée à ne pas le prendre au sérieux. Mais après avoir entendu l'histoire d'Anne, Hobart et Knight, il a bien fallu. Et à ce moment-là j'avais vraiment quelque chose à cacher. Alors nous nous sommes enfuis. Et nous voilà.

– Avec Lane à vos trousses.

– Il mérite tout ce qui pourra lui arriver, monsieur Reacher. C'est un véritable monstre.

Reacher se tourna vers Jackson.

– Vous n'avez pas réparé la pelleteuse pour draguer les fossés, n'est-ce pas ? Il ne pleut pas et les fossés ont l'air en bon état. Et vous ne perdriez pas votre temps avec ça. Pas maintenant. Pas dans de telles circonstances. Vous avez réparé la pelleteuse pour creuser des tombes… non ?

– Au moins une, dit Taylor. Deux ou trois peut-être, jusqu'à ce que le reste de la troupe disparaisse et nous laisse tranquilles. Ça vous pose un problème ?

« Nous trouvons Taylor, avait dit Reacher dans l'avion. Lane s'occupe de lui, et ensuite je m'occupe de Lane. » Pauling lui avait demandé : « Et les autres ? » Reacher avait répondu : « Si je pense que la troupe va s'effondrer une fois Lane parti, alors je les laisserai tranquille et j'arrêterai les frais. Mais si l'un d'entre eux veut passer officier et prendre le relais, je lui réglerai son compte aussi. Et ainsi de suite, jusqu'à ce que la troupe s'effondre réellement. »

Pauling avait dit : « Brutal. »

Reacher avait demandé : « Par rapport à quoi ? »

Il regarda Taylor dans les yeux.

– Non, répondit-il. Je ne crois pas que cela me pose un problème. Pas vraiment. Aucun problème, en fait. Simplement, je n'ai pas l'habitude de trouver des gens qui sont sur la même longueur d'onde que moi.

– Vous garderez votre million de dollars ?

Reacher secoua la tête.

– J'avais l'intention de le donner à Hobart.

– C'est bien, dit Kate. Vous libérez une partie de notre argent pour les autres.

– Et vous, madame Pauling ? demanda Taylor. Qu'en dites-vous ? Cela vous pose un problème ?

– Ça devrait m'en poser. Un énorme, même, répondit-elle. Il fut un temps où j'avais fait le serment de respecter la loi.

– Mais ?

– Je n'ai aucun autre moyen de m'attaquer à Lane. Et donc, non, ça ne me pose pas de problème.

– Donc nous allons faire affaire, dit Taylor. Bienvenue à la fête.

*

Après qu'ils eurent fini leur thé, Jackson emmena Reacher dans une petite arrière-cuisine et ouvrit un placard mural à deux portes au-dessus d'une machine à laver. Rangés sur un râtelier, quatre fusils automatiques Heckler & Koch G36. Le G36, de conception très moderne, était apparu dans l'armée juste avant que la carrière militaire de Reacher touche à sa fin. Il n'était donc pas très à l'aise avec ce modèle. Canon de quarante-huit centimètres, crosse pliante en position ouverte, plutôt classique mis à part une énorme superstructure formée d'une visée optique massive intégrée dans une poignée de transport surdimensionnée. Calibré pour des cartouches standard de 5,56 mm de l'OTAN et, comme presque toutes les armes allemandes, très cher, à voir, et d'excellente facture.

– Où vous les êtes-vous procurés ? demanda Reacher.

– Je les ai achetés, dit Jackson. À un intendant véreux en Hollande. Susan est allée les chercher là-bas.

– Exprès pour Lane ?

Jackson acquiesça :

– Ça nous a fait quelques semaines bien remplies. On a tout préparé.

– Peut-on remonter la piste ?

– Les papiers du Hollandais indiquent que ces armes ont été détruites accidentellement pendant un exercice.

– Munitions ?

Jackson traversa la pièce et ouvrit un autre placard,

en bas. Derrière une rangée de bottes Wellington boueuses, Reacher vit le reflet d'objets en métal noir. En grande quantité.

– Soixante-dix chargeurs, dit Jackson. Deux mille cent cartouches.

– Ça devrait faire l'affaire.

– On ne pourra pas s'en servir. Pas plus de quelques cartouches. Trop bruyant.

– À quelle distance sont les flics ?

– Pas tout près. Norwich, je dirais… À moins qu'il n'y ait une voiture en patrouille dans le secteur. Mais les gens ont le téléphone. Certains savent même s'en servir.

– Vous pourriez éteindre l'effaroucheur d'oiseaux pendant une journée.

– Évidemment. Je ne devrais même pas m'en servir, de toute façon. L'agriculture biologique n'a pas besoin de ça. L'absence de pesticide fournit une grande quantité d'insectes aux oiseaux. Ils ne vont plus chercher les graines. Un jour ou l'autre, les gens s'en rendront compte.

– Et donc cet engin est nouveau, lui aussi ?

Jackson acquiesça :

– Il fait partie du plan. Programmé pour commencer à tirer à l'aube. L'heure à laquelle nous attendons Lane.

– Si j'avais une sœur et un beau-frère, je voudrais qu'ils soient comme Susan et vous.

– Taylor et moi, on a fait du chemin ensemble. On était en Sierra Leone. Je ferais n'importe quoi pour lui.

– Je ne suis jamais allé en Afrique.

– Vous avez de la chance. On combattait un groupe de rebelles qui se faisaient appeler les « West Side

445

Boys ». J'ai vu ce qu'ils faisaient aux gens. Et j'imagine parfaitement ce que Hobart a dû subir. Le Burkina Faso n'était pas loin.

– Vous êtes d'accord avec ce qui se prépare ? Vous, vous êtes implanté ici, au sens propre.

– Quelle est l'autre possibilité ?

– Partez en vacances. Vous tous. Je reste.

Jackson fit non de la tête :

– On se débrouillera. Une cartouche devrait suffire. Le G36 est une arme plutôt précise.

*

Jackson resta dans l'arrière-cuisine pour fermer à clé les deux placards. Reacher revint dans la cuisine et s'assit à côté de Taylor.

– Parlez-moi de Gregory, dit-il.

– Qu'est-ce que vous voulez savoir ?

– Va-t-il se ranger du côté de Lane ? Ou du vôtre ?

– De Lane, je pense.

– Alors que vous avez combattu ensemble ?

– Lane l'a acheté. Quand il était encore sous l'uniforme, Gregory a toujours voulu devenir officier, mais il n'a jamais pu. Ça l'a bouffé. Et ensuite, Lane en a fait une sorte de lieutenant officieux. Il en a le statut, au moins. Des conneries sans fondement, bien sûr, mais c'est l'intention qui compte. Alors, je pense que Gregory va rester avec Lane. En plus, il aura été vexé que je ne lui aie pas confié mon secret. Il semblait croire que deux Anglais à l'étranger se devaient de tout partager.

– Est-ce qu'il connaît le coin ?

Taylor fit non de la tête.

– Il est de Londres, comme moi.

446

– Et les autres ? Vont-ils changer de camp ?

– Pas Kowalski. Ni Perez. Changer d'avis demande un peu de jugeote et ces deux-là ont le QI au ras des pâquerettes. Pareil pour Addison. Groom et Burke, eux, ne sont pas cons. Si le bateau coule, ils le quitteront assez vite.

– Ce n'est pas la même chose que de changer de camp.

– Aucun d'entre eux ne nous aidera. Autant oublier tout de suite. Le mieux qui puisse nous arriver, c'est que Groom et Burke restent neutres. Et je ne parierais pas la ferme là-dessus.

– Quel est leur niveau ? En tant qu'équipe ?

– Ils sont aussi bons que moi. Sur la pente descendante, en quelque sorte. Ils ont été exceptionnels, et maintenant ils sont en train de revenir tranquillement vers la moyenne. Une tonne d'expérience et de capacités, mais ils ne s'entraînent plus. Et l'entraînement compte beaucoup. Dans le temps, l'entraînement nous occupait quatre-vingt-dix-neuf pour cent du temps.

– Pourquoi les avoir rejoints ?

– Pour l'argent, dit Taylor. Voilà pourquoi je les ai rejoints. Et je suis resté à cause de Kate. Je suis tombé amoureux d'elle dès que je l'ai vue.

– C'était réciproque ?

– À la fin, oui, dit Taylor.

– Avant, dit Kate depuis sa chaise près du feu. La vérité est que c'est arrivé assez vite. Un jour, je lui ai demandé pourquoi il ne s'était jamais fait arranger les dents, et il m'a répondu qu'il n'y avait même pas pensé. J'aime les hommes qui ont ce genre de respect et de confiance en eux-mêmes.

– Il y a un problème avec mes dents ? demanda Taylor.

447

– Il y en a plein, dit Reacher. Je suis étonné que vous puissiez manger. C'est peut-être pour ça que vous êtes tout petit.

– Je suis ce que je suis, dit Taylor.

*

Exactement une heure après être rentrés et avoir allumé le feu, ils tirèrent à la courte paille le premier tour de garde. Jackson et Pauling eurent les petits bouts. Jackson s'assit dans la Land Rover à l'arrière de la maison et Pauling s'installa dans la Mini à l'avant. Ainsi, chacun pouvait surveiller un peu plus de cent quatre-vingts degrés. Au loin dans la plaine, ils voyaient à plus de deux kilomètres. Quatre-vingt-dix secondes d'avance si Lane arrivait par la route, un peu plus s'il arrivait à travers champs – approche plus lente.

Sécurité suffisante.

Du moins, dans la lumière du jour.

69

La lumière du jour dura jusqu'à un peu après huit heures. À ce moment-là, Reacher se trouvait dans la Land Rover et Kate dans la Mini. Le ciel s'obscurcissait à l'est et rougeoyait à l'ouest. Le crépuscule arrivait rapidement, et avec lui une humidité vespérale pittoresque mais qui réduisait la visibilité à moins de cent mètres. L'effaroucheur d'oiseaux fut réduit au silence. Pendant tout l'après-midi et le début de la soirée, il avait tiré des coups de feu imprévisibles et aléatoirement espacés d'au moins quinze minutes et au plus quarante. Son silence soudain se faisait plus remarquer que le bruit.

Taylor et Jackson étaient dans une des granges, à travailler sur la pelleteuse. Pauling, elle, ouvrait dans la cuisine des boîtes de conserve pour le dîner. Jade était toujours assise à table, à dessiner.

*

À huit heures et demie, la visibilité était devenue si faible que Reacher se glissa hors de la Land Rover et se dirigea vers la cuisine. En chemin, il croisa Jackson. Celui-ci revenait de la grange. Il avait les mains couvertes de graisse et d'huile de moteur.

– Comment ça se passe ? lui demanda Reacher.

– Tout sera prêt.

Taylor sortit de la grange à son tour.

– Dix heures à attendre, dit-il. Nous sommes tranquilles jusqu'au matin.

– Vous êtes sûr ? demanda Reacher.

– Pas vraiment.

– Moi non plus.

– Et que dit le manuel de l'armée américaine pour sécuriser un périmètre pendant la nuit ?

Reacher sourit.

– Il dit de positionner des Claymore antipersonnel à cent mètres à la ronde. Si on en entend une exploser, c'est qu'un intrus vient de mourir.

– Et quand on n'a pas de Claymore ?

– Dans ce cas-là, on se cache.

– C'est ce qu'on apprend dans le SAS. Mais on ne peut pas cacher la maison.

– On pourrait emmener Kate et Jade ailleurs.

Taylor secoua la tête.

– Je préfère qu'elles restent. Je n'ai pas envie d'éparpiller mon attention.

– Qu'en pensent-elles ?

– Demandez-leur.

C'est ce que fit Reacher. Il traversa la maison et en ressortit pour gagner la Mini. Et dit à Kate de faire une pause avant le dîner. Puis il lui proposa de l'emmener où elle voulait, un hôtel, un club, une station de vacances, Norwich, Birmingham, Londres, n'importe où. Elle refusa. Elle lui dit que, tant que Lane serait en vie, elle voulait que Taylor soit près d'elle avec une arme. Qu'une ferme avec des murs en pierre d'un mètre d'épaisseur était la meilleure cachette imaginable. Reacher ne discuta pas. Intérieurement, il était

d'accord avec Taylor. Il était dangereux de se disperser. Et il se pouvait que les types de Lane aient déjà mis
en place une surveillance discrète. C'était même probable, en fait. Auquel cas ils surveilleraient les routes.
Vérifieraient les voitures. Pour chercher Taylor, principalement. Mais si on leur donnait l'occasion de se
rendre compte que Susan et Melody Jackson n'étaient
autres que Kate et Jade Lane, toute la donne en serait
changée.

*

Le dîner fut un mélange hasardeux de boîtes de
conserve que Pauling avait dénichées dans les placards. Elle n'était pas bonne cuisinière. Trop habituée
à décrocher son téléphone de Barrow Street pour
commander ce qu'elle voulait. Mais personne ne s'en
souciait. Personne n'était d'humeur à avaler un repas
gastronomique. On continua de s'organiser en mangeant. On décida de mettre en place des surveillances
par deux, pour cinq heures à la fois. Cela les mènerait
jusqu'à l'aube. Une personne irait patrouiller au sud
du mur du pignon aveugle, une autre ferait pareil au
nord. Chacune armée d'un G36 chargé. La première
ronde serait assurée par Taylor et Jackson, et à une
heure et demie du matin Reacher et Pauling les remplaceraient. Kate Lane était dispensée. La possibilité
qu'une patrouille ennemie en reconnaissance l'identifie présentait un risque trop important.

*

Reacher débarrassa la table et fit la vaisselle, tandis
que Taylor et Jackson sortaient avec leurs G36 armés.

Kate monta coucher Jade. Pauling remit des bûches dans le feu. Regarda Reacher penché sur l'évier.

– Ça va ? demanda-t-elle.

– La corvée de plonge, je connais.

– Je ne parlais pas de ça.

– Nous avons un SAS à un bout de la maison et un 1er Para à l'autre. Ils ont tous les deux des armes automatiques. Et sont personnellement concernés. Ils ne vont pas s'endormir.

– Je ne parlais pas de ça non plus. Je parlais de l'ensemble.

– Je t'avais dit qu'on ne ferait passer personne en jugement.

Elle acquiesça.

– Elle est mignonne, dit-elle. Non ?

– Qui ça ?

– Kate. Elle me fait passer pour une antiquité.

– Les femmes mûres, dit Reacher. Elles ont leur utilité.

– Merci.

– Non, je suis sérieux. Si je devais choisir, je rentrerais avec toi, pas avec elle.

– Pourquoi ?

– Parce que c'est mon genre de bizarrerie.

– Je suis censée faire passer des gens en jugement.

– Moi aussi je l'étais, dans le temps. Mais pas cette fois. Et ça me convient très bien.

– Moi aussi. C'est ça qui me travaille.

– Tu t'y feras. La pelleteuse et un billet d'avion arrangeront tout.

– La distance ? Deux mètres de terre et cinq mille kilomètres dans les airs ?

– Ça marche à tous les coups.

– Ah bon ? Vraiment ?

– On a écrasé un millier d'insectes sur notre pare-brise hier. Un autre millier aujourd'hui. Un de plus ne fera pas une grosse différence.

– Lane n'est pas un insecte.

– Non, il est pire.

– Et les autres ?

– Ils ont le choix. Un choix de l'espèce la plus pure. Ils peuvent rester ou partir. Cela ne dépend que d'eux.

– Où penses-tu qu'ils sont maintenant ?

– Quelque part dehors.

*

Une demi-heure plus tard, Kate Lane redescendit. Pans de sa chemise empruntée noués à la taille, manches retroussées jusqu'au coude.

– Jade est endormie, dit-elle.

Elle se mit de profil pour se glisser derrière une chaise qui était dans le passage et Reacher pensa qu'il était possible de voir qu'elle était enceinte. Mais tout juste. Maintenant qu'on le lui avait dit.

– Elle va bien ? demanda-t-il.

– Mieux qu'on ne pouvait l'espérer. Elle dort mal. Le décalage horaire l'a perturbée. Et elle est un peu nerveuse, j'imagine. Et puis, elle ne comprend pas pourquoi il n'y a pas d'animaux ici. Jade ne conçoit pas ce qu'est l'agriculture. Elle pense que nous lui cachons tout un tas d'adorables petites créatures.

– Est-elle au courant de l'arrivée prochaine d'un petit frère ou d'une petite sœur ?

Kate acquiesça :

– Nous avons attendu d'être dans l'avion. Nous avons fait en sorte que ça fasse partie de l'aventure.

– Comme ça s'est passé à l'aéroport ?

– Sans problème. Les passeports étaient parfaits. Ils ont accordé plus d'attention aux noms qu'aux photos. Pour vérifier qu'ils correspondaient bien aux billets.

– Au temps pour la Sécurité du territoire ! s'exclama Pauling.

Kate hocha la tête.

– L'idée nous est venue en lisant un article de journal. Un type qui devait partir en urgence pour affaires a attrapé son passeport dans un tiroir et a traversé six pays avant de s'apercevoir qu'il avait pris celui de sa femme.

– Racontez-moi comment l'opération s'est déroulée, dit Reacher.

– Assez facilement, en fait. Nous avions tout préparé. Le changeur de voix, l'appartement, la chaise, les clés de voiture.

– C'est Taylor qui s'est chargé de presque tout, non ?

– Il disait qu'on se souviendrait plus facilement de moi que de lui.

– Il avait probablement raison.

– Mais j'ai dû acheter moi-même le changeur de voix. Trop bizarre qu'un type muet veuille en acheter un !

– J'imagine.

– Ensuite j'ai photocopié la photo chez Staples. C'était dur. Il a fallu que je laisse Groom me conduire. J'aurais éveillé les soupçons si j'avais insisté pour que ce soit toujours Graham. Mais tout s'est bien passé. Nous sommes partis pour Bloomingdale's le matin en question et, en fait, nous sommes allés directement à l'appartement de Graham. Nous nous sommes terrés là-bas et nous avons attendu. En restant vraiment

454

calmes, dans l'éventualité que quelqu'un interroge les voisins. Nous avons éteint les lumières et recouvert les fenêtres au cas où quelqu'un passerait dans la rue. Et puis, plus tard, nous avons commencé à passer les coups de fil. De l'appartement même. J'étais très nerveuse, au début.

– Vous avez oublié de dire « pas de flics ».

– Je sais. J'ai tout de suite pensé que j'avais tout fait rater. Mais Edward n'a pas eu l'air de remarquer. Et puis tout est devenu plus facile. Question d'entraînement.

– J'étais dans la voiture avec Burke. Vous aviez l'air très à l'aise.

– Je pensais bien qu'il n'était pas seul. Quelque chose dans sa voix. Et il passait son temps à donner sa position. C'est à vous qu'il parlait, j'imagine. Vous deviez être caché.

– Vous lui avez demandé son nom au cas où celui-ci vous échapperait dans la conversation.

Elle acquiesça :

– Je savais qui c'était, évidemment. Et je me suis dit que ça me donnerait de l'ascendant.

– Vous connaissez bien Greenwich Village.

– J'y ai vécu avant d'épouser Edward.

– Pourquoi avoir séparé la demande de rançon en trois ?

– Parce que si j'avais tout demandé tout de suite l'information aurait été trop évidente. Nous avons pensé qu'il était préférable de faire monter la pression. Comme ça, Edward ne ferait peut-être pas le rapprochement.

– Je ne crois pas qu'il ait omis de le faire. Mais je pense qu'il l'a mal interprété. Il est parti sur la piste de Hobart et de l'Afrique.

– Dans quel état est Hobart, au fait ?

– Le pire état possible.

– C'est impardonnable.

– Je ne contesterai pas ce point.

– Vous pensez que j'ai le sang froid ?

– Si je le pensais, ce ne serait pas un reproche.

– Edward voulait me posséder. Comme un meuble. Il disait que si jamais je lui étais infidèle il percerait l'hymen de Jade avec un épluche-légumes. Qu'il m'attacherait et me forcerait à regarder. Il me l'a dit alors qu'elle avait cinq ans.

Reacher garda le silence.

Kate se tourna vers Pauling et lui demanda :

– Vous avez des enfants ?

Pauling fit non de la tête.

– On efface ce genre de paroles de son esprit, reprit Kate. On suppose que c'est le produit dément d'une colère passagère. Comme si tout n'allait pas bien dans sa tête. Mais ensuite j'ai entendu parler d'Anne et j'ai compris de quoi il était capable. Alors, oui, j'ai désiré sa mort.

– C'est pour bientôt, dit Reacher.

– On dit qu'il ne faut pas s'interposer entre une lionne et son lionceau. Je n'avais jamais vraiment compris. Maintenant, si. Il n'y a plus de limite.

La pièce s'emplit de la sorte de silence que seule permet la campagne. Les flammes vacillaient et dansaient dans la cheminée. Des ombres étranges se déplaçaient sur les murs.

– Vous avez l'intention de vous installer ici ? demanda Reacher.

– J'aimerais bien, dit Kate. La culture biologique est en train de se développer. C'est mieux pour les gens et pour la terre. Nous achèterons quelques hectares aux gens du coin. Pour nous agrandir un peu.

– « Nous » ?

– Je crois que j'en fais partie.

– Que faites-vous pousser ?

– Pour le moment, seulement de l'herbe. On va faire du foin pendant encore cinq ans. Le temps de faire sortir les anciens produits chimiques du sol. Il faut du temps.

– Difficile de vous imaginer en paysanne.

– Je pense que j'aimerai.

– Même quand Lane sera complètement en dehors du coup ?

– Dans ce cas, il nous arrivera peut-être de retourner à New York. Mais au sud de la ville. Je ne remettrai pas les pieds au Dakota.

– La sœur d'Anne vit juste en face. Au Majestic. Elle surveille Lane tous les jours depuis quatre ans.

– J'aimerais bien la rencontrer. Et aussi revoir la sœur de Hobart.

– Le club des survivants, dit Pauling.

Reacher se leva de sa chaise et alla voir à la fenêtre. Rien que l'obscurité de la nuit. Rien d'autre que le silence.

– Il faut déjà commencer par survivre, dit-il.

*

Ils alimentèrent le feu et somnolèrent dans les fauteuils. Lorsque la montre dans la tête de Reacher indiqua une heure trente, il tapota le genou de Pauling, se leva et s'étira. Puis ils sortirent tous les deux dans la nuit noire et froide. Appelèrent à voix basse et retrouvèrent Jackson et Taylor pour faire le point devant la porte d'entrée. Reacher prit le fusil de Taylor et se dirigea vers le côté sud de la maison. L'arme était encore chaude des mains de l'Anglais. Le cran de sûreté était au-dessus et en arrière de la détente. Il avait des marques au tritium, ce qui le rendait légèrement luminescent. Reacher le mit en position coup par coup, épaula et vérifia la sensation. Plutôt agréable. Bon équilibre. La poignée de transport était une version superlative de celle du M16, avec une jolie petite ouverture ovale dans sa partie avant qui prolongeait la ligne de mire depuis la lunette intégrée, un téléobjectif avec grossissement trois, ce qui d'après les lois de l'optique rend la cible trois fois plus proche qu'à l'œil nu, mais aussi trois fois plus sombre, et empêche donc la lunette de fonctionner de nuit. Trois fois plus sombre que le noir total, voilà qui ne servirait à rien. Mais c'était une belle arme. Elle irait très bien dès l'aube.

Reacher cala son dos contre le mur aveugle et s'installa pour attendre. Il sentait l'odeur du feu de bois par la cheminée de la cuisine. Au bout d'une minute, sa vision s'ajustant, il se rendit compte qu'il y avait un faible clair de lune caché par d'épais nuages, à peine plus clair que l'obscurité complète. Mais rassurant quand même. Personne ne le verrait de loin. Il portait une veste et un pantalon gris et se tenait contre un mur gris avec un fusil noir dans les mains. Lui verrait des phares à plusieurs kilomètres et des hommes à pied à environ trois mètres. Très près. Mais, la nuit, la vue n'est pas le sens le plus important, de toute façon. Dans l'obscurité, c'est l'ouïe qui compte. Le son constitue le meilleur système d'alarme. Reacher, lui, pouvait rester totalement silencieux, car il ne bougeait pas. L'intrus en était incapable. L'intrus devait se déplacer.

Il fit deux pas en avant et s'arrêta. Tourna lentement

la tête de gauche à droite en balayant un arc de deux cents degrés autour de lui, gigantesque bulle d'espace à l'intérieur de laquelle il devait être sensible au moindre bruit. À supposer que Pauling agît de même du côté nord de la maison, ils couvraient tous les angles d'approche à eux deux. Au début, il n'entendit rien. Rien qu'une absence totale de bruit. Comme dans le vide. Comme s'il était sourd. Et puis, en se détendant et en se concentrant, il se mit à capter de faibles sons qui traversaient la plaine. Les tremblements d'une brise légère dans des arbres au loin. Le bourdonnement de lignes à haute tension à des kilomètres de là. Le ruissellement de l'eau transformant la terre en boue dans les fossés. Des grains de poussière sèche qui tombaient dans les sillons. Des mulots dans leurs terriers. Des choses qui poussaient. Il tournait la tête de gauche à droite comme un radar, confiant dans le fait que toute approche par un être humain serait comme annoncée par une fanfare. Il l'entendrait à trente mètres, quelles que soient les précautions prises.

Reacher, seul dans la nuit. Armé et dangereux. Invincible.

*

Il resta au même endroit cinq heures d'affilée. Il faisait froid, mais c'était supportable. Personne ne vint. À six heures trente du matin le soleil fit son apparition, très loin sur sa gauche. Une bande horizontale et brillante de couleur rose dans le ciel. Une épaisse couverture horizontale de brume au sol. De la lumière grise se déversait lentement vers l'ouest, comme la marée montante.

L'aube d'un nouveau jour.

L'heure de plus grand danger.

Taylor et Jackson sortirent de la maison en portant les troisième et quatrième fusils. Reacher ne dit mot. Il se contenta de prendre une nouvelle position sur la façade arrière de la maison, épaule contre l'arête, face au sud. Taylor prit la position symétrique sur la façade avant. Reacher savait sans avoir besoin de regarder que, vingt mètres derrière eux, Jackson et Pauling les avaient imités. Quatre armes, quatre paires d'yeux, tous dirigés vers l'extérieur.

Une sécurité raisonnable.

Aussi longtemps qu'ils tiendraient.

70

Ils restèrent sur leurs positions toute la journée. Toute la matinée, tout l'après-midi et une bonne partie de la soirée. Quatorze heures d'affilée.

Lane ne venait pas.

Un par un, ils faisaient des pauses rapides pour manger et d'autres encore plus rapides pour aller aux toilettes. Ils passaient d'une position à l'autre dans le sens des aiguilles d'une montre, pour changer. Les fusils de quatre kilos pesaient maintenant quatre tonnes dans leurs mains. Jackson s'éclipsa une minute et remit en marche l'effaroucheur d'oiseaux. À la suite de quoi, le calme fut périodiquement fracassé par des détonations aléatoires et bruyantes. Bien que sachant qu'elles allaient avoir lieu, chaque sentinelle sursautait et se baissait quand elles se produisaient.

Lane ne venait pas.

Kate et Jade demeuraient à l'intérieur, hors de vue. Elles préparaient à manger et servaient des boissons qu'elles passaient sur des plateaux par les fenêtres ou par les portes. Du thé pour Taylor et Jackson, du café pour Reacher et du jus d'orange pour Pauling. Le soleil perça l'humidité et le jour se réchauffa, puis se refroidit de nouveau en fin d'après-midi.

Lane ne venait pas.

Jade dessinait. Environ toutes les vingt minutes, elle apportait un nouveau dessin à l'une des fenêtres et demandait un avis sur sa valeur. Quand c'était son tour de juger, Reacher baissait la tête et regardait la feuille de papier. Puis il reprenait sa surveillance et parlait du coin de la bouche. « Très bien », disait-il. Et, en général, le dessin méritait le compliment. La gamine était une jeune artiste plutôt douée. Elle était passée de l'anticipation au reportage. Elle dessinait la Mini Cooper rouge, Pauling avec son arme, Taylor avec sa bouche qui ressemblait à la calandre d'une Buick accidentée. Elle dessinait Reacher, immense, plus haut que la maison. Plus tard, elle passa de la réalité à l'imaginaire en dessinant des animaux dans les granges, bien qu'on lui ait dit qu'il n'y en avait aucun chez les Jackson, pas même un chien.

Lane ne venait pas.

Kate prépara des sandwichs pour dîner tôt, et Jade se mit à visiter chaque fenêtre d'angle en demandant à chacun si elle pouvait sortir explorer un peu. Chacun à son tour lui répondit que non, elle devait se cacher. Au troisième tour, Reacher l'entendit modifier sa requête et demander à Taylor si elle pourrait sortir quand il ferait nuit et il entendit Taylor répondre « Peut-être », comme tous les parents fatigués au monde.

Lane ne venait pas.

Lorsqu'il fut vingt heures trente, la visibilité était de nouveau quasi nulle et Reacher était resté debout dix-neuf heures d'affilée. Pauling aussi. Taylor et Jackson avaient aligné vingt-quatre heures interrompues seulement par une pause de cinq heures. Ils se regroupèrent dans l'obscurité grandissante, près de la porte d'entrée, énervés de fatigue, frustrés, rendus anxieux par leur vigilance infructueuse.

– Il nous fait mariner, dit Taylor.

– Dans ce cas il va gagner, dit Jackson. On ne tiendra pas beaucoup plus longtemps.

– Il a eu vingt-sept heures pour lui, dit Pauling. On doit supposer qu'il est armé.

– Il viendra demain à l'aube, dit Taylor.

– Sûr ? demanda Reacher.

– Pas vraiment.

– Moi non plus. Trois, quatre heures du matin, ça irait très bien aussi.

– Il fait trop sombre.

– S'ils ont acheté des armes, ils ont aussi pu acheter des lunettes de visée nocturne.

– Comment vous vous y prendriez ?

– Trois types font le tour et approchent par le nord. Les quatre autres empruntent le chemin, deux en voiture, tous feux éteints, rapidement, les deux autres à pied à côté. Deux directions, sept personnes, le choix parmi sept fenêtres, il y en aura au moins trois qu'on ne pourra pas empêcher d'entrer. Ils se seront emparés de vous, ou bien d'un otage, avant même qu'on ait pu réagir.

– Vous êtes un vrai rayon de soleil, dit Taylor.

– J'essaie simplement de penser comme eux.

– On les descendrait avant même qu'ils approchent de la maison.

– Uniquement si on peut rester tous les quatre frais et dispos les huit prochaines heures. Ou les trente-deux, s'il décale d'un jour. Les cinquante-six, s'il décale de deux. Ce qu'il pourrait bien faire. Lane n'est pas pressé. Et il n'est pas idiot. Quitte à nous faire mariner, pourquoi ne pas le faire vraiment ?

– Nous ne bougerons pas, dit Taylor. Cet endroit est une véritable forteresse.

– En trois dimensions, oui, dit Reacher. Mais les combats se déroulent en quatre, pas en trois. Longueur, largeur, hauteur et le temps. Le temps est l'allié de Lane, pas le nôtre. Nous sommes assiégés, maintenant. Nous allons nous trouver à court de nourriture et, un jour ou l'autre, nous serons tous les quatre endormis au même moment.

– Dans ce cas, il faut dédoubler les tours de garde. Un homme au nord, un au sud, les deux autres se reposent et se tiennent prêts.

Reacher secoua la tête.

– Non, dit-il. Il est temps de passer à l'offensive.

– Comment ça ?

– Je vais aller les trouver. Ils doivent être planqués quelque part dans le coin. Il est temps que je leur rende visite. Ils ne s'y attendent pas.

– Tout seul ? dit Pauling. Tu es dingue !

– Il le faut. Je n'ai pas encore touché l'argent de Hobart. Il y en a pour huit cent mille dollars. Pas question de gâcher ça.

*

Taylor et Pauling reprirent leur surveillance et Reacher alla chercher la carte de l'Ordnance Survey dans la boîte à gants de la Mini. Il enleva les dessins de Jade de la table de la cuisine, les empila sur une chaise et déplia la carte. L'étudia avec Jackson. Jackson avait passé un an dans la région. Moins que ce que Reacher aurait souhaité, mais c'était mieux que rien. La carte clarifiait à elle seule toutes les particularités du terrain, avec ses lignes de niveau orange clair largement espacées et faiblement incurvées. Pays plat, probablement le plus plat des îles Britanniques. Un vrai billard. La ferme Grange et Bishops Pargeter se situaient approximativement au milieu d'un large triangle vide délimité à l'est par la route qui allait plein sud de Norwich à Ipswich dans le Suffolk, et à l'ouest par la route de Thetford que Reacher et Pauling avaient déjà empruntée à trois reprises. Ailleurs dans ce triangle, des routes secondaires sinueuses et des fermes isolées. Çà et là, le hasard et l'histoire avaient installé de petites communautés à des intersections de routes. Certains rectangles représentaient des rangées de maisons. Quelques-uns des bâtiments les plus grands figuraient individuellement. Le seul de ce type à distance raisonnable de Bishops Pargeter était les Armes de l'Évêque.

« Le seul pub à des kilomètres à la ronde, l'ami, avait dit le paysan assis au comptoir. Sinon, pourquoi est-ce qu'on serait aussi nombreux ? »

– Ils sont là-bas, d'après vous ? demanda Reacher.

– S'ils se sont d'abord arrêtés à Fenchurch St Mary avant de se diriger vers Bishops Pargeter, répondit Jackson, c'est effectivement le seul endroit possible. Mais ils ont pu aussi aller vers le nord. Près de Norwich, il y a le choix.

– Impossible d'acheter des armes à Norwich, dit Reacher. Vous-mêmes êtes bien passés par la Hollande.

– On y trouve des fusils de chasse, dit Jackson. Rien de plus sérieux.

– Dans ce cas, ils n'y sont probablement pas allés, dit Reacher.

Il se remémora l'atlas routier. La ville de Norwich était signalée par une grosse tache en haut à droite de la protubérance que formait l'East Anglia. Le bout de la route. Un passage vers nulle part.

– Je pense qu'ils sont restés dans le coin, dit-il.

– Alors, ils doivent être aux Armes de l'Évêque, dit Jackson.

Huit kilomètres, pensa Reacher. *À pied, trois heures aller-retour. Je serai rentré à minuit.*

– Je vais aller voir, dit-il.

*

Il repassa dans l'arrière-cuisine et prit deux chargeurs de rechange pour son G36. Trouva le sac de Pauling dans la cuisine et emprunta sa petite Maglite. Plia la carte et la mit dans sa poche. Puis il rejoignit les autres dans le noir devant la porte d'entrée, et ensemble ils convinrent d'un mot de passe. Il ne voulait pas se faire tirer dessus en revenant. Jackson suggéra « Canaris », le surnom des footballeurs de Norwich, à cause de leurs maillots jaunes.

– Ils sont bons ? demanda Reacher.

– Ils l'étaient, dit Jackson. Il y a vingt ans, ils étaient excellents.

Tout comme moi, pensa Reacher.

– Fais attention, dit Pauling.

Et elle l'embrassa sur la joue.

– Je reviendrai.

Il prit au nord, derrière la maison. Puis il se dirigea vers l'ouest, le long de la route, laissant un espace d'à peu près la largeur d'un champ. Il restait un soupçon de crépuscule dans le ciel. La fin. Des nuages déchirés aux contours abrupts, de pâles étoiles derrière eux. L'air était froid et un peu humide. Une couche de brouillard qui arrivait au genou montait du sol. La terre était souple et lourde sous ses pas. Il tenait son

G36 par la poignée, dans la main gauche, prêt à le mettre en position si nécessaire.

Reacher, seul dans le noir.

*

La limite de la ferme Grange était un fossé de trois mètres de large avec un fond boueux deux mètres plus bas. Évacuations pour terrain plat. Pas exactement des canaux comme en Hollande, mais rien de facile à franchir non plus. Pas question de l'enjamber. Reacher se laissa glisser le long de la paroi la plus proche pour crapahuter dans la boue et remonter de l'autre côté. Un kilomètre et demi plus loin, son pantalon était une vraie catastrophe. Et il allait devoir s'impliquer sérieusement dans le cirage en rentrant chez lui. Ou alors déduire une nouvelle paire de Cheaney de la somme qui reviendrait à Hobart. Peut-être même ferait-il un détour jusqu'à la source. L'atlas routier situait Northampton à environ soixante kilomètres à l'ouest de Cambridge. Il pourrait peut-être convaincre Pauling de consacrer deux heures à une expédition shopping. Il l'avait bien laissée insister pour qu'ils aillent chez Macy's… après tout.

Au bout de trois kilomètres, il était très fatigué. Et lent. En retard sur l'horaire. Il changea de direction et s'orienta légèrement au sud-ouest. Se rapprocha de la route. Trouva un chemin tracé par un tracteur à travers les champs de l'agriculteur d'à côté. Les énormes pneus avaient creusé deux ornières de part et d'autre d'un talus herbeux. Il essuya ses chaussures sur l'herbe et accéléra un peu. Vit que le fossé suivant était enjambé par un pont artisanal fait de vieilles traverses de chemin de fer. Assez solide pour un tracteur, assez solide pour lui. Il suivit les traces de pneus jusqu'à ce que celles-ci tournent brutalement vers le nord. Puis il reprit à travers champs, de nouveau livré à lui-même.

Au bout de six kilomètres la montre dans sa tête indiquait vingt-deux heures trente. La lumière du crépuscule avait complètement disparu, mais les nuages déchirés s'étaient un peu dissipés et la lune brillait. On distinguait les étoiles. Au loin sur sa gauche, il voyait de temps en temps des voitures passer sur la route. Trois vers l'ouest, deux vers l'est. Phares allumés, allure tranquille. En théorie, les deux qui se dirigeaient vers l'est auraient pu être des hommes de Lane, mais il en douta. Dix ou onze heures du soir, ce n'était absolument pas une heure pour attaquer. Il se dit que les routes de campagne devaient connaître un léger pic d'activité à ce moment-là. Les pubs fermaient, les amis rentraient chez eux. Trop de témoins. Si lui le savait, Lane devait le savoir aussi. Et Gregory le savait certainement.

Il continua. Les chargeurs de rechange dans sa poche lui meurtrissaient la hanche. À vingt-deux heures cinquante-cinq il aperçut le halo de l'enseigne du pub. Tout juste une illumination électrique dans l'air, l'enseigne elle-même étant masquée par la masse du bâtiment. Il sentit l'odeur du feu de bois dans la cheminée. Il se dirigea vers la lumière et l'odeur, en restant bien au nord de la route au cas où Lane aurait posté des guetteurs à l'extérieur. Il continua à travers champs jusqu'au niveau de l'arrière du bâtiment, quatre cents mètres plus loin. Il aperçut des petits carrés de lumière blanche dure et fluorescente. Des fenêtres. Sans rideaux ni décorations. *Cuisines et salles de bains*, se dit-il. Et, donc, du verre dépoli ou sablé. Sans vue sur l'extérieur.

Il alla plein sud, droit sur les carrés de lumière.

71

Derrière le pub, le parking avait été fermé et transformé en cour de service. Pleine de caisses de bouteilles, de tonneaux de bière métalliques empilés et de
grands conteneurs à ordures. Une vieille voiture en
ruine sur des briques placées sous les tambours de
frein. Plus de roues. Une autre vieille voiture, sous une
bâche toute tachée. Derrière elle, une entrée de service
qui passait inaperçue dans tout ce désordre, presque
certainement déverrouillée pendant les heures d'ouverture, pour permettre un accès facile aux poubelles
depuis la cuisine.

Reacher l'ignora. Il fit le tour du bâtiment dans le
noir, dans le sens des aiguilles d'une montre, à dix
mètres des murs, loin de la lumière des fenêtres.

Les petites pièces éclairées à l'arrière étaient visiblement des salles de bains. Leurs fenêtres brillaient de la
lumière verdâtre résultant de la conjonction de néons
bon marché et d'un carrelage blanc. Après le coin, sur
le mur est du bâtiment, aucune fenêtre mais une étendue ininterrompue de briques. Après le coin suivant,
sur le mur de façade, à l'est de l'entrée, trois fenêtres
donnaient sur le bar. De loin, il regarda et vit les quatre
paysans de l'avant-veille. Assis sur les mêmes tabourets. Et le même barman, occupé comme l'autre fois

avec ses pompes à bière et son torchon. L'éclairage était tamisé, mais il n'y avait personne d'autre dans la pièce. Aucune des tables n'était occupée.

Reacher continua son chemin.

La porte d'entrée était fermée. Quatre voitures dans le parking, garées à peu près côte à côte. Aucune d'entre elles neuve. Aucune d'entre elles du genre qu'un loueur de Park Lane aurait fourni en urgence. Elles étaient toutes vieilles, sales et abîmées. Pneus lisses. Pare-chocs cabossés. Des traînées de boue et de fumier. Des voitures de paysans.

Reacher continua son chemin.

À l'ouest de la porte d'entrée, trois fenêtres donnant sur le salon.

Deux soirs auparavant, le salon était vide.

Il ne l'était plus.

Une des tables était occupée.

Par trois hommes : Groom, Burke et Kowalski.

Reacher les vit distinctement. Sur la table devant eux, les restes déjà anciens d'un repas et une demi-douzaine de verres vides. Et trois verres à moitié pleins. Des chopes d'une pinte, à moitié bues. La table était rectangulaire. Kowalski et Burke étaient assis épaule contre épaule d'un côté, et Groom leur faisait face, seul. Kowalski parlait et Burke l'écoutait. Groom avait basculé sa chaise en arrière et regardait dans le vague. Des bûches se consumaient derrière lui, à l'abri d'une grille de foyer tachée de suie. La pièce irradiait la chaleur, claire et accueillante.

Reacher continua son chemin.

Après le coin suivant, l'unique fenêtre du mur ouest offrit à Reacher une autre version de la même scène. Groom, Burke et Kowalski assis à table. En train de boire. En discutant. Pour passer le temps. Seuls dans la pièce. La porte donnant sur l'entrée était fermée. Réception privée.

Reacher recula de quatre petits pas, puis se dirigea vers le coin avant du bâtiment en suivant un angle d'exactement quarante-cinq degrés. Il n'était visible d'aucune fenêtre. Il toucha le mur et se mit à genoux. En gardant la paume droite contre la brique, il se déplaça vers le nord, étendit le bras gauche aussi loin qu'il le put et déposa avec beaucoup de précautions son fusil sur le sol, juste sous la fenêtre exposée à l'ouest. Il le colla bien contre la base du mur, là où l'obscurité était la plus épaisse. Puis il se glissa vers le sud, se releva, revint sur ses pas par le même chemin et vérifia. Il ne voyait pas le fusil. Personne ne le trouverait, à moins de marcher dessus.

Il recula encore jusqu'à sortir de la zone éclairée et refit le tour par le parking. Se dirigea vers la porte. L'ouvrit et pénétra dans l'entrée. Les poutres basses, le tapis à motifs, les dix mille décorations en laiton. Le comptoir poli.

Le registre.

Il s'avança jusqu'à la réception. Sur sa droite, un silence convivial en provenance du pub. Les paysans buvaient sans dire grand-chose. Le barman travaillait tranquillement. Sur sa gauche, la voix de Kowalski, étouffée par la porte fermée. Il ne distingua pas ce qu'il disait. Il n'entendait pas les mots. Seulement un faible bourdonnement. Parfois, une intonation plus forte que les autres. De brefs aboiements pleins de mépris. Des conneries d'anciens combattants, à tous les coups.

Il fit pivoter le registre de cent quatre-vingts degrés. Celui-ci s'y prêta facilement, cuir sur vernis brillant. Il l'ouvrit. Le feuilleta jusqu'à sa propre inscription. Deux nuits auparavant. « J. & L. Bayswater, 161e Rue

471

Est, Bronx, New York, USA, Rolls Royce, R34CHR. »
Puis il continua. Le lendemain soir, trois clients
s'étaient inscrits : C. Groom, A. Burke, L. Kowalski.
Ils s'étaient montrés moins discrets que lui côté informations personnelles. Leurs adresses professionnelles
indiquaient très correctement le « 1, 72e Rue, New
York, New York, USA », c'est-à-dire l'immeuble
Dakota. Pour « marque du véhicule » : « Toyota Land
Cruiser ». Avec comme numéro d'immatriculation un
mélange britannique de sept chiffres et lettres, qui ne
voulait rien dire pour Reacher, si ce n'est que la voiture
avait dû être louée à Londres.

Pas de Toyota Land Cruiser dans le parking.

Et, donc, où étaient Lane, Gregory, Perez et Addison ?

Il parcourut le registre à l'envers et se rendit compte
qu'à aucun moment les Armes de l'Évêque n'avaient
plus de trois chambres disponibles. En supposant que
Groom, Burke et Kowalski en aient pris une chacun,
il n'y en avait donc plus pour les autres. Ils avaient dû
remonter à bord de leur Toyota et aller ailleurs.

Mais où ?

Reacher jeta un coup d'œil à la porte du salon, mais
se dirigea de l'autre côté. Vers le pub. Le barman le
regarda et les quatre paysans pivotèrent lentement sur
leur tabouret en prenant leur regard de bar, inquisiteur
et suffisant, jusqu'à ce qu'ils le reconnaissent. Alors
ils lui adressèrent des salutations circonspectes et s'en
retournèrent à leur chope. Le barman resta dans
l'attente, poli, prêt à le servir rapidement. *Acceptation
immédiate, pour moins de trente dollars.*

– Qu'avez-vous fait des quatre autres ? lui demanda
Reacher.

– Qui ça ?

– Sept types se sont pointés hier. Trois d'entre eux sont ici. Qu'avez-vous fait des quatre autres ?

– Nous n'avons que trois chambres.

– Je sais bien. Que recommandez-vous en cas d'affluence ?

– Je les ai envoyés au manoir Maston.

– Où est-ce ?

– De l'autre côté de Bishops Pargeter. Environ dix kilomètres plus loin.

– Je n'ai pas vu d'auberge sur la carte.

– C'est une maison dans la campagne. Avec des chambres d'hôtes.

Un des agriculteurs se tourna à moitié et lança :

– C'est un *bed & breakfast*. Très joli. Bien plus classe qu'ici. Vos types ont dû tirer au sort et les perdants sont restés.

Ses amis rirent, doucement et lentement. Les mêmes blagues de comptoir, dans le monde entier.

– C'est plus cher là-bas, reprit le barman pour se défendre.

– Heureusement, dit le paysan.

– C'est sur la route ? demanda Reacher.

Le barman acquiesça :

– Vous traversez Bishops Pargeter, vous passez l'église, la boutique de Dave Kemp, et vous continuez tout droit sur dix kilomètres. Vous ne pouvez pas le rater. Vous verrez le panneau : « Manoir Maston. »

– Merci, dit Reacher.

Il regagna l'entrée. Ferma la porte derrière lui. Traversa le tapis à motifs et s'arrêta devant la porte du salon. Kowalski parlait toujours. Reacher l'entendait. Il posa sa main sur la poignée. Marqua un temps d'arrêt, puis tourna la poignée et ouvrit la porte.

72

Carter Groom faisait face à la porte, de l'autre côté de la table. Il leva les yeux tout comme l'avait fait le barman, mais Kowalski et Burke réagirent bien plus rapidement que les paysans. Ils pivotèrent sur eux-mêmes et regardèrent fixement Reacher. Celui-ci entra dans la pièce et referma doucement la porte derrière lui. Se tint parfaitement immobile.

– Comme on se retrouve ! lança-t-il pour rompre le silence.

– Vous avez du cran, dit Groom.

La pièce était arrangée dans le même style que l'entrée. Plafond bas avec poutres apparentes, bois sombre verni, appliques murales décorées, milliers d'ornements en laiton, moquette avec une multitude de tourbillons rouge et or. Reacher s'avança vers la che-minée. Tapa le bout de ses chaussures contre le foyer pour en faire tomber un peu de terre. Ôta un lourd tisonnier de son crochet et se servit de la pointe pour gratter la terre sous ses talons. Raccrocha le tisonnier et défroissa le bas de son pantalon avec les mains. En tout, il passa une bonne minute à se nettoyer en leur tournant le dos, mais en étudiant une image déformée de la table dans un seau en cuivre brillant plein de petit bois. Personne ne bougeait. Les trois types restaient assis, à attendre. Assez intelligents pour ne rien entreprendre dans un lieu public.

– La situation a changé, reprit Reacher en gagnant la fenêtre exposée à l'ouest.

Les rideaux étaient ouverts et la fenêtre constituée d'un panneau vitré coulissant à l'intérieur et, à l'extérieur, d'un cadre en bois standard qui devait s'ouvrir comme une porte. Reacher tira une chaise de la table la plus proche et s'assit, à deux mètres des trois types, à un mètre et deux panneaux de verre de son fusil.

– Changé de quelle manière ? demanda Burke.

– Il n'y a pas eu d'enlèvement. C'était un simulacre. Kate et Taylor sont maqués. Ils sont tombés amoureux, ils se sont enfuis. Pour être ensemble. C'est tout. Et ils ont emmené Jade avec eux, évidemment. Mais ils ont dû maquiller tout le truc parce que Lane est un vrai psychopathe en ce qui concerne ses mariages. Entre autres.

– Kate est vivante ? demanda Groom.

Reacher acquiesça :

– Et Jade aussi.

– Où ça ?

– Quelque part aux USA, j'imagine.

– Mais alors, qu'est-ce que Taylor fout ici ?

– Il veut régler ses comptes avec Lane, sur son territoire.

– C'est ce qui va se passer.

Reacher secoua la tête.

– Je suis là pour vous dire que c'est une mauvaise idée. Taylor est dans une ferme entourée de fossés trop profonds pour qu'on puisse les traverser en voiture. Vous devrez venir à pied. Et il a plein de monde pour l'aider. Huit de ses anciens potes du SAS. Et son beau-frère, qui était une sorte de Béret vert chez les Anglais, a fait venir six de ses hommes en plus. Ils ont posé des Claymore à cent mètres à la ronde et installé des mitrailleuses lourdes à chaque fenêtre. Ils sont équipés de lunettes de visée nocturne et de lance-grenades.

– Impossible de s'en servir. Pas ici. On est en Angleterre, pas au Liban.

– Sauf que lui est prêt à le faire. Vous pouvez me croire. Mais, en fait, il n'en aura pas besoin. Parce que quatre du SAS sont des tireurs d'élite. Ils ont des PSG1. Des fusils de précision Heckler & Koch achetés au marché noir en Belgique. Ils vous descendront à trois cents mètres. Les yeux fermés. Sept cartouches, fin du coup. Les voisins sont à des kilomètres. Personne n'entendra rien. Et si ce n'est pas le cas, tout le monde s'en fichera. Ici, c'est le bled. La rase campagne. Il y a toujours quelqu'un en train de tirer sur quelque chose. Des renards, des panneaux de signalisation, des cambrioleurs, des voisins.

Le silence se fit. Kowalski prit son verre et but une gorgée. Et Burke fit de même, ainsi que Groom. Kowalski était gaucher. Burke et Groom, droitiers.

– Bref, reprit Reacher, ce que vous avez de mieux à faire, c'est d'oublier tout ça et de rentrer chez vous. Lane va mourir. Sans aucun doute. Mais vous n'avez aucune raison d'en faire autant. Ce n'est pas votre combat. Il ne s'agit que de l'ego de Lane. Une affaire entre lui, Kate et Taylor. Ne vous faites pas tuer pour une connerie dans ce genre.

– On ne peut pas s'en aller comme ça, dit Burke.

– Vous l'avez bien fait en Afrique. Vous avez abandonné Hobart et Knight pour sauver votre unité. Alors, maintenant, vous devriez abandonner Lane pour sauver vos peaux. Vous ne gagnerez pas ici.

Taylor est bon. Vous le savez. Et ses potes le sont tout autant. Vous leur êtes inférieurs en nombre, à plus de deux contre un. C'est le monde à l'envers. Vous le savez parfaitement. Dans une situation comme celle-ci, vous devriez être plus nombreux que les assiégés. Vous allez vous faire botter le cul.

Personne ne parla.

– Vous devriez rentrer, répéta Reacher. Vous installer ailleurs. Peut-être même vous mettre à votre compte.

– Vous êtes avec Taylor ? demanda Groom.

Reacher acquiesça :

– Et je me défends avec un fusil. Dans le temps, j'ai remporté le concours de meilleur tireur des Marines. J'ai débarqué avec ma tenue de l'armée et je vous ai tous battus, pauvres Jarheads ! Alors, peut-être que je prendrai un de ces PSG1. Et que je vous descendrai tous à six cents mètres de distance, pour le plaisir. Voire huit cents, ou mille.

Silence dans la pièce. Absolument aucun son, excepté les crépitements et les craquements des bûches dans le feu. Reacher regarda Kowalski droit dans les yeux.

– Cinq, sept, un, trois, mentit-il. La combinaison du placard de Lane. Il reste plus de neuf millions de dollars. En liquide. Vous devriez aller les chercher, tout de suite.

Aucune réponse.

– Allez-vous-en ! Vous vous battrez un autre jour.

– Ils ont volé tout ce fric, dit Burke.

– Pension alimentaire. Plus facile que de demander. C'est en réclamant sa pension alimentaire qu'Anne Lane s'est fait tuer. Voilà ce que Kate a découvert.

– Mais il s'agissait vraiment d'un enlèvement.

Reacher fit non de la tête.

– Knight l'a descendue. Pour Lane, parce que Anne voulait s'en aller. Voilà pourquoi vous autres avez abandonné Knight en Afrique. Lane assurait ses arrières. Il a sacrifié Hobart avec lui parce qu'ils étaient tous les deux dans le même PO.

– C'est des conneries !

– J'ai retrouvé Hobart. Knight lui a tout raconté. Pendant qu'ils se faisaient couper les mains et les pieds.

Silence.

– Ne vous faites pas tuer pour une ordure pareille.

Burke regarda Groom. Groom regarda Burke. Tous deux regardèrent Kowalski. Une longue pause suivit. Puis Burke leva les yeux.

– D'accord, dit-il. Je crois qu'on pourrait passer notre tour.

Groom acquiesça. Kowalski haussa les épaules. Reacher se leva.

– Sage décision, dit-il en se dirigeant vers la porte.

Il s'arrêta près du foyer et tapa de nouveau ses chaussures contre la pierre. Demanda :

– Où sont Lane et les autres ?

Un instant de silence. Puis Groom répondit :

– Il n'y avait plus de chambre ici. Ils sont allés à Norwich. En ville. Dans un hôtel. Le type du bar nous l'a recommandé.

Reacher hocha la tête.

– Et quand passe-t-il à l'attaque ?

– À l'aube après-demain matin.

– Qu'est-ce qu'il a acheté ?

– Des pistolets-mitrailleurs. MP5K. Un par personne et deux de rabe. Munitions, visées nocturnes, lampes-torches, quelques trucs en plus.

– Vous allez le prévenir ? Quand j'aurai le dos tourné ?

– Non, dit Burke. Ce n'est pas un type qu'on appelle avec ce genre de nouvelles.

– D'accord, dit Reacher.

Puis il glissa sur sa gauche et décrocha le tisonnier. Changea de main et le mit en rotation d'un mouvement souple, lui faisant décrire rapidement un arc horizontal qui rencontra Carter Groom au beau milieu du bras, dur, fort et à plat, à mi-chemin entre l'épaule et le coude. Le tisonnier était une lourde barre de fer et Reacher un costaud en colère – l'humérus de Groom se fracassa comme de la porcelaine brisée. Groom ouvrit grande la bouche de douleur sous le choc, mais avant même qu'un cri n'en sorte Reacher avait fait deux pas de côté et brisé le bras gauche de Kowalski d'un méchant revers. *Kowalski est gaucher, Burke et Groom, droitiers.* Reacher dégagea Kowalski de son chemin d'un coup de hanche, reprit son élan comme dans un vieux film où Mickey Mantle se prépare à envoyer la balle en dehors du stade et écrasa le poignet droit de Burke d'un coup violent qui pulvérisa tous les os à l'intérieur. Après quoi, il expira, se retourna et alla jusqu'à la cheminée pour y raccrocher le tisonnier.

– Police d'assurance, dit-il. Vous ne m'avez pas entièrement convaincu avec vos réponses. Surtout en ce qui concerne l'hôtel de Lane.

Puis il sortit du salon et referma doucement la porte derrière lui. Il était exactement vingt-trois heures trente et une, d'après la montre dans sa tête.

*

479

À exactement vingt-trois heures trente-deux d'après la Rolex en platine à son poignet gauche, Edward Lane referma le hayon du Toyota sur neuf pistolets-mitrailleurs MP5 Heckler & Koch, soixante chargeurs de trente cartouches Parabellum de 9 mm, sept lunettes de visée nocturne, dix lampes-torches, six rouleaux de ruban adhésif renforcé et deux longueurs de cordes. Et John Gregory démarra le moteur. Derrière lui sur la banquette arrière, Perez et Addison, calmes et pensifs. Lane grimpa sur le siège passager, Gregory fit demi-tour et prit vers l'ouest. La doctrine standard des forces spéciales préconisait une attaque à l'aube, mais aussi la mise en place d'un premier groupe pendant une longue période d'inactivité et de surveillance préalable.

*

À exactement vingt-trois heures trente-trois d'après le réveil de sa table de nuit, Jade s'éveilla, troublée, chaude et fiévreuse à cause du décalage horaire. Elle resta assise dans son lit quelques instants, perdue et silencieuse. Puis elle posa les pieds par terre. Traversa lentement la chambre et ouvrit le rideau. Il faisait nuit. Et elle avait le droit de sortir dans le noir. Taylor l'avait dit. Elle pouvait visiter les granges et trouver les animaux qu'elle savait y être.

*

Reacher récupéra son G36 sous la fenêtre du salon à précisément vingt-trois heures trente-quatre et se remit en marche sur la route en se disant que le retour serait plus facile. Huit kilomètres, bon revêtement, lisse, un pas rapide, dans les soixante-quinze minutes. Il était fatigué, mais content. Vraiment satisfait. Trois gâchettes hors d'état de nuire, la force ennemie réduite à environ cinquante-sept pour cent de sa capacité initiale, les probabilités ramenées à un quatre contre quatre qui lui plaisait bien, et des informations de l'intérieur. La fidélité avait dû pousser Groom à mentir sur l'hôtel de Lane et probablement aussi sur l'heure de l'attaque prévue. L'aube du surlendemain n'était certainement rien d'autre qu'un camouflage hâtif et maladroit de la vérité, qui devait être, tout simplement, l'aube du lendemain. Mais la liste des courses devait être exacte. Visées nocturnes, cela va sans dire, pour une surveillance de nuit, et les MP5 étaient vraisemblablement ce qu'un type comme Lane aurait voulu pour un assaut rapide et mobile. Léger, précis, fiable, familier, disponible.

Un homme averti en vaut deux, pensa Reacher. *Pas mal pour une soirée de travail.* Il continua de marcher d'une foulée énergique, un sourire sinistre sur son visage.

Seul dans le noir. Invincible.

*

Cette sensation lui dura exactement une heure et quart. Elle disparut juste après qu'il eut remonté le chemin de la ferme Grange, lorsque la masse sombre et silencieuse de la maison apparut devant lui. Il prononça le mot de passe une bonne demi-douzaine de fois. Doucement tout d'abord, puis plus fort :

– Canaris, canaris, canaris.

Sans obtenir la moindre réponse.

73

Inconsciemment, Reacher mit son arme en position. Crosse calée contre l'épaule droite, cran de sûreté enlevé, index droit dans le pontet, canon à peine un degré ou deux sous l'horizontale. De longues années d'entraînement intégrées jusqu'au niveau cellulaire, définitivement inscrites dans son ADN. « Pas la peine d'avoir une arme si elle n'est pas prête pour une utilisation immédiate ! » hurlaient ses instructeurs.

Il se tint absolument calme. Écouta avec attention. N'entendit rien. Tourna la tête à gauche. Écouta. Rien. À droite. Rien.

Il essaya le mot de passe encore une fois, doucement et à voix basse :

– Canaris.

Aucune réponse.

Lane, se dit-il.

Il ne fut pas surpris. La surprise est réservée aux amateurs et Reacher était un professionnel. Il n'était pas non plus contrarié. Il avait appris longtemps auparavant que la seule façon de tenir la peur et la panique à distance est de se concentrer sans états d'âme sur la tâche du moment. Il ne perdit donc pas de temps à penser à Lauren Pauling ou à Kate Lane. Ni non plus à Jackson ou à Taylor. Ou à Jade. Pas un instant. Il se contenta de marcher à reculons sur sa gauche. Préprogrammé. Comme une machine. En silence. En s'écartant de la maison. Pour former une cible plus petite et améliorer son angle de vue. Il vérifia les fenêtres. Toutes obscures. Une faible lueur rouge provenait de la cuisine. Les restes du feu. La porte d'entrée était fermée. Près d'elle, la silhouette imprécise de la Mini Cooper, froide et grise dans l'obscurité. L'air bizarre. Inclinée vers l'avant comme si elle s'agenouillait.

Reacher s'en approcha dans le noir, lentement et furtivement. S'accroupit côté conducteur, près du pare-chocs avant, et chercha le pneu. Il avait disparu. Quelques lambeaux de caoutchouc déchiré et un méchant bout de tringle. Et des échardes de plastique provenant de l'éclatement de la garniture du passage de roue. C'était tout. Il fit le tour de la petite voiture en silence. Situation identique côté passager. La jante en alliage de la roue reposait sur le sol.

Une traction avant, complètement hors service. Les deux roues. Une seule ne suffisait pas. On peut toujours changer un pneu. Deux coups de feu de pistolet-mitrailleur avaient été nécessaires. Deux fois plus de chances de se faire repérer. Mais pas forcément. L'expérience lui avait enseigné qu'un MP5 réglé pour tirer des rafales de trois coups paraît moins suspect qu'un fusil tirant au coup par coup. Un coup de feu isolé forme une singularité. Un bruit aisément identifiable. Un MP5 est censé pouvoir tirer neuf cents cartouches à la minute. Quinze par seconde. Et donc une rafale de trois coups dure un cinquième de seconde. Pas vraiment une singularité. Tout compte fait, un son assez différent. Comme un bref ronronnement étouffé, plutôt. Une moto au loin attendant à un feu rouge.

Lane, pensa-t-il encore.

Mais quand ?

Soixante-quinze minutes plus tôt, Reacher se trouvait à huit kilomètres de là. L'acuité auditive décroît en fonction de l'inverse du carré de la distance. De deux fois plus loin, le son paraît quatre fois moins fort. De quatre fois plus loin, seize fois moins fort. Il n'avait rien entendu. Il en était certain. Dans une région aussi plate et sans relief et un air nocturne aussi épais et humide que celui du Norfolk, il se serait attendu à entendre les rafales de MP5 à trois kilomètres. Lane était donc parti depuis au moins trente minutes. Peut-être plus.

Il resta immobile et tendit l'oreille. N'entendit rien. Se dirigea vers la porte d'entrée. Fermée, mais pas verrouillée. Il lâcha son arme de la main gauche et tourna la poignée. Poussa la porte. Leva le fusil. La maison était plongée dans le noir. Et semblait vide. Il inspecta la cuisine. Chaude. Des cendres rouge sombre dans le foyer. Les dessins de Jade toujours sur la chaise, là où il les avait laissés. Le sac de Pauling, toujours à l'endroit où il l'avait posé après avoir pris la Maglite. Des tasses de thé vides un peu partout. Des assiettes dans l'évier. La pièce était exactement dans le même état que lorsqu'il l'avait quittée, mis à part le fait qu'il n'y avait plus personne.

Il alluma la lampe-torche et la coinça dans sa main gauche, sous le canon du fusil. S'en servit pour fouiller les autres pièces du rez-de-chaussée. Salle à manger : vide, froide, sombre, inutilisée. Personne dedans. Salon : meublé comme celui des Armes de l'Évêque, calme et tranquille. Personne. Salle d'eau, placard à vêtements, arrière-cuisine. Tout était vide.

Il monta l'escalier. La première chambre en arrivant sur le palier était clairement celle de Jade. Il vit sa robe d'été verte en crépon pliée sur une chaise. Des dessins par terre. Les vieux jouets usagés qui avaient disparu du Dakota étaient tous alignés le long du lit, contre le mur. Un ours borgne à la fourrure usée jusqu'à la corde, assis. Une poupée, un œil ouvert et l'autre fermé, du rouge à lèvres maladroitement appliqué au feutre rouge. On avait dormi dans le lit. L'oreiller était enfoncé et les draps défaits.

Aucune trace de l'enfant.

La chambre suivante était celle des Jackson. C'était évident. Une coiffeuse encombrée de cosmétiques de marques britanniques, de peignes en écaille de tortue et de miroirs à main assortis. Des photographies encadrées d'une petite fille qui n'était pas Jade. *Melody*, se dit Reacher. Sur le mur du fond, un lit avec une tête de lit haute et des armoires en placage de bois sombre remplies de vêtements, homme et femme. Un catalogue de pelleteuses sur une des tables de nuit. Les lectures de Tony Jackson.

Aucune trace de Jackson.

La chambre d'à côté était celle de Kate et de Taylor. Un vieux lit double, une table de chevet en chêne. Austère, pas décorée, comme une chambre d'amis. La photographie était posée à la verticale sur une coiffeuse. Kate et Jade ensemble. Le tirage original. Sans cadre. Les deux visages brillaient dans l'éclairage de la Maglite. L'amour capturé sur pellicule. Une valise à roulettes vide. Celle de Kate. Aucune trace de l'argent. Seulement trois sacs de voyage en cuir vides, empilés dans un coin. Reacher en avait transporté un lui-même, en descendant l'ascenseur du Dakota jusqu'à la BMW noire, avec Burke qui s'agitait à côté de lui.

Il avança et chercha un débarras ou une salle de

bains. Et s'arrêta net, à mi-chemin du couloir de l'étage.

À cause du sang par terre.

*

Une petite tache peu épaisse, environ trente centimètres de long, incurvée, comme un jet de peinture. Pas une flaque. Forme irrégulière. Dynamique, suggérant un mouvement rapide. Reacher revint au départ de l'escalier. Renifla. Légère odeur de poudre. Il inspecta le couloir avec la Maglite et vit la porte d'une salle de bains ouverte à l'extrémité opposée. Un carreau éclaté sur le mur du fond, à hauteur d'homme. Une marque bien nette dans un carreau de céramique de quinze sur quinze. Cible mouvante, arme levée, détente pressée, trois balles qui traversent la chair, probablement un bras. Le tireur devait être petit, sans quoi l'inclinaison vers le bas aurait été plus marquée. Perez, probablement. Perez qui avait provoqué ce qui devait être la première d'au moins sept explosions ce soir-là. Une à l'intérieur de la maison. Les deux pneus de la Mini Cooper. Et quatre pour les pneus de la Land Rover, certainement. Sur un véhicule à quatre roues motrices, les quatre pneus doivent être mis hors d'état pour satisfaire un homme prudent. Un conducteur désespéré peut se déplacer sur deux roues.

Sept détonations de pistolet-mitrailleur en pleine nuit. Plus, peut-être. Quarante minutes au moins auparavant. « Les gens ont le téléphone, avait dit Jackson. Certains savent même s'en servir. » Mais personne ne s'en était servi. Voilà qui était sûr. Les flics de Norwich seraient arrivés, en moins de quarante minutes. Cinquante kilomètres, des routes désertes, projecteurs et sirènes, il leur en aurait fallu tout au plus vingt-cinq. Et donc personne n'avait appelé. À cause de la puissance de feu surnaturelle des MP5. Les mitraillettes, à la télé ou au cinéma, sont généralement vieilles et bien plus lentes. Pour être plus impressionnantes. Et donc, quarante et quelques minutes plus tôt, personne n'avait compris ce qu'on entendait. Une série aléatoire de ronronnements étouffés inexplicables, comme le bruit d'une machine à coudre. Ou celui qu'on fait en collant sa langue en haut du palais et en soufflant. À supposer même que quelqu'un ait entendu quoi que ce soit.

Bien, pensa Reacher. *Au moins un blessé et la cavalerie n'a toujours pas débarqué.*

Il redescendit l'escalier et sortit se fondre dans la nuit.

*

Il fit le tour de la maison dans le sens des aiguilles d'une montre. Les granges au loin étaient sombres et silencieuses. La vieille Land Rover était affalée sur ses jantes, ainsi qu'il l'avait pressenti. Les quatre pneus éclatés. Il la dépassa et s'arrêta contre le mur sud. Éteignit la Maglite et scruta le chemin dans l'obscurité.

Comment cela était-il arrivé ?

Il avait confiance en Pauling parce qu'il la connaissait, et il avait confiance en Taylor et Jackson sans même avoir besoin de les connaître. Trois professionnels. Expérimentés, malins, des cerveaux en pleine forme. Fatigués, mais en état de marche. L'approche était longue et périlleuse du point de vue des assaillants. Sans aucun doute. Il aurait dû être en train de contempler quatre corps criblés de balles et une voiture de location détruite. À peu près au même moment,

Jackson aurait dû être en train de faire démarrer la pelleteuse, Pauling de décapsuler des bières et Kate de faire griller du pain et d'ouvrir des boîtes de haricots.

Alors, pourquoi n'était-ce pas le cas ?

Distraction. Comme toujours, la réponse se trouvait dans les dessins de Jade. Les animaux dans les granges. « Elle dort mal, avait dit Kate. Le décalage horaire l'a perturbée. » Reacher visualisa l'enfant en train de se réveiller aux environs de minuit, de sortir de son lit, de courir hors de la maison dans la sécurité imaginaire de l'obscurité, et quatre adultes se précipiter à ses trousses – confusion, panique, recherches, les ennemis invisibles sortent des champs. Lane, à fond dans le chemin au volant du 4×4 Toyota. Taylor, Jackson et Pauling s'abstenant de tirer pour éviter de se blesser mutuellement ou de blesser Kate ou Jade.

Lane, pleins phares maintenant, debout sur les freins.

Lane, pleins phares maintenant, reconnaissant sa propre belle-fille.

Sa propre femme.

Reacher eut un frisson, un spasme violent et incontrôlable. Il ferma les yeux, puis les rouvrit. Alluma la Maglite, inclina le faisceau lumineux pour éclairer son chemin et partit vers la route. En direction de nulle part.

*

Perez releva ses lunettes de visée nocturne sur son front.

– OK, dit-il. Reacher s'en va. Il est parti.

Edward Lane acquiesça. Resta immobile une seconde puis frappa Jackson au visage d'un revers avec sa lampe-torche. Une fois, deux fois, trois fois, des coups lourds, jusqu'à ce que Jackson tombe. Gregory le remit debout et Addison arracha le ruban adhésif qui le bâillonnait.

– Parle-moi de ton régime alimentaire, reprit Lane.

Jackson cracha du sang.

– Mon quoi ?

– Ton régime. Ce que tu manges. Ce que ta femme qui n'est pas là te donne à manger.

– Pourquoi ?

– Je veux savoir si tu manges des pommes de terre.

– Tout le monde en mange.

– Alors je vais pouvoir trouver un épluche-légumes dans la cuisine.

74

Reacher dirigeait le faisceau de sa lampe-torche vers le bas à environ trois mètres devant lui, tache ovale étroite et brillante qui dansait un peu à droite et à gauche et rebondissait avec ses pas. La lumière lui montrait les ornières, les nids-de-poule et les trous dans la terre battue. Lui permettait d'aller plus vite. Il passa la première courbe du chemin en marchant. Puis il fixa son regard dans l'obscurité devant lui et se mit à courir vers la route.

*

Lane se tourna vers Perez.

– Trouve la cuisine, dit-il. Apporte-moi ce dont j'ai besoin. Et trouve un téléphone. Appelle les Armes de l'Évêque. Dis aux autres de venir immédiatement.

– C'est nous qui avons la voiture.

– Dis-leur de venir à pied.

– Reacher va revenir, vous le savez, dit Jackson.

C'était le seul à pouvoir parler. Le seul à ne pas être bâillonné.

– Je le sais. Et j'y compte bien. Pourquoi crois-tu qu'on ne lui a pas couru après ? Au pire des cas pour nous, il va faire dix kilomètres à l'est, ne rien trouver et revenir après. Il lui faudra quatre heures. Tu seras déjà mort. Il prendra ta place. Il regardera mourir la petite, et après Mme Pauling. Et après, je le tuerai, lui. Lentement.

– Vous êtes fou. Il faut vous faire aider.

– Je ne crois pas.

– Il fera du stop.

– En pleine nuit ? Avec un fusil d'assaut ? Je ne crois pas.

– Vous êtes timbré, dit Jackson. Vous avez complètement perdu les pédales.

– Non, je suis en colère, dit Lane. Et je pense en avoir le droit.

Perez partit à la recherche de la cuisine.

*

Reacher dépassa la deuxième courbe du chemin en courant. Puis il ralentit un peu.

Et s'arrêta, net.

Éteignit la lampe et ferma les yeux. Resta immobile dans l'obscurité, respira à fond et se concentra sur la rémanence de l'image qu'il venait de voir.

Le chemin tournait deux fois sans raison apparente. Ni pratique ni esthétique. À gauche puis à droite. Il devait y avoir une explication. *Pour éviter une mollesse invisible du sol*, s'était-il déjà dit. Deux zones de dolines mal drainées. Et il savait qu'il avait vu juste. Tout le long des courbes la piste était molle et humide. Boueuse, bien qu'il n'ait pas plu depuis des jours entiers.

Et la boue portait des empreintes de pneus.

Trois jeux.

Un, la vieille Land Rover de Tony Jackson. Le

véhicule de la ferme. Pneus à grosses sculptures pour la boue et la neige. Costauds, usés, qui étaient passés et repassés des centaines de fois. Les traces de la Land Rover se trouvaient un peu partout. Des vieilles, effacées, érodées, des nouvelles, nettes, récentes. Partout. Comme un bruit de fond.

Deux, les pneus de la Mini Cooper. Très différents d'aspect. Étroits, précis, neufs, agressifs, faits pour coller à la route et prendre des virages serrés sur le bitume. Un seul jeu. Reacher avait pris ce virage la veille, lentement, largement et posément, en seconde, une petite voiture roulant à vitesse modérée, inoffensive. Il avait franchi les courbes et s'était garé devant la maison. Et avait laissé la voiture. Elle y était toujours. Elle n'avait pas bougé. N'avait pas roulé sur la piste. Ne le referait probablement plus jamais. Elle repartirait sur un camion de dépannage.

Par conséquent, un seul jeu d'empreintes.

Le troisième jeu était lui aussi unique. Un seul passage, dans un seul sens. Pneus plus larges. Véhicule grand et lourd, pneus mixtes, neufs et réguliers. Le genre tout-terrain à moitié sérieux qu'on monterait sur un 4 × 4 de luxe.

Le genre de pneus qu'on monterait sur un Toyota Land Cruiser de location.

Un seul jeu.

Un seul sens.

Le Toyota est un véhicule tout-terrain très correct. Reacher le savait. L'un des meilleurs au monde. Mais il était inconcevable qu'il ait pu pénétrer dans l'exploitation par les champs. Pas une chance sur un million. La ferme était entourée de fossés de trois mètres de largeur et deux mètres de profondeur. Des pentes raides. Approche et angle de sortie impossibles. Un

Humvee n'y serait pas arrivé. Un Bradley non plus. Même pas un Abrams. Les fossés de la ferme Grange étaient plus efficaces que des pièges à tanks. Le Toyota n'était donc pas arrivé par les champs. Il était arrivé par le petit pont plat et le chemin. Pas d'autre solution.

Et il n'était pas ressorti.

Un seul jeu d'empreintes.

Un seul sens.

Lane était toujours sur place.

*

Lane frappa encore une fois Jackson à la tête avec sa lampe-torche, fort. Le verre se brisa et Jackson tomba de nouveau.

– J'ai besoin d'une autre lampe, dit Lane. Celle-ci m'a l'air cassée.

Addison sourit et en sortit une autre d'une boîte. Lauren Pauling regardait fixement la porte. Elle était bâillonnée et avait les mains attachées dans le dos. La porte était toujours fermée. Mais elle allait s'ouvrir d'une minute à l'autre. Pour laisser passer Perez ou Reacher. Soit de mauvaises nouvelles ou des bonnes.

Pourvu que ce soit Reacher, pensa-t-elle. *Je vous en prie. Des insectes sur le pare-brise, sans aucun scrupule. Pourvu que ce soit Reacher.*

Lane prit la nouvelle lampe-torche des mains d'Addison et s'approcha de Kate. Se campa devant elle, à quinze centimètres. Les yeux dans les yeux. Kate et Lane faisaient à peu près la même taille. Il alluma la lampe et la tint juste sous le menton de Kate, l'éclairant directement vers le haut, transformant son visage exquis en un horrible masque de Halloween.

– «Jusqu'à ce que la mort nous sépare», dit-il. C'est une phrase que je prends au sérieux.

Kate tourna la tête. Inspira fortement sous le bâillon. Lane lui enserra le menton dans sa main libre et lui remit la tête droite.

– «Les époux se doivent fidélité», reprit-il. Voilà une autre phrase que je prends au sérieux. Je regrette que tu ne l'aies pas fait.

Kate ferma les yeux.

*

Reacher continua vers le sud. Jusqu'au bout de l'allée, sur le pont, puis vers l'est sur la route, lampe allumée. Au cas où on l'observerait. Se disant qu'il devait les laisser assister à son départ. Parce que l'esprit humain apprécie la continuité. Voir une petite silhouette fantomatique, la nuit, marcher vers le sud, encore le sud, puis vers l'est, l'est, encore l'est, fait penser de manière irrésistible qu'elle se dirigera toujours vers l'est. *Reacher est parti*, voilà ce qu'on se dit. *Il n'est plus ici.* Et alors on l'oublie complètement, parce qu'on sait où il va et on ne le voit pas revenir parce qu'on ne le regarde plus.

Il marcha vers l'est sur deux cents mètres avant d'éteindre la Maglite. Fit encore deux cents mètres à l'est. Puis s'arrêta. Tourna à angle droit vers le nord, franchit l'accotement et se laissa glisser le long de la pente du fossé de séparation. Pataugea dans la boue noire et épaisse du fond et se hissa de l'autre côté, son fusil tenu en l'air à une main. Puis il courut, vite, plein nord, en allongeant le pas pour rebondir sur le sommet des sillons.

Deux minutes plus tard, il était quatre cents mètres à

l'intérieur des terres, au niveau du groupe de granges, à trois cents mètres plus à l'est, et hors d'haleine. Il s'arrêta dans un bosquet pour récupérer. Mit le sélecteur de tir en position coup par coup. Puis il épaula son arme et avança. Vers l'ouest. Vers les granges.

Reacher, seul dans le noir. Armé et dangereux. De retour.

*

Edward Lane, toujours face à Kate.

– J'imagine que tu couches avec lui depuis des années, lança-t-il.

Pas de réponse.

– J'espère que vous avez utilisé des capotes. Un type comme lui pourrait te refiler des maladies.

Et il sourit. Une idée nouvelle. Une bonne plaisanterie.

– Ou alors tu pourrais tomber enceinte.

Quelque chose dans le regard terrifié de Kate.

Il marqua une pause.

– Quoi ? dit-il. Qu'est-ce que tu me racontes là ?

Elle secoua la tête.

– Tu es enceinte, dit-il. Tu es enceinte, hein ? Tu l'es ! Je le sais. Tu as un air différent. Je le vois bien.

Il posa la paume de sa main sur le ventre de Kate. Elle se dégagea, vers l'arrière, contre le poteau auquel elle était attachée. Il fit un demi-pas en avant.

– Eh ben, ça alors, je n'y crois pas ! Tu vas mourir en portant l'enfant d'un autre homme !

Puis il pivota. S'arrêta, et refit demi-tour. Secoua la tête.

– Inadmissible, dit-il. Ce n'est pas moral. Il faut te faire avorter, d'abord. J'aurais dû demander à Perez de

495

me rapporter un cintre. Mais je ne l'ai pas fait. Alors on trouvera autre chose. Il doit y avoir ce qu'il faut ici. Nous sommes dans une ferme, après tout.

Kate ferma les yeux.

– De toute façon, tu vas mourir, enchaîna-t-il sur le ton le plus raisonnable qui soit.

*

Reacher savait qu'ils étaient dans une des granges. Forcément. C'était évident. À quel autre endroit auraient-ils pu dissimuler leur véhicule ? Il savait qu'il y en avait cinq au total. Il les avait vues à la lumière du jour, vaguement, de loin. Trois de ces granges étaient disposées autour d'une cour en terre battue, les deux autres étaient isolées. Toutes avaient des chemins d'accès pour véhicules menant à de grandes portes. *Des garages*, avait-il pensé, *pour la pelleteuse, les tracteurs, les remorques, la moissonneuse-batteuse, toutes sortes d'engins agricoles*. Maintenant, dans le noir, la terre sous ses pieds était sèche et poussiéreuse, dure comme de la pierre. On n'y verrait pas de traces de pneus. Inutile de prendre un risque en l'éclairant avec la Maglite.

Dans quelle grange étaient-ils ?

Il commença par la plus proche en espérant avoir de la chance. Mais ce ne fut pas le cas. La plus proche était une des deux granges isolées. Une large construction en bois faite de planches abîmées. L'ensemble avait été légèrement désaxé par deux cents ans de vents incessants. Elle penchait vers l'ouest, vaincue. Reacher mit l'oreille contre une fissure entre deux planches et écouta attentivement. N'entendit rien à l'intérieur. Colla son œil à la fissure et ne vit rien. L'obscurité.

Une odeur d'air froid, de terre humide et de toile de jute en décomposition.

Il fit cinquante mètres jusqu'à la grange suivante, en espérant avoir de la chance. Mais ce ne fut pas plus le cas. La deuxième grange était tout aussi sombre et silencieuse que la première. Froide et sentant le renfermé, une forte odeur azotée. De l'engrais. Il continua dans l'obscurité, lent et furtif, vers les trois granges regroupées autour de la cour. À cent mètres. Il fit un quart du trajet.

Et s'arrêta brusquement.

Du coin de l'œil il avait aperçu de la lumière, sur la gauche, derrière lui. De la lumière et du mouvement dans la maison. La fenêtre de la cuisine. Le faisceau d'une lampe-torche dans la pièce. Des ombres qui sautaient et bondissaient vivement sur la face interne de la vitre.

*

Lane se tourna vers Gregory.

— Trouve-moi du fil de fer.

— Avant de s'occuper de la gosse ? demanda Gregory.

— Pourquoi pas ? Ça lui fera une bande-annonce. Elle va subir le même sort dès que Perez sera revenu avec l'épluche-légumes. Il y a des années, j'ai expliqué à sa mère ce que je lui ferais si elle me trompait. Et je m'efforce toujours de tenir parole.

— Comme un homme, dit Gregory.

— Il nous faut une table d'opération. Trouve-moi une surface plane. Et allume les phares de la voiture. J'aurai besoin d'y voir clair.

— Vous êtes malade, dit Jackson. Vous avez besoin d'aide.

497

– De l'aide ? répéta Lane. Non, je crois vraiment que ce ne sera pas nécessaire. C'était toujours une personne seule, d'après ce que je sais. Généralement une vieille femme au fond d'une ruelle, si je ne m'abuse.

*

Reacher se déplaça rapidement et silencieusement jusqu'à la porte arrière de la maison. Se plaqua contre le mur. Attendit. Il sentait les pierres rugueuses contre son dos. Entendit une voix à travers la porte. Très faiblement, la moitié d'une conversation à deux voix. Léger accent hispanique. *Perez au téléphone.* Reacher changea son fusil de main. Saisit la crosse avant au niveau de la poignée de transport et balança un swing d'entraînement.

Puis il attendit. Seul dans le noir.

*

Gregory trouva une vieille porte en bois, à claire-voie avec barres et écharpe. Il la retira d'un tas de bois abandonné et la mit debout.

– C'est parfait ! lui cria Lane.

*

Perez sortit dans le noir, se retourna pour fermer la porte derrière lui et Reacher refit son swing, bras tendus, en partant des hanches, pied arrière décollé – et les poignets claquèrent. Pas bon. Trop tard. Une balle dehors à tous les coups, champ gauche, vers les gradins supérieurs, par-dessus la façade, peut-être même jusque dans la rue. Mais la tête de Perez n'était pas

498

une balle de base-ball. Et le G36, pas une batte. C'était un mètre et quatre kilos d'acier. La lunette toucha Perez à la tempe et lui enfonça une esquille d'os dans le crâne, à travers l'orbite gauche et la cloison nasale, jusqu'à mi-chemin dans l'orbite droite. Elle s'arrêta ensuite lorsque le bord supérieur de la crosse lui aplatit l'oreille contre le crâne. Donc, pas un swing parfait. Un millième de seconde plus tôt et cinq centimètres plus en arrière, il lui aurait décalotté la tête comme on ouvre un œuf coque. À cause de ce retard, il se contenta de lui creuser une belle tranchée entre les joues et le front.

Pas très propre, mais efficace. Perez était mort bien avant de toucher le sol. Trop petit pour s'affaler comme un arbre, il se fondit seulement dans la terre battue comme s'il en faisait partie.

*

Lane se tourna vers Addison.

– Va voir ce que fout Perez. Il devrait déjà être revenu. Je m'ennuie. Personne ne saigne en ce moment.

– Moi si, dit Jackson.

– Mais toi, tu ne comptes pas.

– Il y a aussi Taylor. Perez lui a tiré dessus.

– Faux, dit Lane. Taylor ne saigne plus. Pour le moment.

– Reacher est dehors, dit Jackson.

– Je ne pense pas.

Jackson hocha la tête.

– Il est dehors. C'est pour ça que Perez n'est pas revenu. Reacher l'a descendu.

Lane sourit.

– Et alors, qu'est-ce que je vais faire ? Aller le chercher ? Avec mes deux hommes ? Et vous laisser tout seuls ici pour organiser une lamentable tentative d'évasion dans mon dos ? C'est ça, ton objectif ? Vous ne risquez pas de l'atteindre. Parce que, à l'heure qu'il est, Reacher est en train de passer devant l'église de Bishops Pargeter. À moins que tu n'essaies tout simplement de redonner courage à tes partenaires dans un moment difficile ? C'est ça, le courage britannique ? Garder la lèvre supérieure bien rigide ?

– Il est là. Je le sais, répéta Jackson.

*

Reacher s'était accroupi devant la porte de la cuisine et triait tout ce que Perez avait fait tomber. Un MP5 avec un chargeur de trente cartouches et un étui d'épaule en nylon balistique. Une lampe-torche, cassée. Deux couteaux de cuisine à manche noir, un long, un court, un à dents de scie, un à lame simple. Un tire-bouchon, souvenir d'une compagnie de ferry.

Et un épluche-légumes.

Sa poignée était un morceau de bois tout bête. Rouge, initialement, maintenant délavée. Une simple lame de métal était fermement maintenue dessus par un épais fil métallique enroulé. Légèrement pointue, avec un bord surélevé et une fente. De conception ancienne. Simple, utilitaire, ayant beaucoup servi.

Reacher le contempla un moment. Puis le mit dans sa poche. Enfonça jusqu'à la garde le couteau le plus long dans la poitrine de Perez. Fourra le plus court dans sa chaussure. Poussa du pied le tire-bouchon et la lampe-torche cassée dans le noir. Se servit de son pouce pour enlever le sang et le lobe frontal de Perez de la lunette du G36. Se saisit du pistolet-mitrailleur MP5 et le jeta sur son épaule gauche.

Puis il reprit sa route – nord-est, vers les granges.

Reacher, seul dans le noir. Le parcours du combattant.

75

Reacher entra dans la cour en terre battue. Un carré d'un peu plus de trente mètres de côté avec des granges à peine visibles dans le noir sur les côtés nord, est et sud. Les trois semblaient à peu près identiques. Même époque, même architecture, mêmes matériaux. De hautes portes coulissantes, des toits en tuile et des murs de planches, gris terne dans la lumière des étoiles. Plus récentes que les granges isolées, et bien plus solides. Droites, carrées et en bon état. *Une bonne chose pour Jackson l'agriculteur*, se dit Reacher. Une mauvaise pour lui. Pas de planches tordues, pas d'interstices, pas de fissures, pas de trous laissés par un nœud dans le bois.

Pas moyen dans l'immédiat d'identifier celle qui était occupée.

Il resta immobile. *Celle au nord ou à l'est*, se dit-il. Plus facile pour le véhicule. Soit tout droit, soit un simple virage à droite à angle droit. *Pas celle située au sud*, pensa-t-il. Il fallait faire demi-tour pour en atteindre les portes et, en plus, elle était dos à la maison et au chemin. Pas confortable. Psychologiquement, avoir une vue directe par la porte était important. Même dans le noir absolu.

Il traversa la cour, lentement et sans bruit. Ses chaussures crottées l'y aidèrent. L'épaisse couche de boue sur les semelles les rendait silencieuses. Comme des chaussures de sport. Comme s'il marchait sur un tapis. Il parvint au coin avant gauche de la grange située au nord et se fondit dans son ombre. En fit le tour, dans le sens des aiguilles d'une montre. En tâta les murs. En tapant dessus, doucement. Planches massives, peut-être en chêne, deux ou trois centimètres d'épaisseur. Clouées sur une charpente qui devait être constituée de poutres de trente centimètres de section. Comme un vieux voilier. Il y avait peut-être un revêtement intérieur en planches de deux centimètres d'épaisseur. Reacher avait habité dans des constructions moins solides.

Il fit tout le tour jusqu'au coin avant droit et s'arrêta. Pas d'entrée à part les portes avant. Celles-ci en planches de dix centimètres de large assemblées par des bandes d'acier galvanisé et suspendues à des glissières. Profilés métalliques en U fixés sur la charpente de la grange et roues de la taille de celles de la Mini Cooper fixées aux portes. D'autres profilés en U étaient scellés dans le béton au sol, et des roues plus petites s'y inséraient. Du quasi-industriel. Les portes devaient s'ouvrir en coulissant comme le rideau d'une scène de théâtre. Elles s'écartaient d'environ douze mètres. *Assez pour faire rentrer et sortir une moissonneuse-batteuse*, se dit-il.

Il progressa le long de la façade et colla son oreille dans l'espace entre la porte et le mur. N'entendit rien. Ne décela aucune trace de lumière.

La mauvaise.

Il se tourna et regarda vers l'est. *Forcément celle-ci*, pensa-t-il. Et il se mit en route. En diagonale à travers la cour. Il était à six mètres de la porte lorsqu'elle s'ouvrit. Bruyamment. Les roues grondèrent dans les rails. Une barre de lumière bleue large d'un mètre se répandit à l'extérieur. Des faisceaux xénon. Le 4 × 4 Toyota, garé à l'intérieur, phares allumés. Addison sortit en traversant la barre lumineuse. Son MP5 à l'épaule. Il projetait une ombre mouvante et monstrueuse vers l'ouest. Il se tourna pour refermer la porte. À deux mains, en se penchant en avant : effort important. Il la referma jusqu'à ce que l'ouverture ne fasse plus que quinze centimètres et la laissa ainsi. Entrouverte. La barre de lumière s'étrécit en une étroite lame. Addison alluma une lampe-torche et, tandis qu'il se retournait vers l'avant, le faisceau de sa lampe balaya paresseusement le visage de Reacher. Mais Addison avait une seconde de retard. Parce qu'il ne réagit pas. Il fit demi-tour vers la gauche et partit vers la maison.

Reacher pensa : *Décision ?*

Trop facile. Prends-les un par un et merci pour l'occasion.

Il inspira profondément, traversa la lame de lumière, emboîta le pas à Addison, vite et en silence, à six mètres. Puis cinq. Puis trois. Addison ne se doutait de rien. Il se contentait d'avancer tout droit, insouciant, la lampe-torche se balançant doucement devant lui.

Deux mètres.

Un mètre.

Et les deux silhouettes se confondirent dans le noir. La lampe-torche tomba par terre. S'arrêta après quelques oscillations, son rayon jaune projetant des ombres longues et grandguignolesques, transformant des petits cailloux dorés en éboulis aux formes torturées. Addison trébucha et s'écroula, d'abord à genoux puis face contre terre, la gorge proprement tranchée par le couteau sorti de la chaussure de Reacher.

Qui repartit avant même qu'Addison cesse de remuer. Avec un fusil automatique, deux pistolets-mitrailleurs et un couteau. Mais il ne se dirigea pas vers les granges. Alla plutôt vers la maison. Où il fit une première escale en haut, dans la chambre parentale. Puis il s'arrêta dans la cuisine, devant la cheminée, et gagna le bureau. Revint et passa par-dessus le corps de Perez et, un peu plus loin, celui d'Addison. « Ce ne sont pas nécessairement de meilleurs combattants que des soldats d'active, avait dit Patti Joseph plusieurs jours auparavant. Souvent ils sont moins bons. » Et Taylor avait ajouté : « Ils ont été exceptionnels, et maintenant ils sont en train de revenir tranquillement vers la moyenne. » *Vous aviez bien raison*, pensa Reacher.

Et il reprit sa route – nord-est, vers les granges.

*

Il s'arrêta près de la grange est et fit l'inventaire de son matériel. Mit le G36 de côté. Il ne tirait que des coups simples ou triples, et les rafales de trois étaient trop lentes. Ressemblaient trop au bruit que fait une mitraillette à la télé ou au cinéma. Trop facilement identifiable en pleine nuit. Et le canon pouvait être tordu. Rien de visible à l'œil nu, mais il avait frappé Perez avec assez de force pour causer des dommages microscopiques. Reacher posa donc le G36 par terre, contre le mur de la grange, et éjecta le chargeur du MP5 de Perez. Encore neuf cartouches. Vingt et une utilisées. Sept rafales de trois. Perez était le tireur désigné. Ce qui voulait dire que le chargeur d'Addison devrait être encore plein. C'était le cas. Trente cartouches. Le laiton des grosses 9 mm scintilla légèrement sous le ciel étoilé. Il mit le chargeur d'Addison dans l'arme de Perez. Un chargeur qu'il savait plein, une arme qu'il savait fonctionner. Voilà qui était sensé pour un homme désireux de survivre aux cinq prochaines minutes.

Il empila l'arme d'Addison et le chargeur de Perez par-dessus le G36 abandonné. Fit rouler ses épaules et craquer son cou. Inspira, expira.

Que le spectacle commence !

Il s'assit par terre, dos contre la porte entrouverte. Assembla les objets qu'il avait apportés de la maison. Un morceau de petit bois pris dans le panier près de la cheminée. Trois élastiques sortis d'un pot sur le bureau. Un miroir en écaille de tortue provenant de la coiffeuse de Susan Jackson.

Le bout de bois était une branche de frêne de quarante-cinq centimètres de long, épaisse comme le poignet d'un enfant, coupée à la dimension de la grille du foyer de la cuisine. Les élastiques étaient petits, mais résistants. Comme ceux qu'un facteur met autour d'une liasse de lettres. Le miroir à main était probablement une antiquité. Rond avec un manche, un peu comme une raquette de ping-pong.

Avec les élastiques il fixa le manche en écaille de tortue à la branche de frêne. Puis il s'allongea sur le ventre et fit avancer la branche. Vers l'espace de quinze centimètres à l'extrémité de la porte de la grange. De la main gauche. Il fit tourner le bâton et le manœuvra jusqu'à avoir une image parfaite de ce qui se passait à l'intérieur.

Reacher, avec un miroir au bout d'une perche.

76

Le miroir lui montra que la grange était carrée et solide, grâce aux poteaux intérieurs verticaux qui soutenaient le toit et renforçaient l'assemblage de chevrons chevillés. Les poteaux étaient en bois, trente centimètres de section, scellés dans du béton. Douze en tout. À cinq d'entre eux quelqu'un était attaché. De gauche à droite dans le miroir : Taylor, Jackson, Pauling, Kate et enfin Jade. Bras tirés vers l'arrière, poignets liés derrière les poteaux. Chevilles maintenues, elles aussi. Ils avaient du ruban adhésif sur la bouche. Tous sauf Jackson. Pas de ruban adhésif. Mais sa bouche était en sang. Grosses entailles sur chaque sourcil. Il ne tenait pas debout. Il s'était effondré, à moitié conscient, au pied de son poteau.

C'est Taylor qui avait été blessé. Sa chemise était déchirée et trempée de sang, en haut de la manche droite. Pauling avait l'air d'aller. Les yeux un peu égarés au-dessus de la ligne argentée du ruban adhésif, les cheveux en désordre, mais en état de marche. Kate, elle, était blanche comme un linge et gardait les yeux fermés. Jade avait glissé en bas de son poteau et s'était accroupie, tête basse, immobile. Peut-être évanouie.

On avait fait reculer et tourner le Toyota pour qu'il

soit collé contre le mur du fond, sur la gauche. Les phares étaient allumés, position feux de route, et éclairaient le bâtiment dans sa longueur en projetant les douze ombres dures des poteaux.

Gregory avait son MP5 dans le dos et se débattait avec une espèce de grand panneau. Une vieille porte, peut-être. Ou une table. Il le tirait sur le sol de la grange, un coup à gauche, un coup à droite, en le tenant des deux mains.

Lane était debout, complètement immobile au milieu de la pièce, le poing droit serré sur la poignée pistolet du MP5 et le gauche sur la poignée avant. Le doigt sur la détente, ses dix phalanges livides. Il faisait face à la porte, côté Toyota. Les phares au xénon donnaient à son visage un relief étrange. Ses orbites étaient comme des trous noirs. « À la limite de la maladie mentale », disaient certains. *Depuis longtemps de l'autre côté*, pensa Reacher.

Gregory amena le panneau au milieu, sur le devant, et Reacher l'entendit demander :

– Où est-ce que je le pose ?

– Il nous faut des chevalets.

Reacher déplaça le miroir et suivit le reflet de Lane jusqu'à l'endroit où Jackson était accroupi.

– Il y a des chevalets, ici ? lui demanda Lane en lui flanquant un coup de pied dans les côtes.

– Dans l'autre grange.

– J'enverrai Perez et Addison les chercher quand ils reviendront.

Ils ne reviendront pas, se dit Reacher.

– Ils ne reviendront pas, dit Jackson. Reacher est dehors et il les a descendus.

– Tu m'ennuies, dit Lane.

Mais Reacher le vit tout de même jeter un coup

d'œil vers la porte. Et comprit ce que Jackson tentait de faire. Il voulait détourner l'attention de Lane de la grange. Loin des prisonniers. Pour gagner du temps.

Malin, pensa Reacher.

Et il vit le reflet de Lane grandir dans le miroir. Il retira la branche de frêne, lentement et avec précaution. Pointa son MP5 sur un endroit situé à trois centimètres de la porte et à un mètre soixante au-dessus du sol. *Passe la tête*, pensa-t-il. *Regarde dehors. S'il te plaît. Trois balles vont te rentrer dans une oreille et te sortir par l'autre.*

Mais il n'eut pas cette chance. Il entendit Lane s'arrêter juste devant la porte et hurler :

– Reacher ? Tu es là ?

Reacher attendit.

– Perez ? Addison ? hurla Lane.

Reacher attendit.

– Reacher ? Tu es là ? Écoute bien. Dans dix secondes, je vais tirer sur Jackson. Dans les cuisses. Ses artères fémorales vont saigner. Et je forcerai Lauren Pauling à le lécher comme une chienne.

Reacher attendit.

– Dix ! hurla Lane. Neuf ! Huit !

Sa voix s'éteignit tandis qu'il se repliait vers le centre de la grange. Reacher fit de nouveau glisser le miroir en place. Vit Lane s'arrêter près de Jackson et l'entendit lui dire :

– Il n'est pas là. Ou alors, s'il y est, il n'en a rien à foutre de toi.

Et Lane se retourna et hurla :

– Sept ! Six ! Cinq !

Gregory restait muet, le panneau devant lui. Sans rien faire.

– Quatre ! cria Lane.

Beaucoup de choses peuvent arriver en une seule seconde. Reacher, lui, organisa ses pensées comme un joueur classe ses cartes. Il envisagea de prendre le risque de sacrifier Jackson. Lane bluffait peut-être. Mais, si ce n'était pas le cas, il était certainement assez fou pour tirer en mode automatique et vider son arme. Gregory, lui, était gêné dans ses mouvements. Reacher pouvait laisser Jackson prendre trente balles dans les jambes, attendre que l'arme de Lane tire à vide, s'avancer et balancer une rafale à travers le panneau de bois dans la poitrine de Gregory, et une autre dans la tête de Lane. Un mort au combat pour cinq otages, ce n'était pas excessif. Vingt pour cent. Reacher avait déjà reçu une médaille pour bien moins que ça.

– Trois ! hurla Lane.

Mais Reacher aimait bien Jackson et il fallait tenir compte de Susan et de Melody. Susan, la sœur fidèle. Melody, l'enfant innocent. Et du rêve de Kate Lane : une nouvelle famille élargie pour cultiver les champs ensemble, faire pousser du foin, purger le sol du Norfolk de ses produits chimiques et se préparer à planter des légumes sains dans cinq ans.

– Deux !

Reacher laissa tomber le miroir, allongea le bras droit comme un nageur et accrocha ses doigts au bord de la porte. Courut en arrière, ramassé sur lui-même, tirant la porte avec lui. L'ouvrit en grand en restant invisible. La fit glisser sur six mètres, jusqu'en bout de course.

Puis il attendit.

Silence dans la grange. Il savait que les yeux de Lane étaient rivés sur l'obscurité du dehors. Que ses oreilles s'efforçaient d'entendre quelque chose dans le silence. La plus ancienne de toutes les peurs ataviques de l'être humain, profondément enfouie dans notre cerveau reptilien, toujours vivante plus de cent mille ans après la sortie des cavernes : *Il y a quelque chose dehors.*

Il entendit le bruit étouffé du panneau que Gregory laissait tomber. Puis celui de quelqu'un qui court. Pour Lane, la porte s'était ouverte de droite à gauche, mue par un agent inconnu. Par conséquent, cet agent était maintenant dehors et à gauche, au bout de la longue course de la porte. Reacher se leva, recula, fit demi-tour et courut autour de la grange dans le sens inverse des aiguilles d'une montre. Passa le premier coin et fit quinze mètres le long du mur sud. Deuxième coin, trente mètres le long du mur arrière. Et quinze de plus le long du mur nord. À une vitesse inférieure à sa vitesse maximale. Cent mètres, trois virages, environ trente secondes. Un athlète olympique en aurait mis dix. Mais un athlète olympique n'aurait pas eu à se soucier d'utiliser avec précision son pistolet-mitrailleur après la ligne d'arrivée.

Enfin le dernier virage. Reacher revint vers la porte le long de la façade avant, la bouche fermée, en respirant fort par le nez pour contrôler les battements dans sa poitrine.

Maintenant il était à droite de Lane.

Silence dans la grange. Pas un mouvement. Reacher se campa sur ses pieds et appuya l'épaule gauche contre le mur, coude rentré, poignet tourné, main sur la poignée avant du MP5, légèrement, délicatement. Avec la main droite il tenait la poignée pistolet, son index droit pressant déjà la détente et en réduisant le jeu de deux millimètres. Œil gauche fermé, le droit déjà aligné dans les deux viseurs métalliques. Il patienta. Entendit des pas légers sur la dalle de béton de la grange, un mètre vingt devant lui, un mètre à gauche. Vit une ombre dans une tache de lumière. Il patienta encore. Vit la nuque de Lane – un tout petit arc, comme un croissant de lune –, qui sortait en regardant à gauche dans l'obscurité. Vit son épaule droite. La sangle nylon du MP5 qui s'incrustait profondément dans la toile plissée de sa veste. Reacher ne déplaça pas son arme. Il voulait tirer parallèlement à la grange, pas vers l'intérieur. En bougeant son arme, il aurait mis les otages dans sa ligne de mire. Taylor, plus précisément, d'après ce qu'il se rappelait avoir vu dans le miroir en écaille de tortue. Et peut-être Jackson, aussi. Il devait patienter. Laisser Lane venir à lui.

Et Lane vint à lui. S'avança un peu en lui tournant le dos, en regardant à gauche, en se penchant vers l'avant, en regardant dans la mauvaise direction. Il avança un pied. Sortit un peu. Reacher l'ignora. Se concentra exclusivement sur les viseurs du MP5. Les traits de visée matérialisés au tritium dessinaient une géométrie aussi réelle à ses yeux qu'un rayon laser transperçant la nuit. Lane y entra. D'abord, le côté droit de son crâne. Puis une portion plus importante. Un peu plus encore. Et encore plus. Le viseur de devant se cala sur l'occiput. En plein dessus. Lane si proche que Reacher aurait pu compter chaque cheveu de sa coupe en brosse.

Pendant une demi-seconde, il envisagea de l'appeler. De lui dire de se retourner, les mains en l'air. De lui expliquer pourquoi il allait mourir. De lui faire la liste de tous ses crimes. L'équivalent d'un procès.

Puis il envisagea un combat. D'homme à homme. Au couteau ou à mains nues. En clôture. Comme une cérémonie. Plus juste, peut-être.

Et puis il pensa à Hobart et pressa la détente.

Ronronnement étrange et étouffé, comme une

machine à coudre ou une moto attendant au loin à un feu rouge. Un cinquième de seconde, trois balles de 9 mm, trois douilles vides éjectées qui décrivent un arc dans l'éclat de lumière avant de tomber dans un cliquetis sur les pierres à six mètres à droite de Reacher. La tête de Lane explosa en un nuage d'humidité bleui par la lumière. Tomba lourdement en arrière en suivant le reste du corps. On entendit clairement le son mat et creux de la chair et de l'os contre le béton, à peine amorti par le coton et la toile.

J'espère que Jade n'a rien vu, pensa Reacher.

Puis il franchit la porte. Vit Gregory au beau milieu d'une seconde d'hésitation qui allait lui être fatale. Il avait reculé et regardait vers la gauche, mais le tir qui avait tué Lane provenait de la droite. Quelque chose ne collait pas. Son cerveau s'était bloqué.

– Tuez-le, dit Jackson.

Reacher ne bougea pas.

– Tuez-le, répéta Jackson. Ne m'obligez pas à vous dire ce qu'il allait faire avec cette table.

Reacher prit le risque de regarder Taylor. Taylor hocha la tête. Reacher regarda Pauling. Elle aussi hocha la tête. Alors Reacher en colla trois dans la poitrine de Gregory.

77

Le nettoyage dura toute la nuit et une grande partie de la journée du lendemain. Bien qu'exténués, tous décidèrent d'un commun accord de ne pas dormir. Jade exceptée. Kate la coucha et resta avec elle pendant son sommeil. L'enfant s'était évanouie assez vite, avait raté la majeure partie des événements et semblé ne pas comprendre le reste. Si ce n'est que son ex-beau-père avait été catalogué comme méchant. Mais on le lui avait déjà dit et cela ne fit que confirmer une opinion qu'elle partageait déjà. Bref, elle dormit, sans traumatisme apparent. Reacher se dit que s'il devait en survenir dans les jours prochains, elle les évacuerait au pastel sur du papier boucher.

Kate, elle, donnait l'impression d'avoir fait un aller-retour en enfer. Et comme souvent dans ces cas-là, elle en sortait grandie. La descente avait été vraiment dure, et qu'elle en soit revenue était incroyablement mieux que vraiment bien. Elle avait contemplé le corps de Lane à terre pendant un long moment. Constaté que la moitié de sa tête avait disparu. Compris qu'il n'y aurait pas d'instant hollywoodien où il se relèverait en revenant à la vie. Il était mort, absolument, complètement et définitivement. Et elle en avait été témoin. C'est le genre de certitudes qui aide. Elle s'était éloignée du cadavre d'un pas léger.

Le triceps droit de Taylor était déchiré. Reacher découpa la chemise avec le couteau de cuisine qu'il avait remis dans sa chaussure et pansa du mieux qu'il put sa blessure dans la salle de bains à l'étage, à l'aide d'une trousse de secours. Mais Taylor allait avoir besoin d'aide. C'était clair. Il proposa de lui-même de patienter un jour ou deux. La blessure n'était pas nécessairement identifiable comme blessure par balle et il semblait improbable que quiconque dans les environs ait entendu quoi que ce soit, mais il paraissait judicieux de laisser passer un peu de temps entre l'apocalypse nocturne et la visite aux urgences.

Jackson se portait bien, mis à part ses entailles aux sourcils, ses bleus au visage, sa lèvre fendue et quelques dents déchaussées. Rien de pire que ce qu'il avait déjà connu une demi-douzaine de fois lors de rixes dans des bars, dans des endroits où le 1er Para se retrouvait stationné et où les gars du cru avaient quelque chose à prouver.

Pauling se portait bien. Reacher avait coupé ses liens et elle avait enlevé elle-même le ruban adhésif de sa bouche avant de l'embrasser avec avidité. Elle semblait avoir eu totalement confiance dans le fait qu'il débarquerait et trouverait une solution. Il ne savait pas si elle disait vrai ou si elle le flattait. Toujours est-il qu'il s'abstint de lui dire combien il était passé près d'une poursuite fantôme. De lui parler de la chance qui avait fait qu'un regard de côté jeté au hasard sur la surface d'un chemin avait actionné une synapse quelque part dans son cerveau.

Il fouilla le Toyota et trouva le sac de voyage en cuir de Lane. Celui qu'il avait vu au Hilton de Park Lane.

Les huit cent mille dollars. Tout y était. Intégralement. Il confia le sac à la garde de Pauling. Puis il s'assit par terre et s'adossa au poteau auquel Kate avait été attachée, à deux mètres du cadavre de Gregory. Il était calme. Rien de plus qu'une nuit de boulot habituelle dans sa vie aussi longue que spectaculairement violente. Il en avait l'habitude, au sens propre. Et le gène du remords était absent de son ADN. Entièrement. Quand d'autres se seraient arraché les cheveux pour se justifier, il dépensa son énergie à chercher le meilleur endroit où dissimuler les corps.

*

Ils les cachèrent dans un champ de quatre hectares, près du coin nord-est de la ferme. Une friche, protégée par des arbres, pas labourée depuis un an. Jackson finit de réparer la pelleteuse, la fit démarrer et se mit en route tous feux allumés. Commença immédiatement à creuser une fosse de neuf mètres de long sur trois de large et trois de profondeur. Soit une excavation de quatre-vingts mètres cubes : ils avaient décidé d'enterrer aussi les voitures.

– Tu as pris l'assurance complémentaire ? demanda Reacher à Pauling.

Elle acquiesça.

– Appelle demain. Dis-leur que la voiture a été volée.

Taylor, étant blessé, se retrouva dispensé des travaux pénibles. À la place, il débarrassa les lieux de toutes les pièces à conviction possibles. Il récupéra tout ce qu'on pouvait imaginer, y compris les vingt-sept douilles du MP5 de Perez. Pauling nettoya le sang dans le couloir du haut et remplaça le carreau abîmé. Reacher entassa les corps dans le Toyota Land Cruiser.

*

Le soleil était levé depuis des heures quand la fosse fut terminée. Jackson ayant laissé une belle pente douce à une extrémité, Reacher y descendit le Toyota et le fit cogner fortement contre le mur de terre à l'autre extrémité. Jackson amena la pelleteuse jusqu'à la maison et se servit de la pelle avant pour redresser la Mini et la pousser à reculons. Il la déplaça ainsi jusqu'à la fosse, la fit descendre le long de la pente et la cala contre le pare-chocs arrière du Toyota. Taylor arriva alors avec toutes les autres affaires et les jeta dans le trou. Jackson commença à combler la fosse. Reacher s'était assis et regardait. Ciel bleu pâle et soleil délavé. Longs nuages d'altitude, brise douce et qui paraissait chaude. Il savait que, dans ce pays plat tout autour de lui, les hommes de l'âge de pierre avaient été enterrés dans de longs renflements appelés « tumulus », et qu'après eux ç'avait été les hommes de l'âge de bronze, ceux de l'âge de fer, les Celtes et les Romains, les Saxons, les Angles et les envahisseurs vikings avec leurs drakkars, et enfin les Normands et les Anglais eux-mêmes pendant un millier d'années. Il lui semblait que la terre pourrait bien avaler quatre morts de plus. Il regarda Jackson travailler jusqu'à ce que la terre recouvre le toit des voitures, puis il s'en alla, lentement, vers la maison.

*

517

Exactement douze mois plus tard, à l'heure près, le champ de quatre hectares était proprement labouré et parsemé du vert pâle d'une future récolte hivernale. Tony et Susan Jackson ainsi que Graham et Kate Taylor travaillaient dans le champ juste à côté. Le soleil brillait. Dans la maison, les deux cousines et excellentes amies Melody Jackson et Jade Taylor, âgées de neuf ans, surveillaient le petit frère de Jade, un bébé de cinq mois en pleine forme qui se prénommait Jack.

À cinq mille kilomètres à l'ouest de la ferme Grange, il était cinq heures de moins et Lauren Pauling était seule dans son appartement de Barrow Street, à boire un café en lisant le *New York Times*. Elle avait raté l'article de la section principale qui relatait la mort de trois prestataires militaires privés récemment arrivés en Irak. Ils s'appelaient Burke, Groom et Kowalski, et avaient péri deux jours auparavant, lorsqu'une mine avait explosé sous leur véhicule, près de Bagdad. Mais elle lut l'article dans le supplément local qui rapportait que le syndic des copropriétaires de l'immeuble Dakota avait saisi un appartement dont le propriétaire avait cessé de payer les charges depuis douze mois. À l'intérieur, on avait trouvé plus de neuf millions de dollars dans un placard fermé à clé.

À dix mille kilomètres de la ferme Grange, il était huit heures de moins et Patti Joseph, elle, était profondément endormie dans une résidence du bord de mer de Seattle, État de Washington. Elle était depuis dix mois déjà correctrice pour un magazine. Sa persévérance et son souci permanent du détail la faisaient exceller dans ce travail. De temps en temps, elle sortait avec un journaliste du coin. Elle était heureuse.

Loin de Seattle, loin de New York, loin de Bishops

Pargeter, à Birmingham en Alabama, Dee Marie Graziano, tôt levée, regardait dans le gymnase d'un hôpital son frère agripper ses nouvelles cannes en métal et traverser la salle en marchant.

Personne ne savait où était Jack Reacher. Il avait quitté la ferme Grange deux heures après que la pelleteuse s'était arrêtée de travailler et plus personne n'avait eu de ses nouvelles depuis.

Retrouvez Jack Reacher
dans un nouveau thriller
aux Éditions du Seuil

LA FAUTE
À PAS DE CHANCE

PAR

LEE CHILD

COLLECTION SEUIL THRILLER

Titre original : *Bad Luck and Trouble*
Éditeur original : Bentam Press, a division
of Transworld Publishers, Londres
© Lee Child, 2007
ISBN ORIGINAL : 978-0-553-81810-9

ISBN 978-2-02-096819-5

© Éditions du Seuil, mai 2010, pour la traduction française

Jack Reacher : CV

Nom : Jack Reacher (pas de second prénom)

Nationalité : américaine

Né le 29 octobre 1960

Mensurations : 1,92 mètre, 95-100 kilos, 1,25 mètre de tour de poitrine

Taille de vêtements : la plus grande

Cursus scolaire : Écoles des bases militaires en Europe et en Extrême-Orient ; Académie militaire de West Point

États de service : treize années dans la police militaire ; dégradé de major à Capitaine en 1990 ; retrouve son grade de major en 1997

Récompenses : Silver Star, Defense Superior Service Medal, Legion of Merit, Soldier's Medal, Bronze Star, Purple Heart, médailles diverses

Mère : Joséphine Moutier Reacher, née en 1930 en France, décédée en 1990

Père : US Marine de carrière, servi en Corée et au Vietnam

Frère : Joe, né en 1958, décédé en 1997 ; cinq ans dans les services de renseignements militaires, Département du Trésor

Dernière adresse connue : inconnue

Ce qu'il n'a pas : de permis de conduire, de retraite fédérale, des impôts à payer, des proches

1

L'homme s'appelait Calvin Franz et l'hélicoptère était un Bell 222. Franz avait les deux jambes cassées et devait donc être embarqué sanglé à une civière. Manœuvre facile. Le Bell était un appareil spacieux à deux moteurs, conçu pour les hommes d'affaires et la police, pouvant emporter sept passagers. Les portières arrière, aussi vastes que celles d'un van, s'ouvraient largement. On avait enlevé la rangée de sièges du milieu. La place ne manquait pas pour Franz, sur le sol.

L'hélicoptère tournait au ralenti. Deux hommes portaient la civière. Ils se courbèrent sous la poussée d'air des pales et firent vite, l'un d'eux marchant à reculons. Lorsqu'ils atteignirent la portière ouverte, celui qui marchait à reculons posa l'une des poignées sur le rebord et s'écarta. L'autre continua à avancer et poussa brutalement sur la civière, qui glissa à l'intérieur. Franz était réveillé et eut mal. Il cria et s'agita, mais pas beaucoup, vu que les sangles le serraient étroitement à hauteur des cuisses et de la poitrine. Les deux hommes montèrent à sa suite et s'installèrent sur les deux sièges arrière après avoir fait claquer les portières.

Puis ils attendirent.

Le pilote attendit.

Un troisième homme sortit d'une porte grise et s'avança sur le sol en béton. Il se plia lui aussi en deux sous les pales, appuyant une main sur sa poitrine pour empêcher sa cravate de flotter dans le vent. On aurait dit un coupable proclamant son innocence. Il contourna le long nez de l'appareil et alla s'asseoir dans le siège à côté du pilote, à l'avant.

« On y va », dit-il, baissant la tête pour boucler sa ceinture.

Le pilote fit monter les turbines en puissance et le paresseux *whoup-whoup* des pales tournant au ralenti ne tarda pas à devenir un impérieux *whip-whip-whip* centripète, avant d'être noyé par le rugissement grave de l'échappement. Le Bell monta tout droit, dégagea un peu à gauche, pivota légèrement, puis rentra son train et grimpa à mille pieds. Il plongea alors du nez et fonça en direction du nord, volant haut et vite. Dessous glissaient les routes, les parcs à thème, les petites usines, les agglomérations périurbaines nettement délimitées. Les murs de brique et les parements métalliques brillaient dans le soleil du soir. Des pelouses émeraude, des piscines turquoise lançaient leurs clins d'œil dans ce qui restait de lumière.

L'homme assis à l'avant demanda : « Tu sais où nous allons ? »

Le pilote se contenta d'acquiescer d'un signe de tête. Dans le martèlement de son moteur, le Bell obliqua à l'est et prit un peu d'altitude, fonçant vers l'obscurité. Il croisa une autoroute, loin en dessous, rivière de lumières blanches rampant vers l'ouest et rivière de lumières rouges rampant vers l'est. À moins d'un degré au nord de l'autoroute, les derniers lotissements laissaient la place à des collines basses, dénudées, broussailleuses, inhabitées. Elles luisaient d'une nuance orange quand elles faisaient face au soleil couchant et étaient d'un brun sourd dans les vallées et les ombres. Puis les collines basses cédèrent à leur tour la place à de petites montagnes rondes. Le Bell fonçait toujours, montant et redescendant en fonction du relief, en dessous. L'homme assis à l'avant se tourna dans son siège et regarda Franz sur le plancher derrière lui. Il eut un bref sourire. « Encore une vingtaine de minutes, peut-être », dit-il.

Le Bell était conçu pour voler à une vitesse de croisière de 260 kilomètres à l'heure ; autrement dit, vingt minutes équivalaient à parcourir presque 87 kilomètres, ce qui le conduisit au-delà des montagnes, loin au-dessus du vide du désert. Le pilote redressa l'appareil et ralentit un peu. L'homme assis à l'avant appuya le front contre la fenêtre et scruta l'obscurité.

« Où sommes-nous ? demanda-t-il.

– Où nous étions avant, répondit le pilote.

– Exactement ?

– Approximativement.

– Et dessous, qu'est-ce qu'on trouve ?

– Du sable.

– Altitude ?

– Trois mille pieds.

– L'atmosphère est comment, ici ?

– Calme. Quelques thermiques, mais pas de vent.

– On ne risque rien ?

– D'un point de vue aéronautique, non.

– Alors faisons-le. »

Le pilote ralentit encore un peu, fit pivoter l'appareil et se mit en vol stationnaire à trois mille pieds au-dessus du désert. L'homme assis à l'avant se tourna à nouveau et fit signe aux deux types à l'arrière. Ils se détachèrent.

3

L'un d'eux s'accroupit en évitant les pieds de Franz et, se tenant fermement à son harnais de sécurité d'une main, déverrouilla la porte de l'autre. Le pilote se tenait à demi tourné et suivait ses gestes ; il inclina légèrement l'appareil, ce qui fit ouvrir la porte en grand sous l'effet de son propre poids. Puis il reprit une assiette horizontale et entraîna le Bell dans un lent mouvement giratoire sur lui-même, dans le sens des aiguilles d'une montre, de manière à ce que la pression de l'air maintienne la porte ouverte. Le deuxième type s'accroupit près de la tête de Franz et redressa la civière, la tenant à un angle d'environ 45 degrés, tandis que son acolyte la bloquait du pied à l'autre extrémité pour l'empêcher de glisser. Le deuxième type eut un mouvement d'haltérophile qui souleva la civière presque à la verticale. Franz resta coincé dans les sangles. C'était un grand costaud qui pesait lourd. Et un type déterminé. Ses jambes étaient inutilisables, mais il luttait de toute la puissante musculature du haut de son corps. Il donnait des coups de tête d'un côté et de l'autre.

Le premier type sortit un couteau à cran d'arrêt et fit jaillir la lame. Il s'en servit pour cisailler la sangle à hauteur des cuisses de Franz. Puis, après une seconde de pause, il coupa la sangle qui entourait la poitrine de l'homme d'un mouvement vif. Exactement au même moment, le type qui tenait la civière la redressa complètement. Franz ne put s'empêcher de faire un pas en avant. Sur sa jambe droite cassée. Il poussa un cri et fit un second pas aussi instinctif que le premier. Sur sa jambe gauche cassée. Ses bras s'agitèrent et il s'effondra en avant, le poids du haut de son corps le faisant basculer autour du pivot de ses hanches bloquées et l'expédiant directement par la porte ouverte, dans l'obscurité trépidante, dans le souffle de tempête du rotor, dans la nuit.

Trois mille pieds au-dessus du désert.

Un instant, il n'y eut que le silence. Même le grondement du moteur parut s'estomper. Puis le pilote inversa la rotation du Bell, ce qui le fit tourner brusquement à contresens, et la porte se referma avec un claquement net. Les turbines remontèrent en régime, le rotor mordit l'air et le nez de l'appareil plongea.

Les deux types regagnèrent leur siège.

L'homme assis à l'avant dit : « On rentre à la maison. »

RÉALISATION : IGS-CP À L'ISLE-D'ESPAGNAC
IMPRESSION : CPI BRODARD ET TAUPIN À LA FLÈCHE
DÉPÔT LÉGAL : MAI 2010. N° 102724-3 (71236)
Imprimé en France

Éditions Points

Le catalogue complet de nos collections est sur
Le Cercle Points, ainsi que des interviews de vos
auteurs préférés, des jeux-concours, des conseils
de lecture, des extraits en avant-première…

www.lecerclepoints.com

Collection Points Thriller

Collection Points

DERNIERS TITRES PARUS